COISAS QUE APRENDEMOS PELO CAMINHO

SARA GOODMAN CONFINO

TRADUÇÃO
WILLIANS GLAUBER

COISAS QUE APRENDEMOS PELO CAMINHO

COPYRIGHT © FARO EDITORIAL, 2023
SHE'S UP TO NO GOOD COPYRIGHT 2022 BY SARA GOODMAN CONFINO
THIS EDITION IS MADE POSSIBLE UNDER A LICENSE ARRANGEMENT ORIGINATING WITH
AMAZON PUBLISHING, WWW.APUB.COM, IN COLLABORATION WITH SANDRA BRUNA
AGENCIA LITERARIA.

Todos os direitos reservados.
Nenhuma parte deste livro pode ser reproduzida sob quaisquer meios existentes sem autorização por escrito do editor.

Diretor editorial **PEDRO ALMEIDA**
Coordenação editorial **CARLA SACRATO**
Assistente editorial **LETÍCIA CANEVER**
Tradução **WILLIANS GLAUBER**
Preparação **DANIELA TOLEDO**
Revisão **BARBARA PARENTE** e **LETÍCIA TEÓFILO**
Ilustração de capa e miolo **@PIKISUPERSTAR | FREEPIK**
Capa e diagramação **VANESSA S. MARINE**

Dados Internacionais de Catalogação na Publicação (CIP)
Jéssica de Oliveira Molinari CRB-8/9852

Confino, Sara Goodman
  Coisas que aprendemos pelo caminho / Sara Goodman Confino ; tradução de Willians Glauber. — São Paulo : Faro Editorial, 2023.
  288 p.

  ISBN 978-65-5957-399-8
  Título original: She's up to no good

  1. Ficção norte-americana I. Título II. Glauber, Willians

  22-2048   CDD B813

ÍNDICES PARA CATÁLOGO SISTEMÁTICO:
1. Ficção norte-americana

1ª edição brasileira: 2023
Direitos de edição em língua portuguesa, para o Brasil, adquiridos por FARO EDITORIAL.
Avenida Andrômeda, 885 - Sala 310
Alphaville — Barueri — SP — Brasil
CEP: 06473-000
www.faroeditorial.com.br

Para a minha avó.

UM

— CONHECI UMA PESSOA.

Não desviei o olhar do celular, as minhas pernas estavam dobradas sob mim no sofá enquanto eu passava os olhos pelas listas de imóveis disponíveis.

— Ah! Já era para eu ter falado... eu também. Lembra aquela garota com um cachorro horrível e barulhento? O nome dela é Wanessa. Ela é muito legal. Agora estou seguindo a Wanessa no Instagram.

— Não. Eu... — Brad parou, pigarreou e tentou de novo: — O que quero dizer é que eu *conheci alguém*, conheci mesmo.

Dessa vez, desviei o olhar do celular, estreitando os olhos.

— E o que isso significa?

Ele não respondeu. Seus ombros estavam curvados, no rosto havia uma careta de dor, parecia que Brad estava se preparando para um ataque. Olhei para a sua mão esquerda, vi o polegar tocando a aliança de ouro branco que ele estava usando nos últimos quatro anos e senti algo se revirar em meu estômago.

— Ah...

Ele afundou na cadeira à minha frente.

— Jenna... eu... me desculpa.

— Bem. Tudo bem. Mas acabou, não é? A gente... pode fazer terapia de casal e vamos... vamos lidar com isso. As pessoas fazem... coisas... e elas conseguem passar por isso.

Seus olhos se arregalaram.

— Não.

— Como assim não? Não, você não terminou com... ela? Ou não, você não quer terminar...?

— Me desculpa, de verdade.

Até aquele momento, eu nem tinha percebido que o meu celular ainda estava na mão e então o joguei no sofá.

— Pare de falar isso!

Ele estremeceu, e eu senti uma onda de náusea tomar conta de mim, mas lutei contra isso, me controlei.

— Mas... a gente estava procurando uma casa.

— Eu sei.

— E íamos começar a tentar engravidar assim que estivéssemos na casa nova.

— Eu sei.

— E você... você estava... mentindo... quando disse que queria tudo isso?

— Não... eu não estava exatamente mentindo. Eu quero filhos. E pensei que talvez isso fosse ajudar. Olha, eu não estava procurando outra pessoa. É que simplesmente aconteceu. E isso me fez perceber o quanto estávamos infelizes.

— *Eu* estava feliz!

Ele parecia que estava prestes a discutir, e eu senti as minhas esperanças aumentarem. Não que eu *quisesse* brigar, mas se ele estivesse disposto a conversar, ainda havia uma chance. Eu poderia fazer com que ele voltasse a si. Era o que eu sempre fazia. Mas então Brad mudou de curso.

— Tudo bem. Mas eu não estava. A gente brigava o tempo todo. Quase nunca mais transamos, e estou cansado de ter que fingir que tudo está perfeito quando, na verdade, não está.

Respirei fundo. Ele não estava exatamente *errado*. Estávamos brigando muito mesmo. E sexo? Não deve ter sido *tanto* tempo assim. Será? Não, eu não conseguia me lembrar da última vez que havíamos transado de verdade, mas não poderia ter sido mais do que... Eu mesma me interrompi. Se eu precisava calcular quanto tempo, aquilo não era um bom sinal. Mas... isso não significava que não estávamos felizes. Talvez houvesse algumas rachaduras na estrutura, mas não era algo que não pudéssemos consertar.

— Podemos tentar resolver tudo isso. Podemos procurar alguém com quem conversarmos. Podemos... podemos fazer uma viagem. Escapar da rotina. Só nós dois. Reconectar. Vamos deixar essa coisa de engravidar na fila por um tempo. Mas não um tempo longo demais, afinal, não estamos ficando mais jovens. Mas só um pouquinho. Até que a gente esteja em um terreno mais sólido. Vamos voltar para aquele resort para onde fomos na nossa lua de mel, faz anos que comentamos que a gente deveria voltar lá. Fomos tão felizes lá. Podemos ir e aí vamos... consertar as coisas.

Brad balançou a cabeça.

— Eu não *quero* mais ter que me esforçar para consertar as coisas. Não deveria ser tão difícil assim. Você e eu sempre fomos melhores na teoria do que na prática. E com a Taylor é simplesmente... fácil.

— *Taylor*? Ela deve ter uns vinte e dois anos, não é? Você está me deixando por um clichê.

Brad virou a cabeça para o lado para estalar o pescoço, o que me fez estremecer. Ele sabia que eu não suportava quando ele fazia isso e, pelo visto, nem ligava mais.

— Você não percebe? É exatamente sobre isso que estou falando. Você nem se importa que *eu* não esteja feliz. Você só se importa com o que isso vai parecer quando contar para as pessoas.

Eu o encarei. Como ele ousa agir como se eu fosse superficial por não me importar com seus sentimentos quando *ele* estava *me* deixando por uma jovem de vinte e dois anos de idade?

Minha boca se abriu para discutir. Para dizer que, na verdade, era ele quem não se importava com os *meus* sentimentos. Mas tudo o que saiu foi um sussurro.

— Mas nós dois estamos casados.

Brad se inclinou para a frente, os cotovelos nos joelhos, ele começou a falar, o seu tom de voz era sério, mas eu só ouvia frases acima do rugido nos meus ouvidos. *Já estava infeliz fazia um tempo... percebi que fiquei aliviado quando você descobriu que não estava grávida... brigando tanto... não estou mais apaixonado... nós dois merecemos algo melhor.*

Eu o interrompi no meio da frase. Talvez eu não tenha compreendido muito do que ele disse, mas já tinha ouvido o suficiente.

— Você não vai querer nem mesmo tentar?

— Me desculpa.

— Mas... a gente acabou de comprar uma bicicleta ergométrica. E ainda nem chegou!

Meu marido balançou a cabeça, revirando um pouco os olhos.

— Você pode ficar com ela.

— Eu não estou nem aí para a merda da bicicleta ergométrica!

Brad se encolheu. Ergui o olhar para ele.

— Então é isso? Você está simplesmente... indo embora?

Ele pigarreou de novo, dessa vez senti meu peito apertar ao perceber o próximo problema a ser enfrentado.

— Por hoje, sim. E você pode ficar aqui o tempo que precisar até descobrir o que quer fazer. Mas...

Levantei a mão, e ele parou de falar. Já sabia o que estava por vir. O apartamento era dele antes de nos casarmos. Eu jamais estive na escritura. E como professora do ensino médio, aquele lugar estava muito, muito além do meu orçamento.

— Vou ajudar o tanto que você precisar para se organizar financeiramente.

— Acho que preciso de um advogado para descobrir como isso funciona.

Eu estava tentando obter uma reação dele. Brad era advogado e isso tinha que doer. Mas ele não teve reação.

— Vou vender o apartamento. E dou metade para você.

Minha boca se abriu mais uma vez, agora para dizer para ele que eu não queria, mas logo a fechei. Se ele fosse explodir tudo aquilo que construímos, me deixar solteira e sem-teto aos trinta e quatro anos, eu não deveria ir embora só com uma bicicleta ergométrica ridiculamente cara. Balancei a cabeça quase que de uma forma imperceptível.

Ele se levantou e caminhou até a porta, ali pegou uma mochila que eu nem sequer tinha notado que ele estava arrumando.

— Me desculpa — disse ele mais uma vez, agora da porta, tirando a aliança de casamento e a deixando na mesinha onde colocamos as correspondências. E então se foi.

Pousei a cabeça nas mãos, lágrimas de frustração por conta da minha própria inadequação começaram a cair. *Como isso foi acontecer?* Eu me perguntei. Estávamos juntos havia seis anos. *Seis anos!* E aí, do nada...?

Mas será que foi mesmo do nada? Uma vozinha na minha cabeça questionou. Agora que eu conhecia o contexto, ele andava sorrindo muito para o celular. De certa maneira, Brad não sorria mais para mim: quando ele parou de me olhar dessa forma? Eu nunca perguntei para ele por que estava sorrindo. Mas a verdade era que eu não me importava. Eu deveria ter me importado. Eu deveria ter perguntado. Eu deveria ter percebido que havia alguma coisa errada quando *ele* parou de querer fazer sexo. Ou talvez eu devesse ter me importado quando eu parei de querer, o que foi muito antes dele.

Mas eu não me importei.

Xinguei, quebrando assim o silêncio do apartamento. Estava tão quieto. Olhei ao redor daquela que havia sido a minha casa nos últimos cinco anos, agora a via com novos olhos.

Esse apartamento... bem, ali sempre foi um ponto de passagem. Mesmo antes de nos casarmos, o plano era comprar uma casa para começar a nossa família. Esse nunca foi um lar para todo o sempre.

E talvez tenha sido justamente aí que o problema começou. Quatro anos atrás, eu já estava pronta para me mudar e tentar engravidar. Mas Brad encontrava algo errado em toda casa que visitávamos. Ou o período estava dissonante com seu trabalho. E sempre que eu trazia o assunto bebê à tona, ele me lembrava de que queria que nos acomodássemos em uma casa primeiro.

Por um lado, era melhor que ele estivesse vendendo o apartamento. Eu não teria que imaginá-lo lá com uma loira recém-saída da faculdade, de olhos de corça, que ri de cada coisa idiota que ele fala. Já por outro lado, por que ele não estava disposto a dar o próximo passo comigo?

Respirei fundo. *Eu consigo fazer isso.* Sim, eu estava magoada, mas tinha sobrevivido a cem por cento dos contratempos que enfrentei até agora na vida. Esse não seria aquele que me destruiria. Eu levaria algumas semanas para me curar das feridas e depois... bem, apenas descobriria um plano maior para aquilo tudo. Porque eu precisava.

Mas para fazer isso, eu tinha que sair. Então era isso. Ficar no apartamento, mesmo que apenas por uma noite, tornaria as coisas muito mais difíceis.

— Esta não é a minha casa — eu disse em voz alta, pegando o celular da ponta do sofá onde o havia jogado.

Senti os ombros caírem quando o desbloqueei e vi a casa que eu estava pesquisando quando Brad jogou a sua bomba. Teria sido um lugar tão perfeito para criar uma família. Senti os meus futuros filhos imaginários estourando como se fossem bolhas de sabão e se dissipando pelo ar.

Com um suspiro, deslizei o dedo para fechar o aplicativo e respirei fundo de novo, olhei uma última vez para o horizonte de Washington, D.C., através da porta da varanda. Então, entre os meus contatos, apertei o botão de chamada e coloquei o celular no ouvido.

— Oi, meu docinho. Tudo bem?

Minha voz falhou quando comecei a chorar sem qualquer pudor.

— Será que eu posso voltar para casa por um tempo, mãe?

DOIS

Séis meses depois

Minha mãe entrou na sala da família e se colocou bem na frente da televisão.

— Ei!

Meu pai e eu dissemos em tons idênticos.

— Mãe, você está atrapalhando.

Ela levantou uma sobrancelha e posicionou uma das mãos no quadril.

— *Eu* estou atrapalhando? Até onde eu saiba, esta era a minha casa.

Papai pegou o controle remoto de onde estava na almofada do sofá entre nós e desligou a TV, se afastando milimetricamente de mim.

— Hum. Tudo bem. Desculpe? — Olhei para o meu pai, fazendo uma pergunta silenciosa para ele a respeito do que estava acontecendo com a minha mãe. Ele não respondeu. Pelo visto, as suas próprias unhas eram fascinantes.

— Jenna, é sábado à noite.

— Você quer assistir ao filme com a gente?

Minha mãe piscou devagar e disparou:

— Quero que você saia.

Meu estômago se revirou. Ela era a minha mãe. Não deveria me expulsar, mesmo que eu tivesse quase trinta e cinco anos de idade, mesmo que eu estivesse acampando no meu quarto de infância por tempo indeterminado.

— E para onde eu devo ir? Eu não ganho salário durante as férias de verão.

— Eu não quero dizer que você precisa *se mudar*. Quer dizer, claro que eu quero. Você tem que se mudar. Mas não quero dizer hoje à noite. O que quero dizer é que você precisa começar a *sair* e ver pessoas. E fazer coisas. Não assistir ao *Clube dos pilantras* com o seu pai em uma noite de sábado. Caso contrário você vai morar aqui até ter a nossa idade.

— É o *Feitiço do tempo* — meu pai interveio. — Já assistimos ao *Clube dos pilantras* ontem à noite. É uma maratona de filmes com o Bill Murray.

Mamãe o encarou, e ele parou de falar.

— Mas eu saio — resmunguei.

— *Happy hour* no último dia de aula não conta como sair.

— Para onde você quer que eu saia, mãe? Os meus amigos são todos casados. Não é como se eles estivessem indo para bares o tempo todo. Estão em casa. A maioria com os filhos.

— E se você não começar a sair, essa pessoa *nunca* será você.

Senti lágrimas hipócritas ardendo nos meus olhos.

— Essa pessoa *era* eu. Eu nem me divorciei ainda.

— Por escolha sua. Se você assinar esse acordo de separação e deixar que ele resolva isso logo, vai poder se ver livre em alguns meses, em vez de arrastar isso por um ano. E o quanto antes você o deixar, mais rápido ele vai vender o apartamento, então você teria dinheiro suficiente para se mudar, mesmo durante o verão.

Cruzei os braços, mal-humorada. Brad merecia totalmente ter que esperar o ano inteiro de separação para assim pedir o divórcio. Eu não facilitaria as coisas para ele dizendo que a nossa separação era mútua para que assim ele e Taylor pudessem ficar juntos mais rápido e sem qualquer culpa. Mesmo que uma procura nas redes sociais tivesse provado que ela não era, na verdade, uma loira de vinte e dois anos de idade, eu não estava me sentindo lá muito generosa com a minha substituta.

Minha mãe não se intimidou.

— Além disso, aqueles amigos casados têm amigos solteiros. E você deveria estar usando algum aplicativo de namoro. Cria uma conta no Tinder.

— Ai, credo! Mãe! Isso é usado principalmente para sexo!

Meu pai fingiu se sufocar com um travesseiro.

— Então o Badoo.

— Esse é para os mais velhos.

— Par Perfeito.

— Pessoas que estão desesperadas para se casar.

— Olha, eu não me importo com qual desses aplicativos você usa, mas já passou da hora de você sair e conhecer pessoas. Por acaso você já colocou um sutiã ou usou maquiagem desde que as aulas terminaram? — Meu pai encontrou um fiapo no sofá que o deixou completamente absorto. — Não estou dizendo que você precisa se casar de novo agora, mas você precisa fazer *alguma coisa*. Eu entendo que você precisava se esconder por um tempo, porém já chega. Você não pode viver no seu quarto de criança para sempre. Você não está mais no ensino médio. Vai fazer trinta e cinco anos em algumas semanas. É hora de colocar a sua vida nos eixos.

Eu me levantei, ferida, e subi depressa as escadas sem dizer uma palavra. Quase bati a porta do quarto, mas isso só provaria o seu ponto de vista, então a fechei em silêncio e contornei a bicicleta ergométrica que ocupava espaço demais no quarto, mas que eu insistia em mantê-la comigo. Eu havia encontrado a tal Taylor no aplicativo de pesquisa de casas e apartamentos, ela o usava todos os dias. Isso não provava que eles estavam morando juntos, mas ou estavam ou Brad havia comprado um segundo apartamento.

Eu me afundei na cama de casal, que parecia tão grande aos quinze anos quando troquei a de solteiro, mas agora ela fazia as minhas costas doerem porque o colchão tinha vinte anos de idade e a minha coluna estava prestes a entrar na segunda metade dos trinta. *O que vou fazer da minha vida?*

A realidade era que eu não tinha vontade de namorar ninguém. Não que eu sentisse saudade de Brad. Verdade seja dita, eu não sinto saudade nenhuma. Ele roncava. E era condescendente com frequência. Menosprezava o meu trabalho como se fosse menos importante que o dele. Além disso, ele tinha péssimo gosto para música e filmes.

Em vez disso, me senti vazia. Como se alguém tivesse recolhido todos os pedaços de quem eu era de verdade. Claro, eu ainda parecia a Jenna. Mas perceber que a minha vida era uma completa mentira tinha um preço. Eu ainda não estava pronta para ressurgir, para admitir que havia perdido e recomeçar. Eu simplesmente não tinha nada para oferecer a alguém novo. O poço estava vazio.

Ela ficaria satisfeita se eu entrasse no Tinder e trouxesse um cara para casa, pensei, imaginando a expressão no rosto da minha mãe quando algum cara aleatório entrasse na cozinha de manhã, sem camisa, para beber leite direto da caixa. *Você me disse para tentar usar o Tinder,* eu diria para ela, dando de ombros. Não que os meus pais guardassem leite em casa. Minha mãe sempre tomava chá e meu pai era intolerante à lactose. Porém, os homens dos encontros casuais de uma noite só tinham que beber leite da caixa enquanto estavam seminus. Todo mundo sabe disso.

A minha melhor amiga do trabalho queria me apresentar alguém. O simples pensamento daquilo me enchia de pavor, contudo, talvez ir a um encontro casual me livraria do julgamento da minha mãe por pelo menos um mês, talvez mais. E isso era tudo de que eu precisava. Mais um mês. Quem sabe dois. Assim, já me sentiria mais eu mesma.

Era o que eu esperava.

TRÊS

EVITEI A MINHA MÃE O MÁXIMO QUE PUDE nos dias seguintes, o que exigiu muita atenção às portas e um entrar furtivo na cozinha em horários um tanto estranhos para comer. Se eu fosse invisível, talvez ela esquecesse que eu estava ali.

Mas foi na noite de uma quinta-feira que ouvi a chegada inconfundível da minha avó, seguida do meu pai batendo baixinho à porta do meu quarto.

— A sua avó está com aquele olhar maluco — ele alertou quando o deixei entrar. — Você sabe bem que ela e a sua mãe estão prestes a brigar quando ela fica assim. Você não pode me deixar sozinho com aquelas duas.

Suspirei, mas concordei em descer com ele. Havia uma boa chance de a minha avó ficar do meu lado. A principal forma de entretenimento de Evelyn Gold era antagonizar as duas filhas, o que com frequência significava se colocar em uma posição a beneficiar os netos. Ela até poderia se voltar contra nós com a mesma agilidade, mas em geral não fazia isso, caso as nossas mães estivessem presentes. Se torturar as filhas era uma forma de arte, as obras da minha avó pertenceriam ao Louvre.

Minha avó voltou os olhos, afiados como sempre, apesar de seus quase oitenta e nove anos, para mim, a neta mais velha, enquanto eu me sentava na mesa da sala de jantar.

— Ah, está viva — disse ela, os cantos dos lábios se contorceram em um meio sorriso. — E olha que pelo jeito que a Anna falava, eu estava quase certa de que teria que queimar a casa para você vir me ver.

A boca da minha mãe se apertou em uma linha fina.

— Descer do quarto ela até desce. Só não sai de casa.

— E quem quer sair de casa hoje em dia? Você tem tudo de que precisa dentro do Google e do Facebook. Além disso, está muito úmido. — Ela piscou para mim. — Você só fica no seu casulo até que esteja pronta para sair.

— A senhora não está ajudando, mãe.

— Eu não estou ajudando *você*, talvez. Mas, Jenna, querida, eu estou ajudando? — Meu pai começou a rir, ato que ele tentou esconder atrás de um falso ataque de tosse quando a minha mãe olhou para ele. Vovó franziu os lábios. — Pensando bem, não responda. Eu não gostaria de colocar você em apuros.

Minha mãe balançou a cabeça e mudou de assunto.

— Eles já marcaram uma data para o casamento?

— Casamento de quem? — perguntei.

— Da sua prima Lily. Ela vai se casar com aquele garoto daquele negócio de bog — disse vovó.

Ela se referia ao blog da minha prima. Levantei uma sobrancelha.

— E ela vai mesmo ter um casamento?

— Ao que parece, sim.

— Hum. Boa sorte para ela encontrar alguém disposta a ser dama de honra.

Vovó acenou com a mão no ar.

— Isso já ficou no passado, de tempos atrás.

Abri a boca para dizer que, na verdade, *isso foi apenas alguns meses atrás,* mas me contive. Não tinha sido. Já fazia um ano que a minha prima foi dama de honra em cinco casamentos durante um único verão e fez sua vida mudar ao criar um blog em que destruía as noivas, o que é claro que se tornou viral. Lily sempre teve um talento para o dramático, algo que, para ser justa, era de família. Não dava para fugir disso, *não* quando você era descendente da nossa avó. Mas *já faz* um ano mesmo, não é? O que significava que eu estava vivendo no meu quarto de infância por... Ah, não.

— Que bom para ela — murmurei, sem entusiasmo.

Minha avó lançou aquele olhar afiado para mim de novo, estendeu a mão e deu um tapinha na minha.

— Não existe só o Brad — comentou ela. — Você vai ver. Eu nunca gostei dele.

Você não poderia ter me dito isso há seis anos?, pensei. Mas então a vovó voltou sua atenção para a minha mãe.

— Em algum momento da primavera, acho. Vão fazer algo nos arredores mesmo. Nada grande ou extravagante.

— Fico feliz que tenha dado certo para ela — disse mamãe. — Joan deve estar se sentindo nas alturas.

Vovó revirou os olhos, mas havia um brilho de diversão neles.

— Joan já está tentando planejar um grande casamento. Afinal, é o último dela. Ela quer se despedir de uma forma grandiosa.

Um músculo ficou tenso na mandíbula de minha mãe. Eu era a mais velha de suas três filhas. Beth tinha trinta e um e havia acabado de ter seu segundo filho. Mas Lindsey tinha vinte e nove anos e não mostrava sinais de querer se casar tão cedo. Ter uma filha solteira de quase trinta anos e outra de quase trinta e cinco prestes a se divorciar a colocava em clara desvantagem na competição de uma vida inteira entre suas duas irmãs.

— Mas — continuou vovó, cortando um pedaço de frango em seu prato — eu não vim aqui para falar sobre a Lily hoje. — Ela espetou um pequeno pedaço com o garfo. — Vim me despedir.

Senti o meu sangue congelar. Câncer? Tinha que ser câncer. Mas ela não *parecia* doente. Sempre parecia estar do mesmo jeito. Minha respiração emergiu em rajadas rasas quando ouvi um som desconhecido do outro lado da mesa. Olhei para a minha mãe, mortalmente pálida, levando a mão à boca.

— Ah, mãe. — Ela engasgou.

Vovó largou o garfo e limpou a boca com calma com o guardanapo, olhando para o efeito que havia causado em nós.

— Para que tanto estardalhaço? Estarei de volta em uma ou duas semanas. E vou estar com meu iPhone.

— Do... do que a senhora está falando?

— Vou para casa. Para Hereford. Amanhã.

— Você... o quê?

Ela confirmou.

— Mas por quê?

— Tenho alguns assuntos a tratar por lá.

— Quais assuntos?

— Coisa minha. — Ela cruzou os braços.

Minha mãe olhou para a mãe com cautela.

— E como a senhora pretende chegar lá?

— Ora, dirigindo.

— De jeito nenhum.

Vovó se animou bastante com aquela declaração de guerra dada pela filha.

— Ah, vou sim. Eu já dirigi para lá mil vezes.

— Não nos últimos trinta anos!

— Você nem sabe tudo o que eu tenho feito nos últimos trinta anos. E quero só ver você me impedir.

— Mãe, a senhora já tem quase noventa anos. Não pode sair dirigindo de Maryland a Massachusetts.

— Posso, sim.

Minha mãe abriu a boca para argumentar, mas uma voz a parou.

— Eu levo a vovó.

Essa voz era a minha.

— Você? — perguntou mamãe.

Vovó se recostou na cadeira, olhando para mim com olhos avaliadores.

— Por quê?

— Porque... — Na verdade, eu não sabia a resposta para aquela pergunta. Eu me virei para a minha mãe. — Você disse que eu precisava sair de casa...

— Mas eu quis dizer para um encontro!

— E... bem... eu nunca estive em Hereford.

— Sim, esteve, sim — disseram elas em uníssono.

— Estive?

— Já a levamos quando você e Beth eram crianças — explicou mamãe. — Você amou a praia de lá.

De repente, pude me imaginar em pé em um píer de pedra, observando um pequeno caracol rastejando em torno de uma poça de água da maré.

— A das rochas?

Vovó confirmou.

— Você saberá quando vir. Está no seu sangue.

Eu não tinha tanta certeza, mas continuei:

— E... bem... isso ajudaria a todos. Não é como se eu tivesse algo melhor para fazer.

Vovó inclinou a cabeça para mim.

— Vá fazer as suas malas, saímos às oito. Quero estar lá a tempo para o jantar.

* * *

Mamãe bateu à minha porta enquanto eu estava fazendo as malas, então se aproximou e se sentou na beirada da cama.

— A vovó foi para casa? — perguntei.

— Foi. Queria que ela não dirigisse à noite, mas ela se recusa a chamar um carro pelo aplicativo.

— Mas ela sabe usar o aplicativo?

— Acho que ela pode fazer muito mais do que deixa transparecer. — Minha mãe hesitou. — Mas ela também não pode fazer tanto quanto pensa que pode. Não deixe que ela se esforce demais.

Franzi o rosto.

— Alguém já teve sucesso em impedir a vovó de fazer *alguma coisa*?

— Uma ou duas vezes. — O fantasma de um sorriso passou pelo seu rosto. — Mas você precisa ficar de olho nela. O coração dela já não é o mesmo. Às vezes, ela se esquece de tomar o remédio. E não pode beber em hipótese alguma. O médico dela foi muito claro sobre isso.

Minha mãe insistia em acompanhar a minha avó ao médico, em parte por causa da confusão que arrumava com os seus remédios, mas principalmente porque a minha avó era uma mentirosa inveterada. Se a minha mãe não estivesse na sala, vovó não só contaria uma série de histórias ultrajantes para o médico, como a minha mãe jamais obteria uma resposta direta sobre a saúde da mãe. Fiquei surpresa com o fato de a minha avó tolerar aquela invasão de privacidade. Mas era o único sinal de que ela estava, de fato, desacelerando um pouco. Ela nunca admitiria, mas ter tomado os remédios errados e a desorientação que se seguiu a haviam assustado.

— Mas ela está bem o suficiente para isso?

— Acredito que ela vai ficar bem com você lá. Sozinha? Não.

— Tudo bem — eu disse enquanto olhava para as roupas espalhadas pela cama e penduradas sobre a bicicleta ergométrica. — Como é o clima de lá? Não sei o que levar.

Isso gerou um sorriso genuíno.

— Mais fresco do que a praia daqui. Com certeza leve alguns suéteres. Algumas calças compridas também. Pode fazer frio à noite. E você vai querer usar tênis. Há colinas na cidade e muitos dos caminhos são bastante rochosos. — Ela fez uma pausa. — Ou pelo menos eram. Faz tanto tempo que não vou lá. Tenho certeza de que muita coisa mudou.

— Por que você parou de ir lá?

— Bem, a esposa do Sam vendeu o chalé. Costumávamos passar todos os verões lá quando Joan, Richie e eu éramos crianças. Mas aí, meu avô morreu e deixou a casa para o Sam; quando ele morreu, a Louise a vendeu. E sem lugar para se hospedar lá, com os meus avós falecidos… — Minha mãe parou, encolhendo os ombros. — Naquela vez que levamos você e a Beth, tudo parecia estar meio errado. A sua avó estava… tudo foi diferente. E… sei lá. Era um lugar tão longe para ir dirigindo quando vocês eram pequenas, era mais fácil levar vocês para Ocean City.

— Então, levo roupa de banho, coisas normais de praia e algumas roupas mais quentes também?

— Roupa de banho só se você quiser pegar um sol na praia. Você não vai entrar na água.

— Poluição?

— O quê? Não! A água é maravilhosa. Só é *gelada*.

Acrescentei duas roupas de banho à pilha, junto às saídas de praia. Eu não sabia se teria tempo de verdade de ir à praia, mas se tivesse, faria todo esse plano maluco ter valido a pena.

— E leve roupas de verdade também. Não sei se ela arrumou uma hospedagem em algum lugar perto da praia. Vocês poderiam ir até a cidade, fica a oito quilômetros de lá. — Acrescentei alguns vestidos de verão, um cardigã, algumas calças jeans e algumas camisas à pilha. — Você deveria ir dormir — advertiu ela. — É um percurso difícil quando se está dirigindo sem revezamento.

Revirei os olhos. Eu havia dirigido de Daytona para D.C. no último ano da faculdade quando os idiotas dos meus amigos decidiram beber uma hora antes de fazermos o *check-out* do nosso hotel nas férias de primavera. Alguém tinha que nos levar para casa e eu era a responsável.

Era verdade que Brad tinha assumido boa parte da direção quando passeamos na última meia década, mas eu sabia que era capaz de fazer aquilo. Além disso, a minha avó não poderia ser mais beligerante do que três universitárias bêbadas. E sair da casa dos meus pais, mesmo que fosse para uma viagem com a minha avó, seria um alívio muito bem-vindo por alguns dias.

QUATRO

— VAMOS COM O MEU CARRO — NOTIFICOU A MINHA avó, olhando de lado para a minha BMW por cima dos seus óculos de sol, que eram comicamente enormes. O carro foi a primeira coisa que pedi no acordo que Brad tinha enviado, seria meu assim que eu o assinasse.

Olhei para o Lexus amassado da minha avó, estacionado de um jeito torto na entrada da sua casa.

— Mas por quê? O meu carro é mais novo. E eu tenho Sirius.

— Bem, eu não ando em carros alemães.

— O que há de errado com os carros alemães?

Ela colocou a mão no quadril.

— Posso pensar em cerca de seis milhões de coisas erradas com eles, mocinha. Agora coloque as bolsas no porta-malas. Precisamos pegar a estrada.

Meu queixo caiu.

— A senhora não vai querer ir no meu carro por causa do *Holocausto*?

— Só porque não aconteceu na sua época não significa que não aconteceu. Pois aconteceu na minha e eu não ando em carros alemães. Não gostou? Então não venha comigo.

— Eu... — Me interrompi. Aquilo não estava começando bem. E se fosse um sinal do que estava por vir, a minha avó *poderia* ser pior do que um carro cheio de garotas bêbadas. Respirei fundo. — Está bem. Então deixa eu pegar as minhas coisas. O seu carro tem *bluetooth* pelo menos?

— É o nome de algum pirata? Não, é um carro normal.

— Eu... hum... tá bom. — Tirei as minhas malas do porta-malas e as transferi para o do sedã japonês menos ofensivo, depois peguei as malas da minha avó no degrau da frente. — Como você conseguiu descer as escadas com estas malas?

— Como você acha? Eu as carreguei.

— Mas como? — perguntei, jogando a segunda no porta-malas. — Eu mal consigo tirá-las do chão.

— Talvez eu seja mais forte do que você. — Olhei para ela. Minha avó parecia um inseto de desenho animado, sorrindo por trás dos óculos escuros. — Eu as arrumei ali embaixo. Sou muito engenhosa, querida.

— Claro que a senhora é. — Estendi a mão. — Chaves, por favor.

— Não seja boba. Eu vou dirigir na primeira parte do caminho. Na verdade, posso muito bem dirigir o caminho todo. Você pode tirar uma soneca.

— Vó! A senhora não vai dirigir o caminho todo. Por que não me deixa dirigir?

— Porque eu ainda não morri. Meu carro, minhas regras. Eu vou dirigir. Pelo menos até a primeira parada.

Dei de ombros e fui para o banco do passageiro.

A minha avó se sentou com cuidado no banco do motorista e colocou o cinto de segurança com um grande esforço.

— Eles tornam essas coisas tão difíceis. Na minha época, não precisávamos disso. Agora eles multam se você não usar, mas aí eles fazem uma coisa difícil de colocar. — Fingi que estava difícil de colocar o meu também, mas logo se encaixou com facilidade. — E lá vamos nós — disse ela, por fim, então afastou-se depressa da garagem, passou sobre o meio-fio e saltou para a rua com um baque alto. — Você disse alguma coisa, querida?

Agarrei a maçaneta da porta, os olhos arregalados, enquanto ela ia pela rua quase no dobro do limite de velocidade, ziguezagueando loucamente.

— Talvez eu devesse dirigir, vó. A senhora pode ir me indicando o caminho.

— Quem precisa de indicação? Eu sei o caminho. Dirigi para lá mil vezes. Talvez até mais.

— Sim, mas… aquilo era um sinal de pare!

— É só uma sugestão. Já faz alguns anos que colocaram. Ninguém para ali.

— Na sua idade… eles fazem a senhora passar por alguns testes… quando foi que a senhora renovou a sua carteira?

Ela acenou de forma leviana com a mão.

— Ah, eu não tenho isso, não.

— A *carteira*?

— Eles tomaram de mim quando eu tive aquela coisa do miniderrame alguns anos atrás. Foi tão estúpido aquilo. Já estou bem.

— A senhora não tem carteira de motorista?

— E por que eu precisaria de uma? Eu sei dirigir. E ninguém acha que sou jovem demais para beber.

— Vó, encosta o carro.

— Por quê? Qual o problema com você?

— ENCOSTA O CARRO AGORA!

Ela estacionou toda torta, a frente do carro estava a trinta centímetros do meio-fio, a traseira a quase um metro e meio.

— Mas qual é o problema? Nós ainda nem saímos do bairro.

— Sai. Eu vou dirigir.

— Você não vai, não.

— Vó, se a senhora não sair da frente desse volante agora e me deixar dirigir, eu mesma vou chamar a polícia.

— E o que a polícia vai fazer? Me colocar na cadeia?

— Sim — respondi com os dentes cerrados. — E eu prefiro não começar a nossa viagem tendo que tirar a senhora de lá. Então troque de lugar comigo.

— Como você é dramática. — Ela suspirou enquanto tirava o cinto de segurança e então me encarou com um olhar fulminante. — Não conte para a sua mãe sobre a carteira de motorista.

O que foi que eu fiz?, pensei, percebendo que ficar em casa com os meus pais poderia ter sido um plano melhor.

* * *

A minha avó fofocou sobre os meus primos durante a primeira meia hora enquanto deixávamos os subúrbios de Maryland em Washington, D.C., e entrávamos na I-95 Norte. Escutei tudo sem qualquer entusiasmo. Eu não queria mesmo ouvir sobre como duas delas estavam casadas e felizes, como a terceira estava noiva e feliz. Não quando eu estava prestes a me tornar a única divorciada entre nós.

Houve uma pausa quando as placas para Baltimore apareceram, e eu mudei de assunto.

— Então, por que estamos indo para Massachusetts mesmo?

Ela fez uma careta para mim.

— Eu já disse. É coisa minha.

— Tudo bem, mas, tipo... eu não vou contar para a mamãe. A senhora pode me falar.

— Por que você está se divorciando mesmo?

Olhei para ela, as sobrancelhas levantadas.

— Como é?

— Você quer fazer perguntas sobre coisas que não são da sua conta? Então vou fazer a mesma coisa. E não venha me dizer que foi porque ele encontrou outra pessoa. Esse é o sintoma que leva você ao médico, não o diagnóstico.

Estremeci ao me lembrar da voz de Brad. *Não estamos felizes.*

— Tá bom. Não precisamos falar sobre por que estamos indo.

— Você não vai escapar tão fácil assim — reforçou vovó, tirando os seus enormes óculos escuros e olhando para mim. Mantive os meus olhos de propósito na estrada. — O sexo não era bom?

— Vó!

— O que foi?

— Eu não quero falar sobre *isso* com a senhora.

— Não vejo por que não. Afinal, foi como você veio ao mundo, não foi? E acredite ou não, foi assim que a sua mãe chegou aqui também.

— Por favor, pare.

— Seu avô e eu nunca tivemos problemas quanto a isso, felizmente. Não que eu tivesse tido muita experiência antes dele. Mas tive algumas.

Me imaginei soltando o cinto de segurança, abrindo a porta do carro e me jogando no tráfego.

— Será que podemos, por favor, falar, tipo, sobre qualquer outra coisa?

Ela soltou uma gargalhada.

— Ora, você perguntou por que estamos indo para lá. Você não quer saber a resposta?

— Se a resposta for que a senhora vai encontrar um cara com quem dormiu antes do vovô, eu não quero mais saber.

— Não, não vou por causa do Tony.

— Ai, credo, vó. E ele tem um nome. A senhora de fato... Ai, credo.

Tirei a mão do volante para esfregar a têmpora.

— Mas é claro que ele tem um nome. E há uma lição importante para você aqui. Não é como se você só tivesse um único amor na vida. Eu mesma tive dois. — Ela fez uma pausa, e eu podia sentir seus olhos astutos abrindo um buraco na lateral do meu rosto. — Embora eu ache que você ainda não tenha conhecido um dos seus.

Girei o pescoço, que ficou tenso de repente, enquanto me perguntava por um instante se a razão pela qual Brad sempre estalava o dele quando ficava estressado era porque *eu* o tirava do sério.

— Eu amava o Brad — eu disse, baixinho.

Minha avó balançou a cabeça.

— Pois então repita isso para você mesma se isso faz você se sentir melhor.

— O que a senhora sabe sobre isso? A senhora não estava no nosso casamento!

— Nem você mesma estava nele, caso contrário não haveria outra pessoa lá agora.

Levantei a mão.

— Podemos não conversar por um tempo? Temos uma longa viagem... uma longa semana pela frente, e não, eu não quero brigar com a senhora.

— E quem aqui está brigando?

Lancei para ela um olhar irritadiço, e ela logo compreendeu.

Pelo menos por uns três quilômetros.

— Tony não é de fato o começo da história — disse ela enquanto nos aproximávamos do túnel Harbour na 895. — Meu pai é.

— *Zayde* — concordei, usando a palavra iídiche para "vovô", com a qual minha mãe o chamava.

— O nome dele era Joseph. Yusef, na verdade. Mas ele queria ser americano. Ele veio da Rússia, você sabe. Tinha dezenove anos e estava fugindo.

— Do que ele estava fugindo?

— De um casamento ruim.

Suspirei alto.

— É sério mesmo? Toda essa viagem é, na verdade, uma armação para eu superar o Brad? Porque a senhora não está sendo lá muito sutil.

— Quem aqui está sendo sutil? Nem tudo tem a ver com você, sabia? E esta viagem com certeza não tem.

Ficamos quietas por mais um quilômetro e meio, até que finalmente obriguei os meus ombros a relaxarem.

— Tudo bem — eu disse quando emergimos para a luz. — O que havia de tão ruim no casamento dele?

— Ah, mas ele não era casado. A mãe dele contratou uma casamenteira. E quando eles organizaram o *shidduch*, ele seguiu a casamenteira para encontrar a garota em questão. Ele não se casaria com ela se não gostasse da aparência dela. E ele não gostou. Disse que a moça parecia um velho saco de batatas.

— Então ele simplesmente fugiu?

— Ele embolsou o dinheiro que o pai dele havia lhe dado para comprar um terno de casamento, pegou o trem que passaria pela Europa e então comprou uma passagem em um navio que vinha para a América.

— Como ele se estabeleceu em Hereford?

— Por acidente. Pegou o trem de Nova York para Boston, onde morava um primo. Mas ele adormeceu e perdeu a estação certa. Quando chegou ao fim da linha, desceu e caminhou da estação até a praia e disse que ali era onde queria morar. E ele fez isso desde então até o dia em que morreu.

— E a sua mãe?

— Ela era de Rockport. Algumas cidades depois. Os pais dela vieram da Rússia enquanto a minha avó ainda estava grávida dela. — Ela fez uma pausa.

— Eu nunca conheci os meus avós.

— E como os seus pais se conheceram?

— Ela estava trabalhando para o pai dela. Era mais velha, com vinte e cinco anos na época. Ele tinha vinte e quatro. Papai entrou, deu uma olhada nela e soube que minha mãe era a garota certa para ele. — Minha avó então parou de falar, seus lábios pressionados em uma linha que significava que ela não iria elaborar mais do que aquilo.

Continuamos em silêncio por mais três quilômetros, e eu desejei muito estar no meu carro, onde poderia colocar música do meu celular para tocar. O rosto da minha avó estava virado para a janela. Olhei para ela, e naquele momento, pela primeira vez, achei que ela parecia mais velha do que a avó da minha memória. Vaidosa até a medula, ela seguia religiosamente um regime de cuidados com a pele que a mantinha parecendo mais jovem do que muitos dos seus contemporâneos. Não que ela tivesse tantos contemporâneos sobrando. A maioria dos seus amigos e todos os seus irmãos já haviam falecido. Ela era a segunda mais nova de um total de sete filhos, mas o caçula da família morrera ainda muito jovem em algum acidente nebuloso. Já meu avô tinha morrido fazia... nossa, já fazia cinco anos? A perda tem um preço físico e emocional, as linhas no rosto da minha avó contavam essa história.

Vi um pedaço do meu próprio rosto no espelho retrovisor. Não, ainda não dava para ver linhas, mas isso não significava que eu também parecia a mesma. Seis meses aprendendo a viver com o fato de que a minha vida nunca seria perfeita — de que *eu* nunca seria perfeita — haviam causado certo dano. Posso não parecer *mais velha*, mas alguma coisa mudou. Eu não sabia como quantificar isso, além do fato de que eu não gostava de nada disso.

Olhei para a minha avó, que estava me observando com os mesmos olhos que os meus, com a diferença de que os dela estavam encapuzados com pálpebras enrugadas.

— Sabe, ela não estava apaixonada por ele.

— Quem?

— A minha mãe. Ela estava apaixonada por outra pessoa. É por isso que ela não tinha se casado ainda aos vinte e cinco anos.

— Então por que...?

— Ele não era judeu, então o pai dela não a deixou se casar com ele. Acho que ela se casou com o papai justamente para fugir da casa do pai.

— Isso é horrível.

— Naquela época era assim. — Ela deu de ombros. — Ou você se casava com um judeu, ou seus pais faziam o *shivá* para você. Foi por isso que eu não me casei com o Tony. Ele era português.

— E a senhora simplesmente concordou com isso? Isso não é algo do seu feitio.

Ela soltou uma pequena risada.

— Você me conhece bem, menina. Não concordei. Mas foi o melhor a fazer no fim das contas. Meu pai acabou voltando atrás em relação ao Tony, mas já era tarde demais para nós, as coisas acontecem do jeito que devem acontecer. Não foi culpa dele. Ele não passava de um produto do seu tempo. Assim como eu sou do meu. Assim como você é do seu.

Eu estremeci.

— Só me diga que esse Tony não é, na verdade, o meu avô. Eu não conseguiria lidar com isso.

Minha avó ficou indignada.

— Eu jamais faria algo assim!

— A senhora está dizendo a verdade?

— Claro que sim! Eu nunca mentiria sobre algo assim.

— A senhora mente o tempo todo!

— Isso é verdade. — Ela sorriu. — Mas eu nunca seria capaz de trair o seu avô.

E com isso, ela começou a me contar sobre o dia em que conheceu o primeiro amor da sua vida.

CINCO

Fevereiro de 1950
Hereford, Massachusetts

EVELYN BERGMAN NÃO ERA A IRMÃ MAIS ESPERTA. Essa era a Helena. Ela não era a irmã bonita, a Gertie era. Nem era a sofisticada, essa era a Margaret, ou mesmo a caçula, que se chamava Vivie. Contudo, ninguém nem sequer se lembrava do fato de ela ter quatro irmãs quando passava e exibia aquele sorriso perverso que só ela tinha, seus olhos castanhos brilhavam com uma faísca tão repleta de humor e vida que o destinatário daquele olhar sentia como se fosse a pessoa mais sortuda do mundo.

E ela sabia disso.

Então, quando, pela primeira vez, viu o rapaz encostado na parede do lado de fora da farmácia, ela não hesitou. Não importava que ele não estivesse sozinho. Ela o tinha notado antes. E naquele dia decidiu que queria ser notada também.

— Já volto — disse ela para Vivie e sua amiga Ruthie.

Vivie era dezoito meses mais nova que Evelyn. Ruthie estava exatamente a meio caminho entre as idades das duas.

— Aonde você está indo? — Sua mãe havia encarregado Vivie de sempre manter Evelyn na linha; uma missão impossível, na qual ela estava destinada a falhar todos os dias.

— Eu tenho um encontro hoje à noite.

— Com quem?! — exclamou Vivie.

Gertie e Helen, com vinte e três e vinte e seis anos de idade, eram casadas. Margaret estava na faculdade — Joseph insistia que todas as filhas frequentassem, ainda que Miriam considerasse aquilo um desperdício. Porém, Joseph era igualmente firme em outro ponto: não haveria namoro algum antes de terminada a faculdade.

Evelyn inclinou a cabeça para os dois rapazes, que contra o vento estavam acendendo cigarros de um maço compartilhado.

— O da esquerda. — Ela começou a atravessar a rua, em seguida se virou e gritou por cima do ombro: — Ele só não sabe ainda.

Ela parou bem na frente do seu alvo, que abaixou o cigarro para evitar soprar fumaça em seu rosto.

— Posso dar um trago?

A respiração de Tony ficou presa quando olhou para ela. Ele sabia quem era Evelyn. Não era possível morar em Hereford *sem* saber. Mas ele nunca tinha falado com ela, muito menos recebido aquele sorriso.

— Boas garotas não fumam — disse seu irmão Felipe.

Evelyn riu, alegre.

— Acho que ninguém nunca me chamou de *boa* antes. — Ela então nivelou seu olhar de volta para Tony. — Bem, não me entenda mal, não sou tão apressadinha. E eu tenho dois irmãos mais velhos, então sei cuidar muito bem de mim. Só não sou de seguir regras. Agora, que tal um cigarro?

Tony tirou um do maço, acendeu e o entregou para ela, que o segurou, mas não o levou aos lábios e estendeu a mão direita em cumprimento.

— Evelyn Bergman.

— Eu sei. — Tony a cumprimentou de volta. — Você é a garota que invadiu o cinema.

Ela riu de novo.

— Meu Deus, isso foi há dez anos. Você sabe quem eu era dez anos atrás e eu não sei o seu nome.

— Tony — respondeu ele.

Evelyn inclinou a cabeça para o lado, fazendo uma pergunta não verbal.

— Antonio.

— Português?

Aquele não foi um palpite aleatório. Ele não era judeu, caso contrário ela já o conheceria. E a comunidade portuguesa nas vilas costeiras e pesqueiras era grande. Eles estavam lá havia mais tempo do que os judeus, que fugiram principalmente dos pogroms da Rússia, e mais recentemente dos alemães; eles eram uma parcela dominante da indústria pesqueira. Felipe estava vestido para trabalhar nas docas, embora ainda não cheirasse como se já tivesse estado lá naquele dia.

Tony concordou, sabendo que aquilo significaria o fim de tudo. Evelyn não era a única Bergman que todos conheciam na cidade. Joseph, nos mais de trinta anos desde que havia chegado à sonolenta cidade litorânea, sujo e cansado da viagem, tinha se estabelecido como um verdadeiro pilar da comunidade. Ele começou trabalhando para o sr. Klein em sua mercearia de grãos e outros produtos secos, primeiro organizando as prateleiras, depois trabalhando no caixa conforme ganhava a confiança do sr. Klein. Ele aprendia rápido, estudou primeiro inglês, depois negócios e então como encantar o povo de Hereford. Certo dia, quando o sr. Klein teve um ataque cardíaco, a viúva vendeu a loja para Joseph, ainda que ele não fosse capaz de pagar, ela permitiu que ele o fizesse aos poucos.

Uma vez comerciante, ele conheceu e se casou com Miriam, filha de um atacadista com quem ele fazia negócios e assim começou a quase povoar a cidade com seus sete filhos. Ele conseguiu um assento no conselho da cidade, sendo o único judeu e imigrante a obter tal façanha. Ele acreditava naquele país que havia adotado como lar e apreciava um lugar onde um imigrante fosse capaz de crescer e ser respeitado. Ele era honesto e justo, respeitava o trabalho árduo acima de qualquer coisa.

Com exceção de qualquer homem cortejando uma das suas cinco filhas, pois nesse caso o jovem precisaria ser judeu e formado na faculdade, além de trabalhador. O próprio Joseph só teria passado em dois terços desses requisitos, entretanto, a religião era a área na qual ele se recusava a ceder em qualquer que fosse a forma de assimilação. Já os jovens da cidade, por sua vez, haviam aprendido isso rápido logo que as meninas Bergman mais velhas atingiram a maioridade.

— Você gosta de Frank Sinatra? — perguntou Evelyn.

— Eu... sim?

— Excelente. Vamos ver esse filme com ele e o Gene Kelly hoje à noite.

— É... o quê?

— Você vai me levar para um encontro — explicou ela devagar.

— Vou?

Ela confirmou, e ele não pôde deixar de sorrir.

— Nem pense em se engraçar. Lembre-se: dois irmãos mais velhos, e eu sempre tenho um alfinete comigo.

Tony colocou a mão sobre o coração em um movimento de promessa.

— Pego você às sete?

— Ah, por Deus, não. Meu pai mataria você! Encontro você lá.

— Hum, está bem.

— Ótimo — disse Evelyn com um sorriso brilhante, então se virou para ir embora. Ela deu dois passos, parou e se virou, estendendo a mão. — Espere. Aqui está o seu cigarro.

— Pode ficar com ele.

Evelyn riu.

— Ah, eu não fumo. — Ela o colocou entre os dedos dele. — Vejo você hoje à noite, Tony.

— O que foi que aconteceu aqui? — perguntou Felipe, enquanto eles a observavam atravessar a rua na direção das duas garotas, que ficaram boquiabertas com tamanha exibição descarada.

— Acho que acabei de me apaixonar.

Felipe balançou a cabeça.

— Esse é o tipo de garota que vai arruinar a sua vida.

— Pode até ser. Mas talvez valha a pena.

SEIS

— COMO ASSIM A SENHORA INVADIU O CINEMA com o carro?

Estávamos nos aproximando da fronteira do estado de Delaware.

Minha avó riu.

— Eu era famosa por isso. Morávamos no alto de uma colina. Era... aquela casa tinha algum tipo de magia nela. Não parecia ser tão grande, mas era como se respirasse fundo e se expandisse quando todos estavam lá dentro. Havia só dois banheiros para os nove de nós. Às sextas-feiras, você não conseguia usar a banheira do andar de baixo. A mamãe guardava o peixe para o jantar de *Shabat* lá até a hora de matá-lo e cozinhá-lo.

— Ela mantinha um *peixe vivo* na banheira?

— Toda semana. — Ela deu de ombros. — Já estávamos acostumados. E você jamais vai provar um peixe tão fresco na vida como aquele.

— Tudo bem — eu disse, as minhas sobrancelhas levantadas. — Mas e o cinema?

Com um leve aceno de cabeça para afastar o outro caminho para o qual seus pensamentos haviam rumado, ela então voltou para a colina.

— O cinema ficava na base dessa colina. Fazia só alguns anos que eles o tinham construído. Talvez em 1935? Ainda era um prédio muito novo. E do tipo antigo, nada como esses grandes de hoje em dia, tinha uma única sala e uma varanda. Papai costumava estacionar o carro na rua em frente à nossa casa. Eu tinha sete anos e decidi que ia "dirigir", chamei alguns amigos, entramos no carro e estávamos brincando. Mas eu devo ter baixado o freio de mão e, quando me dei conta, estava descendo mesmo a colina. O carro bateu direto nas portas da frente.

— Você se machucou?

— Não. Mas eles estavam exibindo *O Mágico de Oz* e quando as pessoas se aproximaram correndo para ver se eu estava bem, disse alguma coisa sobre não estar mais no Kansas. E essa foi a história que correu por toda a cidade.

— E o que aconteceu?

— O sr. Ambrose era o dono do cinema. Ele viu que eu não estava machucada, então me levou para casa pela orelha e me deixou com a minha mãe. Aquele velho asqueroso. Se ele tivesse um pingo de decência teria me levado até a loja do papai. — Ela olhou para mim. — Eu era a favorita do papai. Jamais teria qualquer problema se ele estivesse lá. Mas com a mamãe era outra história.

— O que ela fez com você?

— Nada. Eu me escondi debaixo da cama até o papai chegar em casa. Ela pegou a vassoura para tentar me tirar de lá, mas não conseguia me alcançar quando fiquei no canto. E ele nem se importou com o carro.

— Isso explica muita coisa — murmurei.

Ela deu de ombros.

— Você pode se preocupar com as pequenas coisas ou simplesmente viver a vida. Papai acreditava em viver a vida.

Levei o carro para a esquerda enquanto nos aproximávamos da parada de descanso.

— Eu adoraria tomar um café.

— Se você estiver ficando cansada, eu posso dirigir.

— Com certeza não.

— Só porque eu bati em um cinema há mais de oitenta anos?

— Não, porque a senhora não tem carteira de motorista!

— Você e a minha mãe teriam se dado bem. Nem um pouco divertidas.

— Ei, eu sou divertida! — Minha avó ergueu uma sobrancelha e senti os meus ombros caírem. — Tá bom, não muito hoje em dia. Mas eu costumo ser, sim.

— Tenho certeza de que você é, querida. — Ela deu um tapinha no meu braço. — Ninguém nunca disse que você não é.

— A senhora acabou... Ah, deixa pra lá.

Resolvi pedir um café dos grandes.

Depois de estacionar e ajudar a minha avó a desafivelar o cinto de segurança, fiquei na calçada esperando, então percebi que ela estava tendo dificuldade para sair do carro. Fui para o lado do passageiro e notei um arranhão grande na sua perna.

— A senhora precisa de ajuda?

Se olhares pudessem matar, minha avó teria sido a única que sobraria para dirigir o carro.

— Não *preciso* de nada.

— Claro que não, vó. — Então me lembrei do aviso da minha mãe e do fato de a minha avó ter um quadril ruim. — Minhas pernas estão rígidas demais depois de ficar tanto tempo no carro. Estou aqui se a senhora sentir vontade de uma mãozinha.

Ela olhou para cima, verificando se havia sarcasmo na minha resposta, mas quando não viu nenhum, ela colocou a mão manchada e enrugada sobre a minha e me permitiu levantá-la. Uma vez em pé, ela me dispensou, porém mantive o meu ritmo lento para equiparar ao dela. *Ela ia mesmo tentar fazer isso sozinha*, pensei, balançando a cabeça. Minha mãe sempre me dizia para sufocá-la com um travesseiro antes que ela ficasse tão mal quanto a vovó, o que eu achava um tanto melodramático, mas e se a minha mãe ficasse assim? Caramba.

Depois de ir ao banheiro, esperamos juntas na fila do Starbucks.

— Odeio que a gente não pode usar o aplicativo em paradas de descanso — reclamei.

— O que é um aplicativo?

— É um... não sei como explicar... é uma coisa no seu celular. E com ele você pode pedir a bebida antes em praticamente todos os outros Starbucks.

— E por que você gostaria de fazer isso?

— Porque aí você não precisa esperar na fila.

— Mas se você não quer esperar, vá para a frente da fila.

— Não posso fazer isso.

Sua boca se curvou em um sorriso.

— *Eu* posso. — Ela afastou a minha tentativa de colocar a mão no seu braço a fim de impedi-la, então caminhou até a frente da fila. — Com licença — disse ela para o homem parado logo à frente. Ele parecia ter cerca de trinta anos de idade e estava olhando para a tela do celular. — Tenho quase noventa anos. Será que eu poderia passar na sua frente?

— Eu... é... sim, senhora. É claro que sim.

Ela estendeu a mão e deu um tapinha na bochecha dele.

— Que jovem mais educado. Sua avó deve ter muito orgulho de você. — Ela se virou para mim. — Vamos. Precisamos voltar para a estrada logo.

— Com licença e desculpe por isso — eu disse, mortificada.

— Está tudo bem — aquiesceu ele, gesticulando para o barista, que esperava.

— Um *macchiato* de caramelo venti com leite desnatado, por favor.

Eu me virei para a minha avó.

— O que a senhora vai querer?

— Um café. Você pediu comida? Eu pegaria uma daquelas coisas triangulares ali.

— Que tipo de café?

— Do tipo café.

Lancei um olhar de desculpas para as pessoas na fila atrás de nós.

— Sim, mas qual o tamanho?

— Que tamanho você pediu?

— Um venti.

— Ventilado? Não, quero só coado mesmo. Só quero um café.

— Não, vó, um venti é o grande.

— Então por que você não disse grande?

Olhei já com horror para a fila atrás de nós, que agora estava significativamente mais longa.

— Tudo bem, a senhora quer um grande?

— O que eu faria com um café grande? Eu nunca mais dormiria de novo.

— Ah, pelo amor de... Qual tamanho de café a senhora quer?

— Um pequeno, querida.

— Você quer com algum sabor ou pode ser café *espresso*?

— Hum, não sei. Quais são os sabores?

Lancei as mãos para cima, exasperada.

— Ela vai querer um *espresso* pequeno e um bolinho de mirtilo.

— Será que o *espresso* daqui é bom mesmo? Pede para mim o mesmo do seu.

Esfreguei o meu pescoço, mas obedeci, depois paguei e quase arrastei minha avó para o lado a fim de esperarmos nosso pedido.

Peguei o celular e comecei a escrever uma mensagem para a minha mãe.

Mas quando terminei, percebi que a minha avó estava quieta demais, então tirei os olhos da tela e vi que ela havia andado até o balcão onde ficavam o açúcar e afins. Dei três passos em sua direção e parei enquanto a observava abrir a bolsa e despejar todo o recipiente de adoçantes artificiais lá dentro. Eu corri até lá.

— O que a senhora está fazendo? — sussurrei.

Ela me olhou, surpresa.

— O que você acha? São de graça.

— Mas não é por isso que a senhora vai pegar todos!

— E por que não? Eles têm mais.

Erguendo a mão, ela chamou a barista mais próxima.

— Senhorita! Acabou o adoçante.

— Pode deixar que eu *compro para a senhora* quantos adoçantes quiser. Só coloca tudo de volta no lugar.

— Não vou fazer isso. Nunca se sabe se os lugares vão ter adoçante quando você está numa viagem.

A barista então trouxe uma caixa de adoçantes e começou a reabastecer a bancada.

— Obrigada, querida.

Minha avó esperou até que a barista se afastasse, então olhou para mim, triunfante, e também jogou os novos pacotinhos dentro da bolsa.

Ouvi meu nome, peguei a bandeja com os nossos cafés e o bolinho, peguei o braço da minha avó e a puxei na direção da porta.

— Não estou acreditando que a senhora acabou de fazer isso.

— Você ainda tem muito a aprender. — Ela pegou o menor dos dois cafés da bandeja e tomou um gole. — Adoro quando colocam o caramelo em cima da espuma.

— Achei que a senhora não sabia que tipo de café queria.

Minha avó apenas sorriu.

SETE

Abril de 1950
Hereford, Massachusetts

QUANDO A SUA ANIMADA SEGUNDA FILHA MAIS NOVA deu um beijo de despedida no pai e praticamente flutuou pela porta, Miriam observou com os olhos treinados de uma mãe que já havia criado três filhas mais velhas, então soltou um suspiro pesado. Evelyn até podia ter dito que ia ao carnaval com Ruthie, mas ficou bem óbvio, tanto pelo fato de Vivie não a acompanhar quanto por seu comportamento, que ela estava mentindo. Evelyn tinha um namorado.

Secando as mãos no avental, Miriam foi até a porta da sala e pigarreou para que Joseph erguesse os olhos do jornal.

— Ela anda saindo demais ultimamente — avaliou Miriam, apontando para a porta.

— É só uma menina alegre. E tem muitos amigos.

Miriam não respondeu. Ele sempre havia sido rápido em assumir as transgressões das filhas mais velhas, e, mesmo assim, quando se tratava de Evelyn, ele ficava cego. Então, em vez disso, ela voltou sua atenção para Vivie, que estava praticamente costurada à poltrona no canto da sala, com o nariz em um livro.

— Por que você não vai ao carnaval?

Vivie tirou os olhos culpados das páginas, o que confirmou as suspeitas de Miriam.

— É que eu... eu não queria ir.

Mentir até podia ser fácil para Evelyn, mas Vivie ainda precisava dominar tamanha habilidade. Ainda mais para a mãe.

Afastando-se da filha a fim de ficar um pouco mais perto de Joseph e falando mais alto, para que assim ele não pudesse fingir que não a havia escutado, ela falou, de uma forma bastante ostensiva para Vivie:

— Sua irmã precisa levar você da próxima vez. Não pode ir com a Ruthie e não levar você junto.

— Ela já disse que não queria ir — disse Joseph, sem tirar os olhos do jornal em seu inglês com forte sotaque. Miriam suspirou mais uma vez, voltando para a cozinha e para a pilha de pratos que parecia interminável, mesmo com cinco de seus sete filhos já tendo se mudado de casa.

Será um alívio quando a sexta for embora também, ela pensou, inclinando-se pesadamente no balcão. Ultimamente, as suas costas doíam e ela sentia cada um dos anos dos quase cinquenta e seis. Não que ela não amasse a filha teimosa e obstinada, muito pelo contrário. Só que Evelyn era a que dava mais trabalho entre todos os filhos. O maior motivo de preocupação. E sempre a maior encrenqueira.

Logo, não era surpresa nenhuma o fato de que ela fosse a única a se apaixonar enquanto ainda estava no ensino médio. Miriam achava que Joseph era um tolo por insistir que as cinco filhas fossem para a faculdade. Bernie e Sam poderiam muito bem usar esses diplomas e fazer algo melhor da vida do que serem lojistas. Não que ela se ressentisse por Joseph em sua loja. Ele havia construído uma vida confortável para eles. Eram respeitados na cidade e não tinham má fama de nenhuma forma. Era uma vida muito melhor do que ela esperava. Mas seus filhos — ela pensava *com orgulho* neles — mereciam muito mais.

Quanto às filhas, o que mais elas poderiam fazer de fato, além de se casarem bem? Sim, Helen e Gertie chegaram a trabalhar nas fábricas durante a guerra, enquanto Bernie e depois Sam se alistaram para lutar, mas uma carreira de verdade seria secundária. No entanto, Miriam não discutia, porque achava que elas encontrariam maridos melhores na faculdade e não na cidade, algo que Helen e Gertie haviam concretizado.

E Miriam sabia que Evelyn também, contanto que o tal garoto local não atrapalhasse. Quando Vivie pediu licença para ir dormir, Miriam a encurralou no quarto que Vivie dividia com Margaret e Evelyn antes de Helen e Gertie irem embora, o que deixou um dos quartos desocupado.

— Quem é ele? — perguntou ela, baixinho, fechando a porta atrás de si.

— Ele quem?

Miriam se sentou na cama e fitou a filha com um olhar de quem sabia de algo.

— O menino com quem Evelyn está saindo. — A boca de Vivie se abriu, mas ela logo a fechou. — Eu sei que você sabe.

— Mamãe, por favor. Ela vai me odiar se eu contar.

— Não vai, não. Ela precisa muito de você.

— Mas eu prometi.

— E ela cumpre todas as promessas dela?

Os olhos de Vivie se encheram de lágrimas, e Miriam sentiu uma onda de pena. Era difícil viver à sombra de Evelyn.

— Ele é judeu? — ela finalmente perguntou.

Vivie balançou a cabeça, e Miriam hesitou. Isso era o melhor e o pior que poderia acontecer. Joseph talvez pudesse ser influenciado por um rapaz judeu que tivesse potencial para um casamento. Mas quando soubesse do fato em questão, seria justamente ele quem insistiria para que aquilo terminasse. Pelo menos uma vez na vida, Miriam não teria que ser a que pegaria pesado com Evelyn.

Ele a adorava, e embora Miriam entendesse o porquê, já que ela mesma não era imune ao charme da garota, isso significava que Miriam era quem precisava colocar os pés no chão. Ela conseguia acalmar as outras filhas quando Joseph não as deixava enrolar o cabelo, usar batom, ir ao cinema nos *Shabbas* ou fazer as várias coisas que as outras crianças americanas faziam. Mas Joseph nunca disse um único não para Evelyn, então Miriam precisava fazer isso. E Joseph, de uma forma inexplicável e irritante, discutia com Miriam para que Evelyn recebesse os mesmos privilégios que ele havia negado aos cinco primeiros filhos.

— Seu pai vai dar um basta nisso.

— A senhora não pode dizer para ela que fui eu que contei.

Os olhos de Vivie estavam arregalados, Miriam a puxou para o peito e a abraçou.

— Shh, *docinho*. Eu não vou.

Quando Miriam voltou ao seu quarto, pegou uma caixa de chapéu de dentro do baú no canto e sentou-se pesadamente na cama com ela.

Ao verificar o relógio na mesinha de cabeceira, com cuidado ela levantou a tampa e tirou o chapéu de dentro, revelando uma pilha de cartas, amarradas com uma fita já desbotada, da mais antiga até a mais nova. Todas ainda estavam lacradas. Miriam segurou a pilha contra o peito, fechando os olhos e sentindo uma enorme simpatia pela filha que achava que ela não a amava.

Miriam amava Joseph por tê-la salvado de uma vida sozinha na casa de seu pai. Por ter dado a ela sete filhos, cada um deles se revelando um milagre por direito próprio. Pelos seis netos que ela tinha dos três filhos mais velhos, e pelo sétimo netinho que estava a caminho. Por confiar nela para administrar a casa como bem entendesse. Por não negar nada a ela. Pela vida que haviam construído juntos.

Ela o amava tanto quanto era capaz de amar, porém, todo o seu coração não era seu para dar. E contanto que uma carta chegasse todos os anos no dia de seu aniversário, ela sabia, mesmo que não pudesse lê-las, que Frank ainda a amava. Mesmo que o pai o tivesse mandado embora. Mesmo agora, mais de trinta anos depois.

Por um instante ela hesitou, lembrando-se dos meses de coração partido que passou depois que Frank havia partido. O desespero que ela pensou que a consumiria por inteiro. Mas então ela viu a fotografia que mantinha em sua cômoda, era Bernie, seu primogênito, ainda bebê.

Não, pensou Miriam. Acabar com esse flerte era a coisa certa a fazer. Além disso, nada poderia destruir Evelyn. Ela até podia ser voluntariosa, e mimada, e impossível. Mas era forte. E dar um basta naquilo agora mesmo só garantiria que ela reconhecesse o caminho certo quando ele se revelasse.

E onde estaria Miriam agora se tivesse se casado com Frank? A esposa de um marinheiro sem família, sem uma casa de verdade? Ela estava melhor onde havia escolhido ficar. E Evelyn também estaria.

OITO

— E o que aconteceu com a Vivie? — perguntei.

— Como assim?

— Bem, sei que ela morreu jovem. — Quando a avó não respondeu, olhei para ela. Estava olhando pela janela, mas então percebi um músculo saltar na pele flácida de sua mandíbula. — Como ela morreu?

— Foi um acidente. Ela se afogou.

— No mar?

— Com certeza não na banheira.

Havia um tom de ressentimento em sua voz, então tentei rir.

— A mesma banheira com os peixes das sextas-feiras?

Isso provocou um pequeno sorriso. Mas quando ela não continuou brincando comigo, percebi que eu havia tocado em um assunto que não estava aberto a discussão. Não houve nenhuma mentira deslavada. Nenhum equívoco. Só respostas curtas acompanhadas de silêncio. A resposta menos vovó que já tinha recebido. Então conduzi a conversa de volta à história que ela estava me contando.

— Então a sua mãe ficou no seu encalço e no do Tony?

— Ela tinha lá seus motivos. Eu não os entendi até ela morrer. Mas olhei para Vivie naquele mesmo dia quando cheguei em casa e já soube que o segredo tinha sido descoberto e que eu precisaria terminar. Mamãe a deixou muito intimidada. Vivie era... delicada. Ela não conseguia lidar com gritos, e a nossa mãe era do tipo que gritava. Eu só gritava de volta. Talvez seja por isso que a mamãe não gostava de mim.

— Tenho certeza de que ela gostava de você.

— Ah, ela me amava, não me entenda mal. Se não amasse, não teria se incomodado em contar ao papai. Ela teria deixado isso continuar e piorado quando ele descobrisse. Eu só não sou do agrado de todos. — Ela riu. — Bem, talvez de todos, menos dela.

Como você consegue esse nível de confiança? Eu me perguntei. *Eu costumava ser corajosa, mas nunca assim.*

Não que eu ainda me sentisse corajosa.

— O que seu pai fez quando descobriu?

— Ele me disse que eu não podia mais vê-lo.

Revirei os olhos, mudando de faixa.

— Só porque ele não era judeu? Nunca entendi isso. Falando sério, quem se importa? É apenas mais uma razão para discriminar as pessoas.

Vovó jogou as mãos para cima.

— Você por acaso sabe em que ano eu conheci o Tony?

Balancei a minha cabeça em negativa.

— Em 1950.

Ela olhou para mim com expectativa, então suspirou.

— Eles ensinam *alguma coisa* sobre história nas escolas hoje em dia?

— Vovó, eu literalmente sou professora de História.

— E você não sabe quando foi o Holocausto?

Gemi por dentro. Sempre se tratava do Holocausto com a sua geração.

— Ah, mas não era como se ele fosse alemão.

Vovó não respondeu de imediato, o que significava que eu estava prestes a receber um sermão.

— O papai veio de uma aldeia na Rússia. O exército russo costumava ir até lá e levar meninos quando ainda eram jovens. Os meninos nunca mais voltaram. Sua mãe o escondeu, raspando a cabeça dele para fazer perucas para ele e o irmão, e assim os vestia como se fossem meninas sempre que eles apareciam.

"Ele se esforçou tanto para trazer a família para cá. Enviou dinheiro. Mas a mãe dele não veio. Então, depois da guerra, ele passou anos tentando encontrar os parentes, os amigos. Ele nunca encontrou ninguém."

Ela estava olhando para a frente e puxou os óculos escuros de volta para os olhos.

Eu estava abrindo a boca para dizer alguma coisa, só não sabia bem o que, quando ela continuou:

— Mas eu os encontrei.

Estremeci involuntariamente sob seu tom.

— Quando o Museu do Holocausto abriu, fui até lá e me encontrei com os historiadores do lugar. E eu disse que queria saber o que havia acontecido. A aldeia fazia parte da Polônia naquela época, não da Rússia. Antes da guerra, havia dez mil judeus lá. Setenta e três sobreviveram. O resto foi para Treblinka. Todo mundo que ele conhecia... eles simplesmente... se foram.

Ela enxugou um dos olhos sob os óculos. Eu nunca tinha visto a minha avó chorar. Nem mesmo no funeral do meu avô.

— Ele sabia. Quando não conseguiu encontrá-los, ele soube.

Eu me peguei com a respiração acelerada e senti uma sensação de peso no peito, do tipo que não conseguia explicar. Eu não conhecia nenhuma daquelas pessoas. Mas também não sabia que a minha família havia perdido alguém. Estávamos todos ali, ao lado dos quatro avós, antes de acontecer. Achei que estávamos intocados.

— Quando você passa por esse tipo de experiência... bem, você releva algumas coisas — concluiu ela.

— A senhora não ficou brava com ele?

— Querida, como eu poderia ficar? Eu não teria a sua mãe, você, ou a Joan. Se bem que talvez essa aí tivesse sido melhor, ou o seu tio, as suas irmãs ou os seus primos, se ele não tivesse feito o que fez. E, no fim das contas, fui eu que decidi casar com o seu avô. Você acha que eu me conformaria?

Tentei imaginá-la se conformando com qualquer coisa. Essa mulher impetuosa e indomável.

— Então é por isso que a senhora não anda em um carro alemão?

— Quem disse que não ando em carro alemão?

Cerrei os dentes.

— A senhora! Por isso viemos no seu carro.

— Ah. Eu menti. Não achei que você me deixaria dirigir o seu. — Ela sorriu. — Mas se eu estava errada, ficaria feliz em dar uma volta nele quando chegarmos em casa.

NOVE

Abril de 1950
Hereford, Massachusetts

— VOCÊ SE DIVERTIU NOITE PASSADA? — PERGUNTOU MIRIAM enquanto colocava um prato diante de Evelyn na mesa do café.

Nos dias de semana, ela servia o pão preto de abóbora que ela mesma fazia, coberto com manteiga. Nos últimos anos, Joseph insistia para que ela comprasse pão durante a semana e usasse esse tempo para si própria. Miriam apenas olhava para ele e continuava sovando a massa escura semeada com cominho. Quando a casa estava cheia de crianças, também havia *pumpernickel* na mesa aos domingos, mas agora que restavam apenas quatro, tinha chalá, que tinha sobrado do *Shabat*.

Evelyn olhou, desconfiada, para ela. Miriam desaprovava a maioria das coisas divertidas, mas ela não viu nada diferente em seu comportamento materno.

— Sim. — Sorriu enquanto mordia o chalá macio.

De soslaio, Miriam viu o sorriso, e o canto de sua boca se voltou para baixo.

— Mesmo que a Ruthie não tenha ido?

— Como assim?

— Liguei para a mãe dela hoje de manhã.

Joseph baixou o jornal. *Eu sabia*, pensou Evelyn, mesmo reconhecendo que estava em apuros. Seu pai alegava nunca ouvir o que acontecia à mesa enquanto lia o jornal.

— Ruthie ficou em casa ontem a noite toda.

— Eu fui com algumas garotas da escola — Evelyn mentiu sem esforço.

— Ruthie mudou de ideia no último minuto. — Ela ergueu a mão para proteger a boca do pai, mas falou alto o suficiente para garantir que ele ouvisse. — Ela está naqueles dias.

Joseph levantou o jornal às pressas, e o queixo de Evelyn se ergueu em satisfação. Sua mãe não a pegaria tão facilmente.

— Você foi com aquele menino português do cais — retrucou Miriam, e o jornal de Joseph caiu na mesa com um baque quando sua mão bateu em cima dele.

Evelyn olhou de Miriam para a irmã, que estava mais pálida do que a toalha de mesa que sua mãe alvejava duas vezes por semana, depois olhou para as duas com um olhar matador.

— Evelyn — Joseph explodiu em um rompante. — Explique-se.

Ela olhou de volta para Vivie, a fim de tentar avaliar o quanto a irmã havia contado e percebeu uma lágrima escorrer pelo seu rosto. Uma onda de culpa tomou conta de Evelyn por Vivie ter sido pega no meio daquela situação. Não era culpa dela; a mãe era uma tirana. Ela lançou a Vivie o que esperava ser um olhar tranquilizador e virou-se para o pai, sua voz estava fria.

— Fui a um encontro.

— Você não tem permissão para ir a encontros.

— Papai, estamos em 1950, não na idade das trevas na Rússia. Todo mundo vai a encontros.

— A sua irmã não.

— Vivie tem dezesseis anos.

— As suas irmãs mais velhas não.

Evelyn se esforçou para não rir. Honestamente, ela riu. Mas sentiu seus lábios se contorcerem em um sorriso, e então a risada emergiu.

— Ai, papai. — Ela estendeu a mão para colocar sobre a sua. — Sim, elas tiveram. — Uma nuvem de raiva cruzou o seu rosto quando ele começou a gaguejar, no entanto, Evelyn se levantou da mesa e o abraçou pelo pescoço. — Querido papai, não fique bravo. Não é nada sério. Não é como se eu fosse engravidar ou me casar com ele. — Miriam ofegou. — Eu gosto dele. Ele gosta de mim. E o senhor também iria gostar.

Joseph escapou do abraço, mas a mesma raiva estrondosa que acompanhou uma conversa parecida que havia tido com Helen simplesmente não estava nele enquanto conversava com Evelyn. A moça sabia como domá-lo, mesmo quando ele sabia que estava sendo controlado, era impotente quanto a resistir à filha favorita.

— Ele não é judeu?

— Não. Não é.

— E ele trabalha nas docas?

— Ele ainda está na escola. Mas a família dele é dona de barcos, ele às vezes os ajuda.

Joseph balançou a cabeça.

— Não. Se pelo menos fosse judeu, mas não é. Eu a proíbo. Você não irá mais ver esse rapaz.

Evelyn olhou para ele, avaliando, julgando qual seria a melhor forma de agir. Ele não a expulsaria de casa, disso ela sabia. No entanto, ele poderia tornar muito mais difícil que ela continuasse se encontrando com Tony. E ela não tinha intenção alguma de desistir do português. Então, o que os olhos não vissem, o coração não sentiria. Ele se contentaria com um simples: "Tudo bem, papai, não vou vê-lo", e não haveria maiores desdobramentos. A moça olhou para a mãe, fora da sua visão periférica. Ela seria um problema. Miriam estava em pé, de braços cruzados, observando com astúcia a segunda filha mais nova. Não, para Miriam, ela precisaria fazer uma demonstração crível a fim de ser levada a sério.

Ela podia fazer isso. Evelyn olhou, ansiosa, para o pão em seu prato, desejando ter comido mais algumas mordidas primeiro. Ela estava com fome e ninguém fazia pão como a sua mãe. Mas isso era mais importante do que o seu estômago vazio.

Com um movimento súbito, ela varreu o prato da mesa, o quebrando no chão. Se fosse a boa porcelana da mãe, ela jamais teria ido tão longe, mas esse era o conjunto de pratos de uso diário da casa, facilmente substituível com outro da loja de Joseph.

— Eu nunca vou perdoar o senhor por isso — disse ela, respirando com dificuldade.

Então ela se virou e encarou a mãe, os olhos genuinamente venenosos. Quando Miriam abriu a boca para falar, Evelyn explodiu em lágrimas falsas e correu escada acima para o quarto, batendo a porta atrás de si e se trancando lá dentro.

Em seguida, ela se ajoelhou na grade no chão, que levava diretamente à sala de jantar logo abaixo, de onde podia ouvir cada palavra dita à mesa.

— Espero que você tenha aprendido uma lição — Joseph estava dizendo, provavelmente para Vivie.

— Sim, papai — sussurrou ela, alto o bastante para Evelyn ouvir com o ouvido no chão.

— Ela é uma boa menina — disse Miriam. — Ao contrário da *outra*.

— Evelyn é uma boa menina também — disse Joseph, defendendo-a. — Ela só está chateada. Mas está obedecendo ao que eu mandei. — A mãe começou a falar, mas Joseph a interrompeu. — Já tivemos emoção demais para uma manhã. O assunto está encerrado.

Evelyn sorriu e se jogou na cama, pegando os chocolates que Tony lhe dera na noite anterior da gaveta da mesa de cabeceira. Eles a ajudariam.

Como um relógio, houve uma batida suave à porta depois que ela ouviu as cadeiras sendo colocadas sob a mesa no andar de baixo. Miriam teria tentado a maçaneta primeiro. Já Joseph não teria entrado no quarto da filha sem fazer algum barulho qualquer a fim de se certificar de que ela estava decente, isso caso ele se aventurasse a ir até o quarto dela.

Evelyn abriu a porta e puxou Vivie para dentro, depois a trancou, tirou o travesseiro da cama e o enfiou no gradil do chão. Sem dúvida Miriam também sabia para onde aquela grade levava.

— Desculpe — Vivie começou, em pé diante da irmã, torcendo as mãos de um jeito miserável.

Evelyn a puxou para se sentar na cama, então lhe ofereceu um chocolate.

— Não foi culpa sua. Foi culpa minha por eu ter contado a você para início de conversa. Você sabe muito bem que a mamãe consegue ler você como a um livro.

— Mas estraguei tudo.

Os lábios de Evelyn começaram a se curvar em um sorriso, no entanto, ela o reprimiu. Em circunstâncias normais, ela teria contado a verdade para a irmã; nada estava acabado com Tony até que ela decidisse que estava. Contudo, Miriam seguia em busca de sangue, seria melhor para todos se Vivie pensasse que havia terminado de verdade. E ela precisaria encontrar um novo álibi entre as meninas da escola, alguém cuja mãe Miriam não conhecia. De qualquer forma, Ruthie havia sido uma escolha arriscada, a sua família era ortodoxa, o que significava que os pais de Ruthie eram muito mais restritivos sobre aquilo que ela podia ou não fazer do que os de Evelyn. Só que isso seria um problema a ser resolvido outro dia.

— Rapazes são como ônibus. Um outro vai aparecer em uma hora. — Ela deu uma cotovelada de leve na irmãzinha. — Só não conte para a mamãe na próxima vez que eu andar de ônibus.

* * *

Evelyn planejava ficar em seu quarto até o jantar, mas passada uma hora o seu estômago já estava roncando. Se ela fosse uma das irmãs, sua mãe teria colocado um prato do lado de fora e batido de leve à porta para que ela comesse alguma coisa. Entretanto, Miriam não ajudaria e nem mesmo encorajaria algo quando se tratava de Evelyn. Caso ela quisesse comer, teria que descer até a cozinha.

A menina mordeu o lábio inferior, olhando para o despertador em sua mesa de cabeceira. O pai costumava cochilar nas tardes de domingo. Já a mãe estaria lavando roupa na cuba de cobre da cozinha. Observou pela janela. Quando crianças, todos eles escalavam a pereira que crescia do lado de fora da janela do seu quarto, apesar de que na época o quarto não era seu ainda. Depois de abrir a janela e se inclinar para fora, ela testou o galho que conseguiu alcançar. Era grosso e resistente. Olhou para baixo. Era difícil ver através das primeiras flores da primavera, que logo dariam lugar a algumas das melhores frutas do condado de Essex bem no fim do verão, entretanto, havia um caminho de galhos por meio do qual ela conseguiria descer. E o mais importante: subir de volta para o quarto.

Ela pegou alguns dólares da gaveta e os enfiou no bolso da saia, em seguida, escalou o parapeito e agarrou o galho mais próximo, balançando os pés até o galho logo abaixo dele. Desceu com cuidado, testando cada um deles antes de colocar todo o seu peso neles, a velha árvore a segurou, guiando-a rumo ao chão. Ela tocou o tronco com a mão em forma de agradecimento ao chegar ao fim daquele percurso, dando dois tapinhas nele por fim. Então, certificando-se de contornar a casa pelo lado que evitaria a janela da cozinha e o quintal lateral, caso a mãe estivesse pendurando roupas no varal, ela foi em direção à rua e desceu a colina depressa rumo à farmácia, onde poderia pegar alguns sanduíches no balcão.

Munida de dois deles para mais tarde, guardados em uma sacola pendurada no braço e comendo um enquanto caminhava, Evelyn imaginou que poderia sobreviver até a manhã seguinte e então deslizar em silêncio para o seu lugar à mesa do café da manhã, sem precisar falar com eles até o jantar à noite. Isso faria parecer crível.

Mas ela não foi para casa.

Em vez disso, rumou para as docas.

Evelyn o viu trabalhando acompanhado por Felipe e seu pai a fim de tirar o carregamento de um dos barcos de seu tio, ela só sabia disso porque certo dia o fez apontar quais eram os barcos deles. Mas não fazia ideia da diferença entre um barco de pesca e uma traineira, apesar de ter crescido em uma vila de pescadores, porque seu pai era tão inflexível que eles ficavam longe do cais. Afinal, os rapazes das docas tinham uma má reputação.

Encontrando um banco vazio perto da base do cais, Evelyn se sentou e continuou comendo o seu sanduíche, apreciando aquela ação que se desenrolava à sua frente. Ela sabia que a sua existência era bastante protegida do mundo exterior, mas não fazia ideia de que tantas pessoas trabalhassem aos domingos. Claro que o trabalho parecia ser algo diferente para pessoas diferentes. Joseph havia comprado para Miriam uma máquina de lavar moderna muitos anos antes, para que ela pudesse descansar nos fins de semana. Porém, teimosa, ela ainda lavava a roupa à mão, passando-a pela manivela antes de pendurá-la para secar, ela encarava a máquina como se o objeto fosse capaz de substituí-la.

Quando os três homens Delgado finalmente terminaram o trabalho, Tony e Felipe se revezaram bebendo água de uma jarra. Evelyn ficou sentada por mais um momento, esperando para ver se ele a notaria ali. E ela não se intimidou quando ele não a percebeu, pulando e caminhando em sua direção.

— Tony!

O garoto se virou, surpreso ao ouvir a voz dela, e franziu a testa ao ver outros trabalhadores olhando. Dizendo algo baixinho para o pai, que concordou, Tony caminhou depressa até ela, pegou seu braço com firmeza e a virou.

— O que você está fazendo aqui?

O seu aperto podia até ter sido forte, mas o seu tom não conseguia disfarçar a emoção que sentia na presença dela.

— Eu queria ver você. — Ela deu de ombros. — Pensei que seria uma boa surpresa quando você terminasse o expediente de trabalho.

— Mas eu não terminei. Precisamos descarregar o barco e depois temos mais dois.

— Mas você não pode fazer uma pausa? Podemos dar um passeio.

Ele olhou para o pai, que fingia não os observar.

Então seu rosto mudou quando ele percebeu que aquela não era uma visita casual.

— O que há de errado? Aconteceu alguma coisa?

— Nada *aconteceu*. Eu só senti saudade.

— Evelyn.

Tony vidrou nos olhos dela, ela prendeu a respiração. E então percebeu que tinha mentido para o pai bem mais do que pretendia. Porque o rapaz que olhava para ela assim, o rapaz que via através dela, era com esse tipo que uma garota *se casava*. Ninguém mais notava quando ela estava escondendo alguma coisa, com exceção da mãe, às vezes. Todos só viam o que ela queria que eles vissem. Ela olhou de volta para os seus olhos, aquele castanho rico cor da terra sob a pereira que ela havia escalado, então se sentiu estremecer involuntariamente.

— Vivie contou para a minha mãe... sobre nós dois, mas não foi culpa dela. É que a mamãe é... — Ela balançou a cabeça. — Bem, não importa. Agora acabou.

Tony enrijeceu.

— Acabou *o quê?*

Evelyn sorriu com compaixão, já era tarde demais para ser irreverente pelo menos uma vez.

— O segredo.

— Então eles... — Tony ecoou. — O que seu pai disse?

Evelyn acenou com a mão no ar.

— Ele disse que eu não posso mais ver você. Mas não estou preocupada com ele. — Tony parecia inseguro, Evelyn agarrou seu antebraço, notando o inchaço rígido do músculo sob a sua mão. — Ele vai acabar mudando de ideia. Meu pai sempre muda. Vocifera e grita, mas só ladra. Para ser honesta, ele mal ladra para mim. Nunca vai fazer nada que me deixe infeliz por muito tempo. E não é como se eu estivesse dizendo que estou desistindo de fazer faculdade para me casar com você ou... qualquer coisa do tipo... — Ela parou, percebendo o que havia acabado de dizer.

Tony tentou reprimir um sorriso, sem sucesso.

— Seu bobo. — Ela deu um tapa de leve no braço dele. — Não tem graça.

— Não mesmo. Você com certeza vai para a faculdade, mesmo se nos casarmos.

Ela jogou a cabeça para trás e riu.

— Papai vai amar você. Espere só e verá. Pode até levar algum tempo, mas ele vai.

— Não gosto da ideia de ficar me esgueirando por aí. — Sua voz ficou séria. — Prometa-me que vai conversar com ele.

— Prometo. — Ela hesitou ao perceber que não poderia fazer seus jogos habituais com Tony. — Só não prometo que será em breve. Primeiro, ele precisa se acalmar.

Ele olhou para trás, para o próprio pai, que havia se deslocado para o próximo barco com Felipe.

— Preciso voltar.

Evelyn sorriu para ele.

— Beije-me primeiro.

— Aqui nas docas? Com todos olhando? — Ele gesticulou por cima do ombro.

— Especialmente porque eles estão olhando!

— Você vai ficar com má reputação.

— Nenhum deles me conhece. Você é quem vai ganhar má reputação.

— Você vai me colocar em apuros, não vai?

Evelyn se inclinou para perto, seus lábios um pouco franzidos.

— Não acha que vale a pena?

Ele suspirou, diminuindo a distância entre eles.

— Com toda certeza vale. — Ele a beijou de leve. — Agora vá para casa. Preciso deste trabalho se vou continuar levando você para sair. — Ela concordou e se virou para ir embora.

— Espere. — Ele arrancou algo do longo cabelo escuro dela e ergueu uma flor branca. — O que é isto?

Seus lábios se abriram em um sorriso malicioso.

— Ah, isso? É que eu desci pela pereira ao lado da minha janela para poder chegar até aqui. Estou prestes a subir por ela de volta.

Ele olhou para Evelyn, boquiaberto.

— Você... desceu por uma árvore? De saia? E está prestes a subir de volta?

— Já disse, queria ver você. A menos que cortem aquela árvore, eles não vão me impedir. — Ela se virou de novo, lançando para ele um último olhar por cima do ombro. — E se cortarem a árvore? Eu uso uma escada.

Enquanto se afastava, ela ouviu sua risada.

DEZ

Já no Woodrow Wilson Service Plaza, verifiquei o celular enquanto esperava minha avó terminar de usar o banheiro. Senti as mensagens de texto chegarem enquanto eu dirigia, mas não consegui lê-las até pararmos.

"Você já está a ponto de querer matá-la?", meu pai perguntou.

"Ela está se comportando?", minha mãe escreveu.

"Você está mesmo em uma viagem com a vovó? Você não aprendeu nada com as minhas aventuras no México?", essa era da minha prima Lily.

E havia uma mensagem de Brad. Olhei para o seu nome com desconfiança, mas não abri.

Desde que eu me mudei, nós nos comunicamos apenas por mensagem e e-mail. Com exceção daquele telefonema, quando ele me pediu para assinar o acordo de propriedade e atestar que a nossa separação havia sido por decisão mútua para que ele pudesse pedir o divórcio mais rápido. Não foi bem mútua. Perguntei se ele estava com tanta pressa para se casar com Taylor, ele hesitou bastante.

— Ainda nem nos divorciamos — sibilei para ele, tomando cuidado para não gritar, já que os meus pais estavam no andar de baixo. — Você não pode estar falando sério!

— Ainda não estou planejando me casar. Eu só...

— AINDA?!

— Jenna, é sério. Não quero esperar um ano inteiro, quando nós dois sabemos que acabou. E não vejo por que você queira. Quero que você seja feliz também.

Aquela condescendência me levou ao meu limite. Eu estava sendo vingativa? Sim. Eu não queria que ele fosse feliz. Queria que ele se sentisse miserável por ter feito isso comigo. Queria que ele vivesse em seu quarto de infância, e solteiro, e... bem... alguma coisa pior do que aquilo que estava acontecendo comigo, mesmo que eu não soubesse exatamente o que era. E eu queria seguir em frente e ser feliz. Mas foi o fim da última frase que me fez jurar fazer com que ele esperasse o ano inteiro, mesmo que Zac Efron me pedisse em casamento naquela mesma noite. Brad era a razão pela qual eu tinha que dizer para todo mundo que o meu casamento havia acabado. Ele era a razão pela qual eu odiava o meu sobrenome toda vez que os meus alunos me chamavam de sra. Shapiro. E mesmo que eu pudesse voltar a ser a srta. Greenberg o quanto antes se concedesse o divórcio, conseguiria sofrer um pouco mais caso isso significasse que ele estava sofrendo também.

— Por que está olhando para esse celular como se ele fosse morder você?

Para uma idosa com problemas no quadril, a minha avó era excelente em se aproximar de fininho das pessoas. Não que uma parada de descanso em Nova Jersey Turnpike seja tranquila, ela poderia até mesmo estar pisando forte como um elefante e eu provavelmente não teria notado.

— Brad me mandou uma mensagem.

— E?

— Não sei. Não li ainda.

Minha avó me lançou um olhar incrédulo.

— Que bom. Jogue no lixo.

— O meu celular?

— A mensagem. Recicle. Mande para onde quer que essas coisas vão. Ele pode *gai kaken afen yam.*

Eu não sabia muito iídiche, mas conhecia bem aquela expressão e bufei.

— Vó!

— O que foi?

Suspirei.

— Não posso simplesmente excluí-lo assim da minha vida.

— E por que não?

— Ainda somos casados. Ainda *não acabou.*

— Pelo que a sua mãe me disse, acabou sim.

Cruzei os braços.

— Ah, não faça essa cara azeda. Você vai acabar ficando com rugas. Por isso eu não tenho muitas. Sempre estou sorrindo. — Ela sorriu para provar seu argumento. — Seja como for, estou do seu lado, querida. Faça aquele idiota sofrer. Mas você não precisa sofrer junto com ele. Leia a mensagem se quiser e lembre-se: ele não pode fazer nada pior do que já fez. Você é quem está no comando agora.

Ela pegou no meu braço cruzado e me puxou na direção da Starbucks.

— Vamos. Pegue um daqueles *frap-a-mochiatto* para mim.

Eu me deixei ser conduzida.

— A senhora vai roubar todo o adoçante de novo?

— Claro que não. Agora estou pegando só os açúcares mascavos.

— Tá bom. — Revirei os olhos.

— Você pega os cafés.

— A gente deveria almoçar também.

Vovó olhou com desgosto para as opções de *fast-food.*

— Não mesmo. Eu trouxe sanduíches.

— Trouxe?

— Sim, é uma tradição. A sua mãe não contou para você sobre como é viajar para Hereford?

— Não.

Ela balançou a cabeça.

— Bem, nesta viagem comeremos sanduíches. Pois então pegue os cafés.

* * *

De volta ao carro, a vovó tirou dois pacotes embrulhados em papel-alumínio de uma caixa térmica no banco de trás e me entregou um, junto a uma toalha de papel para ser usada como guardanapo.

— Eu posso dirigir, se quiser — ofereceu ela —, assim você pode comer tranquila.

— Boa tentativa. Mas eu consigo muito bem dirigir comendo um sanduíche.

Ela deu de ombros.

— Eu também.

Desembrulhei o meu. Era de atum, temperado com cubos de maçã e um pouco de suco de limão em pão de centeio. O cheiro me trouxe de volta à infância quando ficava na sua casa. As noites nas quais eu dormia na antiga cama da minha mãe. Depois do banho, ela sempre enxugava com cuidado os meus cabelos com o seu velho secador, era tão mais delicada na escovação do que a minha mãe, que quebrava os cabelos embrenhados, antes de me aconchegar em lençóis finos de tanto que foram lavados, mas tão macios e frescos. Pela manhã, eu acordava com o cheiro da rabanada, feita com pão chalá cortado em fatias grossas. E então montávamos quebra-cabeças, sentadas à velha mesa de jantar feita de carvalho, sob o lustre que tinha vindo da casa de sua mãe em Hereford, enquanto o meu avô tomava café e fazia as palavras cruzadas do *The New York Times* com a caneta de tinta azul, sentado em sua poltrona na sala de estar. Na hora do almoço, eu ficava em pé sobre uma cadeira meio bamba da cozinha, de frente para o balcão, e ajudava a fazer exatamente esses mesmos sanduíches para nós três comermos.

— Eram os seus favoritos quando você era pequena — disse minha avó enquanto abria o dela. — Espero que você ainda goste deles.

Senti as lágrimas pinicarem meus olhos e tentei afastá-las. A combinação da memória e a percepção de que não só a vovó se lembrava daquilo, mas também se esforçou para embrulhar o meu favorito da infância, foi demais para mim. Olhei pelo espelho retrovisor, desejando poder ver o meu avô ali atrás, o seu jornal aberto nas palavras cruzadas, a caneta esferográfica azul na mão.

Vovó enfiou a mão na bolsa e me entregou um lenço.

— Se você vai chorar enquanto come, eu definitivamente deveria dirigir.

Eu ri, então o momento passou. Dei uma mordida no sanduíche, saboreando aquele sabor, tão simples e ao mesmo tempo tão peculiar.

— O que aconteceu depois? — perguntei dando continuidade à conversa anterior. — Os seus pais ficaram com raiva da senhora?

Ela sorriu perante a memória.

— Papai nunca conseguiu ficar com raiva de mim. Ele não ficou por nem um dia sequer. E a ideia de eu ir para a cama com fome? Não mesmo. Ele cedeu logo no fim do jantar.

ONZE

Abril de 1950
Hereford, Massachusetts

— O JANTAR ESTÁ PRONTO! — GRITOU MIRIAM para o andar de cima.

Evelyn estava com o nariz enfiado em seu exemplar surrado de *Uma árvore cresce no Brooklyn*, com um sanduíche meio comido no embrulho de papel ao seu lado na cama. Aquele era um livro infantil? Sim. Contudo, era um livro que trazia conforto. Evelyn não cresceu pobre, mas sentia uma afinidade com Francie sendo a filha que distintamente era a desfavorecida pela mãe.

Ela olhou rápido na direção de onde tinha vindo a voz de sua mãe. Quando aquela mulher gritava, provavelmente poderia ser ouvida nas docas. Entretanto, Evelyn deu uma mordida desafiadora em seu sanduíche e virou a página do livro. Miriam não chamaria outra vez, e tudo bem. Ela estava abastecida até de manhã.

Estava sendo um pouco difícil se concentrar no livro quando ela tinha uma orelha voltada para o gradil do sistema de aquecimento que ficava no quarto. E parecia que estavam tendo uma refeição estranhamente silenciosa.

Talvez eu devesse descer, ela pensou, sem querer que Vivie sofresse por isso. Havia apenas uma pessoa cujos sentimentos Evelyn colocava à frente dos seus próprios, e essa pessoa era a irmã caçula. O som de talheres batendo nos pratos subiu pela grade, mas ninguém conversava.

Ela jogou o livro de lado com um suspiro e cruzou os braços. Porém, tudo isso fazia parte do plano de sua mãe. Tratar Vivie como lixo até que ela pusesse Evelyn para fora do quarto. E isso funcionava com frequência.

Mas não desta vez. Evelyn se colocou de bruços em direção ao pé da cama de casal feita com a estrutura de latão, que antes havia sido compartilhada por suas duas irmãs mais velhas. Foi Vivie quem fez isso consigo mesma. Ela poderia ter resistido uma única noite para colaborar com todo o plano.

No entanto, seria uma noite longa e monótona sem nenhuma companhia. Ela mexeu um pouco no cabelo e, ao encontrar outra flor de pereira perdida, sorriu para si mesma enquanto pensava em Tony e na primeira vez que o vira. Não foi algo *tão* repentino quanto ela levou a irmã e Ruthie a acreditarem.

Dois meses atrás, ela estava na loja de Joseph quando ouviu um barulho. Ao espiar por uma das prateleiras, viu um jovem arrastando um menino pela orelha até o balcão, o menino gritava em protesto.

O mais velho empurrou o mais novo em direção ao balcão, onde Joseph estava parado, observando, cauteloso, com os braços cruzados.

— Devolva — disse o jovem, ríspido. — Agora.

O menino ergueu os olhos desafiadores, viu o olhar que ele estava recebendo em troca, tirou algo do bolso e então colocou sobre o balcão. O mais velho o cutucou com força nas costas.

— Desculpe — murmurou o menino.

— Pelo quê? — Outra cutucada.

— Porque peguei isto.

— Roubou.

— Porque roubei isto.

— E?

— E nunca mais vou fazer isso de novo.

O mais velho colocou uma nota de dinheiro no balcão.

— Quero pagar pelo que o meu irmão pegou. Porque agora o senhor não pode mais vender isso.

Roubo era algo bastante comum entre as crianças da cidade. Mas embora Joseph fosse rude caso os pegasse no flagra, também era gentil demais para fazer alardes se uma criança pegasse um pedaço de doce. A Grande Depressão podia até ter acabado com a guerra, mas aquela não era uma cidade rica. E não havia alguém com uma abordagem mais suave quando se tratava de crianças do que o pai de Evelyn.

Ela observou uma pequena batalha sendo travada em seu rosto. O jovem tinha razão. Ele não poderia vender aqueles doces em formato de cigarros no estado em que estavam. Recuperá-los significava jogá-los fora, o que seria um desperdício. Mas no fim das contas eles *haviam sido* devolvidos.

Até que ele pegou a caixa de doces e deixou o dólar onde estava.

— Não vou aceitar o seu dinheiro. Ele devolveu.

O jovem começou a protestar, mas Joseph o silenciou.

— Em vez disso, invista o dinheiro na educação dele. O menino aprendeu uma lição hoje, então deixe que ele aprenda outra no futuro.

O mais novo se desvencilhou das mãos do irmão e se afastou, feliz por estar livre de encrencas, e os dois homens, o mais velho e o jovem, entreolharam-se por um instante, antes que o jovem pegasse o dinheiro de volta e o colocasse no bolso. Eles acenaram um para o outro, um sinal de compreensão mútua, antes que o jovem se virasse para ir embora e por consequência Evelyn conseguisse ver o seu rosto.

Ele parecia vagamente mediterrâneo, bronzeado pelo sol mesmo durante o inverno, com traços fortes e uniformes, cabelos escuros e espessos. Mas os seus olhos, de um castanho quente como o do mogno, estavam cheios de um fogo que Evelyn reconheceu como finalmente sendo páreo para o seu.

Naquela tarde, ao voltar da loja para casa, ela refletiu sobre aquelas ações do jovem. Seu pai não se importou com o roubo de um doce. Mas o fato de ter sido devolvido *e* a tentativa de pagar por ele... Evelyn até podia ter uma veia maquiavélica cujo comprimento se estendia a um quilômetro quando se tratava de autopreservação, mas ela também respeitava aqueles cujas bússolas morais apontavam sempre para o Norte, talvez fosse porque a sua não o fazia.

E era isso, bem como os olhos dele, que revisitavam os pensamentos de Evelyn enquanto ela tentava dormir. Logo, quando o viu encostado na lateral da farmácia para acender um cigarro naquela tarde tempestuosa de fevereiro, ela percebeu que queria algo doce. E obteve.

* * *

Evelyn ouviu as cadeiras se afastando da mesa e os sons de sua mãe e irmã lavando os pratos, depois os passos pesados do pai na escada. Ela escondeu os restos do seu sanduíche às pressas, ouvindo, enquanto ele parava do lado de fora da porta do quarto. Aquilo era algo bastante incomum.

Seu pai pigarreou para anunciar a sua presença antes de bater suavemente na porta.

— Evelyn? É o seu pai.

Ela lutou contra a vontade de rir. Quem mais poderia ser? Mas ela precisava desempenhar seu papel. Recompôs a expressão no rosto e abriu uma fresta na porta.

— O que foi, papai?

— Posso entrar?

Evelyn abriu a porta e gesticulou para que ele entrasse. Ele ficou sem jeito, enquanto a garota se sentava na cama, depois andou até a pequena escrivaninha e se sentou na cadeira de espaldar reta na qual ela mesma se sentava para fazer o dever de casa e escrevia cartas para as irmãs. Ele pigarreou novamente e abriu a boca, mas não falou nada.

— Sim, papai?

— Você precisa comer — disse ele. Evelyn deslizou o pé ao longo do assoalho, certificando-se de que nenhum vestígio de embalagem de sanduíche estivesse visível.

— Não estou com fome.

Ele torceu as mãos no colo.

— Que tal fazermos um acordo?

Evelyn sentiu as sobrancelhas se erguerem. Aquilo era *bastante* fora do comum.

— Que tipo de acordo?

Joseph suspirou.

— Você pode ir a encontros, mas desde que seja com rapazes judeus.

Ela o olhou com olhos de um boxeador que circunda seu oponente e nota um ponto fraco.

— Mas eu quero namorar *esse* rapaz.

— Não.

— Sinceramente, papai, qual é a diferença? Eu vou para a faculdade no outono. Se o senhor vai me deixar namorar pessoas na cidade, por que não *essa* pessoa?

— Você não pode namorar alguém que trabalha nas docas.

— Ele não trabalha nas docas. Ele está na escola.

— E quando ele não está?

— Ele ajuda a família. Assim como Bernie e Sam ajudavam na loja quando estavam no ensino médio. Ele é um bom rapaz.

— Não.

Evelyn jogou as mãos para o alto.

— Então o senhor pode ficar com o seu acordo. — Ela se deitou na cama e fechou os olhos, colocando de propósito as mãos sobre o estômago. — Vou dormir.

Joseph a observou por um longo momento. Até que finalmente cedeu.

— Você não pode se casar com ele.

Evelyn abriu os olhos.

— Mas eu tenho dezessete anos, não vou me casar com ninguém.

— Mas você não pode ir a encontros *apenas* com ele. Precisa conhecer rapazes judeus também. E nada que interfira na faculdade.

Evelyn se sentou, balançando os pés até os colocarem no chão.

— E a mamãe?

Ele hesitou mais uma vez.

— Talvez... talvez você só deva contar a ela sobre os judeus. Diga que parou de sair com esse rapaz.

Uma risada borbulhou em seu peito, ameaçando escapar, mas ela a conteve.

— Está bem.

Parecendo culpado, ele enfiou a mão no bolso e tirou um pedaço de peito de frango e um de pão, embrulhado em um guardanapo de linho.

— E também não conte isso para a sua mãe. Não quero que você vá dormir com fome.

A garota cruzou o quarto até ele, abraçando-o com força.

— Obrigada, papai.

— Eu amo você, *ziskayte* — disse ele, pressionando o guardanapo de comida na mão enquanto se levantava.

Ele beijou a sua testa de leve, então saiu, fechando a porta suavemente atrás de si.

Evelyn colocou a comida na mesa e girou em círculo, pensando consigo mesma que, caso não precisasse mais descer da pereira, provavelmente seria capaz de voar.

DOZE

COMO O PERCURSO FICOU MAIS COMPLICADO EM Nova York e depois pelo condado de Westchester na Hutchinson River Parkway, a minha avó fez uma pausa na sua história para então insistir no fato de que eu estava indo na direção errada. Tentei explicar como funcionava o Google Maps para ela; em vez das dez horas à qual ela estava acostumada, estaríamos lá em nove com paradas. Contudo, ela argumentou que não havia necessidade de um mapa. Ela seria capaz de dirigir até lá com os olhos vendados. O que provavelmente estava um passo à frente da sua real habilidade na direção, mas guardei esse pensamento para mim mesma e disse a ela que eu precisava me concentrar.

No instante em que percebi que não ouvia mais a sua voz já fazia muito tempo, olhei para o lado, mais do que um pouco preocupada que ela tivesse morrido bem ali. Naquela primeira olhada, não havia nada que me tranquilizasse: seu queixo estava caído sobre o peito, os músculos, relaxados. Foi preciso uma inspeção mais detalhada para reparar em seu peito subindo e descendo enquanto ela dormia.

Controlando a minha própria respiração, olhei, ansiosa, para o sistema de som do carro e desejei mais uma vez que estivéssemos no meu carro. Dirigir sem música era uma tarefa muito mais tediosa. Mas eu estava com receio de que procurar uma rádio nas ondas FM acordasse a vovó.

Tamborilei os dedos no volante, tentando resistir à vontade de sair do Google Maps e verificar as minhas mensagens. Eu ainda não tinha lido a de Brad.

Tínhamos bastante gasolina e parar iria acordá-la.

Não vou responder, pensei, justificando para mim mesma. *Lê-la não é muito pior do que verificar o mapa.*

Até então havia sido tão mais fácil evitar pensar naquilo quando ela estava desperta e falando.

Aguentei mais cinco quilômetros antes de me lembrar dos meus AirPods. Então os tirei da bolsa, enfiei um no ouvido esquerdo e sussurrei para Siri ler a mensagem de Brad, olhando para a minha avó, a fim de garantir que ela continuasse dormindo.

Encontrei um comprador interessado no apartamento, mas não posso vendê-lo até que você assine o contrato de propriedade. Não vou ser mesquinho e ficar com o dinheiro até que o divórcio esteja finalizado, estou só lembrando que já se passaram seis meses e você pode decidir não prolongar isso quando quiser. A bola agora está do seu lado. Espero que você esteja bem.

Meu peito se apertou de raiva diante da insinuação de que eu estava sendo mesquinha. Quero dizer, tudo bem, sim, eu estava sendo mesmo. Eu não queria continuar casada com ele. Mas era essa sensação de mágoa hipócrita que me tirava da cama todos os dias. Eu não estava pronta para abrir mão disso.

Tirei o AirPod do ouvido e o joguei no colo, desejando não ter escutado a mensagem.

Talvez eu devesse arrumar um cachorrinho. Um cachorrinho me amaria.

Algo doloroso de repente surgiu no meu peito, porém não por conta de Brad, mas do meu avô. Eu não soube que ele estava doente até o final, quando já era tarde demais. Ele fez todo mundo jurar que não me contaria.

Eu sabia que pais e avós não deveriam ter favoritos, mas também sabia que às vezes eles tinham. E eu era a favorita do vovô. Claro que ele amava a todos nós. Mas eu era a mais velha dos netos, e certa vez a vovó disse que nunca tinha visto aquele homem se apaixonar do jeito que ele se apaixonou quando me abraçou pela primeira vez.

Todo o seu semblante mudava quando eu entrava na sala. Ele se iluminava e queria saber tudo o que eu tinha a dizer. Vovô foi o único, em toda a minha vida, que me amou desse jeito. Brad deveria ter me amado assim. Pensei que ele tivesse. Mas pelo visto ele não amou. Porque um amor assim não evapora em pleno ar.

E ali estava eu, levando a minha avó de volta à sua cidade natal, provavelmente para encontrar esse outro cara, sobre quem ela não conseguia parar de falar. O que eu estava fazendo? Ela algum dia amou o meu avô de verdade? Pelo que ela me disse no caminho, era óbvio que ela achava que Tony era o cara certo para ela, apesar de sua insistência de que nunca se conformaria. Será que era por isso que o meu avô *me* amava tanto? Porque ela não estava apaixonada por ele? Ela era tão *blasé* em relação à sua mãe não amar o seu pai. Só para pensar: isso era alguma maldição de família? Nossa incapacidade de estarmos com a pessoa certa e no fim acabarmos com alguém que não nos ama de nenhuma forma.

O carro estava muito quieto. Eu ia gritar.

Desesperada, liguei o rádio e então sintonizei uma frequência. Se acordasse a vovó, que assim fosse, então. Eu poderia perguntar se ela amava o vovô caso estivesse acordada. Mas eu não podia ficar ali sozinha com os meus pensamentos.

Ela deu um pequeno ronco quando finalmente consegui sintonizar em uma estação de rock clássico, que tocava cruelmente músicas de quando eu estava no ensino médio, assim deixei aquelas melodias familiares abafarem os meus pensamentos desleais.

* * *

Vovó acordou no instante em que entramos no condado de Essex, como se a terra a sacudisse suavemente e dissesse que ela estava em casa.

— Agora só falta meia hora — murmurou ela, me pegando de surpresa.

Olhei para o celular: vinte e nove minutos para o nosso destino.

— Acho que nunca dormi nesta viagem antes.

Ela baixou o visor quebra-sol e checou seu reflexo no espelho. Então, colocou a bolsa no colo e remexeu dentro dela à procura de pó e batom.

— Por acaso vamos visitar alguém?

— Nunca se sabe.

— Esta viagem tem a ver com o Tony, não é? É por isso que estamos indo para Hereford?

— Tony? — Ela me encarou, surpresa. — Por Deus, não! Por que você acha isso?

— A senhora só falou sobre ele a viagem toda.

— Foi só isso que você ouviu? — Olhei para ela de soslaio. Ela não parecia estar sendo jocosa, ainda que fosse difícil saber ao certo quando se tratava dela. — Claro que ele faz parte da história, mas eu não vejo o Tony há o que... uns vinte anos? Trinta? Quantos anos você tem mesmo?

— Eu? Trinta e quatro.

— Trinta, então. Ele estava no funeral de Helen.

— Helen?

— Minha irmã. Nós trocamos um "olá" na época.

— E por que a minha idade lembrou a senhora quando isso aconteceu?

— Porque trouxemos você junto, a sua mãe e eu. Foi quando você foi para Hereford.

Olhei para ela, confusa.

— Mas a mamãe disse que...

— Isso foi há tanto tempo. Havia muitas pessoas lá cheia de problemas a serem resolvidos. Tive a grande ideia de irmos para lá, de que seria como quando a sua mãe e a sua tia eram crianças. Mas não foi.

— O que...?

— Que horas são?

Eu queria saber sobre o que ela estava falando. Então, tive uma vaga lembrança de quando ela estava bem próxima do rosto de alguém, os dois não estavam exatamente gritando, mas discutindo em voz alta. Eu não sabia por que de repente fui capaz de ver isso naquelas palavras: *funeral da Helen*, mas consegui, sabia que os dois fatos estavam conectados.

Mas ninguém jamais conseguia arrancar da vovó uma história que ela não estivesse pronta para contar. E era óbvio que eu não chegaria a lugar algum, então suspirei e disse para ela que horas eram:

— Quase quatro.

— Que bom. Então temos tempo para passar primeiro pela cidade.

— Não vamos ficar na cidade?

— Não.

TREZE

Junho de 1950
Hereford, Massachusetts

JOSEPH SAIU DO PERÍODO DA GUERRA COMO um homem rico. Ao crescer com pouco dinheiro na Rússia, não foi difícil ter uma vida frugal durante os seus primeiros anos na América. Ele não tinha investimentos além da loja, então a quebra do mercado de ações o afetou apenas no sentido de que as pessoas passaram a gastar menos dinheiro. Mas ele administrava a única mercearia da cidade, mantinha os preços baixos e ajudava as pessoas da forma que podia, ou seja, quando elas tinham dinheiro, gastavam com ele.

E como ele era uma das poucas pessoas na cidade em posição de fazer quaisquer investimentos, as pessoas o procuravam com oportunidades. Quando a guerra chegou e o mercado de ações se recuperou com os custos da indústria, isso significava que Joseph se sentia excepcionalmente confortável, mesmo com dois filhos na faculdade e mais cinco para cuidar.

Em 1946, ele esbanjou com três coisas: um Ford Super DeLuxe, para substituir seu Ford Modelo A de dezessete anos de uso, uma máquina de lavar e dois chalés no extremo norte da península, onde Hereford ficava. Enquanto a cidade de Hereford estava empoleirada em um porto conhecido como um dos mais antigos de pesca do país, o litoral era rochoso, o ar parado e espesso no verão, a cerca de oito quilômetros de distância das brisas frescas praianas.

A casa de Bergman ficava em uma colina na rua principal, mas pegava pouco ar fresco vindo do porto, o cheiro inconfundível de peixe começava a encher a cidade no fim de junho, mantendo-se assim até setembro na maioria dos anos. Miriam, que vivia com um calor desconfortável ao usar seu cinto e vestidos engomados, quase não reclamava, ainda que as crianças o fizessem com frequência. Contudo, Joseph a observou enxugar uma gota de suor da testa durante uma onda de calor de junho, enquanto ela colocava o café da manhã na mesa e o dia mal havia começado. Depois de terminar de comer, ele entrou no carro novo e dirigiu os oito quilômetros sinuosos, passando pelos trechos pantanosos que inundavam durante as marés altas e os furacões, até a costa.

A praia de Hereford não fazia parte de um todo, tinha apenas uma pequena comunidade sazonal. Em uma ponta da praia havia uma pousada, com alguns quartos disponíveis para aluguel, além de um restaurante e um pequeno armazém. Já na outra, bem nas falésias com vista para o oceano, havia um grupo de imponentes mansões. Eram casas de veraneio, propriedades da elite de Boston, que evitava as multidões de Cape Cod, optando assim por passar o período de verão reclusos. Eles dirigiam seus carros luxuosos rumo à cidade apenas ocasionalmente, fosse para assistir a um filme ou comprar alguns itens básicos; porém, com mais frequência, enviavam seus empregados domésticos para suprir quaisquer que fossem suas necessidades.

Joseph olhava com desdém para as propriedades espalhafatosas, indo em direção à estalagem, seguindo a pequena estrada de terra que serpenteava rumo ao interior logo atrás dela. No alto da colina ficava uma mansão que já era velha mesmo quando Joseph nasceu, cinquenta e um anos antes. Mais próximo da praia havia duas estruturas idênticas feitas de tábuas, cada uma com uma varanda envolvente. Elas já haviam sido uma casa de hóspedes e uma residência de um supervisor, agora eram reaproveitadas como chalés de praia.

Ele estacionou o carro e parou de frente para o primeiro chalé, inspecionando-o, então subiu os seis degraus da varanda da frente e deu a volta. Uma brisa refrescante batia nos seus cabelos e, ao espiar por entre as árvores, que ofereciam uma sombra ao mesmo tempo densa e fresca, ele só conseguiu ver o sol brilhando sobre o oceano.

Bater às portas dos chalés não resultou em resposta nenhuma, então Joseph foi até a mansão, onde uma velha senhora atendeu a porta.

Uma hora depois, Joseph voltou para casa e anunciou a Miriam que os seus dias sufocantes na cidade haviam terminado. Ele tinha comprado para ela uma casa de praia para passar o verão.

Ela olhou para ele como se tivesse crescido uma segunda cabeça nele, mas Joseph não se intimidou. Comprara duas, explicou, para que todos os filhos e os netos também pudessem passar o verão lá.

— Vai ser bom para as crianças — disse Miriam por fim. — Mas e quanto a você? Precisa estar aqui por conta da loja. Vou ficar aqui com você.

Joseph se aproximou da esposa e segurou o rosto dela entre as mãos.

— Posso muito bem dirigir de um lugar para o outro. E se eu ficar aqui, posso cuidar de mim mesmo.

— Você não sabe nem mesmo fazer o seu chá. Como vai se alimentar?

Ao rir, ele beijou a sua testa.

— Posso fazer isso. Você merece ter tempo para se sentir confortável com as crianças. — Ele a soltou e se virou para ir embora, já pensando em como mobiliaria as duas casas.

— Joseph — Miriam o chamou e ele se virou. — Obrigada.

* * *

No verão de 1950, Bernie e a esposa tinham uma casa na cidade com seus três filhos, então foram os primeiros a se mudarem para a temporada veranil, reivindicando o menor dos dois chalés. Sam tinha acabado de se formar depois de voltar do serviço militar na Europa e passou o verão na casa de Bernie antes de começar o novo trabalho no fim de agosto. Miriam, que durante os dois primeiros verões passava só os fins de semana no chalé, e apenas quando Joseph estava lá, agora passava a maior parte do verão no quarto principal do chalé maior, estivesse Joseph com ela ou não. Margaret voltou da faculdade e Helen levou os dois filhos a fim de passarem várias semanas lá, o seu marido dirigia para se hospedar na casa quando podia. Gertie, carregando um recém-nascido no braço esquerdo e uma criança de dois anos de idade no quadril direito, chegava de trem vinda de Boston em todas as manhãs de segunda-feira e partia às sextas-feiras, afinal, o marido trabalhava muitas horas ao longo da semana.

Vivie e Evelyn se dividiam entre os dois chalés, dormindo onde havia espaço e geralmente dividindo a cama uma com a outra, mas, às vezes, também com Margaret ou Gertie, ajudando a cuidar das crianças durante o dia.

Em resumo, aquele arranjo agradava a todos. E naquele verão, quando havia tantos netos para cuidar, toda essa reorganização das coisas era bastante pertinente a Evelyn. Afinal, com esses horários para dormir sob constantes mudanças, não havia como monitorar o quão tarde ela voltava para casa depois de passar um tempo com Tony. Miriam pensava que ela estava no chalé de Bernie, como veio a ser conhecido, enquanto Bernie supunha que ela estava com a mãe. E assim, de fininho, Evelyn fazia o que bem entendia.

CATORZE

QUANDO A ESTRADA SE BIFURCOU, VIRAMOS NA direção de Hereford e atravessamos uma ponte. A minha avó baixou o vidro da janela e respirou fundo. Fiz a mesma coisa, tentando capturar qualquer essência que ela afirmava que a minha alma por fim reconheceria. Havia aquele cheiro inconfundível de maresia, algas marinhas e de... peixes. Franzi o nariz.

Ela me olhou de soslaio e balançou a cabeça.

— É este o cheiro de casa.

— De peixe?

— Sim, srta. Sabichona. E não existe nada de errado em vir de uma cidade operária onde as pessoas usam as mãos para ganhar a vida.

Viramos uma esquina e o oceano se estendia à nossa direita, puro, azul, brilhando ao sol do fim da tarde, a cidade se mostrando logo à frente. A conhecida sereia verde de um Starbucks nos cumprimentou de um dos primeiros edifícios.

— Quando a senhora esteve aqui pela última vez? — perguntei a ela.

— Não faz muito tempo. Seis anos talvez? Foi no casamento da Layla.

— Quem é Layla?

— Sua prima. Bisneta do meu irmão. Isso faria dela a sua... — Maquinou em pensamento, seus lábios se movendo em silêncio. — Prima de segundo grau. — Ela então fez uma pausa. — Bernie era doze anos mais velho que eu e tinha filhos pequenos.

— Essa é uma grande diferença de idade.

Ela deu de ombros.

— Éramos em sete. E algumas perdas, era o que achávamos. Ninguém falava sobre isso de verdade naquela época, mas as minhas irmãs se lembravam de ver a mamãe doente. E a mamãe nunca ficava doente, exceto quando estava grávida de nós. Até ela morrer, claro.

Balancei a cabeça para mim mesma. Era isso que tornava a busca por uma casa um imperativo. Uma menstruação tardia que poderia não ter sido nada. Ou talvez possa ter sido alguma coisa. *Também não falamos sobre isso agora*, pensei. Fiz um gesto na direção da Starbucks quando passamos, para mudar de assunto.

— As coisas talvez tenham mudado um pouco.

Vovó zombou na frente da loja.

— Eles fizeram de uma forma para que ficasse na periferia da cidade. Hoje em dia muito mais sofisticado. O Brooklyn da costa norte.

Reprimi uma risada quando um homem barbudo de sandálias e óculos de armação grossa e preta passou empurrando um carrinho de bebê. Ela pode não estar errada quanto a isso.

Dirigimos pela rua principal, onde antigas casas vitorianas agora abrigavam lojas.

— Onde a senhora cresceu?

Tentei imaginar a versão da minha avó que eu conhecia das fotos em preto e branco pulando por aquela mesma rua e subindo os degraus até uma das varandas da frente que víamos.

— Lá. — Ela apontou para uma margem bem no topo da colina. Olhei para ela, confusa. — A casa se foi. Eles tentaram tirá-la de lá, ela se tornaria um museu, depois que mamãe e papai morreram. Mas não em homenagem a eles, um museu da cidade. Era uma casa tão grande. Só que aconteceu alguma coisa sobre zoneamento e então a casa não sobreviveu à mudança.

— E quando foi isso?

— Agora já faz quase quarenta anos.

— Sinto muito.

Passamos por mais lojas, a rua acabou dando lugar a prédios mais modernos, o oceano ainda espreitava entre os prédios à direita. Olhares rápidos pelas ruas íngremes laterais revelaram que a cidade ficava sobre um penhasco rochoso e pontiagudo, que descia até as docas do porto, parecendo abrigar uma combinação de barcos de pesca e particulares.

— A senhora já pescou?

Eu não conseguia imaginar a vovó lançando uma linha, mas parecia ser algo que acontecia ali.

— Claro, querida, e eu era boa.

Vovó sorriu ao recorrer a alguma memória, e eu perguntei se tinha a ver com Tony. Ela disse que a família dele tinha uma empresa de pesca.

— E como era...?

— Você vai acabar perdendo a curva — avisou ela. — À esquerda, lá em cima.

Olhei para o celular.

— Mas o Google mostra que é para eu ficar nesta.

— A rua vai acabar, vire à esquerda.

Não acabava. Mas imaginei que caso ela fizesse com que nos perdêssemos, o Google poderia nos colocar de volta no caminho certo. Virei à esquerda e o mapa mudou de rota, diminuiu dois minutos do nosso tempo de chegada.

Ela sorriu para mim.

— Seus aperitivos não sabem de tudo.

— Aplicativos.

— Claramente esses também não sabem.

Desisti enquanto avançávamos por uma parte mais moderna da cidade, a minha avó olhou carrancuda para as casas.

— Isso tudo aqui não passava de um pântano vazio.

* * *

Houve uma pausa de cerca de meio quilômetro onde os pântanos ainda deixavam o solo mole demais para receber qualquer construção, antes de entrarmos em qualquer lugar minimamente civilizado de novo. Um campo de golfe em miniatura, três lojas de artigos de praia, um mercado, dois grandes hotéis e, finalmente, o oceano, revelaram-se à nossa frente.

— Para a esquerda, onde a estrada termina — instruiu a minha avó. — Depois entra na próxima à esquerda na estalagem. — Ela olhou em volta enquanto subíamos uma colina. — Aqui costumava ser só uma floresta.

A rua tinha uma mistura de casas, algumas ao estilo Cape Cod, algumas casas feitas em série, um punhado de outras que teriam parecido um lar em algum bairro suburbano, uma imitação vitoriana, até que finalmente, bem no fim da rua, duas estruturas de madeira com varandas envolventes.

— É aqui — disse minha avó, apontando para a maior das duas. O lugar era pintado de vermelho, com seis degraus que levavam à varanda telada.

— A senhora alugou uma casa?

— É uma daquelas coisas A B de B.

Levantei uma sobrancelha.

— Um Airbnb?

— Suponho que sim.

— A senhora sabe como alugar um Airbnb?

— Eu tenho um celular, *sabia*? — disse ela, ríspida, esforçando-se para desafivelar o cinto de segurança.

Eu me inclinei e soltei para ela, então saí do carro a fim de ajudá-la. Uma vez de pé, ela protegeu os olhos do sol, que pairava sobre o telhado, então analisou a propriedade.

— Odeio essa cor que aquela mulher pintou.

— Que mulher?

— A dona.

— A senhora já se hospedou aqui antes?

Os seus lábios se contraíram em um sorriso.

— Querida, este aqui era o nosso chalé. Passei todos os verões aqui.

Fiquei boquiaberta. Comecei a dizer alguma coisa, mas a porta da varanda se abriu, o que me assustou.

— Aquele ali é o gerente da propriedade — anunciou a minha avó, levantando a mão para acenar, enquanto o homem descia os degraus vindo na nossa direção. — Olá, Joe querido.

QUINZE

Junho de 1950
Hereford, Massachusetts

EVELYN SEMPRE CAMINHAVA PELA RUA SEM NOME até o cruzamento com a Sand Island Lane para encontrar Tony. Joseph podia até ter dado sua aprovação por enquanto, mas isso não significava que Tony podia estacionar na frente dos chalés, subir os degraus e bater à porta da frente para buscar Evelyn. E apesar de isso deixar Tony inquieto, Evelyn dizia para que ele confiasse nela. Eles só precisavam de tempo.

Os dois se formaram no ensino médio no fim de maio. Tony se juntou ao negócio de pescaria de seu pai e tio em tempo integral junto de Felipe. Já Evelyn se preparava para começar a faculdade no outono, e assim o verão inteiro se estendeu.

Na maioria das noites, ela subia no Ford Standard 1939 do pai de Tony e eles iam para Gloucester ou Rockport, onde podiam andar pela cidade sem que todos os conhecessem, às vezes se aventuravam até o sul, indo a Beverly. Quando retornavam, caminhavam pela praia sob o luar, montando acampamento na outra extremidade sobre um cobertor de flanela já bem gasto que Tony tirava do porta-malas antes de fazer uma fogueira. As noites na cidade eram quentes, mas próximo da água do mar com frequência havia um friozinho pelo ar.

Evelyn estremecia em seu vestido de popeline, mais para se mostrar, então se abaixava sob o braço de Tony. Para se aquecer, claro. Não que Tony se opusesse, de qualquer forma. Ele olhava para ela à luz do fogo, ela sorria de volta e assim se aconchegava mais próximo, inalando o seu perfume, sem saber que quando ele deixava as docas todos os dias, corria para casa a fim de ser o primeiro a tomar banho, onde se esfregava até o ponto de Felipe ameaçar arrombar a porta. Havia pouco tempo que Felipe ficara noivo de uma garota chamada Beatriz, que fazia parte de outra família portuguesa. Mas os irmãos e o pai dela também trabalhavam nos navios, então Tony imaginava que, por razões óbvias, ela podia lidar mais facilmente com os cheiros que vinham acompanhados do trabalho nas docas do que Evelyn. Então ele se esfregava, dando atenção às unhas, até que não restasse nem traço sequer de sujeira, vestia-se em seguida e contava os minutos até que chegasse a hora de encontrá-la ao final da estrada escura.

Inclinando a cabeça para trás, Evelyn olhou para as estrelas.

— Mostre para mim as constelações de novo.

Tony se deitou, puxando-a para mais perto de si, apoiando a cabeça de Evelyn em seu ombro esquerdo e apontando as formações, começando com a Ursa Maior e assim se movendo pelo zodíaco visível.

— Como você sabe essas coisas todas?

— Isso se aprende quando sai para o mar a bordo dos navios. É como eles costumavam navegar.

— E como você faz isso?

Ele riu, baixinho.

— Se estivéssemos duzentos anos atrás eu poderia dizer. Mas eu não estou exatamente cruzando oceanos a bordo dos barcos de pesca do meu tio.

— Eu quero fazer isso — disse ela, sentando-se.

— Mas um barco de pesca nunca sobreviveria a uma viagem dessas.

A garota revirou os olhos.

— Eu não quis dizer em um dos barcos do seu tio. O que quero dizer é que eu gostaria de ver o mundo. Tudo isso.

— Essa é uma tarefa muito difícil.

— Você não quer? Quero ir a Roma, Paris, Grécia, Londres, Egito e... — Ela olhou para ele com malícia, as chamas do fogo refletiam no seu rosto, fazendo seus olhos brilharem na escuridão: — Portugal.

Tony tornou a rir e a puxou de volta para perto de si.

— Diga o nome de uma cidade de Portugal.

— Lisboa.

— Você sabe que eu nunca estive lá, não sabe?

— E daí?

— Então, você quer ir para a Rússia?

Ela franziu o nariz.

— Não está no topo da minha lista de lugares para visitar. Mas algum dia, talvez.

— Você não está tão longe disso quanto eu. A minha família está aqui há cem anos. Sou mais americano do que você.

— Tudo bem então, *Antonio*.

— O que tanto há em um nome?

— Ah. Seria mais engraçado se não fôssemos tão infelizes.

— E nós somos?

— Papai disse que eu posso sair com você, mas não me casar com você.

Tony a segurou com mais força.

— E você sempre faz o que o seu pai manda?

Um sorriso lento e sensual se espalhou pelos lábios de Evelyn, Tony se segurou para não a beijar. Sim, a noite acabaria ali, mas fazer isso deitados na praia assim era perigoso demais. Era mais fácil que terminá-la no carro.

— Você sabe que não.

Ela se inclinou, e ele se sentou abruptamente.

— Estive pensando, eu poderia muito bem deixar esse negócio de pesca para trás.

Evelyn também se sentou.

— E o que você faria?

— Bem, tive duas ideias. Posso me alistar no exército, eu cumpriria quatro anos de serviço e depois iria para a faculdade.

Ela estremeceu de novo, desta vez involuntariamente, mas teve o cuidado de manter o rosto imparcial.

— E é isso que você quer?

— Não — admitiu ele. Ambos conheciam jovens que não haviam retornado da guerra. E muitos outros que voltaram para casa sem partes do corpo. Ou quem até voltou para casa, mas ainda estava na praia da Normandia. — Mas sei que o seu pai se preocupa muito com a faculdade.

— Mas você ficaria longe por quatro anos.

— E você também.

— Talvez eu nem vá para muito longe — Evelyn se esquivou. — Se eu estivesse em Boston, ainda conseguiríamos nos ver se você ficasse aqui.

— É verdade.

— Olha, se você quer ir mesmo para a faculdade...

Tony se virou para olhar para ela.

— Você quer que eu vá?

— Só se for o que *você* quer. Você não pode fazer algo tão grande assim só porque *pode* deixar o meu pai feliz. E você também vai, por um passe de mágica, se tornar judeu?

— Não.

Eles não se falaram por um minuto.

— Você disse que tinha duas ideias. Qual seria a outra?

— Eles estão procurando novos policiais. Peguei um formulário de inscrição esta semana.

— É *isso* o que você quer fazer?

— Acho que é. Não é como se tivéssemos gangues por aqui. E eu gosto de ajudar as pessoas. — Ele olhou para ela novamente. — E é mais respeitável do que pescar bacalhau.

— Tony, eu não me importo se você trabalhar nas docas para sempre. Você sabe que isso não me importa nem um pouco.

— Mas isso é importante para mim. Eu quero ser algo de que você possa se orgulhar.

— O que a sua família vai pensar?

— O meu pai não vai gostar, mas ele tem outros três filhos para quem deixar o negócio de pesca.

Evelyn apoiou a cabeça no ombro dele.

— Oficial Delgado — refletiu ela, em voz alta. — Soa bem. — Ela pensou na primeira vez que o viu, quando ele obrigou o irmão a fazer a coisa certa. — Acho que você seria um policial maravilhoso.

Ele encostou a cabeça na dela, os dois ficaram um ao lado do outro, olhando para o fogo como se pudessem ver nele o seu futuro juntos.

DEZESSEIS

OLHEI PARA A MINHA AVÓ COM CERTA desconfiança quando o homem que saiu do chalé a envolveu em um abraço caloroso.

Quando ele a soltou, ela segurou a sua mão com a direita, depois pegou a minha com a esquerda.

— Joe, quero que você conheça a minha neta, Jenna. Jenna, este é o Joe Fonseca.

Ele estendeu a mão e eu, meio desajeitada, tive que soltar a minha da mão da minha avó para apertar a do homem.

— Oi — disse ele, sorrindo, e uma onda de aborrecimento explodiu quando olhei para ele.

A maioria dos Airbnb tinha fechaduras eletrônicas, então não era necessário interagir com um ser humano para entrar. E ainda que, sim, ela preferisse o contato humano a evitar as pessoas a todo custo, como fazia a minha geração, percebi na hora que aquilo, na verdade, era intencional. E não só porque ela nos assistia com o mesmo interesse com que devorava os episódios da série *Maravilhosa sra. Maisel.*

Em outras circunstâncias, aqueles olhos castanhos ricos, que se enrugavam nos cantos quando seus lábios carnudos se abriam para brilhar com perfeição, para mim, até mesmo os dentes brancos de um rosto bronzeado, teriam sido uma visão muito bem-vinda. Só que eu não conseguia nem sequer pensar em namorar de novo, muito menos em conhecer alguém durante as férias. E uma armação da vovó Evelyn era como o beijo da morte, como aprendi na faculdade.

— Oi — respondi, meio cautelosa, em seguida tirei a mão da sua e me virei para minha avó. — Vamos levar a senhora para dentro. Deve estar exausta por conta da viagem.

— Nem um pouco. Estou velha, não doente. — Pegando o braço de Joe, ela o conduziu até os degraus do chalé. — Você vai precisar me mostrar o que aquela velha morcega da dona fez desde a última vez que eu estive aqui. Ainda não superei a varanda.

Eu ainda estava parada ao lado do carro. E com um suspiro, abri o porta--malas, comecei a tirar as malas.

— Jenna! — chamou a vovó.

— Pode deixar que eu pego as malas — disse Joe, ainda da escada.

Vencida, eu os segui até o chalé, esperando que ele logo fosse embora, mas conhecendo a minha vó….

A porta da frente dava para um corredor, à direita ficava o que parecia ser uma sala de estar, à esquerda, uma de jantar, a cozinha estava bem à frente, e próximo à entrada da sala de estar havia uma escada. Olhei para as escadas com certa cautela. Minha avó ainda morava na casa onde havia passado quase cinquenta anos com o meu avô, mas ela comprou uma daquelas cadeiras motorizadas para subir os degraus depois que o vovô morrera. Ela disse que estava bem, mas eu sabia que ela tinha receio de cair, ainda mais morando sozinha. E ela jamais deixaria que eu a ajudasse a subir e descer as escadas.

Segui as suas vozes até a cozinha, decorada com bom gosto, com armários de madeira clara e bancadas de granito. A vovó estava balançando a cabeça.

— Cadê o encanto? Era tudo rústico quando passávamos os verões aqui e era justamente esse o atrativo. — Ela olhou por cima do ombro para mim. — Isso e o ar fresco, claro. Naquela época, não tínhamos ar-condicionado.

— Há muitas janelas no andar de cima. Mas a casa ainda não tem ar central.

— E para que isso? Se você não mantém as janelas abertas, por que fica aqui? Joe, seja gentil e abra as janelas para nós. — Ele saiu do lado dela e começou a fazer o que ela havia pedido.

Aproximei-me dela, falando baixo:

— Sei que este lugar tem um valor sentimental, mas talvez seja melhor ficarmos em algum local sem todas as escadas.

Vovó olhou para mim como se eu tivesse sugerido que estudássemos o canibalismo.

— Você é tão ruim quanto a sua mãe. — Ela então ergueu a voz em falsete. — "Você não pode dirigir até Hereford, porque não tem carteira de motorista. Você não pode subir alguns degraus." — Em seguida voltou ao seu tom de voz normal. — Já até sei que a próxima coisa que você vai me dizer é que eu não posso beber.

— E a senhora não pode *mesmo*. A mamãe disse que…

Vovó colocou um dedo na minha cara.

— Faça um favor a você mesma e pare bem aí. Eu não sou nenhuma criança. Não vou deixar você falar comigo como se eu fosse uma.

Fiquei em silêncio, percebendo que eu já estava perdendo a cabeça. Sim, essa viagem me aliviou de ter que ouvir a minha mãe por uma ou duas semanas, mas o que eu estava de fato fazendo? Vim para ser útil ou me esconder? Parecia que eu não seria capaz de fazer nenhuma das duas coisas.

Joe voltou, cruzei os braços na defensiva, tentando deixar bem claro que qualquer que fosse a intenção de minha avó, eu era o completo oposto de interessada.

— Vou pegar as malas — disse ele, notando a minha postura e virando-se para ela. — Só me digam quais devem subir e quais ficam aqui embaixo.

— Aqui embaixo? — perguntei à minha avó.

— O quarto principal é por ali. — Joe apontou para outro corredor depois da cozinha. — Suponho que seja lá onde você vai ficar, não é, Evelyn?

— Sim, querido, obrigada. A Jenna pode escolher um dos quartos do andar de cima.

Quando ele pediu licença, a vovó se acomodou em uma das cadeiras da cozinha.

— Poderia pegar um copo de água para mim?

— O quê? Não prefere gim?

Ela sorriu.

— Bem, se é o que você está servindo. Mas eu prefiro mesmo vodca.

Balancei a cabeça e comecei a abrir os armários. Depois de localizar os copos, fui até a geladeira para ver se havia filtro de água.

— Pode ser da torneira mesmo — pontuou ela. — A água daqui tem um gosto melhor. Sempre teve.

Voltei para a pia e comecei a encher o copo, então percebi uma coisa.

— Você e Joe parecem se conhecer bem.

— E daí?

— Ele chama a senhora pelo primeiro nome.

— E do que mais ele me chamaria?

— Se ele fosse só um conhecido? De sra. Gold.

— Eu sempre falo para todo mundo me chamar de Evelyn.

Parei de falar quando ouvi a porta da frente se abrir de novo e o som das malas sendo colocadas no chão. Ao ir para o corredor, mostrei a ele quais eram as da minha avó, então ele as carregou pelo corredor a fim de colocá-las no quarto onde ela dormiria. Comecei a erguer as minhas malas quando ouvi a voz da vovó.

— Deixe que o Joe faça isso — disse. Ela não conseguia me ver de lá, então eu não sabia como ela sabia que eu estava levando a minha para cima.

— Os homens gostam de se sentir úteis.

O sangue subiu para as minhas bochechas. Não havia como ele não a ter ouvido dizer isso. Constrangida, peguei as malas e eu mesma as levei para cima antes que Joe pudesse voltar dos fundos da casa, as coloquei no topo da escada e depois desci. Eu poderia escolher um quarto mais tarde.

Os seus lábios se contraíram como se ele estivesse tentando não sorrir quando voltei para a cozinha.

— Mamãe mandou avisar que a senhora precisa ir ao restaurante — disse ele para a minha avó.

— Duvido que iremos à cidade hoje à noite, mas é claro que ainda esta semana nós vamos. — Ela olhou calorosamente para ele. — É bom ver você, Joe.

Estendendo o braço, ele apertou a mão dela.

— Digo o mesmo. — Então ele olhou para mim. — Vou deixar vocês duas se acomodarem. O número do meu celular está no balcão, se precisarem de alguma coisa.

— Obrigada.

— Mande lembranças minhas para a sua mãe — pediu a vovó.

— Mando sim. Foi um prazer conhecê-la, Jenna.

— O prazer foi meu — eu agradeci através de uma boca que parecia estar cheia de algodão.

Assim que a porta se fechou, voltei-me para minha avó.

— A senhora conhece a família dele?

Ela me lançou aquele mesmo olhar, como se eu tivesse acabado de dizer algo bizarro demais para ser entendido.

— Claro que conheço a família dele. Ele é sobrinho-neto do Tony.

DEZESSETE

Julho de 1950
Hereford, Massachusetts

EVELYN ENTROU NA CASA NA PONTA DOS pés, evitando o terceiro degrau do chalé de Bernie, que rangia. Ao fechar a porta silenciosamente atrás de si, ela soltou um suspiro de alívio na escuridão, mas apenas para ofegar ao som de um fósforo riscado, a pequena chama iluminava seu irmão, que acendia um cigarro na sala de estar que dava para o corredor da frente.

Bernie deu uma tragada e exalou devagar.

— Você está acordado até tarde.

— Eu estava ajudando Gertie com o bebê.

— Não estava, não.

Exasperada, Evelyn entrou no quarto escuro e se jogou no sofá de frente para o irmão.

— O que você quer, Bernie?

— Mas que defensiva — murmurou ele, acendendo a lâmpada ao lado. — Então *é* um rapaz?

— Olha, o papai sabe. Está tudo bem.

— Então ele sabe que você está fora até altas horas da noite com esse rapaz e mentindo sobre onde anda dormindo?

— Eu não estou mentindo sobre onde estou dormindo. Venho para casa todas as noites. Estou apenas mentindo sobre onde ando antes de dormir.

— Você só tem dezesseis anos...

— Dezessete. Quase dezoito. É a Vivie que tem dezesseis anos.

— Você sabe como seria constrangedor para a família se você engravidasse? — Evelyn olhou para ele com raiva. — Espero que com três irmãs mais velhas você saiba o suficiente para ficar longe de encrencas, mas é de *você* que estamos falando.

— Não estou me metendo em encrenca nenhuma!

— Se o papai realmente soubesse, e se você não estivesse fazendo nada de errado, não estaria se esgueirando por aí, não é mesmo?

— Mas o papai *sabe*. A mamãe que não sabe.

Bernie a contemplou, processando aquela informação. Ele admitia que nem sempre concordava com o pai. Contudo, havia presumido que era Joseph, e não Miriam, a insistir tanto para que as garotas não namorassem antes da faculdade. Então, mais uma vez, todos sabiam que Evelyn tinha seu pai na palma da mão.

Evelyn ficou completamente imóvel sob o olhar do irmão, recusando-se a desistir de qualquer coisa depois de deixar escapar a informação sobre a mãe.

— Então, quem é ele? Imagino que o papai saiba.

— Por quê?

— Porque quero saber quem é esse rapaz que sai com minha irmã e não vem conhecer a família dela. — Uma percepção cruzou o rosto dele, e o estômago de Evelyn afundou. Ele tinha descoberto. Não havia ninguém na cidade que Bernie não conhecesse. E se Tony fosse judeu, haveria conversas entre as duas famílias. — Evelyn — começou ele, calmo. — O que foi que você fez?

— Eu não *fiz* nada! Meu Deus, você está agindo como se eu fosse a Prostituta da Babilônia aqui. Ele é um bom rapaz. Ele só não é judeu.

— É óbvio que o papai não sabe sobre essa parte.

— Sim, ele sabe, Bernie. Você mesmo pode perguntar para ele se não acredita em mim.

— E o que a mamãe vai achar disso?

— Não se atreva.

Bernie coçou o queixo enquanto pensava, sem dizer nada por tempo suficiente para que Evelyn percebesse que a sua vida estava prestes a se tornar mais difícil.

— Conte para mim quem é ele.

— Por quê?

— Vou fazer uma visita para ele.

— Você não vai fazer visita nenhuma.

— Isso ou eu conto para a mamãe. Você escolhe.

Evelyn encarou o irmão mais velho novamente.

— O que você vai dizer para ele?

Bernie sorriu.

— Ora, você não confia no seu irmão mais velho?

— Óbvio que não. Talvez eu me dê melhor com a mamãe.

Ele riu alto o suficiente para que Evelyn o mandasse calar a boca, com medo de que acordasse a casa inteira. As batalhas entre Evelyn e a mãe eram lendárias.

— Evie, você ainda é uma criança. Vou me certificar de que ele *é* o bom rapaz que você diz que é e descobrir quais são as intenções dele. Talvez até colocar um pouco de bom senso nele.

— Ele não precisa de nenhum bom senso que venha do medo.

— Se ele acha que pode lidar com você, então precisa sim. E é impossível impor qualquer medo em você. Um de vocês deve ser o esperto.

Ela xingou baixinho, ainda mais porque sabia que ele não aprovava que ela o fizesse. Mas no fim das contas, afirmar que era impossível de impor medo nela era um elogio. Então, suspirou e enfatizou:

— Tony Delgado. — A expressão no rosto do irmão suavizou um pouco em reconhecimento. — Mas se você fizer alguma coisa contra ele, juro por Deus e por todos os profetas que...

— Eu sou um homem de trinta anos com família e ele é um adolescente que trabalha nas docas. Você acha mesmo que eu o machucaria?

Ela olhou para o irmão, que não era grande e nem fisicamente intimidador, todavia, ele era esperto. Em outra vida, ele teria sido o advogado ou o banqueiro que a mãe esperava que fosse, em vez de dono de uma loja de roupas na cidade. E ela não tinha ilusões quanto ao fato de que ele poderia assustar Tony caso quisesse.

— Ele não vai trabalhar nas docas para sempre.

Bernie analisou o rosto da irmã, vendo algo novo ali.

— Você está mesmo falando sério sobre esse rapaz.

Aquilo não havia sido uma pergunta, mas Evelyn confirmou.

— E o papai sabe essa parte?

Evelyn exalou pesadamente.

— Como eu disse, tenho dezessete anos. Vou para a faculdade em alguns meses. O resto... Bom, vai dar certo. Ou não. Só sei como me sinto agora.

— Papai nunca vai deixar você se casar com ele. Você precisa saber disso.

— Papai vai superar isso.

— Vá dormir. — Bernie balançou a cabeça enquanto apagava o cigarro no cinzeiro da mesinha de centro feita de vime. — Amanhã vou fazer uma visita a ele. — Ela até abriu a boca para falar, mas Bernie ergueu a mão. — Vou me comportar. Agora vá dormir.

Cansada, Evelyn se levantou e andou até a escada, seu irmão apagou a lâmpada e a seguiu até o corredor antes de se virar para os fundos da casa, onde ficava o seu quarto.

A moça se colocou na ponta dos pés, não querendo acordar mais ninguém, lavou o rosto e escovou os dentes antes de entrar no quarto que dividia com Vivie; uma vez ali, ela tirou o vestido e em silêncio vestiu uma camisola, avançando devagar para a cama, enquanto evitava acordar a irmã.

A respiração de Vivie ficou presa e ela se virou na direção de Evelyn.

— Onde você estava? — murmurou ela, sonolenta.

— Só conversando com Bernie — sussurrou Evelyn.

— Está tudo bem?

Evelyn acariciou o cabelo da irmã e a beijou na testa.

— Sim, querida. Volte a dormir.

Vivie se virou de costas e se aninhou em Evelyn, que a abraçou gentilmente e, ao adormecer, desejou que a amada irmã nunca precisasse lidar com complicações amorosas como aquela.

DEZOITO

Meu primeiro pensamento pela manhã foi o de que os lençóis pareciam errados. O travesseiro também. E o colchão. Abri os olhos e demorei um minuto para perceber onde eu estava. A luz espreitava pelas bordas das cortinas, que tremulavam suavemente onde eu havia deixado a janela aberta na noite anterior. *Hereford*, pensei, sonolenta.

Esfregando os olhos, me sentei e me levantei da cama, abri as cortinas para ver o que havia lá fora. Por entre as árvores, o oceano brilhava sob o sol da manhã. Abri a janela o máximo que consegui e inalei o ar. Não havia quaisquer vestígios do cheiro de peixe subjacente que permeava a cidade. Lá fora, apenas o sal do oceano, além do cheiro forte e limpo dos pinheiros que cresciam ao longo da costa escarpada.

Por um instante, o primeiro em meio ano, não houve divórcio. Perda. Ou mesmo sensação de fracasso. Fechei os olhos e respirei fundo. Vovó tinha razão sobre isso estar no meu sangue. Esse era o cheiro de casa.

Vovó.

A claustrofobia dos últimos meses se abateu sobre mim. Eu não estava ali para me sentir em casa. Estava ali para fugir. Porque eu mesma não tinha uma casa. Ninguém para sentir a minha falta.

Afundei-me na cama desarrumada e, com a cabeça entre as mãos, me concentrei na respiração para me acalmar. Quando finalmente me senti sob controle, verifiquei o celular. Não havia mensagens, com exceção de e-mails de empresas, cuja maioria dos produtos eu não podia mais pagar. Uma metáfora para o que restou da minha vida perfeita. Ainda era cedo, só sete horas. O meu quarto dava para o leste, logo, o sol havia me acordado.

Mas entrar em um ataque de pânico não me ajudaria. Depois de ir para o banheiro, coloquei um top esportivo, uma regata e uma *legging* antes de descer. Se a vovó estivesse acordada, eu veria o que ela queria fazer em relação ao café da manhã. Caso ainda estivesse dormindo, eu sairia para correr a fim de afastar a ansiedade. Ela geralmente voltava, mas se eu forçasse o bastante, conseguiria ganhar um pouco de tempo para que pudesse só existir, sem pensar.

* * *

Não havia qualquer sinal da vovó, então preparei uma xícara de café, grata pela dona manter na casa uma máquina de café e um estoque de cápsulas, escrevi um bilhete para minha avó enquanto o bebia.

Não precisei consultar um mapa. A rua terminava no terreno baldio logo depois do outro chalé, este, de acordo com a minha avó, havia pertencido ao seu irmão Bernie. Ela disse que o perderam quando a "esposa miserável" de Sam o vendeu. Quando perguntei sobre o de Bernie, ela mudou de assunto.

Corri pela rua até onde ela terminava. A distância entre o chalé e a Pousada Hereford, que margeava a praia, era de menos de um quilômetro. Passei pelo estacionamento da pousada e por uma trilha de dunas para entrar na praia, que, exceto por alguns outros corredores mais ao longe, estava vazia. Já distante da ameaça dos carros, coloquei os meus fones de ouvido, dei o *play* na minha música e fui até a areia mais firme à beira do mar. Uma pequena ilha se projetava do oceano bem perto da costa.

A praia se estendia por cerca de dois quilômetros e meio, na verdade, era apenas uma enseada, terminando em um cais de pedra para o qual parei para olhar. Essas eram as rochas das quais eu me lembrava da minha visita da infância. Eu tinha certeza disso. Procurei uma maneira de subir, porém, a maré estava alta e havia água ao seu redor. Entretanto, havia pequenos caracóis e então sorri, me lembrei da vovó pegando a minha pá e colocando com delicadeza os caracóis em meu balde azul com cabo amarelo. O *funeral da Helen*, pensei, tentando lembrar se ela estava triste. Ela deve ter ficado triste. Mas eu só me lembrava da sensação de estar com ela na praia, porque ela era o sol. E quando ela irradiava toda a sua força em você, nada poderia estar errado diante daquilo.

Ou pelo menos foi assim que me senti quando eu tinha quatro anos. Mas e trinta anos depois? Nem tanto. Havia muita coisa errada. E a única que ela estava irradiando em mim ultimamente era um monte de loucura. *Ela tinha cinquenta e oito anos na época. Mais jovem do que a minha mãe agora.* Será que a minha mãe teria a chance de brincar na praia com os meus filhos? Com quase trinta e cinco anos, solteira de repente, isso parecia cada vez mais improvável.

Aff. Correr não estava adiantando.

Eu me virei e desejei estar de volta ao meu quarto de infância, onde, sim, eu estava vivendo uma rotina horrível, mas pelo menos era a minha rotina familiar. Não esses novos sentimentos de inadequação.

Na metade da praia, um outro corredor se aproximou, acompanhado de um cachorro preto. Eu me aproximei da arrebentação a fim de evitá-los, porém, o cachorro veio direto na minha direção, o que me obrigou a parar para evitar a água.

Irritada, olhei para o dono e meu coração se afundou no peito.

— Oi! — disse Joe.

— Ah. Oi.

O cachorro pulou, colocando as patas cheias de areia em cima de mim, Joe puxou a coleira.

— Jax, desce! Desculpa. Juro que ela é simpática.

Jax sorriu para mim, com a língua pendurada para fora da boca, e eu não consegui deixar de sorrir de volta, acariciando a sua cabeça.

— Tudo bem. Estou precisando mesmo de um banho.

Ele sorriu.

— E como passou a noite? Está tudo bem lá no chalé?

— Sim. Tudo certo.

Joe passou a mão que não segurava a coleira pela nuca, exibindo os bíceps bem formados que eu não queria notar. O meu corpo não estava me deixando ignorar o fato de que ele era um homem muito bonito, ainda que o meu cérebro não quisesse nada com ele.

— Então, hum, a sua avó me pediu para passar lá mais tarde.

— Certo.

Ele olhou para mim, tentei não recuar. Estava tentando adotar um tom neutro, mas soei um tanto hostil.

— Bem... é que ela... queria que eu te mostrasse um pouco do lugar.

Os meus ombros caíram. Claro que ela queria. Vovó era tão sutil quanto um tsunâmi.

— Você não precisa fazer isso, sério.

— Não seria um problema.

— Não, o que quero dizer é que ela não quer que você me mostre o lugar. Ela está tentando juntar a gente.

— Ela disse que...

— Ela mente. É isso o que ela faz. E eu tenho certeza de que você é um ótimo cara e tudo mais. Na verdade, eu não estou... é que ela me apresentou alguns idiotas quando eu era mais jovem, mas você parece legal. — Me ouvi balbuciando e disse a mim mesma para calar a boca. — Seja como for, eu estou no meio de um divórcio agora e não quero namorar ninguém. Ou... o que quer que seja... por uma semana.

— Hum... na verdade, acho que ela só queria mesmo que eu te mostrasse o lugar para que você não ficasse sozinha enquanto ela visita alguns velhos amigos.

Me senti corar e tentei olhar discretamente para sua mão esquerda. Seria muita sorte minha se ele fosse casado e eu tivesse interpretado mal a coisa toda. Mas não, não havia aliança, o que não significava nada. E agora ele achava que eu era uma completa perdedora incapaz de se divertir.

— Mesmo assim você não precisa fazer isso. Eu não me importo de ficar na praia.

Ele deu de ombros, parecendo se divertir.

— Você já tentou dizer não para a sua avó? Talvez você tenha mais sorte do que eu com isso. Caso contrário, vejo você daqui a algumas horas.

— Eu... hum, tudo bem.

Joe tinha um bom argumento.

Rindo de leve, ele coçou atrás das orelhas de Jax, então a puxou para fora do meu caminho.

— Aproveite o resto da sua corrida. A pousada tem um bom café, se você quiser tomar um pouco.

— Eu não trouxe a minha carteira. Mas tinha no chalé. Estou bem.

— É só dizer para eles que você é a neta da Evelyn. Não vão deixar você pagar.

Tentei perguntar o que aquilo significava, mas ele disse que me veria mais tarde e saiu correndo em direção ao cais.

Esfreguei os ombros tensos, tirei as pegadas de areia das minhas calças e comecei a voltar.

Ao que parecia, eu precisava *mesmo* de um banho. E ter uma conversa com a minha avó.

DEZENOVE

Julho de 1950
Hereford, Massachusetts

— O SEU IRMÃO ME FEZ UMA visita — disse Tony em forma de cumprimento, enquanto Evelyn descia a rua de terra. Ele estava encostado no carro, os braços cruzados.

— Eu sei. Ele me pegou entrando de fininho ontem à noite. — Evelyn se moveu para beijá-lo, mas ele virou a cabeça, acabou beijando a sua bochecha em vez disso. Ao pegar o seu rosto na mão, ela virou o queixo de Tony, então ele precisou olhar para ela. — Foi tão ruim assim?

— Não podemos continuar nos esgueirando assim por aí.

Evelyn se encostou no carro ao lado de Tony, copiando sua linguagem corporal, com uma expressão facial exageradamente áspera. Ele olhou para ela, que franziu ainda mais a testa até que ele, por fim, abriu um pequeno sorriso.

— Não estamos nos esgueirando por aí. Estamos só... não contando às pessoas ainda. E quando eu for para a faculdade não será necessário. — A partida iminente o animava e ao mesmo tempo aterrorizava Evelyn, ainda que ela jamais admitisse o último sentimento. Embora fosse mais fácil escapar de um dormitório feminino do que da casa dos pais, quando não havia o caos do verão, ela sabia que Tony não seria capaz de fazer uma viagem de duas horas para vê-la com tanta frequência. E mais uma vez, ela se perguntou se não seria melhor se transferir para um lugar mais próximo.

— Eu não quero me sentir um criminoso por estar com você.

— Foi isso que o Bernie disse para você? Ele é tão dramático. Vou fazer dezoito anos este mês!

— O seu pai...

— O meu pai me ama. E ele vai ceder. Só precisamos dar tempo a ele.

— O problema não é o tempo. — Ele a pegou pelos braços, com firmeza, e ela sentiu a pele da nuca formigar em antecipação ao beijo que com toda certeza viria a seguir. — Evelyn, posso esperar para sempre, se for necessário. Mas se ele não sabe que estamos juntos, ele não vai ceder.

A decepção a inundou quando ele soltou seus braços e se virou. Ele tinha razão, mas ela não estava acostumada a ver seus blefes fracassarem. E o pior: ela não tinha tanta certeza de que Joseph realmente voltaria atrás em relação a Tony, pelo menos não antes que ela o forçasse a tal. Ainda que se meter em encrencas com os quais Bernie se preocupava resolvesse o problema, esse não seria o jeito certo. Joseph pode até ser do tipo que gritava, que ameaçava. Mas ele nunca organizaria um *shivá* para ela, mesmo que ela fugisse. E era isso que eles teriam que fazer. Em algum momento, ele a perdoaria, não teria outra escolha, afinal.

Não que Tony tivesse proposto algo do tipo. Houve insinuações sobre isso, mas nenhuma declaração direta de intenções de tornar aquilo uma realidade. Ainda assim, essa parte não preocupava Evelyn. Ela sabia como se sentia e não se preocupava nem por um momento que ele sentisse qualquer coisa que não fosse o mesmo.

A faculdade era outro obstáculo. Se ela fugisse e não se formasse, Joseph não a perdoaria de verdade e era óbvio que não perdoaria Tony. Mas se ela frequentasse a faculdade como uma mulher casada... a Faculdade de Pembroke, onde planejava estudar, definitivamente seria um lugar muito longe; ela precisaria ir para algum lugar mais próximo. Mas isso daria certo.

— O que está se passando por essa sua cabecinha? — perguntou ele, cauteloso. Ela limpou depressa a expressão de maquinações. — Eu não vou querer saber, vou?

Evelyn mostrou a língua.

— Tão sério. Sua família sabe sobre mim? Além do Lipe?

— Sim — respondeu Tony enquanto abria a porta do carro para Evelyn. Ela entrou e ele a fechou. — Inclusive é para lá que vamos hoje. Minha mãe quer conhecer você.

— Sua mãe?

Tony disse que sim, ligando o carro e já o colocando em movimento.

— Pois me deixe sair deste carro agora mesmo. — Ela estendeu a mão para a maçaneta da porta.

O rapaz se virou para olhá-la, se divertindo.

— Ora, ora, Evelyn Bergman: você tem medo da minha *mãe*?

Ela endireitou os ombros.

— Não tenho medo de nada, mas também não vou entrar na sua... — ela hesitou — na casa da sua *mãe* de mãos vazias. — Ela assassinou a pronúncia da palavra em português, soou mais como *mai* em vez de *mãe*, mas ele sorriu diante da tentativa.

— Não, isso não seria muito legal, não é mesmo? — Ele esticou a mão para o banco de trás e de lá tirou um buquê de flores. — Então você vai dar isto aqui para ela. E se você quiser mesmo impressioná-la, diga: "Muito prazer em conhecê-la" — avisou ele com sotaque de Portugal.

— E só falar sem sotaque português não será suficiente?

Ele riu.

— "Muito prazer em conhecê-la." Repita comigo, mas sem o seu sotaque de Massachusetts agora.

Depois de algumas tentativas, Evelyn conseguiu chegar o mais próximo possível de como Tony falava.

— Ela vai amar você.

— Ela não vai me amar tanto se eu disser que sou a garota que beija o pescoço do filho dela no carro no cais na maioria das noites.

— Provavelmente não, ainda que ela suspeite. Você deixou uma marca no meu pescoço semana passada.

Evelyn sorriu.

— Talvez eu tenha me empolgado. *Alguém* sempre fala que precisamos nos comportar.

Ele olhou para ela de novo.

— Então se comporta hoje à noite, hein? Quero que a minha família goste de você.

Evelyn se recostou na porta do carro e colocou as pernas, nuas por conta do vestido de verão, no painel perto do volante, a roupa subindo para revelar as coxas bronzeadas pelo sol.

— Eles vão me amar, querido.

— Espero mesmo — disse ele, não ousando olhar para ela. — Porque eu amo.

— Pare o carro. — Ela se sentou de supetão, tirando as pernas do painel.

— O que foi?

— Encoste, agora mesmo!

Tony estacionou o carro no acostamento, ainda estavam a três quilômetros da cidade, encarou-a de um jeito nervoso. Mas quando o carro parou, ela subiu em cima dele, encaixando-se em seu colo, o volante afundando nas suas costas.

— Fale isso de novo.

— Falar o quê?

— O que você acabou de dizer. Diga do jeito certo.

Ele olhou nos seus olhos, perdendo-se para sempre e nunca querendo ser encontrado.

— Eu amo você.

Seus lábios se abriram em um sorriso lento e sensual, e ela passou os braços em volta do pescoço dele, inclinando-se para beijá-lo profundamente. As mãos dele envolveram a sua cintura ao esquecer que ele e Evelyn tinham planos. Mas Evelyn se afastou, ela o beijou mais uma vez de leve nos lábios, voltando a se sentar no banco do carona, onde tirou um pó compacto da bolsa para verificar seu reflexo.

— É melhor que eu esteja *bem* comportada agora.

Ele engoliu em seco. Ela não tinha dito de volta.

— E por que isso?

Evelyn olhou para ele, então estendeu a mão e limpou o batom da sua boca.

— Não está na cara? Eu também amo você. — Ela lhe entregou um lenço. — Limpe bem. Você acabou de aumentar as apostas. Anda logo, vamos. Não quero me atrasar.

Tony esfregou a boca com o pedaço de pano, enquanto Evelyn reaplicava o batom, olhando-se no espelho do pó compacto. Então ele engatou a marcha e continuou em direção à cidade.

VINTE

— VÓ? — CHAMEI AO ENTRAR NO chalé. Ouvi barulho na cozinha e fui naquela direção.

— Bom dia, querida. Como foi a sua corrida?

— Encontrei o Joe — disse, puxando uma cadeira da cozinha.

— Sim, claro que encontrou.

— E o que isso deveria significar?

— Mandei uma mensagem para ele quando vi o seu bilhete.

— O que a senhora quer dizer com "mandou uma mensagem" para ele? Desde quando a senhora sabe enviar mensagens?

— Sei fazer muitas coisas.

Minha avó estava ao fogão, a rabanada fritando em uma frigideira, o cheiro da minha infância flutuava na direção da mesa.

— Quando eu mando uma mensagem para a senhora, sempre ganho uma resposta sem nenhum sentido.

— Ah, querida. — Ela se virou para mim, uma das mãos no quadril, a outra gesticulando com uma espátula. — Ainda não percebeu o quanto eu me divirto provocando você e a sua mãe? — Ela sorriu, se virando para a frigideira. — Nunca me subestime.

— Jamais — eu disse, com os dentes cerrados. — E é sobre isso que eu quero falar com a senhora. Conheço muito bem o seu joguinho. E eu *não* estou interessada nessa armação toda.

— Armação? — Ela deslizou pedaços grossos de rabanada em um prato que já estava à espera. — Que tipo de armação?

— Esse cara, o Joe. Sei que a senhora acha que seria fofo, porque ele é sobrinho-neto do Tony e tudo mais, só que eu não estou interessada.

— Mas é claro que você não está interessada.

Estreitei os olhos. Concordar logo de cara era sempre um sinal de que ela estava prestes a jogar um ás na mesa.

— Estou falando sério.

— Eu sei, querida. Você nem o conhece ainda. Como pode estar interessada?

— Não é isso o que eu estou querendo dizer!

Ela colocou um prato na minha frente. Havia caramelo na mesa e dois copos de suco de laranja.

— Coma — disse ela, colocando outro prato na mesa e se sentando. — Vamos ter um dia agitado hoje.

— Ah, vamos, é? A senhora não me contou nada mesmo sobre esta viagem.

— Mas claro que contei. Preciso cuidar de alguns negócios.

— E a senhora não vai me dizer que tipo de negócios são esses?

— Não. Os negócios são meus. E isso é tudo o que você precisa saber por enquanto. Mas isso vai ser só no fim da semana.

— Joe disse que a senhora quer que ele me mostre a cidade.

— Hoje à tarde, sim. Agora pela manhã você precisa me levar a um lugar.

— Por que *a senhora* não pode me mostrar a cidade? Quero ouvir as suas histórias sobre ela, não as de um cara aleatório.

— Ele não é nada aleatório.

— Olha, historicamente, as suas operações cupido têm sido desastrosas.

— Só uma vez...

— Duas. E aquela segunda foi o suficiente para uma vida toda.

— Você não pode me dizer que nunca tenha visto isso antes. Afinal, você já foi casada.

Esfreguei a testa, não querendo reviver o pior encontro da história de todos os encontros. E ao se referir ao meu casamento no passado tirou um pouco da relutância de mim.

— Vó, eu não estou pronta. E ele mora a quase oitocentos quilômetros de distância de mim.

— Da casa dos seus pais, você quer dizer.

Ergui um olhar ríspido, mas ela abriu um sorriso inocente. Então havia sido *mesmo* uma armação, não importava que ela dissesse o contrário.

— Eu não vou me mudar para Massachusetts. Ainda mais por um cara.

— Parece que você pensou demais nas possibilidades para alguém que não está interessada. — Joguei as minhas mãos para cima, exasperada. — Agora coma a sua rabanada. E você vai precisar de um banho também. Não posso levar você desse jeito para lugar nenhum.

Uma vez derrotada, dei uma mordida.

— De onde vieram os ingredientes?

— Ah, mandei uma mensagem para o Joe com uma lista antes de sairmos.

— Pelo visto a senhora manda muitas mensagens para ele. Tem certeza de que *a senhora* não está interessada?

Minha avó piscou para mim.

— Talvez. Um pouco de competição vai fazer bem para você.

Balancei a cabeça.

* * *

Eu havia escolhido o maior dos três quartos no andar de cima, aquele em que a minha avó havia dito já ter acomodado uma cama de casal e duas de solteiro no auge do chalé, quando todos costumavam descer para a praia durante o verão. Mas agora o cômodo estava equipado com uma cama *queen size*, uma cômoda antiga e uma pequena escrivaninha, tudo combinando. Abri a torneira do banheiro reformado recentemente (nenhum sinal dos canos barulhentos que a minha mãe descreveu das suas idas até ali durante a infância) e tirei as minhas roupas suadas.

Passando pela borda da banheira, fiquei sob o jato do chuveiro e pressionei a minha testa na parede fria de ladrilhos.

Eu *deveria* estar interessada em Joe. Eu sabia disso. Um romance de férias seria perfeito. Eu não só poderia tirar algumas fotos fofas para postar e assim fazer parecer que estava seguindo em frente, como também poderia me ajudar a fazer *justamente* isso.

Mas estremeci diante da simples ideia de dormir com alguém novo.

Qual é o meu problema? Eu me perguntei. A minha mãe havia sugerido antidepressivos um mês atrás. Mas eu não estava deprimida. Eu estava... travada. Sabia que ela estava certa, e eu deveria assinar a bendita separação. Não seguiria em frente enquanto não estivesse legalmente livre. Contudo, eu ainda não estava pronta. Nunca tinha falhado de verdade antes. E eu não estava pronta para admitir uma derrota, ainda que também não quisesse mais ficar com Brad.

Com um suspiro, tirei o rosto da parede e comecei a lavar o cabelo. Se demorasse demais, a minha avó provavelmente pegaria o carro sozinha. *Eu deveria esconder as chaves*, pensei enquanto tirava a espuma. Não que isso importasse, afinal ela não teria qualquer pudor em vasculhar a minha bolsa para encontrá-las. Eu precisava me apressar e descer as escadas logo.

VINTE E UM

Julho de 1950
Hereford, Massachusetts

As CASAS ERAM MENORES DO QUE A grande vitoriana onde Evelyn crescera, em uma rua lateral pela qual ela havia passado diversas vezes, mas na qual nunca havia se aventurado a descer, agrupadas com um pequeno beco atrás de si.

As crianças corriam, enlouquecidas, pela vizinhança, gritando umas com as outras em uma mistura de inglês e português, disparadas pela rua, seminuas na noite veranil. Nas varandas da frente das casas, os homens se sentavam usando regatas, enquanto as mulheres usavam vestidos remendados e levavam para eles a próxima garrafa de cerveja. O lugar ficava a menos de um quilômetro da casa dos seus pais, mas aquele era um mundo à parte das golas engomadas e dos sapatos de sela tão presentes na sua infância. Joseph e Miriam se sentavam na varanda em noites quentes de verão, balançando-se em silêncio nas cadeiras de vime, mas se vestiam de uma forma para que a cidade inteira os visse. O que, dada a localização onde moravam, viam mesmo.

Mas ninguém estava sentado na varanda da casa em frente à qual Tony parou o carro, as crianças que corriam pelo gramado rumavam para outras casas. Entretanto, ela parecia arrumada, com persianas recém-pintadas, uma varanda livre de brinquedos de crianças e flores bem cuidadas alinhadas nos pequenos canteiros que cercavam a varanda. Uma pereira crescia bem ao lado da casa, revelando já o início dos frutos ainda verdes que acabariam amadurecendo; Evelyn sorriu, lembrando-se da sua escalada em meio às flores da pereira da própria família para então encontrar Tony.

— Pronta? — perguntou ele ao oferecer a mão para ela.

— Você está?

Ele confirmou, entregando-lhe as flores destinadas à mãe.

— Então, venha.

Uma jovem abriu a porta de um jeito animado antes mesmo de subirem os degraus.

— Eles chegaram — disse ela por sobre o ombro e então olhou para cima, encarando Evelyn. — Você é tão bonita! — Ela se virou para o irmão mais velho. — Ela é uma estrela de cinema, Tonio!

Tony fez um gesto que Evelyn percebeu com o canto do olho, e o rosto da garotinha ficou desanimado. Evelyn se ajoelhou a fim de ficar no mesmo nível que ela.

— Isso aqui é só o batom — sussurrou ela, piscando. Colocou a mão sob o queixo da garotinha. — E, na verdade, você que é bonita! É melhor que a Natalie Wood se cuide. — A garota enrubesceu e se contorceu de alegria. — Você é a Carolina ou a Francisca?

— Carolina.

— Muito prazer em conhecê-la, Carolina. Eu sou a Evelyn.

— Srta. Bergman — disse Tony.

— Evelyn — corrigiu ela. — Não me venha com essa formalidade toda agora. — Ela se levantou e o encarou com expressão brincalhona. — *Tonio*.

— Lina, vai avisar a mamãe que estamos aqui.

— Eu já sei que estão aqui — falou uma voz vinda do corredor. — Lina, deixe-os entrarem, filha.

Carolina se afastou, e Tony pressionou a mão nas costas de Evelyn para então guiá-la para dentro.

Antes que Evelyn pudesse oferecer um aperto de mão, ou até mesmo as flores, ela se viu sendo beijada nas duas bochechas pela mãe de Tony, que então se afastou e a agarrou pelos cotovelos para observá-la melhor. Desacostumada a cumprimentos tão efusivos, Evelyn escondeu sua surpresa diante daquilo.

— Muito prazer em conhecê-la — disse ela, imitando perfeitamente a inflexão ensinada por Tony mais cedo. Ele levantou uma sobrancelha. Ela esteve brincando com ele ao usar as pronúncias erradas.

— Bonita. — Sua mãe a beijou mais uma vez, então soltou seus braços para apertar a sua mão. — O prazer é meu.

Evelyn ofereceu as flores.

— Obrigada por me receber, sra. Delgado.

— Me chame de Maria. — Seus olhos castanhos, uma combinação perfeita para Tony, brilharam de uma forma calorosa. — Eu também não sou adepta a "essas formalidades todas".

Maria era uma mulher pequena, talvez tivesse um metro e meio de altura. E enquanto ela era esbelta, parecia robusta — tinha que ser. Ela tinha dado à luz oito filhos, afinal, embora apenas seis tivessem sobrevivido à infância.

— E onde está todo mundo? — perguntou Tony enquanto olhava ao redor. Maria sorriu.

— Eu disse que queria conhecer a sua Evelyn primeiro. — Ela se virou para Carolina. — Vá dizer a todos que já podem descer agora.

Carolina só chegou ao pé da escada estreita.

— A mãe disse que vocês podem descer! — gritou.

Balançando a cabeça, Maria entregou as flores para Tony e então pegou o braço de Evelyn.

— Venha. Temos muito o que conversar.

* * *

O já sempre presente bacalhau da costa norte foi o jantar, frito com ovos e batatas, temperado com alho e algo mais que Evelyn não conseguiu identificar.

— Eu me certifiquei de que o prato fosse algo que você pudesse comer — acrescentou Maria a ela, em tom calmo, enquanto servia a refeição. — Tony disse que o peixe estava bom.

Evelyn sorriu. Miriam mantinha uma casa sob o *kosher*, mas Evelyn decidiu no carro que comeria carne de porco, caso esse fosse o prato servido.

— Obrigada.

Maria apertou seu ombro.

— O que vai acontecer no outono? — perguntou Felipe.

— O que você quer dizer com isso?

Tony se virou para Evelyn.

— Você não vai para a faculdade?

Carolina e Francisca ficaram boquiabertas. Pelo visto, isso não era uma opção para as mulheres da família Delgado, muito menos uma exigência. Todos pararam de comer, olhando para Evelyn com um grande interesse. Rafael, o pai de Tony, a estudou com olhos semicerrados. Ela olhou para Felipe, cujo sorriso lhe disse que sabia que seu pai não aprovaria.

— Vou, sim — respondeu Evelyn de uma forma comedida. — Serei o sexto membro da minha família a fazer faculdade. O meu pai insiste.

Rafael soltou um ruído abafado, mas um olhar assassino de Maria não o deixou ir além.

— E o que você vai fazer depois? — perguntou Maria, tentando fingir que aquela era uma conversa normal.

— *Esse* tipo de pergunta soa muito como o que a minha família sempre faz. — Evelyn sorriu com uma falsa timidez, e assim o clima melhorou. — Não faço ideia. Uma das minhas irmãs é enfermeira. Outra, professora. Ainda não descobri o que fazer em relação a isso. — Ela se voltou para os quatro filhos mais novos, cujas idades variavam de sete a dezesseis anos. — Lipe é assim tão rígido com todas as namoradas do Tony? Sei que vocês vão me dizer a verdade.

— Quais namoradas? — perguntou Francisca.

— Você é a primeira — disse Emilio.

— A menos que você considere a Clara.

Evelyn olhou para Tony com uma falsa indignação.

— E quem é essa Clara? Devo me preocupar com ela? — Tony começou a balbuciar uma resposta, mas Evelyn se voltou de um jeito conspiratório para Carolina. — Quero todos os detalhes depois.

Uma risada profunda e estrondosa vinda da cabeceira da mesa fez Evelyn virar a cabeça. Rafael bateu com a mão na mesa.

— Clara era a nossa cachorra. — Ele até engasgou.

Evelyn explodiu em uma gargalhada alegre.

— Não sei se fico aliviada ou se me sinto insultada. Pelo visto, *o senhor* vai ter que me contar tudo, sr. Delgado.

— Rafael — disse ele, ainda rindo. — E, ah, como ele amava aquela cachorrinha.

* * *

— Acho que no fim deu tudo certo — constatou Evelyn enquanto dirigiam pela estrada escura que serpenteava pelos pântanos na direção da praia. Ela estava pressionada contra Tony no banco, o braço dele à sua volta enquanto dirigia. — Considerando que você me avisou cerca de dez minutos antes.

— Você teria vindo se eu lhe desse mais tempo?

Ela franziu os lábios na escuridão. Ele tinha razão. Não, ela teria dado qualquer desculpa para não ir. Conhecer a família dele foi um lembrete de que a maioria da sua própria não sabia nem sequer que ele existia. Não que ela fosse admitir isso.

— Seu pai não parecia muito interessado em faculdade. Ele se sentiria dessa forma se fosse você? Se você fosse para o exército primeiro?

Tony ficou quieto por um momento.

— Não acho que ele tenha se sentido assim por conta disso exatamente.

— Então é porque eu sou mulher?

— Não... talvez um pouco. Acho que... — ele se interrompeu.

— O que você acha?

Eles haviam chegado ao desvio para a praia, mas em vez de virar à esquerda para levar Evelyn para casa, ele virou à direita rumo ao final do cais, onde eles poderiam estacionar e então conversar. Tony deixou o carro ligado, Peggy Lee cantava baixinho no rádio.

— É por isso que o Lipe perguntou o que vai acontecer no outono. Eles não acreditam que você esteja falando sério.

— Sobre a faculdade?

Ele mordeu o lábio inferior, olhando para o oceano escuro.

— Sobre mim.

— O que isso deveria significar?

O rapaz se virou para encará-la.

— Eu não posso oferecer nada para você. Mesmo que consiga um emprego diferente, vou levar anos até economizar o bastante para comprar uma casa. E nunca vou aprender as coisas que você aprenderá em Pembroke. Você estará a duas horas de distância...

— Na verdade, eu estava pensando sobre isso.

— Sobre qual parte?

— A das duas horas de distância. Simmons também me aceitou. Eu poderia cortar o trajeto pela metade.

Os ombros dele caíram.

— Mas você queria Pembroke.

— Eu queria ficar mais longe de casa. Só que não quero mais.

— Não sei se isso faz muita diferença. Você...

— Eu poderia voltar para casa com mais frequência e você poderia ir me visitar mais vezes.

Tony olhou para ela, melancólico.

— O problema não é a distância. Você estará em um mundo muito diferente. E eu quero isso para você. Mas você não pode fingir que ainda vai querer estar comigo quando estiver lá. Vai conhecer outra pessoa, alguém na faculdade. Alguém que será capaz de lhe oferecer tudo o que você desejar.

Ele olhou para trás, na direção da costa, onde a lua prateada refletia ao longe, sobre as ondas.

Evelyn pegou o rosto dele nas mãos e o virou de volta para si.

— O que eu quero é *você*.

— Evelyn.

— Pare. Apenas pare. Eu não me importo com o lugar onde morarmos e nem com o que você faz. Eu me importo que você seja honesto, bom e gentil, que faça a coisa certa, mesmo quando não precisa fazer. Eu me importo que você me veja. Como eu mesma. E você me torne alguém melhor. — Tony abriu a boca para falar, mas ela balançou a cabeça. — Não, você precisa me escutar. Eu não disse para você me levar a um encontro porque eu achei você bonito. Claro que você é bonito, mas não foi por isso. Você se lembra do dia em que Julio roubou os doces da loja do meu pai?

Ele a olhou, surpreso.

— O seu pai...?

— Não, eu estava lá. Eu vi você. Vi o que você fez. Pensei comigo mesma: *é disso que eu preciso*. Alguém que me mantenha uma pessoa honesta. Que me faça querer fazer a coisa certa. Talvez você não tenha percebido, mas eu me safo de muitas coisas quando as pessoas permitem.

Tony sorriu apesar do desânimo.

— Só um pouco.

— Mas você não permite que eu me safe quando é algo importante. Talvez seja por isso que eu goste tanto da ideia de você de uniforme.

E por fim ele riu.

— Como você faz isso?

— Fazer o quê?

— Fazer com que tudo fique bem o tempo todo.

Evelyn se encostou nele.

— É um dom.

Ele a puxou de volta para encará-la novamente.

— Você *é* boa e sabe disso.

— Eu sei. Ninguém mais sabe, e isso me agrada. Mas eu gosto de saber que você sabe. — Ela percebeu uma nuvem de preocupação ainda pairando sobre a testa dele e se ergueu de joelhos para beijar as linhas de expressão. — Olha, eu posso até ir para a faculdade, mas não vou a lugar nenhum. Está me ouvindo? Você não vai se livrar de mim assim tão facilmente.

As mãos dele envolveram a sua cintura, e ela sentiu um formigamento de excitação com o toque, movendo os lábios para roçar os de Tony, um calor urgente desceu pelo peito até a barriga, seguindo para baixo.

— Eu amo você — sussurrou ela, enquanto ele a segurava mais forte, beijando-a com mais intensidade.

O jovem a puxou para o seu colo, ela envolveu as pernas de cada um de seus lados, as mãos dele passearam da cintura até as costas, pelos lados dos seios até que de repente ele a arrancou de cima de si e a colocou de volta no banco da praia.

— Qual é o problema?

— Nós... eu... nós não podemos fazer isso.

Evelyn olhou para ele, confusa. Eles não haviam ido ainda tão longe, claro, mas haviam avançado mais do que isso.

— Eu quero você — disse ele com clareza. — Mas quero falar com o seu pai primeiro. Quero fazer isso do jeito certo.

— Você quer...? — Ela prendeu a respiração.

Ele estava dizendo mesmo o que ela pensava?

— Não. Não. Não em um carro à noite com você no meu colo. Não. — Ele ficou em silêncio. — Mas se o seu pai concordasse...? Isso é algo de que você... gostaria?

Seu coração batia tão forte que ela pensou que seu peito incharia a ponto de explodir. Ela nunca sentira tanta dor antes.

— Sim — sussurrou ela. — Mas ele nunca vai concordar.

— Então nós vamos começar a fazê-lo baixar a guarda.

— Como?

Tony sorriu e beijou a sua testa.

— Você não é a única aqui que pode ser encantadora. Primeiro, deixe-me tentar.

— Seria melhor fugirmos.

— Nunca.

Evelyn balançou a cabeça.

— Se eu *prometer* me comportar, você vai continuar me beijando?

Tony pegou seu rosto nas mãos e a beijou levemente de novo.

— Você continua sempre conseguindo o que quer comigo, e sabe disso.

— Sim, mas você me obriga a me esforçar mais para isso — disse ela, subindo de volta em seu colo, enquanto ele soltava um gemido exagerado e a puxava para perto de si.

VINTE E DOIS

LEVAR A MINHA AVÓ A ALGUM LUGAR significava fazer uma parada no "salão de beleza". Ela se ofereceu para pagar pela arrumação do meu cabelo também, porque, pelo visto, o coque bagunçado que o prendia depois do banho não atendia aos seus padrões. Até cheguei a considerar isso, mas quando entramos em um salão de fachada rosa literalmente chamado "O Salão de Beleza", que parecia ter saído direto dos anos 1960, repleto de cabeleireiros que passaram os últimos sessenta anos trabalhando ali, decidi não aceitar. Os cabelos grisalhos podem até estar na moda, mas eu não estava sentindo vontade de me parecer com uma vovó.

Em vez disso, peguei um café gelado na loja algumas portas abaixo do prédio e me sentei do lado de fora. E eis que, por instinto, peguei o meu celular e comecei a navegar pelo Instagram. Uma foto do anel de noivado da minha prima ganhou meus dois toques de dedo, dei a curtida apesar da pontada de ciúmes que sentia. O início de um relacionamento é muito mais digno de ser postado do que o fim.

Até que fiz o que dizia a mim mesma toda semana que não faria mais e digitei o nome de Brad na barra de pesquisa do Instagram. Eu havia parado de segui-lo, é claro, porque não queria fotos de Taylor aparecendo no meu *feed*. Contudo, um sentimento mórbido de curiosidade ainda me conduziu até ali. Ele não havia postado nada desde a última vez que eu tinha olhado, então, em vez disso, fui até o perfil dela, nele a foto mais recente era dos pés dos dois na praia, angulados juntos para formar um coração.

Deslizei para cima para fechar o aplicativo e deixei o celular cair no meu colo antes de apoiar os cotovelos nos joelhos e enterrar o meu rosto nas mãos. Por que ele estava feliz enquanto eu não estava?

As palavras da minha avó, dizendo que eu não precisava sofrer junto com ele, ecoaram na minha cabeça. Bem, era óbvio que ele não estava sofrendo, mesmo que eu não tenha assinado o divórcio, então por que eu estava me torturando dessa forma?

— Chega — sussurrei.

Seis meses já era tempo suficiente para me chafurdar em tristeza. Era hora de começar a me reconstruir. Ficar olhando o Instagram de Brad *não* me ajudaria a fazer isso.

— Pronta para irmos embora? — perguntou minha avó atrás de mim.

Eu me virei e vi o seu cabelo, todo afofado e com *spray* forte o suficiente para resistir a um furacão.

— Qual é a próxima parada de hoje?

— Vou ver um amigo. Joe vai buscar você aqui em alguns minutos.

— Eu não preciso desse tour, juro.

— Bem, eu tenho planos, e não quero você sentada no chalé toda deprimida.

— Eu não estou deprimida!

Minha avó inclinou a cabeça.

— Querida, eu disse para a sua mãe que ia tirar você de casa, mas não para você ficar fazendo a mesma coisa que fazia quando estava em casa.

— O que a senhora quer dizer com "disse para a minha mãe que me tiraria de casa"?

Ela sorriu.

— Você acha mesmo que eu teria contado para a sua mãe que estava vindo para cá se não quisesse companhia?

— Eu... — me interrompi. Eu tinha sido enganada. — E como a senhora sabia que eu me ofereceria para vir?

Sua expressão suavizou.

— Você tem um coração bom. Sempre teve. O que mais faria?

— A senhora teria mesmo dirigido até aqui?

— Mas é claro que sim. Já fiz isso mil vezes.

— Recentemente?

Ela piscou para mim.

— E toda aquela história de a senhora não ter carteira de motorista?

— Ah, isso é verdade mesmo. Mas eu não preciso de um documento para dirigir.

Aquela mulher era impossível.

— Como a senhora vai visitar o seu amigo?

— Dirigindo, claro. Fica só a dois quilômetros daqui.

Balancei a minha cabeça.

— Eu saio com o Joe com uma condição: a senhora não vai dirigir. Vamos deixar a senhora lá e depois ir buscar.

A sua expressão estava branda demais, o que sempre significava que ela estava tramando alguma coisa. *Ah, não*, pensei.

Esse havia sido o plano dela o tempo todo.

Joe parou no meio-fio dentro de uma SUV preta.

— Nem se preocupe em estacionar! — exclamou vovó através da janela aberta. — Jenna concordou com vocês me levando até a casa da Ruthie Feldman.

Fiz uma careta, mas ele concordou, e ajudei minha avó a entrar no carro.

***

Eu me sentei no banco da frente depois de acompanhar a minha avó até a escada da casa de Ruthie. Ela ofegou um pouco, se apoiando em mim.

— Ela deveria colocar uma rampa aqui — bufou. — Até eu soube quando já era hora de ceder e pegar aquela coisa da cadeira.

E Ruthie ficou emocionada ao vê-la, as duas então desapareceram dentro de casa, de braços dados.

— Está tudo bem — eu disse enquanto afivelava o cinto de segurança. — Você pode só me levar de volta para o carro. — Joe olhou para mim enquanto se afastava do meio-fio.

— Evelyn disse mesmo que você falaria isso.

— Bem, eu me sinto mal. Você não vai querer mostrar a cidade para uma mulher aleatória.

— E como você sabe o que eu quero fazer?

— Bem, você quer?

Ele sorriu, mostrando dentes alinhados e brancos.

— Ela não me forçou a fazer isso. Eu me ofereci.

— Mas isso não significa que ela não tenha orquestrado tudo. Eu me ofereci para vir nesta viagem e hoje mesmo ela me disse que o tempo todo tinha planejado que eu viesse com ela.

— Parece ter sido isso mesmo. Ela não deve ter sido fácil quando jovem.

— Ah, ela ainda não é fácil.

— É verdade.

Joe sorriu mais uma vez e eu senti as minhas defesas baixando.

— Tudo bem, então — aquiesci, aproveitando a sensação da brisa salgada vinda da janela aberta direto para a minha pele. — E aí, para onde vamos primeiro?

— Depende. Você está com fome?

Eu não tinha pensado nisso, mas agora que pensei...

— Eu comeria alguma coisa.

— Bom. Então você topa fazer um lanchinho.

Passamos pela periferia da cidade até o que só poderia ser descrito como uma enorme cabana em uma colina com vista para o mar, com mesas de piquenique cobertas com toalhas estampadas de xadrez vermelho e branco, do tipo que tem um revestimento de plástico para facilitar a limpeza, mantidas em cada mesa graças a pedras e pedaços de troncos.

— É aqui que vamos ter o lanchinho?

O cheiro de gordura era forte no ar e parecia um berço da intoxicação alimentar.

— Espere e verá. Você tem alguma alergia a frutos do mar?

— Não.

— Então vá se sentar, eu pego a comida.

— Mas você não sabe do que eu gosto.

Ele já estava caminhando para o balcão decadente e gritou por cima do ombro:

— Eles servem uma coisa só. — Ele parou. — Ah, mais uma coisa: Coca--Cola *diet* ou normal?

Não bebia refrigerante havia uns três anos, mas também não tinha certeza se confiava na água daquele estabelecimento em particular.

— *Diet.*

Ele me mandou um joinha, e eu escolhi uma mesa mais próxima da colina, até porque quase dois terços delas estavam ocupadas. *Eu poderia me acostumar com esta vista para o oceano,* pensei, olhando para aqueles minúsculos veleiros. *Embora este lugar deva ser miserável durante o inverno.*

Joe voltou depressa, trazendo consigo uma bandeja com dois copos e duas cestas vermelhas de plástico forradas com papel manchado de óleo. Ele colocou a bandeja na mesa de um jeito triunfante.

— O que é isso?

— O que é isso? É só a sua mais nova comida predileta. Sua avó nunca contou para você sobre os mexilhões de Brewster?

O nome pareceu familiar.

— Pode ser que a minha mãe tenha falado sobre eles.

— Então só experimente.

Puxei uma das cestas para mim, e Joe me deu um refrigerante. Selecionei um dos mexilhões e, com cuidado, dei uma mordida.

— Nossa — eu disse enquanto mastigava, sem me importar que a minha boca estivesse cheia.

— Viu só! — afirmou ele, tirando um da sua cesta. — Este lugar é famoso.

Terminei a primeira tira e peguei a outra.

— Isto aqui é incrível.

Ele sorriu.

— E você não queria que eu te mostrasse a cidade.

— Eu estava errada. — Passei o meu celular para Joe. — Tire uma foto para a minha mãe, por favor?

Ele obedeceu enquanto eu segurava aquele molusco empanado na boca, depois me devolveu o celular. Mandei a foto para a minha mãe. Em seguida, porque eu parecia feliz de verdade pela primeira vez em meses, também postei no Instagram. #férias #comida #MexilhõesdeBrewster #FelizComoUm Mexilhão.

Meu celular vibrou de imediato com uma mensagem. Minha mãe enviou três emojis de rosto chocado e escreveu: "Brewster! Eu deveria ter ido junto com vocês. É isso. Estou indo já para o carro". Eu ri.

— Do que você está rindo?

— Minha mãe está com tanta inveja que quer dirigir nove horas só para comer aqui

— Eu não a culpo.

— Nem eu. — Peguei outro. — E, tá bom, se tudo aqui for assim, me mostre o que você quiser.

— Agora eu já sei como fazer você concordar com as coisas. Acho que a comida não é só o caminho para o coração dos homens.

— É o caminho para o coração de todos. Não tem por que ser sexista sobre isso.

Eu me peguei sorrindo. Ele riu.

— Anotado.

Eu me forcei a não notar como seus olhos brilhavam quando ele ria.

VINTE E TRÊS

Agosto de 1950
Hereford, Massachusetts

CONFORME OS DIAS FICAVAM MAIS CURTOS E a sua partida para a faculdade se aproximava, Evelyn levou Vivie para Boston, de uma forma ostensiva para comprar roupas para a faculdade.

— E vão sozinhas?

Miriam perguntou, desconfiada, afinal ela acompanhara as três filhas mais velhas para renovar seus guarda-roupas. E Evelyn estava feliz demais, um tanto ansiosa demais, em obedecê-la durante todo o verão.

— Vou levar a Vivie comigo.

Vivie parecia até meio inebriada com a perspectiva de uma tarde na cidade com sua irmã favorita, o rosto de Miriam se contorceu. Sendo a mais nova, Vivie costumava receber as tarefas menos agradáveis, o que agora significava cuidar de seus sobrinhos para que seus irmãos mais velhos tivessem um tempo de folga. Evelyn se oferecia para ajudar, mas na maioria das vezes adormecia na praia. Vivie nunca fugia dos seus deveres, porém uma distante melancolia se instalara nela naquele verão, preocupando Miriam. Evelyn viu a indecisão no rosto da mãe e a agarrou.

— Veja bem, mamãe, de um jeito ou de outro eu vou estar sozinha daqui a um mês. Você pode confiar em mim. Prometo não corromper a Vivie. Vamos só para o Filene's comprar algumas peças básicas, almoçar e estaremos em casa a tempo do jantar.

— Talvez seja melhor se um dos seus irmãos...

Evelyn sorriu.

— Eu vou levar comigo o meu alfinete de chapéu. Preciso mesmo praticar um pouco o uso dele. Vamos ficar bem. É sério.

Miriam se rendeu. Até porque ela já tinha cinquenta e seis anos de idade, estava cansada. Já a vida no chalé com seus netos era muito mais agradável do que ficar suando no trem e nas ruas da cidade.

Evelyn beijou a sua bochecha e prometeu mais uma vez se comportar. Na manhã seguinte, as duas garotas partiram rumo à estação, Evelyn estava dirigindo o carro de Sam.

— O que vamos fazer primeiro? — perguntou Vivie, mais animada do que estivera em meses. — Sei que não vamos só no Filene's.

Evelyn olhou para ela.

— O que foi? Você não achou mesmo que eu tenha contado a verdade para a mamãe, não é?

— Evelyn! Afinal, o que vamos fazer hoje?

— Bem, suponho que agora já seja seguro contar para você. Seja como for, vou contar para a mamãe e o papai quando chegarmos em casa. Eu não vou para Pembroke.

Os olhos de Vivie se arregalaram.

— Você não... meu Deus, Evelyn, você não vai para a faculdade? Papai vai deserdá-la!

— Eu vou para a faculdade, sua boba. Só não vou para Pembroke. Em vez disso, vamos assinar os papéis em Simmons.

— Simmons... mas por quê?

Evelyn lançou outro olhar para a irmã. *Não*, pensou. *Não posso contar para ela sobre o Tony. Mamãe arrancaria essa informação dela em um instante.*

— É que eu não quero ir para tão longe — ela se esquivou da pergunta. Vivie pareceu cética. — Além disso, estarei muito mais perto de Harvard e do MIT. Áreas para caçar maridos *muito* melhores. — Ela pensou rápido. — E logo você vai fazer dezessete anos. Vai poder pegar o trem e me visitar também.

— Você acha mesmo que a mamãe e o papai permitiriam algo assim?

— Vamos dar um jeito com eles.

Vivie permaneceu em silêncio quando pararam no estacionamento da estação de trem, onde Evelyn comprou as passagens. Enquanto elas se sentavam em um banco na plataforma, esperando o trem chegar, Vivie olhou para Evelyn.

— É um bom plano.

— O que é um bom plano?

— Mudar de faculdade. — Ela se encostou na irmã. — Você vai estar mais perto do Tony.

A boca de Evelyn se abriu e ela deu uma cotovelada em Vivie com força.

— Como é?

Vivie começou a rir.

— Eu não conto *tudo* o que sei para a mamãe. E não sou cega.

— Há quanto tempo você sabe?

— Desde que você concordou em namorar garotos judeus. Conheço você muito bem. E você nunca está onde diz que está agora que ficamos nos chalés.

Evelyn olhou, maravilhada, para a irmã. Vivie não era mais um bebê.

— E você não vai contar para a mamãe?

— Não contei até agora. E ela perguntou. Mas contei o que você me contou: que havia terminado tudo e que eu não tinha ouvido mais nada sobre ele desde então. — Ela inclinou a cabeça. — Você vai se casar com ele?

— Vivie!

— O que foi? É uma boa pergunta, não é? E quem faria o casamento? Não pode ser um rabino.

Evelyn *tinha percebido* que precisaria ser um juiz de paz. Mesmo que Tony concordasse em se converter, assunto sobre o qual eles não haviam discutido, seria complicado. Contudo, a lei judaica ditava que os seus filhos seriam judeus, seguindo a religião da mãe e, além disso, Evelyn não se importava.

— Não estamos noivos.

— Mas você o ama?

Evelyn confirmou, sorrindo.

Vivie baixou a voz, transformando-a em um sussurro.

— E vocês por acaso já...? Você sabe.

— Vivie! — Evelyn colocou a mão na boca da irmã de brincadeira. — O que você sabe sobre isso?

— Ai, meu Deus, vocês *já fizeram*!

— Não, não fizemos, *não*! E abaixe essa voz, por favor. As pessoas estão começando a olhar.

Vivie olhou em volta. Havia outras três pessoas na plataforma, mas nenhuma delas prestava atenção nas duas. Nessa época do ano, muitos iam à praia, poucos eram aqueles que partiam para a cidade caso pudessem evitar.

O som do trem se aproximando impediu o prosseguimento daquela conversa. Elas embarcaram e se acomodaram nos assentos. Todavia, quando se afastaram da estação, Vivie voltou ao seu questionamento anterior.

— Você quer fazer? Você vai fazer?

Evelyn ergueu as sobrancelhas.

— E aqui estava eu, pensando que você iria sair correndo para contar para a mamãe se soubesse até da existência dele.

Vivie baixou a voz mais uma vez.

— Eu li O *Amante de Lady Chatterley*.

— O livro proibido? Como você conseguiu uma cópia?

— Encontrei uma na bolsa da Margaret.

— E você não dividiu comigo?

Vivie franziu os lábios em uma imitação justa do rosto de Evelyn.

— Eu tenho tido muito tempo para ler antes de dormir. Você chega sempre bem tarde.

— Tudo bem, tudo bem, você vai me emprestar esse livro assim que chegarmos em casa.

— Coloquei de volta na bolsa da Margaret. Eu não queria que ela notasse que havia sumido.

— E o que ela vai fazer? Admitir que tem uma cópia? Vamos roubá-lo.

Vivie riu.

— Senti saudades suas neste verão. Você estava aqui, mas não tem sido a mesma coisa. — Então ela ficou mais séria. — Só que você ainda não respondeu. Você vai fazer ou não?

Aquela era uma pergunta que atormentava com frequência a mente de Evelyn. Havia a óbvia preocupação com a gravidez, ainda mais com a chegada da faculdade. A loja de Joseph tinha remédios profiláticos, porém ele os guardava em uma caixa trancada sob o balcão, vendia-os apenas para homens casados e marinheiros. Jamais para uma mulher. E Tony com toda certeza não poderia comprar um remédio como aquele em lugar nenhum de Hereford. Pelo menos não se ele fosse tentar apelar para o pai de Evelyn.

Havia também a questão de onde fariam. A casa localizada na rua principal ficava vazia a maior parte do tempo, com todos permanecendo no chalé e Joseph trabalhando. Mas os vizinhos eram intrometidos demais e representavam um risco muito grande. E para a primeira vez do casal, um carro simplesmente não era uma opção. Tony também nunca concordaria com escolhas como essas.

O próprio Tony era o obstáculo final. Ele concordaria com isso antes do casamento? Evelyn gostava da ideia de consumar o ato antes de ir para a faculdade. Era uma forma de ela se prometer a ele. Além disso, ela *queria*. Um ano antes, ela não conseguia nem mesmo se imaginar montada em um rapaz dentro de um carro e desejando desesperadamente as mãos dele em cada centímetro da sua pele. E ela sabia, pelo que podia sentir quando se mexia no seu colo, que ele também queria avançar mais. Não importava o quanto Tony argumentasse que não deveriam.

Evelyn lambeu o lábio inferior.

— Ainda não sei.

Vivie disse de uma maneira sábia:

— Vou pegar o livro para você. Talvez precise dele.

Rindo, Evelyn deu outra cotovelada na irmã mais nova.

— Você sabe que há coisas que não se aprende nos livros.

— Eu sei. Mas não sou corajosa o suficiente para isso enquanto não for para a faculdade.

— Que bom. — Evelyn apoiou a cabeça no ombro da irmã. — Estou feliz que você saiba sobre Tony. Não fui capaz de contar para ninguém.

VINTE E QUATRO

As notificações do Instagram começaram a chegar enquanto íamos em direção à cidade. Passei pelo meu *feed* bem rápido, sem perceber que fazia bastante tempo que não postava nada. Bem, a vida tinha estagnado desde que

Brad havia partido. O meu *feed* sempre teve uma curadoria com forte intenção de mostrar o que eu queria que o mundo visse; eu definitivamente *não* queria que ninguém visse que eu estava morando no meu quarto de infância, convalescendo por conta de um casamento fracassado.

— Para onde vamos agora?

Joe inclinou um pouco a cabeça, mantendo os olhos na estrada e os apertando sob a luz do sol.

— Eu estava pensando em ir para a rua principal e passear por lá hoje.

— Hoje?

Ele olhou de relance.

— Sim. É que a sua avó...

— Contratou você para tomar conta de mim?

— Você é sempre assim tão desconfiada?

— Quando se trata da minha avó? Com certeza. Você sabia que ela não tem carteira de motorista?

Joe soltou uma risada profunda.

— Não. Mas isso não me surpreende em nada.

— E ela ia dirigir até aqui. — Balancei a cabeça. — Ela está sempre tramando *alguma coisa*. E já tive problemas o bastante com ela para durar uma vida inteira... — Eu me interrompi. — Sem ofensas.

— Eu não me ofendi. — Ele fez uma pausa. — E quantos são o bastante?

— Honestamente, não muitos. Mas o último... já foi ruim o suficiente por várias vidas.

— O que aconteceu?

Senti as bochechas ficarem vermelhas e não respondi. Ele tornou a olhar para o meu silêncio.

— Tudo bem, agora você vai ter que me dizer.

— De jeito nenhum.

— E por que não?

— Eu não conheço você bem o suficiente para contar *essa* história.

Ele riu, baixinho, olhando de volta para a estrada.

— Então agora eu tenho uma meta para a semana: vou arrancar essa história de você.

— Se eu fosse você, eu não contaria com isso.

— Veremos.

Ele olhou para mim de novo, senti uma estranha vibração de excitação na parte inferior do meu abdômen. Ou os mexilhões não estavam tão frescos no fim das contas. Era mais provável a última opção. É claro.

Felizmente, ele mudou de assunto.

— Bem, seja como for, sua avó não me pagou para eu ser a sua babá. Ela disse que tinha alguns negócios a serem resolvidos.

— Ela por acaso te contou o que era? Porque vive me dizendo que é problema dela, não meu, daí em seguida me conta histórias sobre como ela estava apaixonada pelo seu tio-avô.

— Eu não faço ideia do porquê de ela estar aqui. Você acha que tem a ver com o Tony?

Dei de ombros.

— Ela disse que não. Mas isso é mais do que ela me contou. — Parei de falar. — Mas como eu disse, com ela tudo pode acabar sendo só uma cortina de fumaça.

Joe estacionou próximo do banco que costumava ser a casa dos meus bisavós e gesticulou para descermos a colina.

— Pensei em irmos até o parque — disse ele.

As lojas pelas quais passamos eram, em sua maioria, de itens náuticos, cerca de dois terços delas instaladas em casas vitorianas reaproveitadas. Li os nomes enquanto caminhávamos. Havia um monte de galerias de arte e lojas de artesanato vendendo sabonetes artesanais. Um deles anunciava feitiços e encantos.

— Estamos assim tão perto de Salém?

— A um pouco mais de meia hora. Por quê? — Fiz um gesto na direção da loja. — É só armadilha para os turistas. Eu estudei com a proprietária. Se ela é uma bruxa, eu sou o Tom Brady.

Mais ou menos na metade da descida, a colina se nivelou ao chão e chegamos a um pequeno parque com playground, pereiras, canteiros de flores, bancos e grandes pedras alinhadas na borda que dava para a colina, que conduzia ao oceano.

É isto aqui o que ele queria me mostrar?, pensei, nada impressionada. Claro que era bacana o fato de ali dar para o mar e ser um tanto intocado, mas não vi nada de especial naquilo.

— É legal — disse educadamente.

— Leia a placa. — Ele apontou para uma placa de cobre em um pedestal, havia muito tempo já oxidada para o verde devido ao ar salgado.

— Ah, tudo bem. — Então me aproximei dela. — Nossa.

Estava escrito: *Parque em memória a Joseph Bergman. Hereford nunca teve amigo mais verdadeiro.*

Olhei para Joe, que estava perto o suficiente do meu ombro para que eu pudesse sentir a eletricidade da sua presença. Dei um passo reflexivo para longe.

— Sinto que o seu tio-avô não concorda com esse sentimento.

— Na verdade, foi ele quem deu parte do dinheiro para a construção do parque.

— Como assim?

— Eu não sei a história toda. Mas não tem nada de ressentimento aí.

Refleti por um momento, tentando descobrir como aquilo poderia ser possível.

— Tony chegou a se casar?

— Não.

— E ele perdoou o meu bisavô por não deixá-lo se casar com a minha avó? Como?

Joe balançou a cabeça.

— Acho que ninguém, com exceção do Tony e da sua avó, sabe o que aconteceu de verdade.

Suspirei. Ela deixou claro que só ia me contar o que queria e na ordem que queria. Se eu perguntasse para ela como Tony e o meu bisavô haviam feito as pazes, ouviria uma história sobre Sam, Bernie ou algo que em nada se relacionava a isso. Ela havia dito que tudo fazia parte da mesma história, mas eu não conseguia ver a conexão.

Já desistindo, tirei uma foto da placa.

— Você quer que eu tire uma foto sua ao lado dela? — perguntou Joe.

Olhei para o horizonte.

— Que tal uma de mim nas rochas com a água ao fundo? Quero parecer que estou me divertindo muito.

Ele parecia estar se divertindo um pouco.

— Você é uma daquelas pessoas de redes sociais?

Dei de ombros meio constrangida e tentei sair da situação.

— Estou no meio de um divórcio, sabe como é.

— Entendi. Então se senta nas pedras.

Obedeci e ele tirou a minha foto. Quando devolveu meu celular, ele havia tirado várias fotos.

— Você é bom nisso — eu disse, passando por elas.

— Seria meio estranho se eu não fosse.

— E por quê?

— Sou fotógrafo.

— Você é... Espera, pensei que você fosse o gerente de propriedade do chalé! Ele balançou a cabeça.

— O dono é um amigo da família. Eu ajudo às vezes. É só isso.

— Ah. Então, você fotografa casamentos e coisas do tipo?

— Também. Tenho uma galeria de arte na cidade.

Eu o havia identificado como sendo um morador da cidade que alugava propriedades, não um artista legítimo, acabei me encolhendo diante do quão eu havia pré-julgado.

— Posso conhecer a galeria?

— Claro. — Ele olhou para o relógio. — Talvez não hoje, se formos mesmo ver o porto.

Eu queria perguntar se ele fechava muitos negócios. Não conseguia imaginar arte sendo suficiente para se ganhar a vida em uma cidade como aquela. E também queria perguntar sobre a sua família, eu sabia que ele vinha de uma geração de pescadores. Será que esse ainda era o negócio de família?

Mas pareceria curiosidade e um sinal de que estava muito interessada. Então não perguntei.

Em vez disso, postei as fotos no Instagram. Se Brad ainda estivesse olhando o meu *feed*, ele se perguntaria quem havia tirado a foto. Eu parecia tão despreocupada nela, meu rosto voltado para o sol, cabelos ao vento, óculos escuros no topo da cabeça. E caso o fizesse, esperava que sentisse uma pontada de arrependimento por ter me dispensado.

VINTE E CINCO

Agosto de 1950
Hereford, Massachusetts

TONY ORGULHOSAMENTE COLOCOU A CARTA NAS MÃOS de Evelyn quando ela alcançou o carro.

— O que é isto?

— Abra.

Ela puxou a aba do envelope e tirou o papel de dentro. Era a confirmação de Tony no programa de treinamento policial. Ele começaria na semana seguinte.

Evelyn já teria ido embora.

Tão cedo assim, ela pensou, como fazia sempre que percebia que a sua data de partida estava cobrando algo dos dois.

Mas ela deixou esse medo de lado e o beijou, então remexeu na sua bolsa.

— É como se eu soubesse que precisávamos comemorar hoje. — Ela sorriu de um jeito perverso, tirando uma garrafa meio cheia de Canadian Club da bolsa.

Ele balançou a cabeça.

— Não posso comemorar meu ingresso na polícia fazendo algo ilegal.

Evelyn passou os braços em volta do pescoço dele.

— A partir de agora, você vai ser absolutamente insuportável, não vai? Ainda bem que você vai ficar tão bonito de uniforme.

Tony a beijou de leve.

— Na verdade, tive uma ideia. Agora que tenho isto aqui.

— E qual seria?

Ele hesitou um pouco.

— E se... e se eu tivesse a conversa com o seu pai? Antes de você ir embora.

Ela sentiu a emoção do momento cair como uma pedra no seu peito. Ela queria que ele tivesse *a* conversa com ela, não com seu pai. Joseph não aceitaria, já *ela*, sim.

— Acho que você teria mais sucesso tendo a conversa comigo.

— Mas eu já sei o que você vai dizer.

— Ah, sabe, é?

Ele a puxou para perto de si e a beijou profundamente, seu corpo pressionado contra o dela, mas ela não retribuiu o beijo.

— Não sei, não? — perguntou ele, baixinho, seu rosto próximo do dela.

— Sim — sussurrou ela. — Mas ele não vai dizer a mesma coisa que eu.

Tony a soltou.

— Evelyn, eu não vou fugir com você.

— Então onde isso deixa nós dois? — Ela se virou. — Você nunca vai ser judeu. Você continuará sendo de uma família de pescadores. Ele não vai dizer sim, a menos que o forcemos a uma reação.

— Eu poderia me converter.

Ela inclinou a cabeça. Essa havia sido uma movimentação nova. E poderia até ser o suficiente no fim das contas. Talvez.

Mas a mera promessa de conversão não seria suficiente para obter a bênção de Joseph.

— Você faria isso?

Ele confirmou. Não era algo em que ele tivesse pensado muito. Contudo, acreditava em Evelyn mais do que na religião, ainda que isso fosse matar a sua mãe fervorosamente católica.

Ela o agarrou com força.

— Então vamos fazer isso agora mesmo. Iremos para Maryland. Podemos nos casar hoje à noite.

Ele a afastou.

— Eu disse não. Olha, eu lhe daria a lua se você me pedisse, mas essa é a única coisa que não posso fazer.

— Mas por quê?

Tony suspirou, cruzando os braços, enquanto se encostava no carro.

— Porque mesmo se o seu pai perdoasse você, ele jamais me perdoaria. E isso seria um problema para o resto da nossa vida. E como você seria feliz tendo seu pai e seu marido sempre em desacordo?

Evelyn se inclinou ao lado dele, ambos olharam juntos para a praia, nenhum dos dois falou por um longo tempo.

Até que, por fim, ela quebrou o silêncio.

— Você não pode pedir a minha mão para ele ainda.

— Por que não?

— Está perto demais de eu ir para a faculdade. Ele vai entender isso como uma ameaça.

Tony pareceu decepcionado.

— Então, quando? — Ele olhou para Evelyn e quase foi capaz de ver as engrenagens girando na sua cabeça.

— Vou escrever para Vivie dizendo que estou saindo com alguém, ela sabe sobre você, mas vou fazer com que ela plante a semente sem dizer quem é. — Ela fez uma pausa, pensando no passo seguinte. — Então, quando eu chegar em casa no fim do semestre, eu vou... dizer para o papai que o meu namorado está vindo falar com ele. Mamãe vai insistir em fazer um jantar. Papai não vai expulsar você quando aparecer na porta. E você vai ter o tempo do jantar para desarmá-lo.

— E se ele disser não?

— Ele dirá. Mas só a princípio. — Ela ergueu o queixo. — Depois disso deixe que eu trabalho a ideia na cabeça dele. — Algo em seu comportamento mudou, uma faísca brilhava nos seus olhos quando de repente ela passou por ele para o lado do motorista do carro, abrindo a porta. Ela entrou no carro, inclinando-se para a janela aberta do passageiro. — Mas agora, entre. Tenho uma surpresa para você!

— Só se você sair daí — disse Tony, indo para o lado do motorista, porém Evelyn ligou o carro e o colocou em movimento. Tony pulou para trás, com os dedos dos pés quase em perigo. — Ei!

— O que foi? Eu sei dirigir!

— Muito mal.

— Eu ainda não morri, morri?

— Não vou deixar você dirigir.

Ela conduziu a carro um metro e meio adiante, então parou bruscamente e se inclinou para fora da janela a fim de olhar para ele.

— Não parece que você tem muita escolha, parece?

Suspirando, ele foi para o lado do passageiro, apenas para Evelyn empurrar o carro para a frente mais um metro e meio.

— Ops. Agora foi um acidente.

— É melhor que a surpresa não seja você matando nós dois — resmungou ele, subindo no carro, mas se sentando perto o suficiente para agarrar o volante caso isso se fizesse necessário. — Afinal, para onde estamos indo?

— Você vai ver — disse ela, ligando o rádio.

Eles sempre evitavam a cidade nas suas noites juntos, afinal, qualquer vizinho fofoqueiro que os visse certamente contaria para Miriam. Mas Evelyn estacionou o carro de um jeito meio torto bem na frente da casa na rua principal. O sol tinha acabado de se pôr.

— Não — disse Tony, vendo onde eles estavam. — Evelyn, o que você está fazendo?

— Calma. Não há ninguém em casa. Papai está dormindo no chalé.

— E os vizinhos?

— Os Klein estão em Maine e os Fulton foram para um casamento em Cape Cod.

Evelyn não demonstrou, mas estava sentindo os nervos formigando no estômago e na nuca. Ela não esperava essa chance, contudo, quando surgiu, pouco antes de partir, ela a aproveitou.

— Vamos — disse ela.

Então os dois subiram os degraus para a ampla varanda da frente. Evelyn destrancou a porta pesada e a fechou depressa, sem acender a luz. Em seguida, pegou a mão de Tony, conduzindo-o pela escuridão escada acima até o seu quarto, onde o luar brilhava através da janela. Tony estendeu a mão para um interruptor de luz, mas Evelyn puxou a mão dele, colocando-a no próprio quadril antes de beijá-lo.

— Isso é perigoso demais — sussurrou ele.

— Somos praticamente noivos. — Ela se pressionou mais perto. — E eu quero. — Ele não respondeu. — Você não quer? — Ela passou a mão de leve pela calça de Tony.

Ele gemeu.

— Você sabe que eu quero. Mas nós não podemos.

— Sim, podemos. — Ela o puxou para a cama.

— E se você engravidar?

O luar iluminou seu sorriso, que dessa vez era tímido, uma emoção que Tony nunca tinha visto em Evelyn.

— Bem... existem maneiras de contornar isso.

— Mas eu não...

Evelyn enfiou a mão na bolsa e a jogou no chão, a garrafa tilintou ao bater na madeira do piso e depois rolar para longe.

— Eu sim.

Tony recuou um pouco, sabendo o que ela estava segurando.

— Onde você conseguiu isso?

— Furtei da loja do papai.

Ela se sentou e começou a desabotoar o vestido, enquanto Tony estava petrificado ao lado da cama. Quando ela ficou só de sutiã e calcinha, estendeu a mão para ele, que se deixou ser puxado para a cama, rendendo-se ao seu beijo. A sensação da sua pele nua sob as mãos dele, a boca dele. Ele puxou a alça de seu sutiã por cima do ombro e enfiou a mão no bojo, ouvindo seu suspiro, suas costas arquearam ao toque dele quando ele moveu a boca para lá. Ele mal sentiu as mãos dela desabotoando sua calça, tamanha era a concentração no que estava fazendo, mas quando sentiu o toque dela sob sua cueca, ele enrijeceu e se afastou bruscamente, impulsionando-se para fora da cama.

— O que foi? — perguntou ela, sua voz rouca. — Tony...?

— Não — respondeu ele. — Desse jeito, não.

Ela se sentou, puxando o sutiã de volta para se cobrir.

— Não *desse jeito* como? Não estamos de carro. Estamos planejando como vamos nos casar.

— Precisamos nos casar primeiro. Ou pelo menos nos tornar noivos de verdade.

— Então me peça em casamento. E assim você pode me ter. Agora mesmo.

Ele desviou o olhar. Caso olhasse para ela, daquele jeito, na cama, diria sim. E ele não podia.

— Não.

Ela acendeu o abajur ao lado da cama e se aproximou de Tony, obrigando-o a olhar para ela.

— Eu vou embora em três dias. Se fizermos isso, será nossa prova de amor. De que a distância e o tempo não importam.

— Eu não preciso de provas.

— E se eu precisar?

Ele olhou nos seus olhos, memorizando a visão diante de si. Ela era a coisa mais linda que ele já vira. Talvez agora mais do que nunca, quando ela estava despida de quaisquer pretensões. Então ele pegou as suas mãos e as virou para cima, beijando cada uma das palmas.

— Que esta seja a sua prova de que não farei isso até que você seja minha de verdade.

— Eu *sou* sua.

— E eu sou seu. Mas é por isso que faremos isso da forma correta.

Ela afundou na cama e colocou a cabeça entre as mãos.

— Não foi *assim* que eu imaginei esta noite.

Ele lhe entregou o vestido.

— Vista isto antes que eu perca a minha força de vontade.

Ela olhou para cima, a atmosfera de flerte estava de volta, de uma maneira ameaçadora ela alcançou a parte de trás do sutiã.

— E se eu tirar mais?

Ele balançou sua cabeça.

— Vai ser uma longa caminhada de volta para o chalé.

— Você não faria isso!

Ele se inclinou para beijar a sua testa.

— Não, não faria. Mas vista-se. Por favor. Só temos mais algumas noites antes de você ir embora.

Ela recolocou o vestido e o abotoou depressa. Tony se abaixou para pegar a garrafa de uísque, que rolou até parar ao lado da mesa dela. Ele olhou para ela por um instante, então abriu a tampa e tomou um longo gole antes de oferecer para Evelyn.

— Achei que você não fosse beber.

— Isso foi antes de... — Ele gesticulou para ela e para a cama.

Ela sorriu sombriamente e tomou um gole.

— Meu Deus, isso é horrível.

— Vamos voltar para a praia.

Decepcionada, e não envergonhada, Evelyn pegou a sua mão estendida e voltou para o carro de Tony, onde o deixou dirigir enquanto se aninhava ao seu lado em silêncio, sentindo a brisa das janelas abertas ao percorrerem os oito quilômetros sinuosos cercado por um pântano escuro.

VINTE E SEIS

PERCORREMOS TODO O QUILÔMETRO DA RUA principal até o porto no sopé da colina, onde uma fábrica restaurada, mantendo o logo desbotado da antiga pescaria no tijolo na fachada, agora abrigava várias redes de lojas e algumas butiques. Avenidas amplas para pedestres cercavam a rua, levando para um píer em que as pessoas pescavam no outro extremo. Hotéis e restaurantes, construídos para se parecerem com modelos maiores das casas vitorianas na avenida Harbour, tinham vista para o mar, onde veleiros pontilhavam o horizonte.

Eu me virei para Joe.

— Tenho a sensação de que aqui não era assim quando a minha avó era criança.

— Não muito.

— Hereford ainda tem uma indústria pesqueira?

— Na verdade, não. Gloucester fica perto daqui e só permanece porque a Gorton's está lá. Mas por aqui começou a desaparecer na década de 1970.

— E o que aconteceu com os negócios da sua família?

— Já faz tempo que não existe mais. Por falta de interesse mesmo.

— Sei que o Tony se tornou policial.

— E acabou sendo chefe de polícia.

— Chefe? Sério?

Joe me olhou com curiosidade.

— Você quer conhecê-lo?

— Como é? Não, por quê?

— Você me parece muito interessada nisso.

— Eu... até antes de ontem eu nem sabia que ele existia. — *Faz só um dia mesmo?* — Mas ele quase... foi o meu avô. — Joe inclinou a cabeça, me estudando, e senti as bochechas queimando. — Ele não é... quero dizer... a vovó disse que... Ah, não, esquece, não dá para confiar em nada do que ela fala, não é? — Tentei parar com aquela tagarelice, mas era como tapar uma rachadura em uma represa.

— Eu só quis dizer que eles quase se casaram. Se o meu bisavô não os tivesse impedido. E... eu não sabia que existia alguém antes do meu avô e que ele...

Felizmente, ele me interrompeu.

— Se é assim que você diz um não, o que você faz quando *quer* alguma coisa?

Bufei de leve.

— De qualquer forma, Tony se tornou o chefe de polícia... mas e os irmãos dele? Você é neto de quem?

Seus lábios se contraíram e percebi que ele estava tentando não rir de mim.

— O que foi?

— Nada — disse ele. — O irmão mais velho do Tony, Felipe, era o meu avô.

— Era?

— Sim. Ele morreu muito tempo atrás. Nunca cheguei a conhecê-lo.

— Sinto muito.

— Isso foi parte do motivo pelo qual o negócio da família acabou. Meu bisavô nunca mais foi o mesmo depois que o meu avô morreu. Emilio foi para a Coreia e depois para a faculdade em GI Bill e não queria fazer parte da pescaria; quando Emilio fez isso, Julio também quis ir para a faculdade. — Ele fez uma pausa, olhando para a água. — As coisas começaram a mudar para muitas famílias portuguesas aqui depois da Segunda Guerra Mundial. Antes éramos cidadãos de segunda classe. Está melhor hoje em dia.

Eu tinha um milhão de perguntas. Mas sua sugestão de que eu estava interessada demais no assunto me fez guardá-las para mim.

Caminhamos em silêncio ao longo do calçadão próximo da água, senti uma sensação de pavor cada vez mais intensa conforme permanecíamos sem falar nada. Amaldiçoei a minha avó por me fazer passar um tempo com esse estranho em vez de me deixar fazer a viagem até a praia que eu supus estar fazendo. Sim, eu deveria ter adivinhado, afinal, nada do que ela fazia era sem segundas intenções. Mas ainda assim, acreditei.

Um barco cortou a água perto de nós e eu olhei para ele. No logo da lateral lia-se "Histórias sobre Baleias e Passeios".

— Por acaso há baleias aqui? — perguntei, apontando para o barco, grata por um assunto diferente de Tony vir à tona.

Ele deu de ombros.

— Os turistas adoram.

— Você já viu uma baleia?

— Algumas vezes.

— E por que você não fica tão animado com isso?

Os cantos dos seus olhos se enrugaram quando ele sorriu.

— Você com certeza não cresceu perto do mar.

— A cerca de quarenta e cinco minutos da Baía de Chesapeake. Se isso vale de alguma coisa.

— Não vale. — Ele perscrutou. — Quer ir observar baleias?

Senti certa condescendência com a ideia de uma atividade turística e respondi que não.

— Mas pelo menos lá eles sabem que um "rabo de baleia" é uma calcinha fio dental saindo das calças, né?

Joe riu e senti a tensão cair de meus ombros.

— Não sabia que *isso* tinha nome.

— Você aprende coisas do tipo quando cresce a quarenta e cinco minutos da Baía de Chesapeake.

Fui recompensada com outro riso.

* * *

O navio estava desaparecendo em algum ponto no horizonte, então deixei os meus olhos vagarem pelas vitrines enquanto passávamos, sem prestar muita atenção, até que...

— Espere um pouco — eu disse, recuando alguns passos, de volta para a foto em relação à qual eu havia levado um momento para processar. Joe me seguiu, e eu parei em frente a uma loja chamada Hereford Heirlooms, olhei para uma foto em preto e branco emoldurada que havia chamado a minha atenção. Tinha certeza de que aquilo deveria estar errado, mas não estava. — Esta aqui é a minha avó.

Na imagem, ela estava na frente de um carro alegórico; o nome da loja do meu bisavô decifrável apenas ao lado. Ela não devia ter mais do que dezesseis ou dezessete anos, e duas outras garotas com cara de Bergman estavam ao seu lado: a mais nova devia ser Vivie, mas eu sempre ficava confusa sobre quem era quem entre as irmãs mais velhas. Margaret, talvez? Não que quem estivesse assistindo àquele desfile pudesse estar focado em alguém além da minha avó. Vivie parecia desconfortável naquele estágio um tanto desajeitado de início da adolescência, já a irmã mais velha parecia entediada e como se tivesse sido forçada a estar ali. Mas a minha avó? Ela tinha uma das mãos no quadril e a outra no ar, acenando de um jeito exuberante para a multidão, como se ela fosse da realeza e eles, os seus súditos, estivessem todos ali para dar uma olhada nela.

Senti os olhos de Joe em mim e olhei para cima.

— Você se parece com ela — disse ele.

Dei de ombros, evasiva, olhando para o meu reflexo na vitrine, depois voltei a olhar para a foto. Em termos de aparência, talvez. Mas aquela confiança, aquela certeza absoluta de quem ela era, era tudo o que eu via quando olhava para a foto. Eu não tinha nada disso.

— Vamos — disse Joe, abrindo a porta, uma rajada de ar-condicionado nos atingiu. — Vamos descobrir a história sobre essa foto.

Ele segurou a porta aberta para mim e então estendeu a mão para a vitrine, a fim de pegar o porta-retrato, que ele carregou até o balcão na parte de trás da loja, onde uma mulher mais velha estava sentada. Ela ergueu os olhos e o seu rosto se abriu em um sorriso ao olhar para Joe.

— Tia Lina — disse ele quando ela se aproximou para abraçá-lo, ficando na ponta dos pés para beijar a sua bochecha.

Lina, pensei. Seria essa a irmã mais nova de Tony? Ela parecia ter a idade certa para isso.

Ela perguntou algo em português, mas ele balançou a cabeça.

— Tia Lina, esta é a neta da Evelyn, Jenna. Jenna, esta é a minha tia-avó Lina.

De repente, eu me vi espremida em um abraço apertado, depois mantida à distância de um braço.

— Eu já deveria ter percebido. Você se parece com ela.

— Eu… hã… obrigada.

— Achei que ela era a menina mais linda que já tinha visto na vida quando o Tony a levou para casa. — Ela sorriu com tristeza. — Isso já faz tanto tempo. — Ela notou o porta-retrato na mão de Joe e o pegou para olhar, abrindo um sorriso largo em reconhecimento. — Esta aqui tem uma história engraçada.

— Tem?

Havia uma velha mesa de jantar com cadeiras combinando à esquerda do caixa, ela gesticulou para que todos nos sentássemos.

— Foi o seu avô quem tirou esta foto — disse ela para Joe.

Joe inclinou a cabeça.

— Você quis dizer que o Tony a tirou?

— Não. Foi o Lipe quem tirou a foto. Ele tinha uma câmera Brownie de segunda mão.

Joe olhou, surpreso, para a tia-avó.

— Eu tenho essa câmera.

Lina deu um tapinha em sua bochecha.

— Você é um fotógrafo melhor do que ele jamais foi. Mas ele a tirou durante o desfile do Memorial Day em… — ela pensou por um momento — isso já deve ter quarenta e nove anos. Foi antes de o Tony conhecê-la.

Uma campainha tocou na porta quando um cliente entrou. Lina se levantou.

— Leve a foto. Mas diga para a sua avó vir me ver. Já faz muito tempo que não nos vemos.

— Quanto custa?

Lina balançou a cabeça.

— Não vou aceitar o seu dinheiro — disse ela por cima do ombro enquanto cumprimentava a mulher que entrou na loja.

Olhei para Joe, que estava sentado estudando a fotografia.

— Você deveria ficar com ela — eu disse.

— Não. Isto aqui foi achado seu.

— Mas eu ainda tenho a minha avó. Você deveria ficar com isso.

— A câmera do meu avô é mais significativa. — Ele passou o polegar pelo vidro, pegou o porta-retrato e me entregou. — Essa câmera foi o motivo pelo qual eu passei a querer fotografar. Sempre quis brincar com ela, mas a minha mãe não deixava. Ela me deu quando me formei na faculdade.

— E ainda funciona?

— Até funciona. Mas o filme dela é muito caro e a qualidade não é boa.

Ele empurrou a cadeira para trás e se levantou, eu o segui, segurando o porta-retrato. Agradeci à Lina quando saímos, ela deu um tapinha no meu braço e então voltamos para fora, sob a luz do sol ofuscante.

Já tínhamos andado cerca de um quarteirão quando Joe puxou o celular, com uma chamada recebida na tela.

— Desculpa, é coisa de trabalho. Tudo bem se eu atender?

— Claro — eu disse, estudando uma vitrine para evitar bisbilhotar, enquanto ele se afastava alguns metros e começava a discutir o preço de alguma coisa.

Mas eu não estava olhando de verdade para o vestido na vitrine. Em vez disso, encarava o meu próprio reflexo.

Olhei de volta para a foto na minha mão. Essa autoconfiança que a tornava tão especial não era algo que vinha com a idade. Presumi que ela simplesmente havia perdido o filtro conforme envelhecia, como muitas pessoas fazem quando deixam de se importar com o que os outros pensam. Mas bastava uma olhada na foto para me dizer que a minha avó tinha saído da barriga da mesma forma como era agora.

Ao olhar para a janela de novo, coloquei os ombros para trás e lutei contra o desejo de imitar a sua pose na foto. Sorri, e meu reflexo se parecia com a fotografia na minha mão, injetando em mim um pequeno impulso de confiança.

O reflexo de Joe apareceu ao lado do meu e, por uma fração de segundo, não éramos nós dois, mas a minha avó e Tony na vitrine.

— Desculpa — disse ele, quebrando aquela ilusão. — Mas eu preciso passar na galeria para atender um cliente. Você pode vir comigo, se quiser. — Ele olhou para o relógio. — Está quase na hora de pegar a sua avó. Se eu acompanhar você de volta para o seu carro, consegue ir buscá-la sozinha?

— Com certeza. Você não precisa me acompanhar. Consigo achá-la.

— Eu não me importo. Preciso ir para essa direção mesmo.

Concordei e o segui por uma rua lateral.

— Então hoje foi mexilhões fritos, rua principal e o porto. Qual é o plano quando você for a minha babá amanhã?

Ele virou a cabeça, seus olhos viajando pelas minhas pernas, senti um frio na barriga.

— Use tênis. E provavelmente calças compridas.

Aff. Ele estava olhando para os meus sapatos, não para as minhas pernas.

— Por quê?

— Amanhã você vai saber.

Será que eu estava imaginando uma cantada? Talvez. Mas foi a primeira vez em meses que ansiei de verdade por algo assim. Não que eu estivesse interessada. Mas talvez, meio que, só um pouquinho, quase pensei em estar. E ter essa emoção era como se um pequeno pedaço de mim voltasse para o lugar.

— Vou comer mexilhões fritos de novo?

Ele sorriu.

— Você nem precisa insistir.

— Então temos um encontro marcado.

Olhei para ele em desafio para ver se ele encararia aquilo, sem me arrepender enquanto ele não dissesse o contrário.

Não é um encontro, lembrei a mim mesma enquanto me aproximava do carro da minha avó, determinada a não me virar enquanto ele se afastava. É só *uma aventura de férias*.

VINTE E SETE

Outubro de 1950
Boston, Massachusetts

EVELYN SE SENTOU NA GRAMA PERTO DA água, já próximo do caminho chamado de Colar de Esmeralda, escrevia de um jeito furioso. Estava excepcionalmente quente naquele dia, mas ela mal notava a luz do sol enquanto se apoiava em um livro, tentando tranquilizar Tony o máximo possível. Em sua última carta, ela havia contado sobre o encontro duplo que tivera por insistência da sua colega de quarto, imaginando que a sua total falta de interesse divertiria Tony. Mas isso não aconteceu. O telefonema entre eles depois disso acabou mal, e Evelyn estava determinada a consertar as coisas: pegaria o trem para casa naquele mesmo fim de semana se fosse necessário, entretanto, a carta teria que ser suficiente até lá.

"Querido", ela escreveu, "eu não ficaria mais chateada se você...".
Mas como terminar essa frase? Porque agora que ela estava pensando melhor
sobre isso, ela provavelmente *ficaria* chateada se ele tivesse ido a um encontro.
Não que ela fosse admitir. Mas ela também não ia escrever que não ficaria
chateada porque isso daria um passe livre para ele sair com outras garotas.
Ela amassou o papel e suspirou. Puxou outra folha da sua bolsa e escreveu a
sua saudação no topo, então olhou para a página em branco, desejando que
a carta se escrevesse sozinha.

— Lição de casa ou carta?

Evelyn se assustou e olhou para o jovem parado diante dela.

— Como é?

Ele sorriu. Ela não se impressionou, mas ele se sentou ao seu lado.

— Parece que você está tendo dificuldades com isso — disse ele suavemente,
apontando para as três páginas amassadas ao redor dela. — Eu sou o Fred.

Em outras circunstâncias, Evelyn não teria visto nenhum problema em
entrar naquele jogo. Mas ela precisava terminar a carta, ele estava atrapalhando a sua concentração.

— Bem, *Fred*, eu estou muito ocupada agora, então se você não se importar em...?

— De jeito nenhum — disse ele, sem fazer nenhum esforço para sair.

Em vez disso, ele se deitou na grama, apoiando a cabeça nos braços, se
espreguiçando e fechando os olhos para o sol.

Ela olhou para ele.

— Então eu vou precisar ir embora?

— Por quê? Você não está me incomodando. E estou perfeitamente bem
em ficar aqui quieto até que você termine.

— E se eu não quiser ficar aqui sentada com um homem estranho enquanto
escrevo uma carta pessoal?

Ele abriu um olho azul e a encarou.

— Ah, então é uma carta. Deixe-me adivinhar: roubou o namorado de
uma amiga?

— Como é?!

Ele riu, fechando o olho.

— Tudo bem, não é isso, então. Terminou com o seu namorado que ficou
em casa?

— Muito pelo contrário.

— Por que está tão difícil de escrever então?

— É que eu... Ora... não é da sua conta!

Fred se sentou.

— Hum, o que você fez para ele?

— Meu Deus, você é sempre tão impertinente assim?

— Devo ser. A minha mãe sempre dizia que eu fazia perguntas demais. — Ele deu de ombros. — Aqui está outra: qual é o seu nome?

— Evelyn — resmungou ela.

— Bem, Evelyn, você pode me dizer. Eu definitivamente não represento ameaça alguma. Afinal, estou noivo.

Ela olhou para ele de lado.

— Está?

Ele confirmou.

— Então o que você está fazendo conversando com garotas estranhas no campus?

— Você é uma estranha?

— Para você, sim.

— Justo. Eu normalmente não faria isso, mas você parecia estar passando por um momento bem difícil e, como um cavalheiro que sou, decidi oferecer uma mãozinha.

— Ficar sentado aqui até me irritar a ponto de eu falar com você?

— Funcionou, não é?

Ela revirou os olhos e colocou o livro na grama, além de outro em cima dos papéis para evitar que fossem levados pelo vento. O alfinete do seu chapéu estava enfiado no topo da bolsa, facilmente acessível, se ele não considerasse o noivado um obstáculo.

— Eu também estou noiva. — Ela o viu olhar para a sua mão, então olhou de volta para ele em desafio. — Ainda não usamos aliança, mas não precisamos de uma para que seja real.

— Seus pais não aprovam?

Aquilo já tinha ido longe demais.

Ela começou a se levantar, mas ele acenou para que ela se abaixasse.

— Pode ficar, eu só estou sendo intrometido.

E com um suspiro, ela se recompôs.

— Não. Ele não é judeu.

— Eu tive sorte nisso. Betty é.

Que bom para você e Betty, pensou Evelyn, um tanto indelicada. Então ela reorganizou a expressão em seu rosto. Não era culpa desse homem que Tony fosse quem ele era. Também não era culpa dele que ela estivesse de mau humor. Naquele caso, ela foi a única responsável.

— Mas não é por isso que a carta é difícil. — Ele acenou para ela, encorajando. — Eu fui para um encontro como um favor para a minha colega de quarto e não achei que isso tivesse sido grande coisa.

— E ele achou?

— Pelo visto, sim.

— E você acha que acabou depois disso?

— Não acabou. Mas acho que entendo o porquê de ele estar chateado.

— Então diga isso a ele, vai acabar superando. E caso não supere, é esse o tipo de pessoa de quem você quer mesmo ficar noiva?

Evelyn olhou para ele com cuidado, a fim de ver se ele estava sendo irreverente ou apenas flertando, mas ele soava genuíno.

— Acho que você tem razão.

Fred se deitou na grama.

— Então, em qual faculdade você está?

— Simmons. E você?

— Harvard.

— E demorou tanto para trazer isso à tona na conversa?

Fred soltou uma gargalhada.

— Eu poderia dizer que gostei de você. Admiro uma garota que fala o que pensa.

— Bem, não goste muito de mim. Betty com certeza não aprovaria.

— Não, provavelmente não. Mas nós dois estamos noivos e longe de casa e, a meu ver, não existe mal nenhum em termos um amigo, estritamente platônico, claro.

— Ah, então agora somos amigos?

Ele abriu o único olho de novo.

— Garanto a você que agora sei mais sobre aquele seu namorado do que os seus pais. Então sim. Acho que somos.

Evelyn sorriu, mesmo contra a vontade.

— *Touché*.

Ele se sentou e depois se levantou e espanou as calças.

— Bem, amiga, vou deixar você terminar a sua carta. O que acha de tomar um café um dia desses?

— Digo que já estou com problemas suficientes e não preciso de mais.

— Ah. Eu também não preciso de nenhum. Suponho que vou ver você por aí, então.

— Suponho que sim. Adeus, Fred.

Ele tirou um chapéu imaginário para ela.

— Evelyn. — E foi embora.

Ela não estava olhando quando ele se virou para olhar para ela.

VINTE E OITO

O ROSTO DA MINHA AVÓ SE ILUMINOU quando mostrei a fotografia para ela.

— Onde você encontrou isso? — Contei a ela a história de como consegui o porta-retrato na loja de Lina. — Bem, isso explica muita coisa. Lipe devia ter se apaixonado por mim primeiro.

Revirei os olhos.

— Como a senhora tirou essa conclusão de uma foto?

— Você não tira, ou guarda, uma foto de alguém de quem você não gosta. Isso explica por que ele não parecia querer que eu e Tony ficássemos juntos. *Ou ele descobriu que vocês não conseguiriam ficar juntos*, pensei.

— O que aconteceu com ele?

— Foi uma tragédia terrível. Houve um incêndio em um navio de carga e cerca de vinte homens saíram para tentar resgatar a tripulação. Lipe e outros três não voltaram. A mãe de Joe tinha apenas dois anos. — Ela balançou a cabeça. — O que mais você fez com Joe hoje?

Contei a ela sobre os mexilhões fritos e a minha avó fechou os olhos, saboreando a lembrança.

— Só o Brewster já vale a viagem.

— Mamãe disse que isso a fez querer entrar no carro e vir para cá.

— Mas ela não foi convidada. — Ela estendeu o braço por cima da mesa da cozinha e colocou a mão nodosa sobre a minha. — Esta é a nossa viagem.

Eu me peguei sorrindo. Era bom ser desejada em vez de ser a filha pródiga, que voltava para a casa dos pais depois do fracasso de um casamento para morar enquanto tentava criar coragem para retornar ao mundo.

Também me dei conta de que queria desesperadamente saber mais sobre esse lugar. Quando eu era criança, ela me contava histórias sobre a sua infância em Hereford, mas todas elas eram anedotas sobre a sua família ridícula, e muitas vezes eu as confundia com os exemplares surrados de minha mãe de *Uma árvore cresce no Brooklyn* e todos os tipos de livros familiares, bem como o filme *Avalon*. Agora, as suas histórias eram tão enevoadas pelo passar do tempo que eu não conseguia mais lembrar quais eram reais e quais eu tinha visto em outro lugar.

— O que aconteceu com o chalé? — perguntei.

— Eu já disse. Aquela mulher vendeu.

— Mas por que o resto de vocês não comprou?

Ela suspirou.

— Ela vendeu sem me avisar. Nem para o Bernie ou para a Margaret... — ela se interrompeu.

— Bernie e Margaret?

Ela bateu palmas uma vez.

— Bem, eles já se foram. Vamos deixá-los em paz. — Depois de se levantar com esforço, dirigiu-se aos armários da cozinha, os abriu e fechou, um por um.

Fui até ali para ajudá-la.

— O que a senhora está procurando?

— Isto aqui. — Ela puxou uma garrafa de vodca de um armário e acenou com ela, triunfante.

Tentei pegá-la, mas ela segurava a garrafa com uma força impressionante.

110

— A mamãe disse que a senhora não pode beber.

As suas sobrancelhas subiram quase até a linha do cabelo.

— A sua *mãe* — disse ela, fria — não está aqui e não pode me dizer o que eu posso ou não fazer.

— Mas e os seus remédios... o seu coração...

— O meu coração está ótimo e eu ainda não morri, morri? — Ela pegou dois copos e serviu uma boa dose de vodca em cada um, depois andou até a geladeira, de onde tirou suco de laranja. — E se você vai continuar assim tão intrometida, é melhor tomar uma bebida comigo enquanto faz isso.

Tentei me manter firme, contudo, ela colocou um dos copos na minha mão e foi até a varanda da frente, ela não me deixou nenhuma outra opção a não ser segui-la.

Ela estava estranhamente quieta enquanto bebia seu coquetel.

— Vó?

— Sim, querida?

— A senhora está bem?

— O que você quer dizer com isso?

— Eu... a gente não veio aqui para a senhora morrer ou algo do tipo, não é?

Ela riu.

— De onde você tirou essa ideia mórbida? — Ela tomou outro gole. — Não, querida, eu não vou a lugar nenhum tão cedo. E mesmo quando eu for, não pense que vou deixar você em paz. Serei aquele diabinho sentado no seu ombro dizendo para você se meter em mais encrencas. Você sempre se preocupou demais com aquilo que os outros pensavam em vez de apenas se divertir. Esse é um dos seus problemas.

— Um dos?

— Sim. Você gostaria que eu dissesse quais são todos eles?

Balancei a minha cabeça. Eu já conhecia muito melhor do que ela os meus defeitos. Eu não estava com vontade de vê-los sendo listados por alguém que não fazia rodeios.

— Então por que a senhora estava tão quieta?

— As telas. — Ela gesticulou ao nosso redor. — São as únicas mudanças boas. Os mosquitos são ferozes sem elas. Se você se sentasse do lado de fora quando éramos jovens, ficaria acordada a noite toda se coçando. — Ela sorriu diante de alguma lembrança. — Mas claro que fazíamos isso de qualquer maneira.

— O vovô algum dia já veio aqui com a senhora?

A sua expressão mudou. Ela estava pensando no passado, quando eram seus pais e irmãos, não seus próprios filhos e família.

— Ele costumava vir para as suas duas semanas de férias. E a cada dois finais de semana mais ou menos. Só que eu mesma vinha com a Anna, a Joan e o Richie em junho, e ficávamos até agosto durante todos os verões.

Nunca me ocorreu que os verões que eles passavam em Hereford significavam ficar longe de meu avô por quase três meses. E eu me perguntei mais uma vez se havia algo suspeito acontecendo.

Ele não desconfiava de você e do Tony? estava na ponta da minha língua, mas eu reprimi essa pergunta com um gole da vodca. Mesmo antes de saber sobre Taylor, eu teria desconfiado com tanto tempo afastados se fosse com o Brad, ainda mais se estivesse em sua cidade natal com seu primeiro amor. Porém, apesar de saber que ela era uma mentirosa inveterada, acreditei que não tivesse traído o meu avô. Talvez eu só quisesse acreditar e não manchar a memória que eu tinha dos dois sendo tão felizes. Mas mais do que isso, havia sempre algo de brincalhão quando ela mentia, e ela estava falando sério sobre isso.

Ela conheceu meu avô na faculdade. E eu sabia disso. Mas o que eu não sabia era de que forma ela havia passado do plano de se casar com Tony para o de se casar com meu avô. Ela estava me contando histórias de uma maneira dolorosamente linear. Nunca fui de pular os capítulos de um livro, mas se essa história estivesse contida em um, eu teria pulado com facilidade.

— Você e o Joe — disse ela, mudando de assunto, como se pudesse ouvir os meus pensamentos. — Parece que vocês dois se deram bem hoje à tarde.

— Ele parece ser legal. — Hesitei. — Por que ele ainda não é casado?

Ela sorriu por cima da bebida.

— E quem disse que ele não é? Além disso, você não está interessada nele.

Lancei as minhas mãos para cima e desisti, deixei que ela conduzisse a conversa de volta para as histórias que ela estava disposta a contar. Eu me levantei para preparar uma segunda bebida para nós duas, a pedido dela, ainda que eu as tenha tornado significativamente mais fracas de propósito se comparada às primeiras doses. Eu não queria que as dela entrassem em conflito com os medicamentos e queria estar com a mente clara no dia seguinte.

VINTE E NOVE

Novembro de 1950
Hereford, Massachusetts

O CORPO INTEIRO DE EVELYN VIBRAVA DE entusiasmo à medida que o trem avançava ruidoso ao longo dos trilhos com destino à estação de Hereford.

Nos quase três meses desde que ela saíra rumo à faculdade, ela tinha visto Tony apenas quatro vezes, quando ele conseguia pegar o carro e ter tempo o bastante para visitá-la, uma viagem de ida e volta que durava duas horas e meia. E embora fosse maravilhoso sair em público com ele, ir a um restaurante e ao cinema, antes de caminhar pela cidade de braços dados depois de um verão inteiro às escondidas, o tempo era sempre curto demais. Principalmente porque ele estava trabalhando à noite nas docas e durante o dia treinava com o departamento de polícia, ele vivia cansado.

Mas agora, no Dia de Ação de Graças, um dos únicos feriados que os dois celebravam e tinham em comum, o treinamento de Tony enfim havia terminado. Duas semanas antes dessa data, ele já estava oficialmente na folha de pagamento do Departamento de Polícia de Hereford; tendo sido fundado no fim de 1600, ele possuía uma longa e lendária história. Pelo menos era o que ele dizia nas suas cartas. O interesse de Evelyn pela história da cidade antes de sua chegada era pífio.

O que significava que no sábado à noite, assim que o sol se pusesse, ele seria seu.

Saber que eles estavam a apenas um quilômetro de distância, mas que ela não podia vê-lo, era algo torturante nos dias intermediários; todavia Evelyn ainda saboreava o gosto de estar em casa com a sua família. A casa estava tão lotada que ela foi forçada a sair do seu quarto e dormir em uma cama compartilhada com Margaret (a pobre Vivie ficou com um catre no chão do seu próprio quarto); Gertie e seu marido dormiam em seu quarto, o bebê em uma gaveta da cômoda. Entretanto, havia uma sensação de normalidade naquele caos. Sam estava de volta ao quarto que dividira durante a infância com Bernie, que agora morava na cidade com sua esposa e filhos, onde hospedava Helen, seu marido e seu grupo de filhos barulhentos para o feriado, já que a casa da rua principal havia finalmente atingido seu limite de ocupação e não foi capaz de conter outra família inteira.

Sam pegou Evelyn na estação e a levantou em um grande abraço de urso, girou-a pelo ar, enquanto ela gritava pedindo para ser colocada no chão. Ele retornou no dia anterior e era o responsável por transportar as pessoas da estação de trem quando elas chegavam.

— E como a faculdade está sendo para a minha irmã favorita?

Ela sorriu. Ele sempre falava a todos os irmãos que eles eram seus favoritos, mas ela sabia que quando ele dizia aquilo para ela, era verdade.

— Estou gostando.

Ele olhou de soslaio para ela.

— Ah, é? Gostando tanto assim?

Evelyn riu.

— Nem *tanto* assim. Afinal, eu sou uma garota comportada.

— Claro. E me disseram que eu posso ser nomeado o próximo papa. — Ele foi recompensado com um soquinho nas costelas.

— Que triste, suponho que isso signifique que você não vai se casar, então. A menos que você planeje ter muitos "sobrinhos" como os antigos papas tinham.

— Qual das nossas irmãs é a mais fofoqueira?

— Margaret. Então me conta, quem é ela?

Sam suspirou.

— O nome dela é Louise. Você vai conhecê-la na quarta-feira. Eu já conheci os pais dela.

— Então é oficial?

Ele balançou a cabeça.

— Falei com o pai dela e já tenho o anel. Ainda não a pedi em casamento.

— E o que você está esperando?

— A hora certa, sua pagã. Você não pode simplesmente fazer isso em um carro como se estivesse perguntando onde quer ir para comer.

Evelyn fez uma careta, então reorganizou a expressão em seu rosto. Não seria bom para Sam saber. Ele até podia ser o seu irmão favorito, mas não conseguia guardar um segredo nem que a sua vida dependesse disso; como já havia sido evidenciado pelo fato de ele ter contado para Margaret sobre Louise.

Felizmente, ele estava muito concentrado em dirigir para notar a sua expressão.

— E você? Já conheceu um pretendente?

— Talvez.

— E ele é judeu? Ou você vai se meter em encrenca de novo?

Dessa vez, ela o deixou ver a careta em seu rosto.

— Já lhe ocorreu que estamos vivendo no século XX e que toda essa ideia de se casar só com pessoas como nós é ridícula e antiquada?

Ele balançou a cabeça.

— Não, não posso afirmar algo do tipo. Ainda mais depois do que eu vi na Europa no fim. Hoje existem cerca de seis milhões a menos de nós do que costumava existir.

Não havia mais como argumentar uma vez que esse ponto veio à tona. Porém, ela sempre conseguia disfarçar um pouco a verdade. Além disso, ela havia *conhecido* um judeu, mesmo que não estivesse interessada em Fred.

— Não se preocupe. — Ela deu um tapinha no braço de Sam. — Papai vai aprovar.

Ele olhou para ela de novo, ela se perguntou por um instante se Bernie havia contado para Sam sobre a conversa que teve com Tony. Só que em seguida ele mudou de assunto, voltando a falar sobre Louise, então Evelyn suspirou. Sam era o maior fofoqueiro do mundo. Bernie jamais contaria para ele.

E enquanto Miriam não arrancasse essa informação de Vivie, o seu segredo estava seguro.

É claro que, na hora de dormir, Margaret e Gertie a encheram de perguntas sobre quem era o tal novo garoto. *Sam*, pensou Evelyn, balançando a cabeça.

— Onde ele estuda? — perguntou Margaret.

— Como você o conheceu?

— Ele é judeu?

Evelyn olhou para as irmãs com um ar de quem avalia a situação. Aquele ali era um território novo; Evelyn nunca havia sido tratada como uma das garotas adultas antes. Ela olhou para Vivie, que estava sentada de pernas cruzadas em seu catre, com um travesseiro apertado no peito. Agora ela tinha dezessete anos e iria para a faculdade no outono, mas era a última das mais novas. Evelyn se perguntou se isso mudaria quando ela fosse para a faculdade ou se sempre seria assim; Margaret estava se formando naquele mesmo ano, já Vivie sempre estaria um passo atrás de todas, exceto de Evelyn.

Contudo, junto com o novo terreno também surgiu a questão de saber se ela poderia confiar nelas. Historicamente, essa não tinha sido uma decisão sábia. Mas um prato quebrado ou uma ida ao cinema no *Shabat* eram coisas muito diferentes do segredo que ela carregava agora.

Ela olhou para Vivie mais uma vez. *Duas conseguem guardar um segredo se uma delas estiver morta*, pensou ela. Evelyn levou um dedo conspiratório aos lábios.

— Ainda é cedo demais, não quero azarar nada.

Margaret lhe deu uma cotovelada de brincadeira.

— Vai, conte!

— Não. Você vai ficar sabendo em algum momento, supondo que seja do jeito que eu quero que aconteça.

— Ela deve estar falando sério — disse Gertie para Margaret, balançando-se suavemente quando o bebê se mexeu. — Conseguem imaginar Evelyn não se gabando?

— Ei!

— E estou errada?

Evelyn sorriu.

— Nem um pouco.

Mas quando o resto da casa foi dormir, Evelyn saiu da cama e se aninhou atrás de Vivie no chão.

— Eu estava com saudade — murmurou Vivie, sonolenta.

Evelyn a abraçou com força.

— Eu também estava.

* * *

Todas as meninas ajudaram a preparar a refeição do Dia de Ação de Graças, elas se revezavam para embalar, alimentar e dar carinho ao bebê de Gertie, que finalmente dormiu em uma cesta sobre a mesa, em cima de um cobertor macio que Miriam fizera de crochê. Quando o jantar finalmente ficou pronto, a família se aglomerou em torno da elegante mesa de jantar de Miriam, estendida ao máximo, pois era do tipo que se podia abrir e fechar. Mesmo assim, ela ainda não era grande o suficiente para tantos cônjuges e filhos. Seria o primeiro ano de Evelyn na mesa dos adultos.

Vivie deveria estar na mesa das crianças com os três filhos de Bernie, os três de Helen e o mais velho de Gertie. Vivie suspirou enquanto contava os assentos nas mesas, e Evelyn percebeu a decepção em seu rosto.

— Mamãe — Evelyn sussurrou para Miriam. — Coloque a Vivie na mesa dos adultos. — Sua mãe a encarou. — Por favor?

— Mas ela ainda não é adulta.

— Só que ela também não é mais uma criança.

— Ela vai ajudar as outras a se comportarem.

— Então deixe que ela coma antes. Ela é só um ano mais nova do que eu. Por favor, mamãe.

Miriam olhou para Evelyn, observando a fim de saber se havia algum motivo oculto por trás daquela atitude. Mas ela viu apenas amor pela caçula que a própria Miriam adorava e concordou.

— Então será sua responsabilidade providenciar isso.

Evelyn beijou a bochecha da mãe, surpreendendo-a.

— A senhora nem vai perceber que nos espremernos em um lugar — prometeu ela. — Obrigada.

Miriam voltou para a cozinha, sorrindo diante da ideia de que um pouco de desgosto e certa distância ajudaram a sua segunda filha mais nova a amadurecer.

E a expressão no rosto de Vivie quando Miriam a instruiu para que se sentasse entre Evelyn e Sam fez o coração de Evelyn quase explodir.

Até que Sam, cansado de ser alvo de piadas sobre o iminente encontro familiar com Louise no dia seguinte, mudou de assunto.

— Como está o novo garoto, Evelyn? — perguntou ele. — Você vai trazê-lo para casa em breve?

Se um olhar fosse capaz de matar, Sam já estaria a sete palmos do chão. Porém, Bernie, depois de alguns drinques, voltou-se para a irmã.

— Novo garoto, hein? É outro português, ou esse é irlandês?

Joseph bateu com a mão na mesa, o garfo tilintando alto o bastante para silenciar toda a conversa.

— O que você quer dizer com isso, Bernard?

Sóbrio de repente, Bernie olhou para o pai. Ele só estava brincando, mas claramente havia atingido um ponto sensível.

Evelyn prendeu a respiração.

Bernie não respondeu, então um momento interminável se passou sem que ninguém falasse.

— A minha Evelyn é uma boa menina — disse Joseph com os dentes cerrados. Ele olhou para ela como se a desafiasse a dizer o contrário.

— Sim, papai — disse ela, baixinho, enquanto ele e Bernie trocavam olhares assassinos.

— Chega — disse Miriam com calma, porém com firmeza, sustentando o olhar de Joseph até que ele o desviasse. Ele e Bernie não se falaram pelo resto do jantar. Evelyn manteve o foco na comida.

* * *

No sábado à tarde, Louise foi até lá com os pais, deixando Miriam distraída demais para suspeitar quando Evelyn saiu para "ver alguns amigos em Gloucester". Joseph entregou as chaves do carro para Evelyn, beijou-a na testa e disse para que ela se divertisse. Ela olhou para trás, para aquela cena de sua família reunida na sala de estar lotada, e rindo, e brincando, e dando carinho para as crianças e sentiu uma pontada de culpa. Mas quem podia dizer quando ela encontraria algum tempo para ficar sozinha com Tony de novo?

Ela dirigiu pela estrada sinuosa rumo à praia, fazendo três curvas até o chalé. Havia uma luz acesa na casa grande logo no final da rua, a sra. Gardner vivia ali o ano todo. Ela era uma viúva que perdera o único filho no mesmo acidente de pesca do marido, anos antes. Se ela tivesse outra família, ninguém nunca os via. Os filhos dos Bergman faziam pequenas tarefas e cumpriam afazeres para ela durante o verão; ela os recompensava com moedas quando eles se saíam bem cumprindo essas responsabilidades, com palavras duras quando não as cumpriam tão bem. Entretanto, a sua audição era péssima, Evelyn achou que não notaria os dois carros do lado de fora do chalé. O de Tony já estava lá quando ela chegou.

O ar estava frio, mas o abraço de Tony era quente quando ela pulou em seus braços, envolveu as pernas em sua cintura, e o beijou na escuridão.

— Oi para você também — disse ele, erguendo a cabeça para vê-la.

Ela sorriu, ele a soltou, deslizando-a para o chão.

— Vamos entrar. Lá dentro não é quente, mas pelo menos não está ventando.

Ela o avisara sobre a falta de eletricidade no período de entressafra e ele havia levado querosene no porta-malas, junto de um edredom pesado e várias mantas feitas de crochê. Depois seguiu Evelyn até a varanda, onde ela usou uma das chaves do chaveiro de Joseph para destrancar a porta que nunca ficava trancada durante o verão.

Lá dentro, os móveis estavam cobertos com lençóis, os de vime da varanda estavam empilhados no canto. Tony acendeu a lanterna e ela puxou o lençol do sofá da sala, que havia sido reaproveitado da casa da rua principal, depois que Joseph comprou um novo. Ela tirou o casaco pesado e se sentou; Tony colocou a lanterna sobre a mesa, tirou o casaco grosso, estendendo a manta pesada sobre Evelyn e se enfiou sob ela também, passando um braço ao redor dela. Ela se aconchegou em seu corpo, segurando a sua mão, a cabeça em seu peito, absorvendo a sensação da sua presença.

Ele suspirou, e ela olhou para ele, vendo sua testa franzida na luz bruxuleante da lanterna.

— O que foi? — Ela pegou o seu rosto nas mãos. — Pode falar.

— Não é nada. — Ele pegou uma das suas mãos e beijou a palma, porém ela balançou a cabeça.

— Fale para mim o que aconteceu.

Inclinando-se para trás, ele esfregou a mandíbula com a mão.

— É mais difícil do que eu pensei que seria.

— O que é mais difícil?

— Tudo. Você tendo que ir embora. O trabalho novo. Manter tudo isso em segredo. Não saber o que o seu pai vai dizer. Tudo.

Uma pequena pontada de culpa se abateu sobre Evelyn. Ela sentia muita saudade de Tony quando estava na faculdade. Porém, ela também havia ido embora e experimentava um mundo inteiramente novo. Não havia lhe ocorrido que ele estava morando no mesmo lugar com uma ferida enorme e aberta que tinha a sua forma, enquanto ela estava saindo com novos amigos, conhecendo novos lugares e, às vezes, até mesmo concordando em participar de encontros duplos.

Sem mencionar que ela sabia exatamente o que seu pai diria.

Em breve, essa seria outra conversa difícil, embora ela esperasse que os dois passassem pelo menos algum tempo juntos antes que isso acontecesse. Porém, talvez se ela o afastasse das partes mais sensíveis...

— O que há de errado com o trabalho? Você não gosta?

— É uma adaptação.

— O que isso significa?

— Eu... sei que a cidade nos despreza. Mas antes eu costumava ficar com o meu próprio povo. Sou o único português do departamento. O único que já pôs os pés lá. E essa é uma sensação constante. — Ele percebeu o olhar em seu rosto. Ela estava pronta para pular no carro, dirigir até a sede da polícia da cidade e dizer para todos exatamente o que pensava. — Mas tudo bem, eu aguento. Eles vão parar em algum momento. São assim com qualquer pessoa nova. Só que é mais difícil do que eu esperava. Ainda mais quando não tenho você aqui comigo.

Evelyn sentiu seu coração partir. Ela sempre havia sido egoísta — ah, ela tinha um bom coração, mas sempre fazia exatamente aquilo que queria, sem pensar nas consequências, porque as coisas simplesmente davam certo. Ela estava se divertindo, contando para ele com indiferença que ia a uma festa e outra, enquanto ele nunca reclamava sobre o que estava sofrendo por sua causa.

Ela subiu em seu colo e deu um beijo brincalhão na ponta de seu nariz.

— Você sempre vai me ter.

— Vou?

— Sempre. — Ela roçou os lábios de leve nos seus. — Eu sou sua. — Em seguida, ela o beijou com mais intensidade. — Para todo o sempre.

— Mesmo quando você não está aqui?

— Mas eu estou sempre aqui — sussurrou ela, colocando a mão sobre o seu coração. Ela pegou a mão dele e a pressionou contra o próprio peito. — E você está sempre aqui.

Ela o beijou de novo, mas agora com avidez, movendo a mão dele para baixo até cobrir seu seio e ela o sentiu se mexer embaixo de si.

Ele estendeu a mão, tirando a blusa de dentro de sua saia e passando as mãos pelo abdômen até o peito, a sensação era a de que seus dedos eram dotados de eletricidade conforme eles passavam por sua pele. Ela se abaixou e o sentiu enrijecer. Ele se afastou e olhou para ela.

— Desta vez não pare — disse ela, sustentando seu olhar. — Assim você vai saber que eu sou sua e você é meu, não importa o que aconteça.

Ele olhou em seus olhos, perdendo a si mesmo e o seu desejo de fazer aquilo que era honroso nas suas profundezas. Então ele a beijou de novo, recostando-a no sofá, ele sobre ela, então fez o que ela pediu.

* * *

Quando terminaram, ficaram encostados um no outro no sofá, aconchegados sob o cobertor para se protegerem do frio do chalé. Evelyn traçou seus dedos ao longo de seu peito em silêncio.

— Você está bem? — perguntou Tony, baixinho.

Ela olhou para ele.

— Nunca estive melhor.

Ele a apertou ainda mais para perto de si.

— Preciso conversar com o seu pai agora.

— Isso pode ser um pouco estranho *agora*.

— Você sabe muito bem sobre o que eu estou falando. Quando você voltar para casa depois do semestre. Como planejamos. — Ele a sentiu ficar tensa. — O que foi?

Ela hesitou.

— Não acho que isso seja inteligente.

— Por que não?

— Ele... o Bernie fez um comentário uma noite dessas... e ele... bem... ele não reagiu bem.

— O que isso significa?

— Não importa. Ele vai dizer não. Eu não me importo com o que ele pensa. Eu sei o que quero, e é você.

Ele se inclinou para a frente, surpreendendo-a quando ela caiu contra o sofá.

— Por acaso isso aqui foi uma armação? Para me enganar e fugir com você?

— Como é?

— Eu conheço você, Evelyn Bergman. Não pense nem por um segundo que você consegue me enganar. Eu amo você, mas não vou deixar você fazer comigo o que faz com todo mundo.

Ela se sentou, estava genuinamente magoada.

— Você afirma que me conhece, mas é isso mesmo que você acha que aconteceu aqui?

Ele engoliu em seco, seu pomo de adão balançava.

— Então você me diga se foi isso mesmo.

— Bem, se é esse o caso, então eu fiz um péssimo trabalho. Eu não fugiria com você agora nem se você fosse o Frank Sinatra! — Ela se virou, com os braços cruzados sobre o peito.

Isso provocou um sorriso que ela não viu, mas ele puxou seu cotovelo até que ela o encarasse de novo, o que ela fez com relutância, ainda estava irritada.

— Você jura?

Por fim, ela olhou para cima.

— Tudo bem: se você fosse o Frank Sinatra, eu *pensaria* sobre isso.

Ele riu, envolvendo-a nos braços.

— Quanto tempo você quer que eu espere?

— Talvez até o verão. Você pode subornar alguém para roubar a loja do papai para que você possa salvar o dia? Encontrar uma maneira de mostrar quem você é?

— Farei o meu melhor.

— Seria um começo.

— Que horas você tem que estar em casa hoje à noite?

— Meia-noite.

Ele verificou o relógio em seu pulso, um presente de formatura do ensino médio dado por seu pai.

— Então ainda temos tempo.

TRINTA

— Para onde a senhora vai hoje? — perguntei para a minha avó, cheirando o suco de laranja que ela me deu, para ter certeza de que era apenas suco mesmo.

Então, depois de me certificar de que ela ainda estava no fogão, também cheirei o suco em seu copo. Eu não ia arriscar.

Ela colocou um prato de rabanada na minha frente.

— A sua prima Donna vem me buscar para almoçar.

Dei uma mordida.

— Eu tenho uma prima chamada Donna?

Minha avó fez um barulho exasperado.

— Sim.

Ela tem a minha idade?

— Ela tem... não... ela tem — Evelyn parou para pensar por um momento. — Ela tem setenta e seis... não, espera... setenta e sete. Ela vai fazer setenta e oito em... quando é mesmo o aniversário dela?

Eu conseguia me lembrar muito vagamente de uma senhora chamada Donna no meu casamento, ela me abraçou várias vezes. Pensei que ela era uma das amigas da minha avó.

— Mas como nós duas somos parentes?

— Ela é a minha sobrinha, então ela seria a sua... prima de segundo grau.

Eu ainda não havia entendido, então balancei a cabeça educadamente.

— Ela é filha de quem?

— De Bernie. Foi com ela que eu aprendi a ser uma tia.

— Então, a senhora costumava cuidar dela aqui?

— Na casa ao lado. Aquele era o chalé do Bernie. Bernie e o papai... bem, era melhor que eles não passassem muito tempo sob o mesmo teto.

— Por que não?

— Acho que eram parecidos demais. Ou talvez diferentes demais. Ou os dois.

Eu sabia que não deveria questionar como tudo aquilo poderia ser verdade ao mesmo tempo.

— Então a senhora está falando a verdade? Ela que vai dirigir?

— A cada dia que passa, você parece cada vez mais com a sua mãe.

— Eu tenho a sensação de que isso não é um elogio.

— Ah, não. Não é mesmo.

— A senhora não respondeu à minha pergunta.

Ela soltou um suspiro dramático.

— Eu me ofereci para dirigir, porque ela acabou de fazer uma histerectomia no mês passado, mas ela diz que está bem.

Comi outro pedaço de rabanada, balançando a cabeça.

— Para onde Joe vai levar você hoje?

— Eu não faço ideia. Ele só me disse para usar calças compridas e tênis.

— Espero que ele leve repelente. Você vai precisar.

— Então a senhora sabe para onde vamos?

— Acho que sim. Ele vai levar você para ver o dr. Foster.

— Quem?

— Não sei se ele vai entender a piada. Depende muito se a sua mãe contou para a mãe dele e se ela contou para ele.

— A mamãe conhece a mãe dele?

— Claro. Elas brincavam juntas todo verão quando eram crianças.

Senti minha testa franzir.

— Vó, o que *exatamente* viemos fazer aqui? A senhora está me contando tudo em fragmentos e eu tenho a sensação de que a senhora tem algum plano mirabolante e grandioso.

— Eu? — perguntou ela, de uma forma inocente.

— Sim, a senhora.

— Eu já disse. Tenho negócios a tratar aqui.

— E por acaso esse negócio é só visitar os seus amigos e parentes?

— Não.

— Então, o que é?

— Se isso fosse da sua conta, eu teria dito com todo prazer. Mas não é.

Soltei um suspiro dramático, irritada.

— A senhora vai me contar quando tiver terminado?

Ela deu de ombros.

— Ainda não sei a resposta para isso.

— A senhora é impossível.

— Talvez. Mas é por isso que eu sou interessante, querida. Você é o quê? — Meu queixo caiu. — Feche a boca, querida, vai acabar comendo mosca. E por falar nisso, talvez eu mande uma mensagem para o Joe sobre o repelente. Você será comida viva lá fora.

Empurrei a cadeira para trás, me levantei e levei o meu prato até a pia.

— Eu já tenho.

— Certifique-se de que ele é do tipo permitido.

— Do tipo permitido?

— Sim, para espantar os carrapatos.

Olhei para ela por um instante, tentando entender o que ela estava querendo dizer. Então me dei conta.

— Com *PERMETRINA*?

— O quê? Claro que eu dou permissão para você ir com ele.

Balançando a cabeça, subi para me arrumar.

* * *

Quando Joe chegou, trazia consigo uma mochila, garrafas de água e um frasco de repelente, que me ofereceu.

— Eu já passei.

— Mas o seu é para uso no meio de florestas?

— A gente vai para o meio de uma floresta?

Ele acenou com a cabeça, e eu peguei o frasco e borrifei bastante o conteúdo em mim, ainda que apreensiva. Trilhas não eram bem a minha praia. Sair para uma caminhada na praia? Sim. Um passeio por uma cidade litorânea? Maravilha. *Amante do ar livre* não era um adjetivo que alguém usaria para me descrever. Mas o comentário da minha avó, *"você é o quê?"*, ecoou na minha cabeça. Eu nunca seria alguém tão difícil quanto ela, mas me recusava a ser chata. Então, prendi o cabelo em um rabo de cavalo, me ajoelhei para dar um nó duplo nos tênis e disse:

— Vamos lá.

Eu esperava que fôssemos dirigindo para algum lugar, mas Joe nos levou para além do chalé até o final da rua, onde havia um terreno baldio coberto de mato antes que a floresta começasse de verdade. Os restos de um muro de pedra seguiam ao longo da propriedade, caminhamos próximo a ele. Apontei para uma pilha de pedras no meio da grama alta.

— O que é aquilo?

— Era a casa dos Gardner.

— Eu não...

— A família viveu ali por cento e cinquenta anos ou mais. Aos poucos foram perdendo o dinheiro que tinham e o último morreu nos anos cinquenta. Há algum problema legal com a propriedade sendo vinculada, essa é a única razão pela qual não existem mansões ou algum complexo horrível de moradias ali.

— Mesmo tantos anos depois?

Ele deu de ombros.

— Não sei quem é o dono. Mas a casa foi demolida antes de eu nascer.

— E *quando* você nasceu?

Ele parecia ter mais ou menos a minha idade, mas eu estava curiosa.

— Um ano antes de você.

Revirei os olhos.

— Há alguma coisa que a minha avó não tenha contado para você? A música que eu dancei no show de talentos da sexta série? Como eu gosto do meu bife? O tamanho do meu sutiã?

Ele olhou para o meu peito, eu corei. Isso tinha mesmo acabado de sair da minha boca? Eu me mantive firme e não cruzei os braços, ainda que quisesse fazê-lo. Minha avó jamais teria feito isso. Ela o teria dominado.

Ele sorriu.

— Nenhuma das alternativas. Só sei que você é professora, que temos mais ou menos a mesma idade e que você é divorciada.

— Passando por um divórcio. Ainda não sou divorciada.

— Então vocês vão voltar?

— Não.

— Há uma diferença tão grande assim?

Eu não respondi e passamos pela grama alta até chegarmos a uma trilha estreita que levava para a floresta. Porém, a algumas centenas de metros adiante, todos os sinais do caminho já haviam desaparecido.

— Como você sabe para onde estamos indo? — perguntei.

— Porque há uma trilha.

— Trilha? Onde?

— A grama está alta demais. Acho que já faz tempo que não passam por aqui.

— Você não está me trazendo aqui para me matar, está?

— Não.

— Tá bom, mas dessa vez você não riu. — Ele finalmente o fez. — Eu odiaria descobrir que esse negócio misterioso a ser resolvido da minha avó era me matar.

— Mas por que ela faria isso?

— Pode ser que ela esteja trabalhando para o meu marido, digo, o meu futuro ex-marido.

— E se divorciar de você não é bom o bastante? — Eu não respondi e ele olhou para mim. — Ai. O que você fez?

— Nada! Ele é quem quis o divórcio. Eu fui pega de surpresa.

— Então por que ele iria querer matar você?

— Ele jamais faria isso. Eu só... é que a lei de Washington permite que você se divorcie depois de seis meses caso ambas as partes concordarem que foi uma decisão mútua... — eu me interrompi.

— Então você não concordou?

— Ainda não. — Balancei a cabeça. — Não me entenda mal, eu não o quero de volta nem nada disso. Só quero...

— Que ele sofra.

— Isso é *tão* errado assim? Ele já está morando junto da nova namorada.

Ele olhou por cima do ombro para mim, com um sorriso irônico no rosto.

— Então você está certa. Faça-o sofrer.

Sorri de leve, sem saber por que eu tinha gostado tanto da sua aprovação, mas gostei.

Caminhamos em silêncio por mais um ou dois minutos.

— Para onde estamos indo, afinal? Minha avó disse algo sobre um doutor.

— Ele pareceu confuso. — Ela disse que você não entenderia a piada a menos que a minha mãe tivesse contado para a sua.

— Ah! — exclamou ele. — Sim, era uma rima que a minha mãe costumava dizer. "O dr. Foster foi para Gloucester." Era a explicação deles para o fato de a cidade estar deserta. Que todo mundo tinha ido para Gloucester. O que era parcialmente verdade. Mas essa é só uma rima velha sobre Gloucester na Inglaterra, não daqui.

— Mas qual cidade está deserta?

— Estamos quase lá.

Fiquei completamente confusa, mas ele não disse mais nada sobre a tal cidade, então mudei de assunto.

— Você sabia que as nossas mães eram amigas?

— A minha mãe me contou. Quando eu disse que estava levando a neta da Evelyn para passear pela cidade.

Não me ocorreu perguntar nada para a minha mãe. Por reflexo, puxei o celular do bolso. Sem sinal. Eu o segurei acima da cabeça, olhando para saber se alguma barra de sinal aparecia e logo tropecei na raiz de uma árvore. A próxima coisa de que me dei conta foi a de que eu já estava no chão, mas, na verdade, não era o chão em si. Eu caí em cima de Joe, derrubando-o no processo.

O meu celular estava com a tela para cima no chão, a cerca de trinta centímetros da sua cabeça.

— Desculpa. Desculpa, eu não estava...

Eu me afastei dele e me levantei. Ele se apoiou nas mãos antes de se levantar, então se abaixou para pegar o meu celular e me entregou.

— Você também manda mensagens enquanto dirige?

Comecei a protestar e a me explicar ao mesmo tempo. Mas foi quase como se eu sentisse a presença da minha avó ali, sussurrando ao meu ouvido que eu estava sendo chata. E eu não era chata! Em vez disso, dei de ombros.

— Só se houver um policial bonito por perto para me parar. — *Jenna, o que você está fazendo?* Eu não recuei e ele por fim balançou a cabeça, continuou andando. Entretanto, vi o que pareceu ser a sugestão de um sorriso quando ele se virou e senti meus nervos estalarem com a eletricidade.

Flerte um pouco, está tudo bem, lembrei a mim mesma. *Mas você vai para casa na próxima semana. E você ainda é uma mulher casada.*

Caminhamos em silêncio pelos duzentos metros seguintes até que Joe parou.

— Chegamos — anunciou ele. Olhei em volta. As árvores eram menos densas e havia muitas pedras ali, mas não vi nada que lembrasse uma cidade. Ele estava olhando para mim com expectativa. De novo olhei ao meu entorno.

— Hum... para o que estou olhando?

Ele abriu os braços expansivamente.

— Bem-vinda à Terra das Pedras.

— Você está me sacaneando, né?

— Hein?

— Terra das Pedras? — Fiz um gesto para as pedras espalhadas pelo chão.

— Eles não eram muito criativos com nomes de lugares em 1600, admito. A maioria das cidades em Essex tem nomes de lugares na Inglaterra, o resto é por causa do terreno em si. Mas este aqui foi um assentamento real até por volta de 1800.

— Eles viviam nas árvores igual o Robin Hood?

— A maioria das árvores veio só depois. Você consegue vê-las crescendo nas ruínas das casas. Vamos, vou mostrar para você. — Ele começou a percorrer a flora até chegarmos a algo quadrado o suficiente para me fazer crer que havia sido feito pelas mãos do homem.

— Então, por que as pessoas foram embora daqui?

— A maioria porque era seguro voltar a viver no litoral depois da Guerra Revolucionária. E a indústria pesqueira começou a se tornar importante... — ele se interrompeu.

— E o resto?

Ele olhou para mim, uma faísca de entusiasmo podia ser vista nos seus olhos.

— Bem, você perguntou sobre Salém.

— Bruxas?

— Pelo menos é o que dizem. Quando todos os outros foram embora, este se tornou um lugar seguro para elas.

Senti um leve arrepio de animação.

— Você não acredita nessas coisas, acredita?

Ele deu de ombros.

— Na verdade, não. Mas eles acreditavam naquela época. E algumas eram bem conhecidas.

— Então, o que aconteceu com *elas*?

— Talvez elas ainda estejam por aqui. As pessoas dizem que o lugar é assombrado.

Tentei não parecer apreensiva. Não acreditava em magia. Mas estar no meio do nada com um homem estranho e sem sinal de celular... Ri de nervoso.

— Você... hum... você falou sério mesmo quando disse que não me trouxe aqui para me matar, não é?

— Elas gostam de sacrifícios.

Havia zero por cento de chance de eu encontrar o caminho de volta pela floresta. *O que você fez, vó?*

Ele riu.

— Estou tirando uma com a sua cara. — Então ele ficou mais sério. — Na verdade, é uma história triste. As pessoas vieram de Hereford e queimaram o que restava da cidade. Ainda dá para ver a carbonização em algumas das fundações.

— Mas por quê?

— Colheita ruim durante um ano inteiro. Alguém decidiu que era por culpa das bruxas.

— E eles as mataram?

— Isso depende. Não duvido que algumas pessoas tenham morrido, mas dizem que as mulheres sabiam que os homens estavam vindo e se esconderam. Elas só perderam as casas delas.

— Só? — eu disse, pensando no fato de que agora eu estava morando com meus pais.

— Vendo pelo lado positivo, se elas eram mesmo bruxas, aposto que elas os enfeitiçaram logo depois disso.

— E se não eram, elas morreram de fome.

— Falei que era uma história triste. Mas você parecia interessada nas bruxas, então aqui estão as de Hereford. E dizem que estes bosques são assombrados.

— Mas o que *você* diz?

Ele sorriu.

— Quando eu estava no ensino médio, a gente costumava vir aqui para beber. Vínhamos até no Halloween. Nunca vi nada fora do normal.

— Talvez as bruxas gostassem de você.

— Pode ser. Eu não mexo com elas, elas não mexem comigo.

— Deve ser o mais inteligente a fazer. Você não vai querer fantasmas de bruxas de duzentos anos de idade com raiva de você.

— Não. — Ele olhou para o relógio. — Você quer voltar a pé ou chamar um Uber?

Apertei os lábios.

— Engraçadinho.

— Estou falando sério.

— Ah, claro, deixa eu usar o sinal inexistente no meu celular para chamar um Uber para vir pegar a gente no meio da floresta. Bruxas ganham desconto?

Joe apontou por entre as árvores.

— Há uma estrada a uns duzentos metros naquela direção. E sinal de celular mais alguns metros morro acima assim que você se afastar das árvores.

— E a gente andou por... quanto a gente andou?

— Uns cinco quilômetros.

— Quando poderíamos ter dirigido até aqui?

— Onde estaria a aventura? Além disso, faz bem para você. Constrói o caráter.

Balancei a cabeça, mas passei o celular para ele.

— Se eu tive que andar todo esse caminho até uma cidade abandonada de bruxas, preciso pelo menos tirar uma foto. E agora que sei que você é fotógrafo, quero algo artístico para o meu *feed* do Instagram.

Ele devolveu o meu celular, colocou a mochila no chão e tirou uma câmera profissional dela.

— Eu trabalho melhor com o meu próprio equipamento. Vamos até ali, há uma base mais completa no caminho para a estrada e a luz é melhor.

Joe andou na frente, parando para colher algumas flores silvestres. Quando chegamos à fundação que tinha os restos reconhecíveis do que parecia ter sido um muro real, ele me pediu para sentar, depois me posicionou segurando as flores, me instruindo a colocar uma perna no muro e, então a guiou para o ângulo exato que queria com a mão gentil sob o meu joelho, antes de posicionar os meus braços e virar o meu rosto para o lado e assim me fotografar de perfil.

— Solta o cabelo — disse ele, olhando para mim de uma forma crítica.

Estendi a mão e desfiz o rabo de cavalo. Ele passou os dedos pelos meus cabelos, ajustando as mechas. Aquilo parecia estranhamente íntimo e de repente eu fiquei tímida. Ele deu um passo para trás e olhou para mim pelo visor da câmera, mas não tirou a foto. — Relaxe os ombros e incline a cabeça na direção do sol. — Fiz o que ele pediu, e ele olhou de novo pelo visor. De soslaio, eu o vi balançar a cabeça, então ele se aproximou e se sentou no muro aos meus pés. — Não fique nervosa. — Comecei a protestar, mas alguma coisa no seu comportamento me impediu. Afinal, ele era um profissional. — Incline a cabeça para cima e feche os olhos. — Fechei os olhos, inclinando a cabeça para trás. — Imagine que o sol está lavando tudo o que está incomodando você. Qualquer coisa da qual você tenha medo não pode tocá-la quando o sol está sobre o seu rosto aqui fora.

Ouvi uma folha seca estalar sob seu pé enquanto ele se levantava e, por um momento, com os olhos fechados e a cabeça inclinada para trás, eu me perguntei se ele iria me beijar.

Em vez disso, ouvi o clique do diafragma da câmera.

— Perfeito — sussurrou Joe enquanto olhava para a imagem na tela da câmera. — Quer ver?

Desci e fui até ele, então ele me ofereceu a câmera. Fui banhada por um raio de sol que criou um círculo ao meu redor por onde passava entre as árvores, eu parecia etérea, uma ninfa da floresta em uma pose serena, porém sensual.

— Como você fez isso?

— Como eu fiz quê?

— Tirar *isso* — gesticulei para a tela da câmera, depois para mim mesma — de *mim*.

Ele sorriu de novo.

— Essa aí *é* você. Eu só capturo aquilo que eu vejo.

Eu não sabia o que dizer. *Era isso* que ele via quando olhava para mim? Ele colocou a tampa da lente na câmera e a alça em volta do pescoço.

— Vamos. A estrada não fica longe e já é hora do almoço. Vou mandar a foto para o meu celular depois de ligar para um Uber, aí você pode postar no Instagram. Só me marque como o fotógrafo, por favor.

TRINTA E UM

Dezembro de 1950
Boston, Massachusetts

— VAMOS VER AS LUZES DO COMMON — disse Fred. — Os meus pais costumavam me trazer até a cidade para vê-las quando eu era criança.

— Que coisa mais gentil e um tanto desajeitada da parte deles — disse Evelyn, seca, mas ela pontuou a frase com uma piscadela. — Os meus não, mesmo que sempre implorássemos para eles quando os nossos amigos não judeus falavam sobre elas. — Evelyn o encontrara no South Street Diner para tomar um café, o que os levou a comerem hambúrgueres quando uma xícara de café virou duas, depois três, então já estava quase na hora do jantar e não havia motivo para eles não continuarem ali. Contanto que eles dividissem a conta, aquilo não seria um encontro e, além disso, ele estava noivo e ela estava perto disso também. Evelyn não pretendia vê-lo de novo, porém, depois de encontrá-lo mais três vezes, sempre próximo do campus da Simmons, ela perguntou se ele a estava seguindo.

— Tenho a sensação de que sentiria a ponta desse alfinete de chapéu se fosse esse o caso.

Evelyn deu de ombros.

— Depende muito do meu humor. Eu também tenho um bom gancho de direita.

— Não esperaria menos de você.

— O que você *está* fazendo tão longe de casa? Harvard é uma caminhada terrivelmente longa e fica do outro lado do rio.

— Eu gosto de longas caminhadas.

Evelyn lançou um olhar desconfiado para ele.

— Em Boston. Em pleno dezembro?

— Eu não estou vendo você enrolada em um cobertor perto de uma fogueira.

Ele tinha razão. Ela estabelecera um circuito que a levava a andar cerca de cinco quilômetros todos os dias, até mais que seis, se o vento não estivesse forte demais ou ela sentisse vontade de andar mais. Era uma maneira de se manter em forma com a comida cheia de amido servida no campus, mas, além disso, ela precisava se mexer. Sempre precisou. E ao crescer perto do mar, conseguia suportar o frio.

— Afinal, de onde você é?

— Plymouth.

Ela balançou a cabeça.

— Plymouth *e* Harvard. Você é insuportável, não é?

— É você quem fica toda hora falando sobre Harvard. Eu sou extremamente modesto. E os meus pais são muito desaprovados pelas famílias originais. Meu pai não nasceu aqui, e sim em Fall River, minha mãe veio da Rússia quando ainda era bebê.

— Que trágico.

— Pois é. Não posso contar isso para ninguém em Harvard pela vergonha.

Evelyn o encarou para perceber se ele estava mesmo falando sério. Ele não estava.

— De onde você é?

— Hereford.

— Mas você não cheira a peixe. Olhe só para nós quebrando os estereótipos.

— Você é tão impertinente com todos que conhece?

— Só com as pessoas de quem eu gosto.

— E como você sabe que gosta de mim? Só nos esbarramos três vezes.

— Quatro, se contarmos com hoje. Somos praticamente um casal.

Ao revirar os olhos, Evelyn parou de andar e se virou para encará-lo.

— Agora isso já foi longe demais. Eu já disse que estou noiva e...

Ele levantou as mãos em um gesto de rendição e a interrompeu.

— Não precisa ficar irritada, só estou brincando com você.

— Seria necessário mais do que você para me irritar — disse ela, com as mãos enluvadas nos quadris.

— Bem, seja como for, acalme-se. Foi só uma piada, e eu não preciso enfrentar aquele seu famoso gancho de direita. — Ela tirou as mãos dos quadris, então ela e Fred continuaram andando pelo caminho. — Assim é melhor. Viu só? É assim que sei que gosto de você.

— Porque você se impressiona com facilidade a qualquer segundo?

Ele sorriu, exibindo uma covinha na bochecha esquerda, os cantos dos olhos enrugaram naquelas que se tornariam rugas de sorriso com o passar do tempo.

— Mas é claro. Eu gosto de viver perigosamente. E gosto de alguém que consegue me acompanhar.

— Fred, querido, eu poderia correr em círculos ao seu redor.

— Não duvido — falou ele, rindo. — Gosto de ser mantido na linha. Você sabe o quanto essas garotas de Radcliffe são tensas?

Evelyn sabia.

— Então, imagino que Betty não seja uma delas?

Levantando um dedo para ela, ele sorriu de novo.

— E é assim que eu sei que você gosta de mim também, não importa o que você me diga. Não se lembraria do nome se fosse o contrário.

— Talvez eu só tenha uma memória fantástica.

Ele fechou os olhos e se virou para ela.

— Qual a cor dos meus olhos?

— Como é?

— Vamos testar essa sua memória. Vai, me diga: qual a cor deles?

Ela olhou para o cabelo escuro dele.

— Castanhos.

— Tem certeza?

— Sim, seu bobo.

— Bem, eles são azuis. Quem é o bobo agora?

— Você é mesmo o homem mais irritante que existe.

— Vou aceitar ser o "mais" de tudo.

Ela suspirou.

— Vou ter que encontrar uma nova rota para as minhas caminhadas, não vou?

— Não. Vou entender a insinuação se você falar de forma explícita o bastante. Quer que eu deixe você em paz caso eu encontre você de novo?

Ela deveria dizer sim. Ela sabia disso. Mas havia algo de encantador naquela sua energia infinita e tagarelice ininterrupta. Algo espirituoso, confiante e até mesmo atrevido que combinava com as mesmas qualidades que ela mesma tinha. E ele *estava* noivo. Havia algum mal no fato de se ter um amigo desde que não houvesse um real interesse amoroso por trás dessa amizade?

Ela sabia a resposta para isso: Tony não iria gostar. Ele confiava nela, ela sabia que confiava. Ele apenas não confiava em mais ninguém além de Evelyn.

Mas ela já era uma mulher adulta e sabia cuidar de si mesma muito bem. Brincar com Fred parecia mais como estar com Sam do que flertar. Era como se ele já a conhecesse, como se já soubesse de que forma tirá-la do sério, como acalmá-la depois de irritá-la. Quisesse ela admitir isso para Fred ou não, ela estava *gostando* da companhia dele.

— Eu não disse isso — afirmou ela. — Além do mais, você mantém os criminosos e os pervertidos longe de mim.

— Mal sabem eles que deveriam ter medo é de você, não o contrário, entre socos e o alfinete de chapéu. A propósito, posso ver?

— Meu gancho de direita?

— De preferência o alfinete de chapéu. — Ela o puxou do chapéu feito de lã e o ergueu para que ele o visse. — Isso pode causar um dano e tanto. Vou fazer questão de me comportar.

— Muito cuidado com o que você faz.

Ele ofereceu para ela uma ampla reverência.

— Serei um perfeito cavalheiro. — Quando ele endireitou a postura, ofereceu o braço, que ela pegou com delicadeza depois de recolocar o alfinete no lugar. — Agora, vejamos: conte-me mais sobre esse seu pretendente e por que ele ainda não colocou um anel no seu dedo para garantir que todos saibam que ele a pediu em casamento.

— E como você sabe que eu não estou usando um anel? Estou de luvas.

— Então ele lhe deu o anel no Dia de Ação de Graças? — Ela tirou a mão do braço dele e fez uma careta em resposta. — Acho que isso é um não. Então, qual é o problema?

— Não há problema nenhum.

— Você ainda não me disse o nome dele. É por isso que sei que há um problema.

— Talvez eu simplesmente não conte para todo mundo tudo o que já aconteceu comigo do jeito que você sai contando por aí.

— Em primeiro lugar, eu não contei para você nem a metade daquilo que aconteceu comigo. Você não sabe que eu tirei as minhas amígdalas quando tinha oito anos e nem que eu sou extremamente alérgico a páprica.

— Agora sei.

— É verdade. Você quer saber sobre o meu primo Herbie? Certa vez ele comeu um gafanhoto.

Evelyn finalmente riu.

— Espero que você não tenha um colega de quarto. E se tiver, o pobre coitado deve querer matar você toda noite durante o sono.

— O Charlie? Não. Bem, talvez sim. Por via das dúvidas, não vamos dar para ele um alfinete de chapéu.

Ele ofereceu o braço de volta e ela o pegou de novo.

— Então, qual é o nome dele?

— Tony.

Ele balançou a cabeça.

— Não, não vai conseguir fingir que ele é judeu quando seus pais descobrirem. — Mais uma vez ela não respondeu. — Ah, mas você pode contar ao seu querido tio Fred toda e qualquer história triste.

— Talvez uma outra hora.

Eles já estavam se aproximando do desvio em direção ao dormitório de Evelyn.

— Vou acompanhá-la até em casa.

— Ah, você não vai fazer isso. Não preciso que as pessoas saiam fofocando por aí.

— Um café, então? Amanhã à noite?

E contra o seu melhor julgamento, Evelyn se viu concordando com a proposta, o que levou ao jantar que eles haviam acabado de comer e à discussão sobre as luzes de Natal do Boston Common.

— Então vamos ver as luzes.

— E o que a Betty diria se soubesse que você está andando por Boston Common com uma linda garota, fazendo algo tão romântico quanto ver as luzes de Natal?

— E quem disse que irei com uma garota bonita? Eu iria com você!

Evelyn jogou a cabeça para trás e riu.

— Eu deveria estar com raiva de você por isso.

— Veja, não há como negar que você é atraente, mas se eu começar a dizer isso para você, o que isso nos tornaria? Você é minha amiga. Por que dois amigos não podem olhar algumas luzes ao ar livre, em um local público? — Ela não respondeu, e ele a sentiu vacilar. — Além disso, não há nada de romântico nisso, a menos que você seja um não judeu. Os judeus não se beijam sob o visco. Conversaremos o tempo todo sobre como os casais *goy* são cafonas por pensarem que fazer isso significa alguma coisa.

Ela sentiu uma pontada de culpa. Tony havia ficado tranquilo em relação ao que acontecera entre eles no Dia de Ação de Graças e ela não queria quebrar essa confiança. Mas não era como se ela estivesse interessada em Fred.

Claro que ela poderia muito bem estar se Tony não estivesse no páreo, mas o pobre Fred nunca teve sequer uma chance. Não que ele parecesse querer, pelo menos não até onde ela sabia, ele não nutria qualquer interesse nela além de amizade, o que fez Evelyn se perguntar mais de uma vez se Betty estava destinada a ter uma surpresa desagradável com esse marido em particular.

— Você tem medo do quê? — perguntou Fred.

Evelyn olhou para ele.

— De absolutamente nada.

Ela tirou algumas notas de sua carteira e as jogou na mesa para cobrir a sua parte no passeio.

— Vamos.

TRINTA E DOIS

FICAMOS SENTADOS EM UMA PEDRA À BEIRA da estrada, esperando o Uber chegar. Só havia espaço suficiente para nós dois, com três ou cinco centímetros impedindo que os nossos ombros e quadris se tocassem. Três ou cinco centímetros dos quais eu estava muito ciente por razões nas quais não queria nem pensar.

— Para onde esta estrada leva? — perguntei, tentando me orientar. E talvez para me distrair.

Não que Joe estivesse prestando muita atenção em mim. Ele estava com a câmera no colo e o celular na mão, estava enviando a foto.

— Aquele lado para a cidade. — Acenou com a cabeça para a esquerda. — E o outro para Ipswich. — Ele desligou a câmera, a guardou com cuidado na mochila que estava aos seus pés e depois se virou para mim. — Qual é o seu número? — perguntou ele, gesticulando com o celular.

— Você pode simplesmente usar o AirDrop.

A sugestão de um sorriso brincou nos seus lábios.

— Ou você pode me passar o seu número.

Eu queria me chutar enquanto ditava o número.

O meu celular vibrou quando a mensagem chegou e eu abri a foto, usando dois dedos para aumentar o *zoom* e vê-la com mais clareza. Eu não parecia tão espetacular em uma foto, ou mesmo pessoalmente, desde o meu casamento. Balancei de leve a cabeça.

— Não gostou?

Olhei para cima, sem saber que ele estava observando a minha reação.

— Não, eu amei. Não acho que você seja fotógrafo, e sim uma espécie de mago. — Então me lembrei de onde estávamos. — Ou um bruxo, talvez. É aquilo, se não se pode vencê-los, junte-se a eles. — Olhei para o celular, salvei a imagem e abri o Instagram. Eu tinha pelo menos uma dúzia de novas notificações. Eu havia postado as duas fotos anteriores meio que para parecer feliz, caso Brad estivesse olhando. Não sabia se ele estava, mas os meus amigos estavam, os mesmos que eu havia excluído da minha vida, com exceção do envio de mensagens esporádicas para tranquilizar os meus três mais próximos e queridos de que eu estava viva. Quando me escondi para que ninguém visse a bagunça que eu era, tinha esquecido que ainda havia gente que queria me ver. Que sentia a minha falta. E de quem, pelo menos até aquele momento, não havia percebido que eu também sentia.

Passei rápido pelos comentários. Disse para mim mesma que responderia a cada um deles mais tarde, depois toquei no sinal de mais para postar a foto nova. Por um instante, pensei sobre o que escrever na legenda, sorrindo com a inspiração, então digitei a frase de Glinda, de *O Mágico de Oz,* que apenas as bruxas más eram feias.

— Qual é o seu perfil? — perguntei para Joe.

Ele me disse, eu o marquei como o fotógrafo, então apertei o botão de compartilhamento, resistindo ao impulso de olhar o seu *feed* ali mesmo.

Ele desbloqueou o próprio celular e tocou na notificação, sorrindo lentamente enquanto lia a legenda.

— Perfeito.

Um carro se aproximou, o primeiro que vimos durante os quinze minutos em que ficamos sentados ali; Joe se levantou, dizendo que era o Uber.

— Para onde vamos agora? — perguntei quando estávamos no carro.

— Estou com fome. Quer almoçar?

— Ótimo plano. Brewster de novo?

— Nossa, gostou tanto assim?

— Hum, esse foi o único motivo pelo qual eu fiz essa caminhada.

Ele balançou a cabeça em sinal negativo.

— Há mais em Hereford do que mexilhões fritos em uma mesa de piquenique.

Olhei para as minhas calças de ioga, eu estava suada e nem um pouco vestida para ir a um restaurante de verdade. Eu não teria me oposto a tomar banho e vestir roupas melhores antes de ir. Mas ele estava tão sujo quanto eu. E não era como se eu fosse encontrar pessoas que eu conhecia. Então disse para a voz na minha cabeça que questionava cada decisão para superar aquilo e observei pela janela enquanto a floresta dava lugar aos pântanos que levavam até a cidade de um lado e à praia de outro.

O motorista do Uber finalmente parou na frente de um bistrô despretensioso com um toldo verde localizado no porto, com mesas ao ar livre e vista para o mar.

Gimme Shell-ter, constava na placa. Nós nos sentamos do lado de fora e um garçom logo trouxe as águas e os cardápios.

Peguei o meu e olhei para Joe por cima do cardápio aberto.

— Qual é a sua sugestão?

— Tudo aqui é gostoso.

Fiz uma careta.

— Tá bom, mas eu quero o nível Brewster de gostoso.

Ele sorriu e fez um gesto para o garçom.

— Dois sanduíches de lagosta — disse ele, pronunciando "Lagôusta".

— Lagosta? — perguntei quando o garçom saiu. — É sério? — Aquilo me parecia chique demais.

— Você pediu a melhor coisa do cardápio.

Olhei para o mar, me dando conta de repente, enquanto ficávamos em silêncio, de que a nossa situação ali era um tanto estranha. Uma coisa era quando estávamos fazendo alguma atividade ao ar livre, porque então podíamos falar sobre a floresta, a cidade ou mesmo a minha avó, mas eu havia acabado de passar seis meses congelada no tempo e os seis anos anteriores em um relacionamento comprometido e demorado. O que eu tinha para falar?

A melancolia começou a se intensificar, lutei contra ela, ávida em busca de um assunto que fosse capaz de se encaixar na tranquilidade de uma conversa. Mais um barco de observação de baleias passou, próximo da costa, tendo acabado de sair de um cais perto dali, havia uma pintura em sua lateral: uma baleia de desenho animado redonda em pé sobre uma balança, segurando uma placa que dizia "Observadores de Baleia".

Apontei para o barco.

— Péssimo trocadilho.

— Todos os trocadilhos não são terríveis assim?

— Falou quem me levou em um restaurante cujo nome é um trocadilho com uma música dos Rolling Stones.

— Eu nunca disse que o nome do lugar era bom. Eu disse que a comida era.

— Achei que você deveria saber, afinal a sua mãe não é dona de um restaurante?

— Sim, é.

— Por favor, me diga que o nome do lugar faz um trocadilho.

Ele balançou a cabeça.

— Tão direto quanto é possível ser. *La Tasca Sofia.*

— E o que significa?

— O Restaurante de Sofia.

— E a sua mãe se chama…?

— Sofia.

— É de comida portuguesa?

— Não, tailandesa — brincou ele.

Franzi o nariz.

— Pergunta boba, né?

Ele suavizou a situação.

— Não, eu estou só brincando. Na verdade, a maioria das receitas são da minha avó.

— Isso significa que você também cozinha?

Ele disse que sim.

— Você é casado? — deixei escapar, em seguida coloquei a mão sobre a boca. — Desculpa. Não sei de onde veio isso.

— Eu... hum... nossa... tá bom. — Ele esfregou o rosto, que ficou pálido de repente.

Senti meu estômago revirar.

O que minha avó havia dito mesmo? *Quem disse que ele não é?*

Claro. Ele é casado. Vó, o que a senhora fez desta vez?

Mas essa reação significava que ele estava mesmo flertando com você. Afastei esse pensamento. Eu não queria nada com alguém que traía a esposa.

— Desculpa. Eu...

— Não é o que você está pensando.

Esperei.

— Eu não sou casado, mas já fui.

Meus ombros caíram, eu nem tinha percebido que eles estavam tensos.

— Por que você não me disse que também era divorciado?

Ele esfregou a testa com a lateral da mão de novo.

— Porque eu não sou. Ela morreu.

Metade de mim queria envolvê-lo em meus braços. O olhar no seu rosto era de partir o coração. A outra queria mergulhar daquele muro de contenção direto para o oceano, a fim de escapar do meu constrangimento.

— Eu... sinto muito.

— Isso já faz quase quatro anos. Estou bem. É que você acabou me pegando desprevenido.

— O que aconteceu com ela? Digo... você não precisa falar sobre isso, se não quiser... você nem me conhece... eu...

Então foi ISSO o que a vovó quis dizer? Ela não poderia ter me avisado antes?

— Um motorista bêbado. Ela estava voltando de um turno, era enfermeira.

Exalei alto.

— Isso é...

— Sim, eu sei.

— Sinto muito.

Ele olhou para baixo.

— Obrigado.

Permanecemos sentados em silêncio, eu me debati de uma forma meio desesperada à procura da coisa certa a dizer. O meu objetivo sempre foi quebrar momentos tensos ou constrangedores com humor, o que com certeza eu não poderia fazer sobre uma esposa morta.

Mas se um de nós não dissesse algo logo, eu não conseguiria me conter.

— Você... você quer falar sobre isso? — gaguejei para evitar dizer alguma coisa lamentável.

— Não, na verdade não.

E ambos se voltaram ao silêncio.

Ele fechou os olhos por um instante, respirou fundo, e quando abriu os olhos, pude perceber que ele iria me salvar com um assunto seguro.

— Olha só, é...

— Jenna!

Virei a cabeça, horrorizada diante do som da voz da minha avó. Ela estava acenando de um jeito animado e entrando no terraço do restaurante com uma outra senhora.

— Estávamos passando e, de repente, vimos vocês dois aqui. Como chegaram aqui tão rápido da floresta? — Ela começou a puxar uma cadeira, mas Joe pulou da cadeira para fazer isso por ela, puxando uma segunda também.

— Caminhamos até a estrada de Ipswich e chamamos um Uber de volta para a cidade.

— Bem, isso explica tudo. — Ela se sentou, gesticulando para a outra mulher se sentar também. — Jenna, querida, você se lembra da sua prima Donna. Donna, você conhece o Joe Fonseca?

Donna olhou para ele por cima dos óculos.

— O filho da Sofia? — Joe confirmou. — Mas ontem mesmo você era só um bebê!

— Não foi bem ontem — disse ele, amigável.

Donna balançou a cabeça para a minha avó.

— Eles crescem tão rápido.

— Nem me fale! Eles já são tão velhos quanto eu quando passava os verões aqui com os meus três filhos.

O garçom reapareceu com os cardápios e perguntou se elas almoçariam conosco.

— Sim, acho que sim — respondeu a minha avó. — Mas não precisamos de cardápios. Queremos os sanduíches de lagosta, claro. Ela pediu da mesma forma como Joe pronunciou, com um "lagôu" longo e acentuado.

— Ah, acho que eu não conseguiria comer um inteiro — disse Donna. — Você sabe como são grandes por aqui.

— Você leva para casa. O Martin vai se deleitar com o que sobrar.

— É verdade.

O garçom disse que apressaria o pedido.

Vovó remexeu em sua bolsa e de dentro tirou um saquinho de diferentes comprimidos. Ela os despejou em sua mão, então pegou vários pequenos pentágonos avermelhados.

— Alguém aceita um Xanax?

Joe e eu trocamos um olhar alarmado, enquanto Donna se servia de um comprimido.

— Vovó, a senhora não pode simplesmente distribuir Xanax desse jeito!

— Do que você está falando?

— Só se pode tomar com receita médica.

— Não, não é assim, não. Comprei uma caixa grande na farmácia.

— Sim... — mas me interrompi, percebendo que na verdade não era Xanax.

Ela era a rainha dos malapropismos. Como quando ela foi parada por dirigir sozinha na faixa de alta ocupação e insistiu com o policial que ela pegava a "pista do HIV" o tempo todo sem nenhum problema.

Ele a deixou ir sem nem mesmo uma advertência. Então mudei de tática.

— Para que a senhora toma esse comprimido?

— Para o que você acha que eu tomo?

— Eu não faço ideia. É por isso que estou perguntando.

— Azia, sua tolinha. Não consigo nem olhar para uma batata frita sem ele.

— Zantac — Joe e eu dissemos ao mesmo tempo.

— Foi o que eu disse.

Olhei de volta para Joe.

— Eles não tinham tirado isso do mercado há alguns anos? Porque causava câncer ou algo assim?

— Acho que sim.

— Bem, eu ainda estou aqui, não estou?

Joe estava tentando não rir e pediu licença para ir ao banheiro. Eu o vi cair na gargalhada assim que saiu da linha de visão da minha avó, depois me virei para ela.

— O que a senhora está *fazendo*?

— Como assim? — perguntou ela de um jeito inocente.

— Eu... — então me interrompi. Ela estava se fazendo de boba para me fazer admitir que eu gostava de Joe e que ela estava se intrometendo. — Nada — murmurei.

Um segundo depois, ela estava segurando o meu braço em um aperto surpreendentemente firme, a sua mão ossuda envolveu o meu pulso.

— Você estava estragando tudo.

— Eu estava o quê?

— Donna e eu estávamos passando e vimos você, daí eu disse: "Vamos ver como ela está se saindo". E você não estava se saindo nada bem. Estou aqui para ajudar.

— Como assim?

— Um homem não faz uma careta daquela quando você o está entretendo. Sobre o que vocês estavam conversando no fim das contas?

— Sobre a esposa morta dele — eu disse, com os dentes cerrados. — Talvez se a senhora tivesse me contado isso, não teria sido o tipo de assunto que surge durante o almoço.

138

Ela deu de ombros.

— Não era da minha conta falar sobre isso.

— A senhora literalmente me contou que a Donna acabou de fazer uma histerectomia!

— Mas eu fiz mesmo — disse Donna com suavidade.

Fechei os olhos e balancei a cabeça.

— A senhora não está ajudando.

A minha avó estava com um sorriso largo quando olhei para ela.

— E você não está interessada, então por que se importa com isso?

O garçom apareceu com os quatro sanduíches e Joe voltou assim que ele terminou de colocá-los na mesa.

— Todo mundo observe a Jenna dar a primeira mordida no dela — instruiu a minha avó, para a minha completa mortificação. — Sinceramente, eu gostaria de poder voltar no tempo e experimentar isto aqui pela primeira vez. — Ela se virou para Donna. — Um dia depois de Brewster também.

— O melhor — concordou Donna.

— Vocês todos podem comer — eu disse. — Por favor, não olhem para mim.

Joe pegou seu sanduíche.

— Não precisa nem dizer duas vezes.

Ele me lançou um sorriso rápido antes de dar uma mordida e desviar os olhos de mim.

A minha avó me deu uma forte cotovelada nas costelas, erguendo as sobrancelhas.

Preparando-me para uma tarde longa, eu levantei o sanduíche e dei uma mordida. Meus ombros caíram.

— Como é que isto é tão bom? — perguntei depois de engolir.

— É o ar do marítimo — disse a minha avó. — Tudo aqui tem um gosto melhor.

— Nem tudo — disse Donna. — Lembra como a comida da Louise era horrível?

— Querida, tudo o que aquela mulher fazia era horrível.

— Então você não vai visitá-la?

Eu olhei para cima bruscamente.

— A esposa do Sam? Ela ainda está viva?

— Se você quer chamar assim — disse Donna. — Ela tem noventa e cinco anos e está em uma casa de repouso. Alzheimer. Terrível.

A minha avó balançou a cabeça.

— Não. A última vez que fui lá, ela ficou extremamente agitada. Parece que ela ainda se lembra do funeral.

A última vez que ela foi?, pensei. Cada coisa que ela dizia naquela viagem era mais bizarro do que a anterior. Nunca a tinha ouvido destilar tanto veneno quanto ela sobre a esposa de Sam, mas ela ainda assim tinha ido visitá-la?

— É porque a lagosta é extremamente fresca — disse Joe, me trazendo de volta para a comida. Donna e a minha avó ainda discutiam os pecados de Louise. — Eles devem ter pescado hoje de manhã.

— Faz sentido. — Dei outra mordida. — E estou supondo que você só está me levando para os melhores lugares.

— Isso também.

— Quando vamos ao restaurante da sua mãe?

— Quando você quiser.

— Acho que nunca comi comida portuguesa.

— Então iremos.

Tanto a minha avó quanto Donna ficaram em silêncio. Olhei para elas apenas para me dar conta de que elas nos observavam como se fôssemos uma partida de tênis.

Revirei os olhos para Joe e murmurei:

— Desculpa.

— O que você disse? — perguntou vovó.

Apertei os lábios.

— Eu disse: "Desculpa".

— E pelo que você está se desculpando?

— Pela senhora.

As suas sobrancelhas se ergueram novamente.

— Joe, querido, minha neta aqui parece pensar que eu sou imponente demais. Por acaso eu sou?

— Não, senhora.

— Bem, mas que droga. Esperava que eu fosse. — Podia até sentir o vermelho subindo pelas minhas bochechas. — Jenna, eu disse que você precisava ser mais interessante. — Ela se virou para Donna. — Por falar em coisas interessantes, por acaso eu disse para você que a minha Lily está noiva?

— Não! Daquele padrinho?

— Sim, o do bog.

Estufei as bochechas, então exalei.

— Por acaso Massachusetts tem pena de morte? — perguntei baixinho para Joe.

— Não — disse ele, sorrindo.

— Excelente. Um júri acreditaria totalmente que ela caiu sozinha no oceano. Ainda mais com todo esse Xanax na corrente sanguínea dela.

Ele riu.

TRINTA E TRÊS

Dezembro de 1950
Hereford, Massachusetts

EVELYN TIROU O CIGARRO DA BOCA DE Tony e deu uma longa tragada. Ele olhou para ela com uma sobrancelha levantada.

— O que aconteceu com aquela garota que não fumava?

— Ela foi para a faculdade. — Evelyn deu mais uma tragada antes de colocá-lo de volta entre os seus lábios, enquanto eles se deitavam juntos em um quarto no andar de cima do chalé.

Se empilhassem cobertores suficientes e ficassem próximos um do outro, mal notariam o frio.

— E você está fumando cigarros de quem?

— Os meus próprios.

Ele balançou a cabeça.

— Mentirosa.

— Como é? — Ela se sentou, sentindo-se um tanto culpada. Ela não estava exatamente mentindo, apenas não dissera toda a verdade. O primeiro, além dos vários cigarros subsequentes, até ela comprar alguns maços por conta própria, tinha sido de Fred.

— Eu conheço você, Evelyn Bergman. Está chateando as pessoas só para ver o que você consegue fazer.

Ela riu e se recostou na dobra do seu braço.

— E daí se eu estiver?

— Nada. Eu confio em você.

Ela arrancou o cigarro dos seus lábios e o apagou na lata de café que eles usavam como cinzeiro para levar as evidências junto com eles, então subiu em cima dele e o beijou com ferocidade. Ela tinha um mês em casa antes do início do segundo semestre e pretendia aproveitar ao máximo cada momento. Mesmo que esses momentos fossem roubados, enquanto fugia da sua família para encontrá-lo no chalé.

Quando o céu começou a escurecer, eles se vestiram para ir embora. Evelyn não podia faltar ao jantar de *Shabat* sem ter uma boa desculpa, já Tony trabalhava no turno da noite a semana inteira.

— Espere — disse ele, com a voz embargada, enquanto ela caminhava na direção do carro do seu pai depois de lhe dar um beijo de despedida.

Evelyn se virou, com a cabeça inclinada em curiosidade.

— Eu... eu... tenho uma coisa para você. — Ele enfiou a mão no bolso. — Não é grande coisa. E eu não... não estou *pedindo* ainda. Mas... — Ele abriu a caixinha que segurava na mão, havia nela um pequeno diamante reluzente sobre um anel de ouro. Os olhos de Evelyn se arregalaram. — Vou comprar um maior. Prometo. Vou economizar cada centavo que eu conseguir, mas eu queria que você tivesse... alguma coisa.

Ela colocou os braços em volta do seu pescoço em um abraço esmagador. Quando finalmente o soltou, estendeu a mão esquerda.

— Coloque em mim.

Ele fez o que ela pediu, tirando-o com cuidado da caixa e o colocando lentamente em seu dedo anelar. Os dois sentiram a solenidade do momento, a promessa que aquilo representava para o futuro de ambos. Evelyn o admirou com olhos brilhantes, antes que um olhar de decepção os cruzasse.

— Você não gostou?

— Não seja ridículo. — Ela balançou a cabeça. — Eu amei. Mas não posso usá-lo perto da minha família.

— Eu pensei nisso. — Ele puxou um pacote de papel de seda do bolso e o desembrulhou para revelar uma corrente de ouro fina. — Você pode usá-lo assim por enquanto.

— Mas eu não quero tirá-lo — admitiu ela.

— Um dia, e espero que em apenas mais alguns poucos meses, você não vai precisar tirá-lo.

Ela queria repetir o seu apelo, o de que eles fossem para o sul naquela mesma noite. Mas sabia que aquilo só azedaria aquele momento, que ela queria manter como sendo doce. E em algum momento ele cederia, no instante em que percebesse que o pai dela não faria isso. Era esse o pensamento que a mantinha seguindo em frente quando as dúvidas surgiam, ela ainda não havia encontrado um obstáculo que não fosse capaz de contornar; era impossível imaginar alguém tão obstinado que conseguisse derrotá-la. Então jogou os ombros para trás e concordou, tirando o anel do dedo e o colocando na corrente, depois prendeu o cabelo para assim permitir que Tony prendesse o fecho em seu pescoço.

— Eu amo você — disse ela ao abraçá-lo com força de novo. — Mas não tenho um anel para lhe dar como lembrete disso, mas saiba que é tão real quanto o que você me deu.

Ele concordou, parecendo não confiar em si mesmo para falar.

— Domingo? Mesmo horário?

— Domingo — concordou ele.

***

Deitada na cama naquela mesma noite, Evelyn segurou firme em sua mão o anel na corrente, saboreando a memória da tarde.

Não que a sua família suspeitasse de alguma coisa. Fiel à sua promessa, Vivie canalizou a bravata da irmã mais velha e não revelou nada quando Miriam a questionou sobre o assunto. Já a declaração de Sam feita no Dia de Ação de Graças, a de que ela tinha um "pretendente" judeu, por mais incorreta que fosse, tirara todos eles de seu encalço. Sua efervescência então foi atribuída ao status fictício dado a Fred como pretendente.

Claro que o fato de Fred ter ligado no dia anterior corroborava com aquilo tudo. Ele estava entediado em Plymouth e queria saber se ela queria dar um passeio.

— Você está a duas horas de distância, seu tolo. — Riu, verificando se ninguém estava perto o bastante para ouvi-la, então baixou a voz. — E não é um bom presságio para a pobre Betty que você esteja entediado o suficiente para me ligar.

— Talvez não seja mesmo. Mas eu sinto saudades da minha amiga. O que me diz?

— Digo que vejo você daqui a algumas semanas.

— O que aconteceu com a garota que está sempre disposta a fazer qualquer coisa?

Evelyn riu.

— Ela está bem contente no lugar onde está, muito obrigada.

— Você vai mesmo me fazer ficar aqui com a minha família o mês inteiro?

— A ausência torna o coração mais afetuoso e essa coisa toda.

Ele suspirou, dramático.

— Bem, suponho que se os peregrinos conseguiram sobreviver a Plymouth, posso sobreviver por mais um mês. Mas se você mudar de ideia...

— Você será o primeiro a saber.

Na cozinha, Miriam parou de trabalhar e, na ponta dos pés, andou até o batente da porta, onde podia ouvir melhor. Ela não entendeu o que a filha falou baixinho, mas o riso e o tom geral de alegria a tranquilizaram o bastante para confiar que seus instintos ao terminar o namoro com o menino português estavam certos. A sua vivaz penúltima filha havia feito exatamente o que ela esperava. Logo, ela não se preocupou quando Evelyn pegou o carro emprestado e saiu para fazer um passeio e encontrar amigos.

Mas ao ouvir passos do lado de fora do seu quarto, Evelyn enfiou o anel e a corrente às pressas para dentro de sua camisola quando a porta se abriu.

— Está acordada? — perguntou Vivie, deslizando de fininho para dentro.

— Por que pergunta? — Evelyn se moveu para dar espaço para a irmã, que se arrastou pelo chão frio para subir na cama. — Se eu não estivesse, você teria me acordado.

— É que me pareceu educado — disse Vivie ao puxar as cobertas e encarar Evelyn. — Quero que me conte tudo.

— Tudo sobre o quê?

— Sobre tudo!

Evelyn riu.

— Vamos ficar acordadas a noite toda desse jeito.

— Então vamos!

— Mas eu estou cansada.

— Tudo bem. Mas pelo menos me conta sobre o garoto que ligou.

Evelyn revirou os olhos. Ela não queria falar sobre Fred. Não naquela noite, não com o anel de Tony repousando entre seus seios, ainda quente por sua mão.

— Ele é só um bom amigo.

— O quanto ele é um bom amigo?

Ela suspirou.

— Essa não é a novidade mais emocionante.

— Ah, não?

Evelyn balançou a cabeça e puxou a corrente de dentro da sua camisola.

— Fui me encontrar com o Tony hoje.

Vivie pegou o anel e estendeu a mão para trás, a fim de acender a lâmpada da mesa de cabeceira.

— Evelyn — ela soltou. — Isso significa que…?

Evelyn fez que sim.

— Não oficialmente. Na verdade, extraoficialmente…

— Mas e o papai? Você vai ter que fugir.

— Eu sei. Mas seja como for, Tony vai pedir a minha mão para ele no verão.

Vivie apagou a luz e se recostou no travesseiro ao lado de Evelyn.

— Eu quero isso.

— Isso o quê? Alguém que o papai não aprova?

— Não. Alguém que eu ame o suficiente para arriscar tudo por ele. Alguém que me ame tanto assim também.

Evelyn abriu um sorriso gentil e afastou o cabelo do rosto da irmãzinha.

— Você só tem dezesseis anos.

— Vou fazer dezessete daqui a um mês. E você tinha dezesseis anos quando conheceu o Tony.

Ela tinha um bom argumento.

— Mas você ainda tem muito tempo. E muito mais opções quando for para a faculdade. E em Nova York!

— Se eu for aceita na Barnard.

— Você vai ser aceita por eles, vai ver só.

Vivie se aninhou mais no travesseiro e bocejou.

— Você vai me levar junto? Quando fugir?

Evelyn teria gostado de dizer sim mais do qualquer outra coisa.

— Você sabe muito bem que eu não posso. Mamãe e papai saberiam se você desaparecesse comigo.

— Então espere até eu ir para a faculdade. Se você for para o sul vai ter que passar por Nova York de qualquer forma.

— Tudo bem — disse Evelyn.

Vivie não fez nenhum movimento a fim de voltar para a sua própria cama, Evelyn a deixou ficar ali e dormir ao seu lado, o ritmo suave e uniforme da sua respiração eventualmente embalou Evelyn para o sono também.

TRINTA E QUATRO

— Donna não conseguiu superar o fato de você se parecer tanto comigo.

— Eu? — perguntei, pegando distraída as sobras do meu sanduíche de lagosta.

A minha avó colocou os talheres na mesa com um barulho alto.

— Desembuche.

Olhei para ela.

— Desembuchar o quê?

— Seja lá o que tenha acontecido que fez você ficar tão quieta.

— Não aconteceu nada.

Inclinando-se para a frente o suficiente para me preocupar que seu peito caído caísse sobre a sua comida, ela olhou para mim através dos óculos que quase nunca usava, afinal eles a faziam parecer velha.

— Então é *esse* o problema?

Meus ombros afundaram enquanto eu jogava a cabeça para trás em exasperação.

— Você precisa mesmo parar com isso.

— Parar com o quê?

— De tentar bancar a casamenteira.

— Quem aqui está bancando a casamenteira? Ele nem judeu é.

Ela cantarolou alguns compassos de uma música que levei um minuto para entender. Em seguida, me dei conta de que era "Casamenteira, Casamenteira" de *O Violinista no Telhado*.

— A senhora só vai parar quando estiver morta, não é?

— Ah, não pretendo fazer isso.

— Parar ou morrer?

— Qualquer um dois, para ser sincera. Nada disso parece ser muito divertido.

— Então vamos falar sobre a senhora — eu disse.

— Falar o que sobre mim?

— Quando a senhora vai ver o Tony?

— Tony? — perguntou ela com uma surpresa genuína ou talvez a melhor das suas imitações de parecer genuína. — Por que diabos eu iria querer ver o Tony?

Eu tinha feito as contas.

— Porque na última vez que a senhora esteve aqui, o vovô ainda estava vivo. Está esperando o quê?

Ela limpou os lábios com o guardanapo.

— Querida, nós terminamos há quase setenta anos

— Mas a senhora praticamente só falou sobre ele.

Sua cabeça balançou enquanto ela abanava um dedo para mim.

— Você não tem prestado muita atenção.

— Perguntei por que tínhamos vindo aqui e a senhora passou os últimos três dias me contando sobre o seu caso de amor com o Tony. O vovô parece até uma memória tardia.

— Nenhum dos dois é o motivo de estarmos aqui.

— Então qual é?

Ela suspirou.

— Tenho negócios para resolver aqui. Já disse isso para você.

— Então o Tony não é parte disso?

Um lampejo de algo que não consegui reconhecer atravessou o seu rosto, mas logo se foi.

— Na época ele até era... mas hoje, não mais.

— O que isso significa?

— Isso significa que você faz perguntas demais — disse ela de forma brusca. — Não foi justo isso que colocou você em apuros hoje de tarde? Perguntar sobre a esposa de Joe?

— Eu não estava em apuros. Foi um momento constrangedor, mas já superamos.

— Sim. E de nada por isso.

Revirei os olhos.

— Quer saber de uma coisa, se a senhora quisesse *mesmo* que algo aconte-cesse entre a gente, interromper o nosso almoço não foi o jeito de fazer isso.

— Vocês dois pareceram muito bem quando eu coloquei as coisas de novo em movimento. — Comecei a argumentar, mas ela levantou a mão. — Além disso, você me disse que não queria que nada acontecesse. Por acaso isso mudou nos últimos — ela olhou para o relógio — três minutos?

— A senhora é impossível, sabia?

— É o que me dizem. Você me diz, na verdade. Mas nada é impossível, minha querida, nem mesmo eu.

* * *

Depois do jantar, vovó vestiu uma camisola e insistiu para que eu assistisse a um filme com ela, que acabou sendo uma coisa horrenda feita para a TV com atuações péssimas; em vez disso, abri o Instagram na intenção de dar uma olhada no *feed* do perfil de Joe. Mas primeiro cliquei nas minhas notificações.

Havia muitas. Eu nunca tinha postado nada artístico e aquela era uma foto incrível. Enquanto percorria os comentários, lembrei a mim mesma de pedir de novo para conhecer a galeria dele. E então...

Ah...

Joe tinha curtido oito das minhas fotos.

Não as que ele havia tirado, as mais antigas.

O que significava que ele tinha passado pelo meu *feed*.

Meus amigos eram todos velhos e casados como eu, bem, como eu havia sido um dia. Mas eu conhecia uma pessoa que era especialista, embora um tanto infame, em mídias sociais e namoro.

Mandei uma mensagem para minha prima Lily.

"O que significa quando um cara que você acabou de conhecer curte as suas fotos antigas no Instagram?", perguntei.

Os três pontinhos apareceram na mesma hora. Seu celular estava sempre à mão.

"É o cara que tirou aquela foto sua?", ela escreveu de volta. "Fui ver o perfil dele. Ele é G-O-S-T-O-S-O."

Revirei os olhos, sem nenhuma surpresa por ela já ter procurado por ele. "Talvez. Mas o que isso significa?".

"Você sabe muito bem o que isso significa, Jen." Três pontos de novo. "Isso é um encontro armado pela vovó?". "Ela está tentando", respondi.

"Ah, não. Não confie nela. Ele deve ser nosso primo."

Se Tony fosse mesmo o meu avô, Lily estaria certa. Mas isso era ir longe demais, até mesmo para a minha avó. Era o que eu esperava.

"Então ele está interessado?"

"Sim."

"Isso complica as coisas."

"Por quê? Você está solteira... ou pelo menos prestes a ficar. E você está completamente autorizada a trazer um acompanhante para o meu casamento."

Eu ri, vovó lançou um olhar ríspido para mim.

— Do que você está rindo? — perguntou ela acima do som da televisão, que estava em um nível de decibéis que provavelmente iria levar a minha audição a ter a mesma qualidade que a sua muito em breve.

— Da Lily.

— Que Billy?

— LILY.

— Ah.

Ela perdeu o interesse e voltou para o filme.

"Obrigada."

"Não esqueça de me avisar se a vovó fizer alguma loucura. Vou escrever no blog sobre isso. Meus leitores a amam."

Resumi o desastre do Xanax/Zantac. Lily podia ficar com essa.

Então voltei para o Instagram e fui para o *feed* de Joe. Ele também postou a minha foto, sem me marcar, mas usando minha legenda de *O Mágico de Oz*. O resto das suas postagens eram principalmente fotos artísticas misturadas com fotos de Jax, algumas dele com amigos e algumas com um casal mais velho, identificado como seus pais na legenda.

Se eu curtisse uma foto, isso diria a ele que eu estava interessada?

E eu queria mesmo isso?

Outra notificação apareceu.

Ele curtiu uma foto minha na Grécia de seis anos atrás: Brad a havia tirado na primeira viagem que fizemos juntos. Eu estava deitada em um muro de Mykonos, meu queixo apoiado na mão, fazendo uma carinha de beijo para um gato de rua. Meu cabelo estava despenteado pela brisa, minha pele, bronzeada, eu parecia mais jovem e feliz do que jamais seria capaz de me lembrar.

Eu tinha apagado as fotos com Brad, que eram uma parte significativa do meu *feed*, mas deixei aquelas que Brad havia tirado de mim porque, do contrário, não sobraria quase nenhuma. Mas ainda havia o bastante para encontrar algo significativo em uma foto de seis anos atrás.

E ele estava olhando o meu *feed* agora.

Olhei para minha avó. Ela não hesitaria.

Então não pensei. Apenas voltei para a minha foto na floresta, dei dois toques nela e comentei: "Mas que imitão. Crie a sua própria legenda", com um emoji de rosto piscando.

Em seguida, fechei o aplicativo e deixei o celular virado para baixo no colo. Ele vibrou alguns segundos depois com um comentário.

"A imitação é a forma mais sincera de elogio... aliás, essa legenda foi perfeita."

Olhei de volta para a vovó. Ela ainda estava imersa no que se passava na TV.

"Foi a foto perfeita."

Os três pontos apareceram, depois desapareceram, até que reapareceram.

"Fica fácil quando se tem uma boa modelo."

Lily estava certa. Ele estava flertando. Mas por que ele estaria interessado em *mim*? Eu sabia que precisava responder, mas congelei.

Os três pontos apareceram de novo.

"Quer sair para tomar alguma coisa?".

Eu podia até sentir o meu coração batendo. Sim. Eu queria. Muito mesmo. Queria tanto que eu não queria de jeito nenhum. Nada de bom poderia vir disso.

"Agora?", perguntei, me protegendo.

"Sim. Poderíamos ir até a pousada."

Os olhos da vovó estavam fechados, a mandíbula já frouxa. Eu odiava quando ela adormecia; ela sempre parecia morta na idade que tinha. Eu precisaria dizer para ela que ia sair para que ela não se preocupasse quando acordasse. Olhei para o meu moletom: e eu teria que trocar de roupa.

Não. Não seria inteligente sair.

Ela soltou um meio ronco, e seus olhos se abriram.

— Por que você está olhando desse jeito para mim?

— Desse jeito como?

— Como se você estivesse pensando onde me enterrar. Já disse que não estou morrendo.

— Talvez eu só estivesse pensando em qual joia vou pegar.

— Espertinha. Mas não esperta o bastante. A sua mãe e a sua tia têm uma lista de quem fica com o quê.

— Porque a senhora não confia nelas ou porque não confia nas suas netas?

— Não confio em nenhuma de vocês, abutres.

Eu sorri. Meu celular vibrou na minha mão, olhei para ele.

— E quem é esse aí? — perguntou ela, inclinando-se para tentar ver a tela do celular.

— Lily — menti.

— Você não costuma ser tão ligeira quando é a sua prima. Diga para o Joe que eu mandei um oi.

Olhei para ela, imaginando se crescer tão perto dos fantasmas das bruxas coloniais a havia afetado.

Você deveria ir, disse para mim mesma. *E não se preocupar com as consequências.* Então me levantei.

— Acho que vou sair um pouco.

Suas sobrancelhas se ergueram.

— Nunca achei que tivesse isso em você.

— O que *isso* quer dizer?

Ela piscou.

— Vou para a cama. E eu tenho o sono pesado.

— Eca, vó!

Ela se levantou com esforço.

— Certifique-se de usar um profilático. Ou talvez não. Você não tem muito tempo a perder na sua idade.

Eu a assisti com horror, enquanto ela se dirigia para o quarto.

TRINTA E CINCO

Janeiro de 1951
Hereford, Massachusetts

O CASAMENTO DE FELIPE FOI MARCADO PARA o primeiro fim de semana do ano novo. Tanto Maria quanto a mãe de Beatriz tentaram convencê-los a esperarem até a primavera, quando Beatriz pudesse fazer a tradicional caminhada até a igreja sem que todos congelassem no inverno de Massachusetts, porém o jovem casal insistiu que não queria esperar mais tempo. Já as mães, olhando desconfiadas para a cintura de Beatriz, concordaram com relutância.

Tony suspirou quando Evelyn disse que iria ao casamento.

— Por que você ainda está discutindo isso? Se o seu pai souber disso, estaremos fadados ao fracasso antes mesmo de eu ter uma chance. E o velho finalmente está se afeiçoando a mim.

Tudo bem, *talvez* Tony tenha dado a Emilio um precioso dólar para "acidentalmente" quebrar uma das vitrines da loja de Joseph com uma bola de beisebol, enquanto Tony estava passando, para que Tony pudesse puxar o culpado pela orelha e deixar Joseph decidir seu destino. Joseph lembrou-se do jovem que obrigou o irmão a devolver o doce que roubou (e Tony teve a sabedoria de escolher um irmão diferente para cometer esse segundo crime). Joseph, claro, disse que não, que a janela havia sido um mero acidente e para deixar o menino ir, o que Tony fez depois de uma repreensão cruel. Tirando o chapéu para Joseph, Tony se virou para ir embora, quando o pai de Evelyn o parou e ofereceu a ele uma Coca-Cola da sua máquina recém-adquirida.

Tony se ofereceu para pagar, mas em troca ouviu que ele merecia. Ele tomaria aquele elogio como um bom começo. Mesmo que o refrigerante em questão lhe custasse vinte vezes o valor do pagamento de Emilio.

— Eu quero estar lá.

— E eu quero que você esteja lá. — Ele colocou o braço em volta dela. Estavam no carro dele, estacionado na praia, o céu cinza e frio. — Mas não vale o risco. Todos na cidade sabem quem você é. E as pessoas comentam. Isso com certeza chegaria aos ouvidos do seu pai.

Ele estava certo, mas a palavra *derrota* não constava no vocabulário de Evelyn. Ela se inclinou para ele, inspirando seu cheiro. Ela tinha mais uma semana e meia até voltar para Boston e sentiria saudade dos momentos roubados como aquele.

Tony a deixou em uma rua secundária deserta a poucos quarteirões da sua casa, o frio cortava até mesmo seu casaco e as meias de lã enquanto ela subia a colina.

Contudo, ao subir os degraus, a porta da frente se abriu e Minnie Goldblatt, a mãe de Ruthie, saiu correndo de dentro. Ela estava tão agasalhada em roupas pesadas durante a caminhada de dois quarteirões até a casa que Evelyn só conseguiu identificá-la de fato pelos olhos expostos e pela franja de seu *sheitel* — peruca que aparecia por baixo da aba do chapéu. Sendo uma judia ortodoxa, Minnie mantinha seu cabelo real coberto quando estava com alguém que não era da sua família imediata. E como os Goldblatts eram abastados, em vez do lenço que a maioria das mulheres usava, Minnie satisfazia sua vaidade com um par de perucas: uma sintética que usava todos os dias e a cara, adquirida em Nova York, que ela usava em ocasiões especiais.

— Olá, Evelyn. — Ela olhou de um jeito um tanto nervoso para o céu. — Será que vai nevar?

— Está com cara de que vai — disse Evelyn, as engrenagens girando na sua cabeça enquanto ela olhava para a mãe da sua amiga.

— Então é melhor eu me apressar — afirmou ela enquanto descia as escadas. — Adeus!

— Espere. — Evelyn se virou, seguindo-a escada abaixo. — Se estiver tudo bem para você, eu vou junto. Queria falar com a Ruthie.

— É claro.

Evelyn pegou a bolsa de Minnie a fim de ajudá-la e elas caminharam o mais rápido que Minnie conseguiu.

Uma vez abrigada em segurança no quarto de Ruthie, Evelyn trancou a porta e puxou a amiga para que assim as duas se sentassem na cama.

— O que você está fazendo? — perguntou Ruthie, confusa.

— Shhh. Preciso que você me ajude.

— Ah, Evelyn — sussurrou Ruthie. — O que você fez dessa vez?

— Nada! O que você acha que eu fiz?

— Quando se trata de você eu nunca sei.

— Não é para tanto. Eu só preciso de uma coisa emprestada.

Ruthie olhou para ela com desconfiança.

— O quê?

— Não me olhe desse jeito. Vou devolver antes mesmo que você dê falta.

— Não.

— Mas você ainda nem sabe o que eu vou pedir!

— Olha, se quiser algo meu, pode ficar com você. Mas se não for meu, eu não posso emprestar para você.

— Ruthie — disse Evelyn, baixinho. — Você é a única que pode me ajudar.

Ruthie suspirou.

— O que você quer? Não devo dar para você, mas o que é?

— O irmão de Tony vai se casar neste fim de semana. E eu quero ir.

— Você ainda está saindo com o Tony?

— Sim, e você não pode contar isso para ninguém. Mas eu preciso ir a esse casamento.

— Vai ser na igreja?

Evelyn confirmou e Ruthie suspirou alto.

— Evelyn, por que você está fazendo isso? Existem um milhão de garotos judeus por aí.

— É verdade — disse Evelyn. — Mas só existe um Tony. E ele é o homem certo para mim.

— E como eu posso ajudar nisso?

Evelyn contou o plano para ela. Ruthie protestou, mas quando Evelyn saiu, meia hora depois, ela havia prometido à amiga que tentaria. Enquanto Evelyn caminhava para casa em meio a flocos de neve escorregadios, ela sorriu, seu plano começava a tomar forma.

* * *

Evelyn andava de um lado para o outro no quarto, checando o relógio a cada poucos minutos. Ruthie estava atrasada. E se ela aparecesse muito mais tarde do que o combinado, seria um problema.

Até que finalmente ouviu passos no corredor e abriu a porta do quarto para ver Vivie acompanhada de Ruthie. Ela agarrou o braço de Ruthie e a puxou para o quarto.

— Você conseguiu? — sibilou Evelyn.

A amiga confirmou. Os olhos de Vivie estavam arregalados de empolgação quando Ruthie puxou com cuidado a peruca loira de sua mãe para fora da bolsa. Contudo, ela ainda não a entregou.

— Você *precisa* tomar muito cuidado com ela. Minha mãe não usa com frequência, mas cuida muito bem dela. Porque é cara.

— Vou tratá-la como se fosse um bebê — prometeu Evelyn. — Você é um anjo, Ruthie. Um verdadeiro anjo.

— Vou ser um anjo morto se você estragar esta peruca.

— Não vou. Juro... — Ela puxou Vivie para perto de si. — Juro pela minha irmã.

— Ei!

Ruthie sorriu de um jeito sombrio.

— Não sei nem por que eu estou fazendo isso.

— Porque você me ama. — Evelyn pegou a peruca com cuidado e a colocou na cabeça de frente para o espelho de maquiagem. — E eu amo você. — Ela enfiou o próprio cabelo embaixo da peruca, virando a cabeça para um lado e para o outro. — Como estou?

— Diferente — disse Vivie. — Talvez você consiga mesmo fazer isso.

— Tenho o chapéu bom da mamãe também. Se eu mantiver a cabeça baixa, ninguém vai nem mesmo olhar para o meu rosto.

Ruthie balançou a cabeça de novo.

— Só se certifique de que eu pegue a peruca de volta ainda hoje à noite.

— Amanhã — disse Evelyn, admirando seu reflexo. — Talvez eu me atrase hoje à noite. Não quero acordar a sua casa inteira e nos entregar. — Ela viu a expressão nervosa de Ruthie refletida no espelho. — Vou devolver logo pela manhã.

— O que vai dizer para os seus pais?

Evelyn sorriu.

— A mamãe e o papai cochilam nas tardes de sábado: momento é perfeito para escapar.

— E quando eles perceberem que você não está em casa?

— Ela foi para Beverly jantar e ver um filme com a Alice da escola. Ela disse que ia, lembra, papai? Ela vai voltar mais tarde — Vivie recitou o discurso pronto.

Evelyn estendeu a mão e deu um tapinha amoroso em sua bochecha. Ela crescera muito no último ano.

— Perfeito, querida.

— Isso tudo é uma completa loucura. Você sabe disso, não sabe?

— Aqui somos todos loucos — disse Evelyn, provocando um pequeno sorriso com a referência a um de seus favoritos de infância.

Ela se levantou e beijou a bochecha de Ruthie, agradecendo, depois tirou a peruca para se vestir.

* * *

Sair de fininho de casa com a peruca de Minnie Goldblatt, o chapéu favorito de sua mãe e o seu melhor vestido não havia causado quaisquer perturbações em Evelyn. Mas por um breve momento, ela chegou a hesitar nos degraus da igreja. Ela nunca tinha estado dentro de uma antes. Assistir à missa em uma igreja católica parecia uma blasfêmia. Ela chamaria a atenção por não comungar? Seria ir longe demais até mesmo para ela. A cidade era bastante tolerante com a população judaica, embora ainda houvesse algumas suásticas desenhadas em portas durante a guerra, ainda que tivessem sido feitas por crianças. Alguém a reconheceria e ficaria ofendido com a sua presença?

Porém, a dúvida era algo que nunca teve um controle firme sobre a mente de Evelyn. Então ela endireitou os ombros, inclinou a cabeça para baixo e atravessou a grande porta, escolhendo um banco discreto na parte de trás da igreja de São Pedro, que fora batizada em homenagem ao santo padroeiro da população de pescadores portugueses da cidade.

A cerimônia em si foi conduzida em uma combinação de português e inglês. Evelyn observou Tony, sorrindo por baixo do chapéu com o quão bonito ele ficava de terno. E ela ficou aliviada ao ver muitos dos fiéis recusando a comunhão, porque ainda não haviam se confessado durante a semana.

O casamento durou mais que os dos seus irmãos e das suas irmãs, embora quando ela tinha dez anos e usava sapatos desconfortáveis, tenha pensado que o casamento de Bernie foi a coisa mais longa que ela já havia testemunhado. E quando acabou, ela saiu com o resto da multidão, esperando até que o fotógrafo tirasse algumas fotos de família, que Felipe e Beatriz estivessem a salvo em um carro a caminho da recepção antes de agarrar o braço de Tony.

— Parabéns — disse ela, tendo praticado o sotaque depois de aprender com Beatriz.

Ele se virou ao ouvir a voz dela, então olhou para o rosto familiar emoldurado por cabelos loiros antes de rir.

— Você é demais. — Ele balançou a cabeça, estendendo a mão para tocar uma mecha loira. — Onde foi que conseguiu isso? Não me diga que é o seu cabelo de verdade?

— Talvez eu tenha roubado a peruca boa da mãe da Ruthie. Mas se você gostou, podemos conversar sobre eu pintar os meus naturais.

Ele cobriu o rosto com as mãos por um instante, então colocou um braço em volta da cintura de Evelyn.

— Por acaso existe alguma coisa que você não consiga fazer?

— Não tenho certeza se consigo voar.

— Se você se dedicar a isso o bastante, vai acabar conseguindo. Você virá para o jantar sob esse disfarce?

Ela sorriu.

— Tente me impedir.

* * *

O jantar foi diferente de qualquer festa de casamento a que Evelyn já havia comparecido na vida, havia bufê e mesas abertas no salão social da cidade. Ninguém dançava nem levantava os recém-casados em cadeiras, tendo um guardanapo entre eles, mas o ar era festivo; a pequena banda tocava música tradicional portuguesa enquanto o licor corria livre entre os convidados.

Os irmãos mais novos de Tony a olhavam com certa cautela, claramente uma intrusa com quem seu irmão não deveria estar conversando tão próximo até que tivessem uma visão melhor da mulher em questão. Carolina foi a primeira a reconhecer Evelyn, dando uma cotovelada brusca em Francisca e gesticulando loucamente antes de correr até ela. Evelyn se virou quando Carolina estava prestes a gritar o seu nome e colocou um dedo sobre os seus lábios. Mesmo assim, a garotinha a abraçou com força pela cintura, seguida logo por Francisca.

— O que você está fazendo aqui? — perguntou Francisca enquanto Carolina perguntava o que ela tinha feito no cabelo.

— É emprestada — disse Evelyn, afofando um pouco as pontas. — A minha família não sabe que eu estou aqui.

Ela olhou para as duas garotas com uma expressão conspiratória.

— Qual deveria ser o meu nome como a nova namorada do seu irmão hoje? Preciso de algo que soe português.

— Maria alguma coisa — disse Francisca de imediato.

— Mas esse é o nome da sua mãe!

Tony e as meninas riram.

— O que foi?

— Esses são todos os nossos nomes — disse Carolina. — Eu sou Maria Carolina, ela é Maria Francisca.

Evelyn se virou para Tony.

— Não me diga que você é Maria Antonio?!

— Até que soa bem — disse ele.

Ela balançou a cabeça e se virou para as meninas.

— Então, tudo bem, mas seria Maria o quê?

Elas a estudaram por alguns momentos.

— Teresa — sugeriu Carolina depois de um instante, Francisca concordou.

— Será Maria Teresa — disse Evelyn, voltando-se para Tony. — A sua namorada ficaria furiosa.

Ele colocou um braço em volta da sua cintura e a puxou para a pista de dança.

— Deixe que fique.

Carolina e Francisca os observaram, imaginando quando teriam idade para alguém se apaixonar por elas como o irmão era apaixonado por Evelyn.

Ele a girou e ela riu. Já haviam dançado na praia antes, porém aquela era a primeira vez que dançavam em público e como um casal. Com a sua peruca, a pista lotada, a liberdade era algo inebriante.

Uma música mais lenta começou a tocar, Evelyn encostou a cabeça no peito de Tony, as mãos juntas logo abaixo do queixo.

— Em que você está pensando? — perguntou ele em seu ouvido.

Ela virou a cabeça para olhar para ele, seus olhos castanhos brilhavam, selvagens e lindos, mesmo com aquela peruca ridícula.

— No quanto estou feliz.

— Mesmo que nunca possamos ter isso para nós mesmos?

— O que você quer dizer com isso?

— Se o seu pai disser não…

Evelyn pressionou um dedo em seus lábios.

— Você está estragando o clima, querido. Vamos ser felizes agora. E se ele disser não, enquanto eu tiver você, não preciso de mais nada.

Ele a puxou para perto de si uma vez mais, os dois ficaram desse jeito, mesmo depois que o ritmo da música tinha mudado.

TRINTA E SEIS

Eu deveria ter usado um vestido de verão, pensei, enquanto olhava para a minha calça jeans e regata. Mas se fizesse isso, será que pareceria que eu estava forçando demais? Um vestido com certeza significaria esforço demais. E eu não estava me esforçando para nada. Ou talvez um vestido diria: "Oi, sou confiante o bastante para usar o que eu quero"?

A pousada ficava a uma curta distância do chalé. Eu poderia muito bem voltar e trocar de roupa. Ainda mais porque eu tinha dirigido até ali, apesar de ser uma caminhada fácil, porém se eu andasse, não teria desculpa para não tomar um drinque antes de ele chegar e ficar totalmente inibida, o que obviamente era uma decisão inteligente.

Dei três passos para trás na direção do carro, então ouvi o meu nome e congelei, enquanto xingava em silêncio.

— Oi — eu disse ao me virar para ele.

— Está tudo bem?

— Hã? Ah, sim. É que eu achei que tinha esquecido o celular. — Então o tirei do bolso de trás da calça. — Mas ele está aqui. — Eu era uma péssima mentirosa, mas se ele percebeu, não demonstrou.

Ele inclinou a cabeça em direção à porta.

— Vamos entrar.

Encontramos uma mesa no pátio, com vista para o mar. Havia algumas pessoas ali, mas parecia ser uma noite tranquila. Olhei para o relógio: eu havia perdido completamente a noção dos dias. Já era domingo.

— Imagino que este lugar deve ficar lotado sextas e sábados.

— Fica mesmo.

Uma garçonete chegou e anotou o nosso pedido de bebida. Joe perguntou se eu queria comer alguma coisa também, mas fiz que não com a cabeça, porque já eram quase dez horas da noite.

— Você mora perto daqui ou na cidade mesmo? — perguntei, curiosa.

Ele se virou, apontando para o outro lado da praia, onde algumas casas grandes ficavam nas falésias, pairando sobre a praia.

— Daquele lado de lá.

— Naquelas casas enormes?

Ele sorriu.

— Não. Mas antes era uma casa de hóspedes de um daqueles casarões.

— Ah, ainda assim, parte da burguesia. — Mordi o interior da bochecha. Ele não ia entender essa.

— São os ricos do leste ou do oeste? Eu sempre esqueço qual é qual.

— Oeste.

— Então não, esse é o seu lado, a antiga propriedade da qual a casa fazia parte. As casas grandes do meu lado são propriedades dos novos veranistas ricos.

— Veranistas?

— Aqueles que vêm de Boston para passar o verão aqui, aquela velha piada de "se tem mar, pra que bar?".

— Nossa, que péssimo.

Ele deu de ombros.

— Eu não disse que era uma *boa* piada.

A garçonete trouxe as nossas bebidas, cada um de nós tomou um gole, depois ficamos em silêncio por um instante.

— Eu... — disse ele — queria me desculpar. Por hoje, mais cedo.

Olhei para ele, confusa, imaginando que ele estava se referindo a termos caminhado quando poderíamos ter ido de carro.

— Eu não esperava que a Emily viria à tona.

— Emily? Ah! Eu... não... desculpa. Eu não sabia.

Ótimo. É por isso que ele me chamou para beber, eu me repreendi. Mas fazia mais sentido.

— Por que você está se desculpando?

— Bem, a minha avó poderia ter me contado, considerando o quanto ela contou para você.

— Ela não me contou tanto assim.

Tomei outro gole da minha bebida.

— Ela me fala coisa até demais. Ela me disse para usar um — fiz aspas no ar com os dedos — "profilático" quando eu disse que viria encontrar você.

Joe engasgou com a bebida, tossindo alto o bastante para fazer as pessoas olharem para a nossa mesa, e eu corei, desejando não ter dito aquilo

— Isso é hilário e tão... pesado — disse ele quando recuperou o fôlego.

— É hilário quando não é com você.

— Igual àquele encontro ruim sobre o qual você não quis me contar. — Ele apontou para a minha bebida. — Beba mais um pouco. Quero ouvir essa história.

— Não tenho certeza se este lugar tem álcool suficiente para isso. Além do mais, estou dirigindo.

Algo doloroso passou por seu rosto, eu quis me socar. Ele havia perdido a esposa para um motorista bêbado. A minha avó tinha razão. Eu *não* era boa naquilo sozinha. Olhei por cima do ombro para ver se ela estava vindo em meu socorro.

— Então acho que isso vai salvar você por hoje — disse ele com leveza.

— Mas eu ainda vou arrancar essa história de você.

— Acho difícil. — Mas eu estava sorrindo. Inclinei a cabeça. — E o que você faz para se divertir quando não está mostrando lugares para mulheres tristes e quase divorciadas?

— Você está triste?

— Na verdade, não — eu disse, percebendo pela primeira vez que aquilo era verdade mesmo.

— Tá bom, então que tal quando não está mostrando lugares para mulheres alegres e quase divorciadas?

— Talvez *alegre* seja um exagero. — Balancei a cabeça. — Tá bom, a mulher completamente chata, quase divorciada no meio do caminho. Você é um verdadeiro estraga-prazeres, sabia?

— Sou só honesto. Mas você não é chata.

— Você sabe que eu estava só querendo saber mais sobre você. Voltemos a isso.

Ele encolheu os ombros.

— E se há um chato aqui, sou eu. Trabalho. Corro. E leio muito.

— Ninguém tão artístico como você pode ser chato. — Ele olhou para mim como se estivesse tentando descobrir o que eu quis dizer com isso. — Eu não seria capaz de tirar uma foto como aquela que você tirou hoje. Mesmo as que você tirou com o iPhone. Eu queria poder ver o mundo da forma como você vê.

— Às vezes é mais fácil fazer isso através de uma lente de câmera.

Talvez eu estivesse sentindo o efeito do álcool, já quase acabando e, além das misturas da minha avó na noite anterior, não conseguia me lembrar da última vez que eu tinha bebido mais do que uma taça pequena de vinho. Entretanto, essa declaração soou incrivelmente profunda. E não era bem assim que eu vivia antes de tudo desmoronar? Postando tudo através de um filtro no Instagram para fazer a minha vida parecer perfeita quando na verdade não era?

— Isso é… profundo.

— Nem era essa a intenção, mas acho que é mesmo. — A garçonete passou e ele pediu mais dois drinques.

— Eu não deveria beber mais.

— Eu posso te acompanhar até em casa. Você pode pegar o seu carro pela manhã.

— É o carro da minha avó.

— Isso explica os amassados.

Eu ri.

— Você não sabe nem a metade da história.

Ele se inclinou de forma conspiratória.

— Será que deveríamos olhar o porta-luvas em busca de profiláticos?

Gargalhei e ele também.

— Nossa, se ela tivesse mesmo, eu iria querer morrer.

Ainda estávamos rindo quando a garçonete trouxe as bebidas. Tomei um gole da minha, depois voltei para aquilo que ele havia dito antes.

— Espera, você veio andando? Não é longe?

— Uns dois quilômetros e meio pela praia. Não é um passeio ruim.

— Depois daquela caminhada de hoje?

— Se não tivéssemos voltado de Uber, talvez eu tivesse vindo de carro.

Olhei para a praia, a ideia inebriante de caminhar de volta com ele no ar fresco da noite dançava na minha mente. O luar se refletia nas ondas, exceto onde um banco de areia tinha aparecido, levando em direção à costa da ilha.

— Dá para caminhar até lá? — perguntei, gesticulando para a massa de terra protuberante, tentando tirar a minha mente daquilo que havia no final daquela viagem imaginária pela praia.

Joe se virou e estudou por um breve momento o banco de areia.

— Dá. Mas precisa observar as marés com cuidado. Se você acertar o tempo, pode ficar mais ou menos três horas lá em cima. Agora, se não acertar... bem, você vai ficar lá fora por doze horas.

— Isso acontece mesmo?

— A sua mãe nunca te contou essa história? — Balancei a cabeça. — Ela e a minha mãe ficaram presas lá uma vez. Foi a sua avó e o Tony que as resgataram.

Eu queria saber mais. Mas ao mesmo tempo também não queria. Se Tony ajudou mesmo a resgatar a minha mãe... bem, ele e a minha avó ainda mantinham relações extremamente amigáveis, enquanto o meu avô estava trabalhando em casa. E depois da quantidade de detalhes que a minha avó usou para descrever o relacionamento deles, até mesmo citando profiláticos, eu não via como era possível mudar de loucamente apaixonada por alguém para uma condição de apenas amigos platônicos.

— O que tem lá em cima?

Ele sorriu e olhou para o relógio.

— Você quer ver? Se partíssemos por volta das dez e meia amanhã de manhã, teríamos tempo suficiente para explorar o lugar.

— Mas vale a pena?

Eu queria ir embora antes que ele respondesse. O sorriso lento que ele me deu me fez querer engolir o resto da minha bebida e dizer a ele para me levar para casa, mas não para o chalé onde a minha avó esperava.

— Sim, vale.

— Está bem, então vamos.

Sorri de volta com um flerte. Era surreal. Mas quem era eu? Não era a Jenna que passou seis meses no quarto de infância, assustada demais para retomar a própria vida. Pensei na minha foto na Grécia que ele havia curtido no Instagram, eu me senti como aquela garota de novo. Despreocupada, e desejável, e... bem... ele não era o tipo de pessoa que você deixaria por outra, com toda certeza.

Então me lembrei da sensação das suas mãos me posicionando no muro durante aquela manhã. A maravilha de tirar o fôlego do que aconteceria com os meus olhos fechados. E ao me sentir corajosa, tirei o celular do bolso, desbloqueei a tela e deslizei sobre a mesa para ele.

— Tire uma foto minha de novo.

Ele me estudou por um instante e em seguida pegou o celular, levantou-se e deu a volta na mesa.

— Coloque o braço no corrimão — ordenou ele. Obedeci. — Não, assim como o seu cotovelo. Quero que você incline o lado de sua testa só um pouquinho em seu dedo indicador. — Quando não acertei a pose, admito que um tanto de propósito, ele pegou a minha mão e a posicionou para mim, depois tocou a minha bochecha para ajustá-la no ângulo certo. — Isso. Agora cruze as pernas na direção do corrimão. — Considerei deixá-lo fazer isso também, mas a direção era inconfundível. Ele deu alguns passos para trás e voltou a me olhar, dessa vez pela tela da câmera, ajustando a imagem com dois dedos. — Bom — disse ele, mais para si mesmo do que para mim. — Agora sorria. — Sorri. — Não. Do jeito que você sorriu para mim antes, quando eu disse que valia a pena ver a ilha.

— Eu estava sorrindo de volta para você.

O mesmo sorriso sensual se espalhou pelo seu rosto, por reflexo, lancei o olhar de volta. Ele tirou a foto e então devolveu o celular para mim, as nossas mãos se tocaram quando ele o fez.

Olhei para baixo, a fim de ver o resultado que ele havia obtido com a foto e senti arrepios subirem pelos meus braços. Havia algo tão íntimo naquela foto. Ela era posada, mas parecia que ele havia capturado um momento espontâneo de flerte.

— Boa? — perguntou ele.

— Eu... Como você consegue tirar uma foto dessas com um celular? Quer dizer... olha só — eu disse enquanto tirava uma foto rápida dele e então virei o celular para ele ver. — As minhas fotos não ficam assim.

Ele riu.

— Você também não procurou iluminação e nem tentou criar um clima, você só tirou a foto. — Ele devolveu o celular para mim. — Feche os olhos. — Era a segunda vez que ele me pedia para fazer isso naquele dia, havia algo de emocionante no pedido. Eu os fechei. — Imagine que está me vendo. Não a foto que você acabou de tirar. Como você me vê de verdade?

Pensei no sorriso que ele me deu. Ele havia sorrido dessa forma para a legenda da foto anterior também. Como se houvesse um segredo que compartilhávamos. Além da promessa de que mais estaria por vir. Ele era vibrante e vivo, me fazia sentir como se eu também fosse.

Então abri os olhos.

— Agora me diga exatamente para onde ir e o que eu preciso fazer.

Olhando em volta, fiz um gesto para que ele retornasse ao corrimão.

— Incline o seu corpo em direção à ilha — eu disse devagar enquanto pensava.

Eu também fiquei ao longo do corrimão, só que mais abaixo, paralela a ele, então voltei e virei a sua cabeça para que ele olhasse para mim, minha mão demorando um segundo a mais, achei que seu rosto se aproximou um pouco mais do meu.

Mas eu não tinha certeza.

Então me afastei e voltei para o local que havia marcado, a um metro e meio dele, e respirei fundo.

— Eu vou gostar do que quer que haja na ilha? — perguntei.

Quando seus lábios se curvaram naquele mesmo sorriso, tirei a foto e olhei para ela.

— E aí?

Segurei o celular para ele ver. Era a melhor foto que já havia tirado. Nada comparada à dele, claro, mas melhor do que qualquer coisa que eu já tinha feito antes.

— Gosto de como você me vê — disse ele, pegando o celular e se sentando à mesa, ampliando para analisar a foto. — Você é boa.

— Eu tenho um bom professor.

Sentei-me também e tomei outro gole da bebida. Ele se curvou para me entregar o meu celular, me inclinei para pegá-lo e, por um instante, nós dois o seguramos, nossas mãos se tocando. Olhei para elas, para a direita e para a esquerda, que ainda pareciam tão nuas sem a aliança.

Peguei o celular e por fim me recostei na cadeira. Aquilo era inebriante demais. A situação toda. Estar longe de casa, o barulho das ondas se quebrando na praia ao fundo, as bebidas, o jeito com que ele me olhava, o luar. Ainda que eu soubesse muito bem o que os meus amigos, a minha prima e, inferno, até mesmo a minha avó me diriam para fazer naquela noite, eu não conseguia. Não havia em mim uma aventureira de férias. Isso não me faria sentir melhor. Eu não era Stella recuperando seu ritmo. Se eu tentasse superar o meu casamento fracassado dormindo com alguém recém-conhecido, acabaria ficando ainda pior do que estava antes. E isso era tudo o que poderia ser. Eu precisava me lembrar disso.

— Eu... eu deveria voltar — disse, remexendo na minha carteira.

Ele me olhou, interrogando.

— O que acabou de acontecer?

Balancei a cabeça, sem confiar em mim para responder àquilo. Se eu abrisse a boca, não fazia ideia de que tipo de verdade desastrosa sobre como eu me sentia nesse momento escaparia. Embora eu não estivesse pronta para agir em nada, também não queria assustá-lo, algo que eu sabia que faria caso respondesse à pergunta.

— Tudo bem. — Ele gesticulou para a garçonete, pedindo a conta. — Você está bem o suficiente para dirigir ou acha melhor eu te acompanhar de volta?

Em outras circunstâncias, eu teria dirigido. Eu só tinha bebido dois drinques. Mas aquilo tudo sobre a esposa dele...

— Você não precisa me acompanhar até em casa. Eu sei o caminho.

Ele abaixou a cabeça e nivelou o olhar com o meu.

— Eu não vou tentar nada. Mas está escuro feito breu na colina. Não vou deixar você voltar sozinha.

— Eu não quis dizer que... eu não estava dizendo que você... — De alguma forma, fui salva pela chegada da conta a ser paga.

Joe começou a colocar um cartão de crédito na mesa, mas eu claramente havia acabado de insultá-lo.

— Eu pago — disse, colocando a mão sobre a dele. — Como agradecimento. Por hoje. E ontem. — Ele começou a protestar, mas eu o interrompi. — Não tem problema. Pagamento por serviços prestados, aquela foto de agora à noite vai ser a minha nova foto de perfil.

Ele finalmente sorriu de novo e me deixou colocar o meu cartão sobre a mesa.

— Então como eu pago pela minha foto?

Ouvi a voz da minha prima Lily na cabeça tão clara como se tivéssemos nos falado ao telefone em vez de uma mensagem de texto. *Você sabe o que isso significa.* Sorri de volta.

— Você tem até amanhã na ilha para descobrir como.

* * *

Me deitei na cama de estrutura de metal do meu quarto naquela noite, depois de ter vestido o pijama, tirado a maquiagem e escovado os dentes, olhando para a foto que eu havia tirado dele. *Gosto de como você me vê*, foi o que ele me disse.

Sentando-me de repente, deslizei de volta para a minha foto e a ampliei. Eu parecia glamourosa e sedutora, confiante e tão... tão linda. Era assim que ele me via?

Eu ainda estava sorrindo quando finalmente desliguei o celular para dormir.

TRINTA E SETE

Junho de 1951
Hereford, Massachusetts

QUANDO EVELYN RETORNOU PARA CASA NO VERÃO, os chalés ainda não haviam sido abertos para a temporada. Algo que lhe convinha muito bem. Não estava nem um pouco frio como nas suas idas anteriores, então ela e Tony podiam passar o tempo sem precisar mergulhar sob um cobertor para se aquecerem.

Entretanto, e como sempre, a conversa iminente com Joseph era o assunto que pairava de fundo.

— Quando então? — perguntou Tony assim que Evelyn disse mais uma vez para que esperassem. — Vou esperar até terminar a faculdade para me casar com você, se for isso o que ele quer, mas não quero ficar me encontrando às escondidas por mais três anos.

Evelyn sentia algo apertar no peito toda vez que ele tocava nesse assunto. Nunca houvera uma situação em que ela não fosse capaz de controlar o pai. Mas aquilo... aquilo era diferente. Ela estava confiante de que poderia obter o seu perdão. Contudo, uma bênção de sua parte jamais viria. De alguma forma, era o único assunto sobre o qual ela também não conseguia convencer Tony a ceder. Considerando que ela tinha usado todos os truques presentes em seu arsenal, incluindo a tentativa de extrair uma promessa de Tony para que fugissem durante um momento excepcionalmente comprometedor. Até isso havia falhado.

A sua única esperança era a de que, assim que Joseph o rejeitasse, ele mudasse de ideia em vez de perdê-la. Mas caso isso não acontecesse... O pensamento era pesado demais para suportar. Evelyn não temia nada, com exceção de que os dois homens que ela mais amava na vida fossem incapazes de entrar em um consenso por causa dela, a mulher que os dois mais amavam. Não, era melhor manter o *status quo* enquanto pudesse.

Até que por fim, o clima esquentou, com isso Miriam levou Evelyn e Vivie aos chalés para fazerem uma faxina, arrumarem as camas com lençóis, encherem os banheiros com toalhas e a cozinha com comida.

Vivie deslizou algo na mão de Evelyn quando Miriam subiu as escadas com uma leva de toalhas nos braços.

— Presumo que isso seja seu — disse ela com malícia.

Evelyn olhou para a palma da mão. Era a bituca de um cigarro.

— Eu deveria ter feito uma varredura pela casa antes de a mamãe vir para cá.

— Vamos culpar Sam se houver mais alguma coisa.

Evelyn sorriu.

— Como se aquele esfregão molhado com quem ele está se casando faria algo tão interessante quanto encontrá-lo aqui às escondidas. Francamente, o que ele *vê* nela?

O casamento deles estava marcado para o final do verão. Evelyn fantasiou em levar Tony como seu noivo para o casamento. O que não passava de um sonho, e ela sabia disso. Mas se pelo menos conseguisse que ele fugisse com ela...

Vivie estava balançando a cabeça.

— Ela não é tão ruim assim.

— Almocei com ela em Boston. Ela não tem uma única opinião própria.

— Acho que Sam gosta de ser o mais interessante da relação.

— Ele ainda seria o mais interessante, mesmo que se casasse com alguém com um *pouco* de iniciativa.

— Ela é uma boa menina — disse Miriam atrás das duas, que pularam de susto. — Você poderia aprender alguma coisa com ela — disse para Evelyn, cujos dedos dos pés se curvaram dentro dos sapatos, mas cujo rosto permaneceu firme.

Miriam não sabia de nada, concluiu Evelyn, estudando a mãe. Ela estava apenas jogando verde para ver se colhia algo maduro para captar em uma possível reação.

— Sou tão boa quanto o ouro — disse Evelyn. — Sinceramente, mamãe, a senhora sempre suspeita que eu seja muito pior do que sou de verdade.

— Eu já conheço você desde antes de você nascer — disse Miriam, cansada. — Sei exatamente quem você é.

Mesmo que Miriam não pudesse saber de nada, um calafrio percorreu Evelyn quando ela olhou nos olhos da mãe, que de alguma forma não deixava nada passar despercebido. E ela notou que, mesmo que por algum milagre Joseph cedesse, o obstáculo mais intransponível poderia estar diante de si naquele exato momento.

* * *

A família de Bernie se acomodou em seu chalé, Helen e a sua prole no outro, junto de Miriam e Margaret. Gertie chegava todo fim de semana com os filhos a tiracolo. Sam fixava residência na casa de Bernie, Evelyn e Vivie mais uma vez se aglomeraram onde quer que houvesse uma cama sobrando para elas à noite.

Todavia, diferente do verão anterior, encontrar tempo para ver Tony foi difícil. Como um dos oficiais mais novos, ele trabalhava no turno da noite com frequência. E tendo todos reunidos durante o dia, a ausência de Evelyn foi perceptível na única vez que ela conseguiu escapar; ela culpou as cólicas e a necessidade de se deitar, porém apenas em poucos dias por mês ela podia usar tal desculpa.

Todos os dias, o clã inteiro se reunia para ir à praia, o que se mostrava uma provação tendo sete crianças abaixo dos nove anos de idade. As manhãs eram uma linha de montagem do primeiro café da manhã, depois sendo preparadas pilhas de sanduíches de manteiga de amendoim e geleia, enfiados de volta nos sacos em que os pães chegavam para o almoço; enchendo os cantis de água; empacotando as toalhas e os cobertores que haviam passado a noite arejando nos gradis das varandas dos chalés; vestindo as roupas de banho nas crianças e se dirigindo à praia abarrotados de cadeiras, mantas e brinquedos, era como uma fila de patinhos.

Joseph também passava cada vez mais tempo no chalé, deixando a sua loja aos cuidados dos seus dois funcionários, a fim de aproveitar os frutos suados de seu trabalho com a sua família que ficava cada vez maior.

O tempo de Evelyn com Tony era limitado às noites de folga dele; e mesmo assim, a praia já não era o local mais seguro para os encontros. Sam costumava levar Louise para fazerem fogueira, sendo acompanhados muitas vezes por seus irmãos mais velhos quando as crianças estavam na cama. Agora, quando ela se esgueirava pela estrada até o carro que os levaria, eles precisavam encontrar outros lugares para ir.

— Evelyn — disse Tony. Eles haviam dirigido para a floresta na rodovia Ipswich e agora estavam sentados em uma pedra com uma lanterna em mãos.

Se a floresta fosse assombrada, os espíritos não os incomodariam.

Ela soltou um suspiro pesado pelo tom de sua voz. Ele não precisava dizer mais nada.

— Eu sei.

— Esta semana, então?

Por um longo momento, ela não disse nada. Até que soltou baixinho:

— Se ele disser não, eles não vão me deixar ver você. O que faremos depois disso?

Ele passou os braços ao redor dela.

— Nós esperamos. E ele vai se dar conta de como você está infeliz. E então tentamos de novo. Ele gosta de mim.

— Ele gosta de você. Mas isso não significa que ele o queira como genro. Ele ainda tem um pé no passado.

— E um no presente. Lembre-se disso.

Ela concordou e apoiou a cabeça nele.

* * *

Eles combinaram a fatídica conversa para segunda, dali a dois dias, quando Joseph voltaria para o chalé para jantar depois de um dia de trabalho na loja. Gertie, o marido de Helen, e Margaret já teriam ido embora, tornando a cena menos caótica.

O jantar enfim terminou e Joseph se retirou para a varanda a fim de fumar um charuto sob o crepúsculo. Evelyn derrubou dois pratos e Miriam finalmente a expulsou da cozinha. Ela foi para a sala de estar e andou de um lado para o outro.

— Qual é o seu problema? — perguntou Miriam ao chegar à porta, um pano de prato na mão. — Evelyn. — Ela se virou para olhar para a mãe, cujo rosto empalideceu ao ver os olhos selvagens da filha. — O que você fez? — perguntou em um sussurro. — *Chas vehalilah.*

O som de um carro se aproximando e depois parando surgiu através das janelas abertas, seguido por uma porta se fechando. Evelyn e Miriam correram para a janela.

— Oficial Delgado — disse Joseph em tom agradável. — Está tudo bem?

— Delgado? — perguntou Miriam.

— Mamãe, fique quieta!

Em circunstâncias normais, Evelyn não teria se safado daquilo, mas Miriam queria ouvir o que estava acontecendo lá fora tanto quanto a filha. Elas haviam perdido a resposta de Tony, mas fosse o que fosse, Joseph o convidou a se sentar na sala, oferecendo a ele uma bebida e um charuto.

O coração de Evelyn estava acelerado. A hospitalidade havia sido além do que ela podia esperar, o que quer que Tony tivesse feito para estabelecer as bases daquela conversa, o fizera bem.

— Não, obrigado, senhor. Mas estou aqui para tratar de um assunto importante.

Evelyn só conseguia ver o conjunto tenso dos seus ombros através da tela, sua mãe ao lado. Ela o sentiu respirar fundo.

— Não sei se o senhor sabe disso, mas a sua filha Evelyn…

A mão livre de Joseph agarrou o braço da cadeira de balanço com força.

— O que ela fez agora? — perguntou. — Vou pagar por qualquer que seja o dano. Obrigado por vir até mim primeiro. Pensei que ela tinha superado aquela veia travessa dela…

— Não, senhor, ela não fez nada de errado.

— Ah, não fez?

— Não. Eu… eu vim aqui hoje à noite, porque estou apaixonado por ela. Quero pedir a sua bênção para me casar com ela.

Miriam e Joseph inspiraram fundo ao mesmo tempo, ela agarrou o braço da filha, como se na mão houvesse uma garra tão apertada como um torno.

Joseph se levantou e Tony fez o mesmo.

— Não — disse ele com firmeza, então se virou para a janela aberta e berrou o nome de Evelyn.

Ela se desvencilhou do aperto de Miriam e correu para a varanda, parando diante do rosto do pai.

— Você sabia que ele estava vindo aqui para pedir isso? — Joseph perguntou para a filha. Ela apenas concordou com a cabeça, com medo de falar.

166

— Por acaso esse... esse era o rapaz... de todo aquele tempo atrás...?

— Hum... — Sua voz falhou e ela respirou fundo antes de tentar novamente. — Nunca houve mais ninguém além dele, papai. Eu o amo.

— Eu proíbo!

Evelyn ergueu os olhos para ele, reunindo uma reserva de coragem que surpreendeu até a si mesma.

— O senhor não pode.

— Como é?

— O senhor pode dizer não, mas não pode me impedir de amá-lo. E não pode nos impedir de nos casarmos.

— Evelyn — advertiu Tony.

Os olhos de Joseph se estreitaram.

— Você sabe o que está dizendo?

Tony se colocou entre Joseph e a filha.

— Senhor, não. Jamais faria isso sem sua permissão. — Ele se virou para Evelyn. — Volte para dentro de casa. — Então abaixou o tom de voz. — Por favor.

— Não diga a ela o que fazer! — Joseph agarrou o pulso da filha, mas ela afastou a sua mão.

— *Nenhum* de vocês me diga o que fazer! Eu não vou ficar sentada enquanto vocês dois me negociam, como se eu fosse uma cabra premiada. Papai, eu o amo. E o senhor deve saber que a única razão pela qual nós não fugimos ainda é porque ele queria a sua bênção. Então o senhor também pode dá-la, a menos que queira me perder.

Sua respiração era irregular, e ela podia sentir não só a presença da mãe à janela, como também a de Helen, Vivie e das crianças. Ela não se importava. Estava apostando tudo no fato de seu pai não estar disposto a fazer o *shivá* para ela, ou que ele a perdoaria mais tarde, mesmo que fizesse.

— Sr. Bergman, eu... isso... não está sendo da forma como eu queria que fosse. O senhor tem a minha palavra de que, a menos que eu tenha a sua bênção, nada acontecerá. Sinto muito. — Ele olhou para Evelyn, implorando em silêncio a ela. — Família é tudo — disse ele por fim, então levou a mão dela aos lábios, beijou-a e desceu os degraus da varanda até o carro. Ninguém falou enquanto ele se afastava.

— Papai — disse Evelyn por fim. — Olhe para mim, papai.

Mas Joseph passou por ela e entrou em casa sem dizer uma palavra.

TRINTA E OITO

HAVIA TRÊS LUGARES À MESA QUANDO desci para o café da manhã. Balancei a cabeça.

— A senhora está esperando companhia? — perguntei à minha avó.

Ela estava ao fogão, preparando um café da manhã monstruosamente farto. Ela se virou.

— Acho que é esperar demais de você que Joe esteja no banho.

Pressionei dois dedos entre a ponte do nariz e balancei a cabeça.

— A senhora por acaso era assim com a mamãe e a tia Joan?

— Se elas tivessem a sua idade e ainda fossem solteiras, sim. — Ela se virou para o fogão e deslizou o conteúdo da panela para um prato.

Sentei-me pesadamente à mesa.

— Eu não preciso estar com alguém para ser feliz, vó.

— Quem disse que precisa? — perguntou ela, trazendo um prato para mim. — Mas você não está feliz agora. E se não tentar fazer algo diferente do que está fazendo, jamais será.

Abri a boca para responder que estava feliz, mas não saiu nada. Se eu estivesse feliz de verdade, não teria me afastado na noite anterior, porque não teria me importado com as consequências do que quer que fosse que pudesse acontecer. Eu teria agido de acordo com o que eu queria.

Em vez disso, mudei de assunto.

— Vamos para a ilha hoje. Devo colocar roupa de banho ou normal?

Ela olhou para mim, preocupada.

— Joe está com as marés cronometradas, não é?

— Ele disse que sim.

— Estou velha demais para roubar um barco e ir salvar você.

— A senhora o quê?

Ela acenou com a mão.

— Outra hora eu conto.

— Então, o que eu devo usar?

— Depende de quão corajosa você está se sentindo. — Perguntei o que ela queria dizer com aquilo, mas ela já havia encerrado o assunto. — Quero dizer o seguinte: não fique presa lá. Já temos planos para as quatro.

— Quais planos?

— Você não é muito espontânea — disse ela, me estudando. — Você não deveria se preocupar tanto. Isso dá rugas. Apenas esteja em casa e vestida até lá.

De volta para o andar de cima, olhei para as minhas escolhas de roupas espalhadas pela cama. O meu aplicativo de previsão meteorológica dizia que faria calor na cidade, embora sempre fosse mais fresco na praia. E se acabássemos voltando pela água, eu não iria querer estar de calça.

Depende de quão corajosa você está se sentindo.

Sou mais corajosa do que ela acha, pensei, arrancando a roupa para vestir um biquíni. Estudei meu reflexo no espelho sobre a cômoda. Não, eu não tinha coragem de usar SÓ o biquíni. Em vez disso, o cobri com short jeans e camiseta. Em seguida, olhando no espelho de novo, tirei a camiseta e coloquei uma regata. Qual era o sentido de usar a roupa corajosa se ela não aparecesse?

Ao pegar meu celular, uma mensagem de Joe. "Traga tênis."

Então me lembrei de ter visto muito verde no topo da ilha, fiz uma careta no mesmo instante. Mais caminhadas. Eu estava animada para um dia de praia. Respondi com um "Tá bom".

"Saindo agora."

"Perfeito."

"Te vejo logo." Ele incluiu um emoji de rosto sorridente com óculos de sol.

— Estou indo para a praia — gritei para minha avó.

— Eu falei sério — gritou ela de volta. — Não fique presa lá.

* * *

Joe estava me esperando na entrada da praia, de frente para a pousada.

— Bom dia.

— Oi. — Eu me senti um pouco tímida. Houve outro momento na entrada da casa na noite anterior em que *poderíamos* ter nos beijado, mas não nos beijamos. Ele parecia normal como sempre, pelo menos, o que ajudou. — A pousada tem café? — perguntei, olhando para um casal saindo com copos de plástico.

Ele olhou o seu relógio.

— Sim. Temos alguns minutos. Precisamos trazer o lixo de volta com a gente, mas deve ter espaço na mochila. — Ele tinha uma mochila sobre os ombros cuja aparência era estranha, parecia ser feita do mesmo material usado em roupas de mergulho.

— À prova d'água? — perguntei, apontando para ela.

— Vem a calhar, mas é só prevenção.

— Minha vó acha que vamos ficar presos lá.

Um sorriso brincou em seus lábios.

— Parece que foi bem dramático quando as nossas mães ficaram presas.

— Dramático ou traumático? Ela parecia preocupada de verdade.

— Talvez os dois. Foi antes de existirem celulares. Vamos, vamos tomar um café e sair. O banco de areia vai aparecer a qualquer minuto.

Empunhando cafés gelados, seguimos para o banco de areia já quase visível, Joe então me disse para dar os meus tênis a ele, a fim de atravessarmos a areia molhada. Ele os limpou, os colocou em um saco de plástico e depois na mochila. Eu vi garrafas de água e protetor solar lá dentro também.

— Nada de câmera hoje?

Ele balançou a cabeça.

— O celular vai ter que servir.

— Por acaso vamos nadar de volta ou algo assim?

— Não. Não se formos agora. — Ele olhou para mim. — Você *sabe* nadar, né?

— Sei.

— Então vamos. — Ele deu alguns passos na água rasa e gesticulou para que eu o seguisse.

Alguns minutos depois, a água baixou até dar lugar a uma fina faixa de areia, que logo se alargou em uma área onde poderíamos caminhar lado a lado. Olhei para baixo, vendo primeiro um declive raso e depois cada vez mais profundo perto do banco de areia.

— Isso vai nos segurar, né? — perguntei, de repente um pouco nervosa.

Ele notou o tom da minha voz.

— Com certeza.

Seguimos em frente. Ficava mais longe da praia do que parecia quando a maré estava alta, talvez uns oitocentos metros, e a ilha parecia muito maior antes do que quando nos aproximamos dela.

— Afinal, qual é a história desta ilha?

— Não há nenhuma história. O litoral é pontilhado por elas quando se vê aqui de cima. É só legal.

— Então, o que foi aquele sorriso secreto ontem à noite? — E que apareceu de novo. — Esse aí mesmo. Se não passa de uma formação natural, por que estamos aqui?

— Tenha paciência. — Ele olhou para baixo. — E preste atenção onde pisa. Fica mais rochoso à medida que nos aproximamos. — Por pouco evitei pisar em uma pedra afiada. Ele apontou para um afloramento no final do banco de areia. — Vamos sentar ali e colocar os nossos tênis. Então subimos.

— Vamos escalar?

— Há uma trilha.

— Quando você vai me deixar só ficar deitada na praia?

— Quando você quiser. Mas você não precisa de mim para isso.

Talvez eu queira você para isso, pensei. Mas era uma cantada e tanto dizer.

— Talvez depois de voltarmos da ilha. Parece que tenho que estar de volta ao chalé e me vestir para ficar pronta às quatro.

— Contanto que não percamos a maré, você terá tempo de sobra. — Meus olhos se arregalaram. — Estou brincando. Vamos voltar. O que você vai ter às quatro?

— Não faço ideia. Aquela maluca não vai me contar nada. Ainda não sei por que viemos aqui. Estou meio convencida de que ela está morrendo e amarrando as pontas soltas, mas ela jura que nunca vai morrer e que vai me assombrar quando isso acontecer

— Então às quatro vai ser o funeral dela, enquanto ela ainda está viva para poder assisti-lo?

— Ou isso ou vamos roubar um banco. Talvez uma cirurgia de coração. Ou quem sabe convocar aquelas bruxas mortas em uma sessão espírita. Com ela, nunca dá para saber.

— Se precisar de um motorista de fuga é só falar. Não vou ser de muita ajuda como médium.

— Valeu.

Finalmente chegamos à pedra para a qual ele havia apontado e limpamos os pés antes de vestir as meias e calçar os tênis. Joe enxaguou os copos de café, os amassando para colocar dentro da mochila. Ao vê-lo fazer isso, percebi que o café tinha sido um erro: agora eu precisava fazer xixi. E eu não ia aguentar segurar por três horas. E não havia árvores, só arbustos baixos e ralos. Olhei para a margem, onde as pessoas se reuniam na praia. Eu poderia pedir para Joe para se virar, mas ainda estava na linha de visão da costa. *Eca.*

— Algo de errado? — Eu não tinha percebido que ele estava olhando para mim enquanto eu estudava as minhas opções. — Juro que eu cronometrei o tempo da maré. Eu estava só brincando antes. Nunca fiquei preso aqui.

— Não é isso.

— O que foi, então?

Franzi o rosto. Isso era o exato oposto da deusa sensual que eu parecia naquelas fotos que ele havia tirado de mim.

— Preciso fazer xixi.

Ele olhou para a margem.

— Não acho que alguém seria capaz de distinguir o que você está fazendo. — Mas eu não me convenci. Ele então colocou a mochila no chão e puxou uma toalha fina do fundo da bolsa e a estendeu à sua frente, virando-se para a costa. — Melhor?

Afastei-me alguns metros atrás de um arbusto, eu queria me certificar de que ainda estava bloqueada pela toalha e me agachei. Quando terminei, voltei para a beira da água e lavei as mãos, completamente envergonhada.

— Obrigada.

— Eu não preciso da toalha, mas, hum... vou dar uma volta também, se você quiser ficar aqui. — Meus ombros relaxaram. Eu não sabia se ele precisava mesmo fazer xixi também, mas de qualquer forma eu me senti melhor. Ele voltou um minuto depois. — Pronta para escalar?

Estiquei o pescoço para ver se era íngreme de verdade, a resposta foi mais íngreme do que eu gostaria. Porém, algo em Joe me deu confiança.

— Vamos fazer isso.

Até Joe estava respirando com dificuldade em partes da subida, e ele estava em melhor forma do que eu.

Ele parava com frequência para me checar.

— Afinal, o que há lá em cima? — perguntei, ofegante.

— Você vai ver em um minuto.

Eu esperava uma vista deslumbrante. Ou talvez uma colônia de cabras selvagens.

Mas não o que vi.

Ao chegarmos ao topo, as ruínas de um pequeno castelo estavam bem abaixo de nós, aninhadas na encosta. Uma torre permanecia praticamente intacta, junto de vários muros, o resto havia cedido em pilhas de rochas.

— Mas o que...?

— Vamos. — Joe liderou o caminho colina abaixo até uma escada de pedra que nos levou até o parapeito, onde um canhão oxidado estava posicionado, já verde por causa da brisa do mar.

— O que *é* isso?

— Você quer a história real ou aquela que as crianças contavam umas às outras?

— As duas.

— Antes da Guerra Revolucionária, o primeiro governador de Massachusetts decidiu que seria o rei da América e construiu o seu castelo aqui. Quando os britânicos souberam o que ele estava fazendo, o bombardearam e isso aqui é tudo o que resta.

— Isso não é verdade, é?

Os cantos dos seus olhos se enrugaram.

— Nem um pouco. Eles filmaram um longa aqui em 1920 e construíram um castelo para simplesmente o deixarem para trás, porque ficaria muito caro desmontá-lo, ninguém se importava de verdade com isso. Então o furacão atingiu o lugar em 1938 e arruinou boa parte dele.

Dei um passo cauteloso para trás em direção à borda construída na ilha.

— É seguro?

— Tudo o que está aqui tem sido praticamente o mesmo desde que cheguei. E os mais velhos dizem que não mudou muita coisa desde o furacão. Então imagino que sim.

— Isso é meio louco, não? Qual era o filme?

— Ele se chamava *O Reino à Beira-Mar.* Não resta mais nenhuma cópia dele que alguém conheça. E pelo visto era terrível. — Ele olhou para mim. — Você quer subir na torre? A vista é espetacular.

Sorri, e ele liderou o caminho, se abaixando para passar pela porta, enquanto eu o seguia. Havia um conjunto corroído de escadas feitas de andaimes que passavam por muros cobertos de pichações, o que acabava estragando a ilusão. Mas um banco de pedra, largo o suficiente apenas para nós dois nos sentarmos com os quadris se tocando, oferecia um lugar bem posicionado para olhar pela janela da torre. O oceano brilhava abaixo de nós, um azul profundo, perfeito, até o horizonte.

— Uau — murmurei.

— Valeu a pena? — perguntou Joe, baixinho.

Fiz que sim, sentindo o súbito calor da sua coxa na minha, com medo de virar a cabeça para ele.

Havia algo nesse lugar, nessa pessoa, que estava acabando com o meu autocontrole. Em vez disso, mantive os olhos fixos no horizonte.

— Você acha que conseguimos ver uma baleia daqui de cima?

— Você quer mesmo ver uma baleia, né? Não para de falar nisso.

Comecei a dizer não, mas me contive.

— Quer saber? — Olhei para ele. — Eu quero ver uma baleia.

— Então é isso que faremos amanhã.

— Não é turístico demais para você?

Ele deu de ombros.

— Vou sobreviver.

— Quando precisamos voltar para não ficarmos presos?

Seus olhos baixaram para o relógio.

— Muito em breve.

— Sinto que a descida vai ser mais difícil do que a subida

— Depende. Quão corajosa você está se sentindo?

Olhei para ele de lado, a repetição das palavras de minha avó me deixou nervosa.

— Por quê?

— Bem, podemos voltar por onde viemos, mas você tem razão, é um tanto traiçoeiro. Ou podemos descer pelas escadas do castelo até aquela saliência ali embaixo. — Ele apontou para uma rocha que se projetava sobre o oceano como se fosse um trampolim natural. — E então... pular.

— O que você quer dizer com "pular"? — Estávamos literalmente no topo de uma pequena montanha no meio do oceano.

Ele não estava falando sério. Estava?

— É uma queda de uns cinco metros em mar aberto. Então você nada até a praia ao lado e volta para o banco de areia de lá.

— E as pessoas sobrevivem a isso?

Ele riu de novo.

— Sim. Ninguém morreu fazendo isso. Pelo menos não que eu saiba.

— Alguém já tentou fazer isso?

Joe sorriu.

— Por que você acha que eu trouxe a mochila impermeável?

Pelo visto, o comentário da minha avó sobre a minha coragem ao escolher a roupa não tinha *nada* a ver com o meu nível de conforto perto de Joe, de ele me ver usando biquíni. Por que ela era assim?

Ele ainda estava falando.

— Não vou julgar se você não se sentir à vontade para pular.

Eu não tinha certeza se sobreviveria, mas confiava nele.

— Vamos lá.

— Tem certeza?

— Você já fez isso antes?

— Dezenas de vezes.

— E você vai pular comigo?

Ele sorriu mais uma vez.

— A menos que você queira ir primeiro para eu tirar uma foto.

Balancei a cabeça.

— Eu com certeza não sou corajosa o bastante para fazer isso sozinha.

— Então vamos juntos.

Saímos da torre e descemos as escadas de pedra do lado de fora do castelo, que acabavam em uma saliência a cerca de dois metros acima da rocha achatada para a qual Joe havia apontado da janela da torre.

— Depois de pularmos esta parte, não há como voltar atrás — alertou ele. — Decida agora.

— Eu consigo fazer isso. — Ele se sentou, depois pulou para baixo, erguendo os braços para me ajudar, enquanto eu descia também. — E agora? A gente só pula?

— Você *provavelmente* vai querer me dar o seu celular e os seus tênis primeiro. E os seus óculos de sol também.

Tirei meus óculos de sol, depois os meus tênis e meias, os entreguei a ele um de cada vez, depois o meu celular. Ele colocou os sapatos de volta em sacos plásticos, os ajeitando dentro da mochila, depois tirou a camiseta e embrulhou os nossos celulares e óculos de sol com cuidado antes de colocá-los em outro saco plástico. Tentei não olhar. Ele tinha um toque de bronzeado *à la* fazendeiro e músculos que me diziam que a atividade física dele não se restringia a correr com seu cachorro na praia.

— Espera — eu disse, então tirei a regata e meu short, os entregando para ele também. Eu não queria voltar com short jeans molhado. E senti uma pitada de satisfação ao ver o olhar em seu rosto.

Ele guardou tudo na mochila e a colocou nas costas.

— Preparada?

— Você promete que eu não vou morrer aqui?

— Prometo. — Ele estendeu a mão e eu a peguei. — Saltamos depois de contar até três e correr?

Senti como se ele me olhasse, pudesse ver o meu coração batendo forte no peito. A piscina da vovó significava um mergulho profundo quando eu era pequena. As minhas irmãs e primas adoravam. Nunca criei coragem para pular. Eu nunca tinha saltado de paraquedas ou pulado das pedras em uma pedreira como fazem nos filmes. Eu nunca havia saltado de um barco direto para o mar.

Respirei fundo e agarrei sua mão estendida.

— Tudo bem.

— Um. Dois. — Inspirei fundo. — Três! — Corremos os seis passos e de repente estávamos voando, as minhas pernas ainda corriam em pleno ar. Ouvi um barulho que não reconheci como sendo o meu próprio grito até que mergulhamos na escuridão gelada da água. Não me lembro de ter nadado, mas o meu corpo sabia o que fazer e me impulsionou para cima até que a minha cabeça emergiu; cuspi quando bati os pés na água em meio ao relativo silêncio da enseada na qual havíamos pulado.

— Joe? — Olhei em volta em pânico. — Joe!

Ele emergiu. Eu só tinha ficado sozinha por um ou dois segundos, no máximo, mas essa foi a parte mais assustadora daquela experiência. Ele sorriu e soltou um grito vitorioso, sem palavras.

Eu estava tremendo, mas sorrindo.

— Eu acabei de fazer isso mesmo?

— Sim!

— Isso foi... acho que eu quero fazer de novo.

Ele riu.

— Se fizermos isso de novo hoje, você vai se atrasar para o compromisso com a sua avó. — Nadei para mais perto de Joe e de repente ele pareceu envergonhado. — Hum... talvez você queira... se ajeitar.

Olhei para baixo. A parte de cima do meu biquíni tinha subido quando bati na água e tudo estava à mostra. Com a emoção já evaporando, eu puxei às pressas para baixo da melhor maneira que consegui enquanto tentava me manter com a cabeça fora da água, também agora ciente de que a parte de baixo havia se encaixado em uma posição na qual não havia muita coisa coberta por ali também.

— Acho que se fizermos isso de novo eu vou usar um maiô.

— Seja qual for a sua escolha, eu não vou me opor. — Eu ri. Ainda deveria estar envergonhada, mas não conseguia estar depois daquele salto. — Vamos. A praia é logo ali. — Ele começou a nadar em direção à costa. Eu o segui, parando para olhar para o monte incrivelmente alto do qual havia acabado de pular.

Hoje aprendi a voar, pensei vertiginosamente enquanto nadava logo atrás de Joe. Meus dentes batiam com o frio da água da Nova Inglaterra, mas eu não poderia me importar menos. Eu estive sob uma animação suspensa por seis meses. Não, mais do que isso. Era muito, muito mais tempo. Mas agora? Eu estava viva. E me perguntei se me reviver era o tal negócio misterioso que a minha avó tinha para resolver em Hereford aquele tempo todo.

TRINTA E NOVE

Junho de 1951
Hereford, Massachusetts

Se Evelyn pensou que encontraria simpatia em seus irmãos e irmãs além de Vivie, não encontrou nenhuma. Nem uma vez sequer Joseph e Miriam usaram sua autoridade para proibir Evelyn de ver Tony. Já fazia uma semana que Joseph não falava com ela desde que o pedido de casamento aconteceu; e Miriam apenas a repreendia. Porém, seus irmãos e os filhos deles de repente passaram a ficar grudados nela como cola. Se ela atendesse o telefone, seus sobrinhos e sobrinhas apareciam, fazendo tanto barulho que ela não conseguia ouvir uma palavra sequer; eles não se incomodavam com as suas bajulações, ofertas de subornos e nem mesmo eventuais ameaças.

As chaves do carro de Joseph ficavam em uma cesta na porta da frente quando ele estava presente na casa. Mas agora não só elas, como as de Sam e Bernie, viviam nos bolsos dos homens e ficavam escondidas em seus quartos ao longo da noite. Seus apelos aos irmãos entravam em um ouvido e saíam pelo outro.

Se ela saía para passear, Helen, Margaret ou Sam a acompanhavam e geralmente isso acontecia depois de uma conversa furiosa sussurrada com Miriam, mesmo assim, a acompanhavam. Quando eles não a deixavam em paz sobre o seu "erro", Evelyn dava meia-volta e retornava para o chalé, trancando-se em um quarto, onde andava de um lado para o outro até muito depois que o resto da casa já tinha ido dormir. Ela impedia a entrada até mesmo de Vivie no quarto.

Não houve notícia alguma de Tony.

Não que ele a contatasse quando ela estava em casa com a família. Sempre que ela ligava para ele antes, isso se dava sob o pretexto de falar com um amigo da escola, enquanto os dois conversavam por código. E marcavam o encontro seguinte no anterior.

A única noite em que ela conseguiu escapar de todos com sucesso e chegar ao final da rua, rezando para que o carro dele estivesse estacionado ali esperando por ela, ele não estava. E bem quando estava pensando em implorar na pousada para que a deixassem fazer uma ligação, ela ouviu Bernie chamar seu nome.

— Seja uma boa menina e volte agora mesmo para casa, Evie. — Seu tom era simpático quando ele colocou um braço em volta do ombro dela.

Evelyn se livrou de seu aperto.

— Pensei que você estivesse do meu lado!

Bernie olhou para ela, calmo.

— Mas eu estou do seu lado. É por isso que disse para você no ano passado que o papai jamais deixaria você se casar com ele. E eu disse a mesma coisa para o Tony. Por que vocês dois não foram espertos em relação a isso e tentaram encontrar pretendentes mais adequados, eu nunca vou entender.

— Então foi por isso que você se casou com a Doris? Porque ela era "adequada"?

— Na verdade, foi por isso que eu comecei a sair com ela. Porque eu não estava querendo só me divertir. Eu queria casar e ter filhos.

Evelyn nunca havia esbofeteado ninguém, mas pensou em fazer isso naquele instante.

— Diversão? — esbravejou ela. — Você acha mesmo que é *divertido* esconder a pessoa que eu amo da minha família? Ainda mais quando eu estou na faculdade e não consigo vê-lo sem ter que mentir quando chego em casa?

— Você entendeu o que eu quis dizer.

— E se você não é capaz de dizer que não é esse o caso, então você não me conhece mesmo.

— Você está grávida?

— Não, seu idiota!

— Eu tinha que perguntar — suavizou Bernie. — Ev... você é uma boa garota. E amo você mais do que qualquer garota. E é por isso que vou contar a verdade agora. Você não pode se casar com ele. Você nunca seria capaz de se casar com ele.

Evelyn fez uma careta.

— Então me observe e verá!

Ela voltou para o chalé e foi direto para o telefone. Connie, de seis anos, deu o alarme, chamando seus irmãos para fazerem "o barulho do telefone" perto de Evelyn, mas ela os ignorou e discou o número de Tony.

As crianças gritavam, tornando impossível que ela ouvisse se alguém havia atendido o telefone.

— É a Evelyn — gritou ela ao telefone. — Diga para o Tony que eles não vão me deixar sair daqui, mas eu ainda vou dar um jeito nisso.

E sem ter a chance de ouvir uma resposta, ela recolocou o fone no gancho, dando um tapa na criança mais próxima antes de subir as escadas.

Ela tentou escapar durante a noite, determinada a pegar uma carona ou, caso não houvesse essa possibilidade, caminharia os oito quilômetros até a cidade no escuro. Ela se inclinou para fora da janela, procurando por qualquer apoio que a impedisse de bater com muita força no cascalho que ficava logo abaixo, mas não encontrou nada. Se ela pelo menos estivesse em um quarto na frente da casa, poderia ter descido para a varanda, mas não estava. Um tornozelo quebrado iria privá-la de qualquer chance de chegar a Tony por meses.

177

Ela teria que sair pela porta da frente.

Ao caminhar pela lateral do corredor, evitando as tábuas do meio que rangiam, ela andou na ponta dos pés até a escada. Contanto que fosse devagar, ela conseguiria se manter em silêncio. Ela deu um passo para baixo. Então outro. Pulou por completo o quinto degrau, porque ele rangia com qualquer peso. Mais um passo. Outro. Agora estava quase lá. Só faltavam mais três.

— Volte para a cama, Evelyn — disse Miriam em meio à escuridão da sala de estar. Evelyn congelou. — Agora.

Em vez disso, Evelyn desceu os degraus restantes. Sob a luz da lua que entrava pela janela da sala, ela viu a mãe no sofá, que havia sido transformado por ela em uma cama improvisada, sabendo o que Evelyn poderia vir a fazer.

E Evelyn entendeu que a batalha que precisava vencer estava bem à sua frente e não roncando alto no quarto do andar de baixo.

Preparando-se, ela entrou e se ajoelhou no chão ao lado da mãe.

— Mamãe, a senhora precisa me ouvir.

Miriam não disse nada, então Evelyn continuou:

— Eu não me apaixonei por ele de propósito. Mas agora não há mais volta. E ele é bom, mamãe. Ele é um bom homem. Alguém muito melhor do que eu. A primeira vez que o vi, ele estava arrastando o próprio irmão, que tinha roubado alguma coisa, até a loja do papai para que ele devolvesse e pagasse por ela. Ele é assim. Ele sempre faz a coisa certa. Você não pode odiar alguém que faz a coisa certa. E ele *me* faz fazer a coisa certa. Ele me faz querer ser boa assim como ele. Não é isso que você sempre quis que eu fosse?

Miriam ainda não respondeu.

— Mamãe, sei que não é o que a senhora queria e sei que não foi assim que a senhora foi criada, mas hoje em dia é diferente. Os velhos hábitos não importam tanto assim mais. — Seus olhos se ajustaram à escuridão e ao ver a postura de Miriam enrijecer, ela mudou de tática. — Além disso, os nossos filhos seriam judeus, porque eu sou judia. Isso não é o mais importante, no fim das contas? Quem se importa se ele não vai ao templo algumas vezes por ano?

Evelyn pegou a mão da mãe.

— Mamãe, por favor.

Algo no rosto de Miriam mudou. Por um momento, ela não era a mãe de cinquenta e sete anos de idade de Evelyn. Seus olhos estavam fixos em um ponto atrás da filha, enquanto seu rosto se suavizava com uma lembrança antes de se contorcer em uma dor silenciosa. Miriam se levantou e caminhou até a janela; Evelyn sentiu as esperanças aumentarem. Ela estava pensando no assunto!

Mas quando ela se virou para encarar a filha, estava balançando a cabeça.

— Não. E se você sair desta casa para ir atrás dele, é melhor ter certeza de que ele vai ficar com você. Porque você estará morta para esta família.

Ela pegou o travesseiro e o cobertor do sofá e foi para o quarto nos fundos da casa.

Evelyn caiu no chão e chorou.

QUARENTA

JOE E EU COMPRAMOS PIZZA NO CAFÉ bem ao lado da pousada e comemos em uma mesa do lado de fora, à sombra de um guarda-sol listrado de vermelho e branco. Coloquei a mão sem pensar na bochecha.

— Ainda não acredito que fiz aquilo.

— Da próxima vez, se você for corajosa o suficiente para pular sozinha, eu tiro fotos.

Algo formigou na minha espinha com a ideia de que ele tratou o fato de que haveria uma próxima vez como sendo uma certeza.

— Pode ser que eu ainda precise segurar uma mão primeiro. — Ele estendeu a mão sobre a mesa e eu comecei a rir. — Não para comer pizza!

Ele retirou a mão, mas estava sorrindo.

— A oferta continua de pé.

Meu celular vibrou na mesa, o de Joe um momento depois. Olhei para baixo. Uma mensagem da minha avó.

"OVE"

— Ela com certeza *não* sabe enviar mensagens — murmurei.

Joe ergueu o celular para mim, exibindo a mesma mensagem.

— Isso significa alguma coisa para você?

Eu disse que não, apertando o botão para ligar para ela e segurei o celular ao ouvido.

— Você já deveria estar de volta — foi o seu cumprimento. — Se você está presa naquela ilha, juro por Deus que...

— Vó, só viemos almoçar. Aqui no café. Perto da pousada.

— Bem. Você precisa estar pronta às quatro.

— Eu sei. — Hesitei. — O que a senhora quis dizer com a mensagem que mandou?

— Que mensagem?

— Essa que a senhora mandou para mim e para o Joe. Ove?

— Onde você está?

— Eu já disse. Estamos no café. A sua memória não é mesmo mais o que era antes.

— Sim, você disse isso.

— Mas o que a sua mensagem significa?

— Significa "Onde você está?".

Coloquei a mão na cabeça.

— A senhora não pode simplesmente inventar siglas aleatórias e esperar que as pessoas entendam.

— Mas você faz isso o tempo todo.

— Eu uso aquelas que todo mundo conhece.

— Todo mundo conhece essa. Pergunte para o Joe. Ele sabe essa.

— Eu... tudo bem, vó. Logo estarei em casa para tomar um banho.

— Diga para o Joe que ele é um bom menino por não ficar preso, ao contrário das mães de vocês.

Desliguei e me virei para Joe.

— Você é um bom menino por não nos deixar presos como as nossas mães ficaram. E a mensagem significava "onde você está?".

— Todo mundo conhece essa.

Bati em seu braço com as costas da mão.

— Juro que se você agir como se soubesse disso para ela...

— Vocês duas deveriam ter um programa de TV juntas. Poderiam ganhar milhões.

— Eu arrancaria o cabelo no processo.

— Você poderia comprar uma peruca.

— Eu a perderia mergulhando para fora da ilha.

— Verdade. Gosto mais do seu cabelo real mesmo. — Ele estendeu a mão e tocou a ponta do meu rabo de cavalo, ainda úmido de água salgada.

— Eu deveria voltar. — Me levantei rápido demais, batendo as coxas na mesa. Ele se levantou também, e eu me odiei por ser tão desajeitada. Ele claramente gostava de mim. E com certeza eu gostava dele. Por que eu não poderia fazer isso? — Ainda vamos caçar baleias amanhã?

Ele me olhou de um jeito estranho, depois riu.

— *Observar* baleias. Não estamos caçando uma espécie em extinção, sua esquisitona.

— Dá na mesma — eu disse, mas mesmo uma gafe com ele parecia algo confortável, como se ele sempre estivesse rindo comigo em vez de rir de mim. — Você vai me avisar que horas nos encontramos?

— Eu mando uma mensagem. Só não apareça com um arpão.

Sorri.

— Não prometo nada.

Precisei de todo o meu autocontrole para não olhar para trás enquanto me afastava.

* * *

Tomei um banho e me vesti bem, sequei o cabelo e passei maquiagem por insistência da minha avó, fiquei pronta às quatro em ponto.

Nesse momento, fui ver como ela estava e me deparei com ela ainda de roupão se maquiando em uma pequena penteadeira.

— Pensei que a senhora tinha dito quatro horas.

— Eu não, disse quatro e meia.

Respirei fundo. Não adiantava discutir com ela. Então eu me sentei na cama e observei, enquanto ela aplicava o delineador, suspirava pesadamente, depois limpava com demaquilante e então tentava de novo.

— Quer que eu ajude?

Eu esperava ser rejeitada, mas ela estendeu o lápis para mim sem dizer uma palavra. Ela fechou os olhos e eu me inclinei, puxando suavemente o canto de sua pálpebra enrugada para obter uma linha reta, depois fiz o outro olho. Ela se virou para o espelho e moveu o rosto de um lado para o outro, analisando o meu trabalho. Ela jamais elogiaria se não atendesse aos seus padrões.

— Como você deixa as suas sobrancelhas desse jeito? — perguntou ela eventualmente, me analisando pelo espelho. — Eu quase já não tenho nada.

Olhei para o seu rosto. Ela não estava errada.

— Me deixe pegar o meu kit de sobrancelhas.

Ela ergueu o lápis.

— Eu tenho aqui.

Olhei para ele e balancei a cabeça.

— Vamos usar o meu kit.

Fui até o banheiro do andar de cima, peguei e na volta desenhei as sobrancelhas para ela o mais natural que consegui. Elas estavam escuras demais para o seu cabelo, que tinha sido da minha cor quando ela era jovem, gradualmente sendo tingido de loiro-claro ao longo dos anos em vez de ficar grisalho. Porém, ela se enfeitou na frente do espelho, as admirando.

— Eu pareço tão glamourosa, como uma estrela de cinema.

Eu não disse o que estava pensando, que essa tal estrela de cinema era Faye Dunaway interpretando Joan Crawford em *Mamãezinha Querida*.

— E, afinal, para onde vamos hoje à noite?

A última vez que a vi assim foi para o casamento da minha prima Amy.

— Você vai ver — respondeu ela, aplicando o batom fúcsia brilhante que todas as mulheres parecem ganhar de presente aos oitenta.

— Por que a senhora nunca me conta nada?

— Eu conto até demais. Você é impaciente, esse é o seu problema.

— Achei que eu fosse chata.

— Tudo faz parte do mesmo problema. A emoção vem justamente de não saber ao certo.

Ela se levantou e tirou o roupão, revelando apenas uma calcinha, do tipo literalmente de vovó.

— Vou deixar a senhora se vestir — eu disse, saindo depressa.

Não que a modéstia tivesse sido uma característica sua quando ela era mais jovem, mas não havia resquício algum disso agora.

Já eram quase cinco horas da tarde quando a minha avó apareceu e eu havia até cochilado no sofá.

— Você está dormindo? Vamos nos atrasar.

Ela balançou a cabeça para mim.

— Mas já não estamos atrasadas? — Verifiquei a hora no meu celular.

— Não. Precisamos estar lá às cinco.

— Então por que a senhora me disse quatro e meia?

— Eu nunca disse quatro e meia.

Suspirei, pegando a minha bolsa.

* * *

— Como eu estou? — perguntou ela quando nos aproximamos do restaurante que me indicou.

— A senhora está fabulosa, vó.

Eu me perguntei se Tony estaria lá dentro. Mas ela me arrastaria para algo do tipo?

Entramos em uma explosão fria de ar-condicionado, apenas para sermos atacadas por dezenas de vozes enquanto uma multidão avançava na nossa direção, engolindo a minha avó.

Dei um passo instintivo para trás, o que me fez esbarrar na porta. Havia pessoas por toda parte, ela estava abraçando a todos. Fiquei parada até quase cair quando um casal mais velho abriu a porta atrás de mim e passou por mim para abraçar minha avó.

— Queridos — disse ela, sua voz silenciando o grupo enquanto ela gesticulava para mim. — Esta aqui é a minha Jenna.

De repente, a multidão estava em cima de mim, todos me abraçando, beijando o meu rosto, me segurando à distância de um braço para me admirar e me pronunciar como a própria imagem de "Tia Evelyn".

— Vocês são todos... primos? — perguntei.

A mulher que estava dando tapinhas na minha bochecha riu.

— Claro que somos — disse ela. — Eu sou a sua prima Laney.

Vovó apareceu ao meu lado, segurando firme o meu braço enquanto me conduzia de pessoa em pessoa, ela me apresentou para todos no salão. Eles pareciam vagamente semelhantes, a genética dos Bergman com certeza era a dominante, mas havia muitos deles para eu conseguir memorizar os nomes. Reconheci Donna, mas o resto me sobrecarregou.

Acabamos sentados às mesas de banquete em uma sala privada. Tentei contar quantas pessoas havia ali, mas elas ficavam se levantando o tempo todo para conversarem entre si; além disso, eram tão parecidas que não consegui ter certeza de que não estava contando ninguém duas vezes.

— Todos esses são filhos e netos dos seus irmãos e das suas irmãs? — perguntei para a minha avó. Ela confirmou, satisfeita no papel de rainha daquela sala. — Há muitos deles.

Ela riu.

— Bem, querida, nós éramos em sete. Tudo bem, apenas seis tiveram filhos. — Ela parou por um instante, lembrando-se com clareza de Vivie, que havia morrido aos vinte e um anos. Mas ela balançou a cabeça e o clima passou. — E aqui nem está todo mundo. Só as pessoas na área geral de Boston mesmo.

— Há mais gente?

— Vou fazer uma lista para você.

— Uma lista?

— É importante saber de onde você vem — disse ela. — De quem você vem.

Concordei, olhando ao redor da sala, mas pensando que aquilo que eu havia aprendido com ela e por estar ali, no lugar de onde a minha família toda vinha, havia me ensinado muito mais do que uma lista seria capaz.

A mais velha delas tinha oito anos quando os meus bisavós a proibiram de se casar com Tony, o que eu duvidava que eles se lembrassem de fato. As histórias que contaram durante o jantar giravam sempre em torno do tempo em que passavam nos chalés, a maioria se referia a anos posteriores, quando a minha avó passava o verão inteiro com minha mãe, tia e tio.

Eu me encolhi, me sentindo culpada. Minha mãe ligou enquanto eu estava me arrumando e me esqueci de ligar de volta. Mandei uma mensagem para ela dizendo que fui para a ilha e ela respondeu: "MEU DEUS, sua avó sabe que você foi lá?". Foi então que ela ligou, mas eu já estava no chuveiro. Mamãe, tia Joan e tio Richie deveriam estar ali para ver isso, não eu. Eu não conhecia essas pessoas.

Uma prima chamada Diana ou Diane (havia uma de cada, e eu não sabia dizer qual das duas era qual) estava no meio de uma história sobre uma cabra que Joseph tinha comprado para os netos quando eu senti o meu celular vibrar. Do meu colo, discretamente verifiquei a tela, presumindo que fosse a minha mãe.

Mas era Joe.

"E aí, o que está fazendo?".

"Reunião de família improvisada em um restaurante. Pelo visto, a minha família é enorme."

"Pois é. Eu também tenho uma dessas famílias. Vou deixar você em paz então. Pego você às dez amanhã para a gente observar as baleias?"

Meu coração afundou um pouco. Eu não queria que ele me deixasse em paz.

"Eles estão contando uma história sobre uma cabra que comeu todas as toalhas de praia. Acho que posso conversar. O que você está fazendo?".

Observei com avidez os três pontos aparecendo na tela, esperando a sua resposta.

"Estou na galeria. Quer passar aqui quando terminar aí?"

Já passava das nove da noite e os garçons já haviam limpado as mesas. A boa menina Jenna ficaria até que a sua avó estivesse pronta para partir. Mas olhei para ela enquanto ela interrompia regularmente para corrigir os detalhes da história de sua sobrinha. *Ela* iria até a galeria.

Tocando seu braço para chamar a sua atenção, me inclinei na direção da sua orelha.

— Tudo bem se eu sair um pouco mais cedo? A senhora pode me enviar uma mensagem quando for a hora de voltar, aí eu venho te buscar.

Ela se virou e me olhou com atenção, os cantos da sua boca se contorceram em um sorriso.

— Um deles vai me levar para casa. Dê um beijo no Joe por mim.

— Eu...

— Vai logo.

Eu me levantei e beijei a sua bochecha.

— Está bem.

— Você já está indo embora? — perguntou Donna.

— Ela vai se encontrar com o Joe.

Suspirei quando uma discussão em grupo sobre a vida social começou.

— Prazer em conhecer vocês todos — eu disse em voz alta, depois saí e mandei uma mensagem para Joe pedindo o endereço da galeria.

QUARENTA E UM

Junho de 1951
Hereford, Massachusetts

A NOTÍCIA DO ULTIMATO DE MIRIAM SE espalhou rápido pelas duas casas. Todos observavam Evelyn com cautela, ainda mais enquanto ela beliscava, apática, a sua comida em vez de comê-la, porém, uma aparência de liberdade voltava. Quando ela saía para passear, ninguém a seguia. Em vez disso, quando voltava para casa, todos olhavam para cima, ansiosos, e fingiam que não estavam esperando com impaciência, contando os segundos para saber se ela voltaria ou se teriam que fingir que ela estava morta caso a encontrassem na cidade.

Certa vez, quando o telefone tocou, ela ouviu Joseph dizer:

— Ela não pode atender. — E depois desligou.

Ela não conseguia respirar.

Abriu a porta de tela, calçou um par de sapatos de praia que ficavam na varanda da frente, sem se importar que não fossem seus, então desceu depressa os degraus. Mas em vez de ir para o fim da estrada, atravessou a linha de árvores até os penhascos com vista para o mar. Ela alcançou a borda e se deitou em uma das pedras, com as mãos sobre os olhos, lutando para puxar ar suficiente para os pulmões.

Quando a sua respiração finalmente se acalmou, sentou-se, as pernas penduradas na rocha sobre a borda do penhasco, apoiou a cabeça nas mãos, os cotovelos nos joelhos.

— Será que aquele seu amigo sabe que você está tão chateada?

Evelyn virou a cabeça tão rápido ao ouvir aquela voz estranha que quase perdeu o equilíbrio. Uma velha a espiava por entre as árvores, usando um *muumuu* de cores vivas e um chapéu de sol feito de palha.

— Olá, sra. Gardner — disse Evelyn, enxugando os olhos.

— O que ele fez para você?

— O que quem fez?

— O seu pretendente. Aquele com quem você vinha para cá durante todo o inverno.

Evelyn olhou para ela, alarmada.

— Eu não sei sobre o que a...

A sra. Gardner se aproximou, apoiada em uma bengala.

— Não se incomode em mentir para mim. Não saio por aí contando a vida dos outros. — Ela olhou Evelyn de cima a baixo. — Não me parece que você tenha se metido em encrenca.

Evelyn sentiu as bochechas ficarem vermelhas. Uma coisa era quando Bernie dizia algo do tipo, mas ela não conhecia aquela mulher.

— N... não — gaguejou ela.

— Seu pai não aprova? Ou ele não quer se casar com você? — Ela falava com o forte sotaque de alguém que passou a vida inteira na costa norte, a sua família devia fazer parte dos primeiros colonos.

Piscando de um jeito pesado, Evelyn suspirou.

— A primeira opção. Embora eu ache que é mais a minha mãe.

— Não, acho que eles não aprovariam. Ele parece português.

— Ele é.

A sra. Gardner balançou a cabeça.

— Eu mesma nunca entendi por que tanto alarde. Mas não se preocupa demais. As coisas têm uma maneira de funcionar da forma que devem. Dê a ele algum tempo para fazer alguma coisa por si mesmo, seus pais ainda vão entender.

— Eu também achava. Mas não tenho tanta certeza se isso ainda vai acontecer.

— Nunca ouviu aquela velha expressão? A que é mais fácil pedir perdão do que permissão. Você não me parece do tipo que pede permissão.

Evelyn olhou para aquela velha e desgastada, que sabia mais sobre os seus segredos do que sua própria família, sem nunca ter trocado mais do que uma saudação passageira com ela.

— Você já foi casada, não?

— Por quase quarenta anos, até que ele morreu.

— Vale a pena? Mesmo se você tiver que desistir da sua família inteira?

Pelo resto de sua vida, Evelyn se lembraria da bondade nos olhos daquela velha senhora quando ela respondeu à pergunta.

— Essa é uma questão que não depende de casamento, depende só de você, menina. E acho que já sabe a resposta. Se você fosse mesmo fugir, não estaria aqui agora. — Ela olhou para o mar. — Dê um tempo para o seu pai. Ele é um homem bom. Orgulhoso, mas todos eles são, os homens. Se o seu jovem pretendente for mesmo alguém digno, seu pai enxergará isso. E a sua mãe vai logo em seguida. — Ela gesticulou com a bengala. — Agora saia dessas pedras e leve esta velha aqui para casa.

QUARENTA E DOIS

As luzes estavam acesas, ainda que houvesse uma placa de Fechado pendurada na porta, com as palavras *Estúdio de Fotografia Fonseca* gravadas nela. Tentei abri-la, mas estava trancada, então bati de leve.

Joe veio por trás, Jax saltando atrás dele, e destrancou para mim.

— Oi — disse ele.

— Oi. — Jax cutucou a minha mão com a cabeça e eu cocei as suas orelhas, sua língua balançava alegremente.

Inclinei a cabeça em direção à placa de Fechado.

— Você precisa trancar a porta também?

— As pessoas simplesmente entram se as luzes estiverem acesas.

— Eu meio que esqueci que você tinha mesmo… um emprego.

Ele sorriu, tímido, e passou a mão pelo cabelo.

— Para ser justo, eu não trabalho das nove às cinco, nem nada disso. Tenho um assistente que administra a loja.

— Pode me fazer um tour?

— Não é bem um tour. — Ele gesticulou ao seu redor.

Era um salão grande com paredes brancas e fotos emolduradas em uma mistura de versões em preto e branco e coloridas. Na parte de trás havia uma mesa bastante austera com várias pastas em cima, além de duas portas no canto de trás.

— É tudo trabalho seu?

— Agora é. Mas às vezes faço mostras como convidado.

Comecei na parede mais próxima de nós e me movi pela sala. Havia diversos cenários locais que eu reconheci, incluindo algumas do castelo.

— Acho que você não pularia se estivesse com a sua câmera.

— Não mesmo. Nesse dia aí eu saí de barco. Não queria me preocupar com as marés ou o clima.

— Você tem um barco?

— Um pequeno. Principalmente para fazer coisas desse tipo.

Balancei a cabeça de leve, analisando a foto seguinte, era da estátua do pescador de Gloucester, então refleti sobre o mundo diferente onde ele viveu. Eu tinha certeza de que havia escolas, e professores, e pessoas ali que viviam de forma similar a minha — ou pelo menos como eu vivia antes de voltar para casa dos meus pais. Mas nunca morei perto do mar ou pensei em um trabalho no qual pudesse simplesmente entrar em um barco e encontrar algo que parecesse atraente.

Entretanto, nem tudo era cenário. Ele tinha fotos de casamentos, incluindo uma de uma florista fazendo beicinho em seu vestido fofo, diante da qual eu não pude deixar de sorrir, havia várias de Jax, que emanavam felicidade. Em seguida, a silhueta de um idoso contra o mar, antes mesmo de olhar para o cartão de título, eu sabia que aquele era Tony. Eu o estudei por um momento.

— Você se parece um pouco com ele.

— Um pouco. — Ele deu de ombros. — Temos o mesmo nariz. Mas na nossa família todos temos o mesmo nariz.

— Pelo menos é um nariz bonito.

Mordi o interior da bochecha, mas ele não disse nada.

Quando nos aproximamos de uma das duas portas, ele se virou para mim.

— Eu queria te pedir uma coisa. Mas tudo bem se você não quiser responder. Não vou estranhar.

Uma antecipação nervosa formigou no meu estômago. Era ali que as coisas iam ficar estranhas. Dizer isso significava que ficaria. Ah, não. O que ele estava prestes a perguntar?

— Tudo bem.

Ele me conduziu por uma das portas para uma sala de trabalho, com uma grande mesa coberta de suprimentos de moldura no centro, uma de computador com dois monitores enormes ao longo de uma parede e outra na parede dos fundos com uma impressora enorme, além de um cortador de papel.

O centro da mesa de trabalho continha uma impressão emoldurada do tamanho de um pôster e, quando me aproximei, reconheci a minha foto tirada na floresta. Tudo nela era preto e branco, exceto eu. Olhei para ele, confusa.

— Quero incorporá-la na mostra, se você se sentir bem com isso. — Encarei aquela imagem. O contraste de cores com o preto e o branco me fazia parecer uma viajante do tempo nas minhas roupas de caminhada. Porém, havia uma sensação de que eu pertencia àquele lugar também. Quando não respondi, ele continuou a falar: — Se não quiser, você pode ficar com ela. Se você quiser, claro. Quero dizer, posso imprimir outra cópia para você também, se concordar que eu a exiba.

De repente, eu estava muito consciente de tê-lo parado logo atrás de mim, no meu ombro. Não estávamos nos tocando, mas mesmo assim eu podia senti-lo ali, como podia sentir meu peito subindo e descendo com o esforço de continuar respirando. Ouvi as palavras da minha avó na minha cabeça, sobre um homem não guardar uma foto de alguém a menos que sentisse algo por essa pessoa.

— Não tem problema nenhum se você disser não — falou ele de novo, baixinho, então eu me virei para ele.

Demorou um pouco. Ou talvez nem tenha demorado, o tempo parecia ter ficado mais lento. Talvez eu tenha me aproximado primeiro ou ele, talvez qualquer força cósmica que impeliu a minha avó para longe de Tony e em direção ao meu avô estivesse nos unindo. Até que por fim aconteceu. Seus lábios tocaram os meus, de uma forma tão suave, como se ele ainda estivesse pedindo permissão. Ele se afastou um pouco, tirou uma mecha de cabelo da minha testa e passou a ponta dos dedos pela lateral do meu rosto até meu lábio inferior. Inclinei-me para a frente e ele me beijou de novo, mas dessa vez mais firme, sua mão envolveu o meu cabelo.

E assim, pela primeira vez, não pensei demais, nem entrei em pânico com as consequências, eu não teria conseguido fazer isso mesmo se tentasse.

— Desculpa. — Ele se afastou mais uma vez. — Essa não deve ser uma maneira justa de perguntar sobre o uso da foto, né?

Eu ri e pressionei as mãos nos olhos.

— Então é assim que você consegue todo o seu trabalho?

— Só com você. E com a Jax.

Ela estava deitada aos nossos pés e levantou a cabeça ao ouvir seu nome.

Deveria ter sido estranho. Esse foi o meu primeiro beijo desde Brad e, bem, Brad não me beijava dessa forma havia anos. Talvez nunca tivesse me beijado *assim*. O que deveria ter sido uma pista de que não íamos durar. Mas não foi estranho.

— Quem beija melhor?

— Você, com certeza. A Jax lambe a própria bunda às vezes.

Comecei a rir.

— Não tenho certeza se esse é um padrão elevado de comparação.

Olhamos um para o outro, e percebi que eu precisava ir embora. Se eu ficasse, as coisas iriam acontecer. Provavelmente ali mesmo. Na mesa onde estava a foto. Olhei para baixo, mordendo o lábio inferior. Com certeza eu tinha que voltar.

— Eu deveria ir — eu disse.

Seu rosto ficou desanimado e algo no meu peito pulou com sua decepção.

— Tem certeza?

Meus olhos dispararam para a mesa de novo.

— Sim — eu disse, baixinho. — Mas vejo você amanhã, quando formos caçar baleias.

Ele balançou a cabeça, rindo.

— Observar.

— Eu nunca vi uma, então é uma caçada para mim.

— Você quer pensar sobre a foto?

— Não preciso, é sua.

— Tem certeza?

— Sim. — Fiz uma pausa. — Eu ganho uma parte se você vender?

— Eu levo você para um ótimo jantar.

— Quão ótimo?

— Lagosta e champanhe.

— Ooh la lá. — Ficamos ali sorrindo como dois idiotas e eu queria desesperadamente que ele me beijasse de novo antes de eu ir embora.

— Vou acompanhar você até o seu carro. — Ele foi até a mesa e pegou uma coleira para Jax.

— São só alguns quarteirões. Eu vou ficar bem.

— Sei que você vai ficar bem. — Ele prendeu a coleira no pescoço da cachorra. — Mas pode ser que eu queira uns dez minutos extras com você.

Meu coração bateu mais rápido.

Ele apagou as luzes e trancou a galeria quando saímos, então pegou a minha mão, a outra segurando a coleira, enquanto Jax brincava ao nosso redor.

As luzes brancas do feriado decoravam as árvores, dando à rua principal uma sensação festiva no ar quente de verão; fomos pelo caminho mais longo, percorrendo seis quarteirões em vez de dois.

Quando chegamos ao carro da minha avó, ficamos sem jeito por um instante enquanto nos despedimos, depois nos beijamos de novo, com mais intensidade, com mais urgência dessa vez, as minhas costas pressionaram a porta do carro, enquanto eu o sentia contra mim. Se ele me pedisse para ir para casa com ele... mas não pediu.

— Vejo você amanhã de manhã — disse ele, depois beijou a minha bochecha e então os meus lábios mais uma vez, de leve.

Balancei a cabeça, sem confiar em mim mesma para falar qualquer coisa coisa.

— Boa noite, Jenna.

— Boa noite. — Ele abriu a porta do carro para mim e eu me afundei no banco.

* * *

Subi os degraus até o chalé, a luz da televisão piscava pela janela da frente e refletia na varanda. Eu não chamei a vovó enquanto abria a porta de fininho, caso ela tivesse adormecido na frente da TV de novo.

— Jenna? — chamou ela. — Quem está aí?

— Sou eu, vó. — Fui até a porta da sala.

— O que você está fazendo aqui?

Olhei para ela, preocupada. Ela devia ter acabado de acordar e ficar desorientada era normal na sua idade, mas ainda assim algo preocupante. Ainda mais porque ela tinha bebido no jantar.

— Eu trouxe a senhora para Hereford. Lembra?

— Eu sei disso. Não sou uma idiota. Por que você está aqui em vez de estar na casa do Joe?

Exalei alto.

— Sério mesmo? Eu acabei de conhecê-lo.

— Puritana. Quando é para ser, é para ser. O que você está esperando? Não é como se você fosse virgem.

— Ai, meu… Não, vou dormir. Boa noite.

— Não é tarde demais para ligar para o Joe se você não quiser fazer isso sozinha.

— Boa noite, vó.

— Não sei onde foi que eu errei com essa garota — murmurou ela, enquanto eu subia as escadas.

QUARENTA E TRÊS

Julho de 1951
Hereford, Massachusetts

MAIS TRÊS DIAS SE PASSARAM, ENQUANTO EVELYN tentava decidir o que fazer. A voz da sra. Gardner chegou a ressoar de novo em sua mente, ela chegou ao ponto de resolver fugir, fez até a mala. Mas Vivie entrou no quarto quando Evelyn saiu para buscar a escova de dentes.

Ela olhou para a mala na cama e então de volta para a irmã, com os olhos marejados.

— Vivie, por favor, não.

A irmã mais nova enxugou os olhos com as costas da mão e respirou fundo, tentando conter as lágrimas.

— Mas a mamãe disse que...

— Eu sei o que a mamãe disse. — Ela respirou fundo. — Mas você sabe que mais cedo ou mais tarde o papai vai ceder.

— Não se ela não ceder.

E lá estava ele: o curinga com o qual Evelyn não contava quando planejava fugir com Tony caso Joseph dissesse não. O pai a perdoaria. Mas ele contrariaria Miriam?

Evelyn afundou na cama.

— O que eu deveria fazer? — perguntou ela. — Eu amo o Tony. Não posso viver desse jeito.

Vivie envolveu Evelyn em seus braços.

— Eu não sei. — Ela beijou o cabelo da irmã. — Mas não sei o que faria sem você.

Cheia de culpa, Evelyn desfez a mala antes de chorar até dormir.

* * *

Pela manhã, enquanto a família se preparava para a caminhada diária até a praia, um carro parou do lado de fora da casa e as crianças correram para a varanda da frente ao ouvir o som.

— Bem, olá. — Uma voz masculina flutuou através das janelas teladas. — A sua tia Evelyn está em casa?

Ela estava em seu quarto. Já não ia mais à praia desde a última vez que vira Tony e não estava disposta a ajudar ninguém a se preparar para as aventuras do dia. Mas os seus ouvidos se aguçaram ao som do carro, um lampejo de esperança viajou através da tela com a voz familiar.

Ela correu para o espelho sobre a cômoda: ela estava com uma aparência assustadora. Pálida e magra, com olheiras enormes. Nem conseguia se lembrar qual havia sido a última vez que penteara o cabelo.

Esforçando-se para ouvir a conversa, enquanto Joseph saía para falar com o homem, ela colocou um pouco de maquiagem às pressas, um vestido e passou a escova pelo cabelo emaranhado.

Quando desceu, Fred estava sentado na sala de estar, com um copo de limonada na frente dele; Miriam e Joseph o bajulavam como se ele fosse o próprio Messias, tendo percebido pelo sobrenome que ele era o tal pretendente judeu que seria capaz de acabar com as suas preocupações.

— Olá, Fred.

Ele se levantou, sorrindo.

— Evelyn.

— O que está fazendo aqui?

— Venho ligando para você e como não consegui falar, pensei em fazer uma visita.

— Duas horas dirigindo?

Ele sorriu.

— Senti saudades.

Miriam agarrou a mão de Joseph com a esquerda e pressionou a direita no coração, algo que Evelyn viu como sendo a sua janela de oportunidade se abrindo.

— Estávamos indo para a praia — disse Miriam. — Podemos encontrar um traje de banho para você, se quiser se juntar a nós.

— Mamãe — disse Evelyn. — Com todo mundo? Todas as crianças? — Fred começou a protestar que estava tudo bem, mas um olhar de Evelyn o silenciou. — Tudo bem se eu for até a cidade com ele?

— Claro — disse Miriam. Ela se levantou, tocando o braço de Fred. — É um prazer conhecê-lo. — Ela enxotou Joseph para fora da sala, parando para afastar o cabelo de Evelyn do rosto.

Ela esperou até que os pais fossem embora, olhou atrás do sofá em busca de possíveis crianças bisbilhoteiras e agarrou o braço de Fred.

— Vamos — disse ela, puxando-o em direção à porta.

— Por que tanta pressa?

— Eu explico no carro. Vamos. Agora.

Ele se deixou levar pelos degraus da varanda e abriu a porta de seu Studebaker para ela. Uma vez no banco do motorista, ele se virou para ela.

— Está tudo bem?

— Não. Dirija até o final da estrada e vire à esquerda, depois na primeira à direita.

— Por acaso vamos roubar um banco?

Evelyn suspirou, exasperada.

— Não. O que você está fazendo aqui de verdade?

— Eu estava preocupado. Liguei para sua casa algumas vezes e sempre me diziam que você não podia falar. E então desligavam sem anotar recado. Por acaso você é uma refém?

— Na verdade sou, sim.

— Agora eu estou mesmo confuso.

Ela suspirou de novo.

— Tony pediu a minha mão em casamento para o meu pai. E tudo foi por água abaixo.

— Ah, não — disse Fred. — Sinto muito.

— Mamãe disse que se eu fosse vê-lo, não era para eu voltar para casa.

— Vai ficar tudo bem, você sabe disso. Sei que você queria mesmo que desse certo, mas há todo um mundo grande lá fora e...

— Não, você não está entendendo.

— Não?

— Vamos nos encontrar com ele agora. Eu preciso falar com ele.

Fred ficou quieto por um momento.

— Entendo.

Houve uma pausa tensa.

— Você é o único que pode me ajudar — disse Evelyn, ignorando a sua óbvia desaprovação. — Você precisa me ajudar.

Ele manteve os olhos na rua, mas agradeceu.

— Obrigado.

Quando eles pararam na frente da casa de Tony, Evelyn saiu.

— Então eu espero você aqui — disse Fred.

Evelyn se inclinou para olhá-lo pela janela aberta do carro e lhe agradeceu de novo.

— Você não entende o quanto isso significa para mim.

— Boa sorte. — Ele sorriu de uma forma sombria.

Evelyn caminhou até a casa, respirou fundo e bateu à porta. Maria abriu um momento depois, seus olhos se arregalaram ao ver quem estava em seu degrau.

— Eu preciso ver o Tony.

— Não queremos problemas — sussurrou ela.

— Problemas? — perguntou Evelyn, confusa.

— O seu pai... ele é poderoso nesta cidade. Ele disse não. E...

— Não, Maria, não. Ele vai descontar em mim. Não em vocês. Ele não é assim. Por favor.

Ela não pareceu convencida, mas chamou o filho, que desceu as escadas, um tanto inebriado e com a barba por fazer, congelando por um instante ao ver Evelyn. O momento passou, ele correu para abraçá-la; ela afundou nele, aliviada, sem perceber até o instante em que isso acontece que ela estava preocupada de que ele fosse rejeitá-la.

Maria torceu as mãos, olhando para elas.

— Você... você quer se sentar aqui? Conversar? — perguntou ela.

Tony concordou e sua mãe entrou em casa, fechando a porta com cuidado atrás de si, para não ouvir nada.

— Desculpe — disse Evelyn, as palavras saindo dela. — Eles não me deixaram usar o telefone. Eles não me deixam mais sair de casa. Eu não sabia como...

— Está tudo bem. — Ele pegou as mãos dela. — Eu entendo.

— O problema não é o meu pai. Achei que seria, mas, na verdade, é a minha mãe. Ela não vai deixá-lo ceder, mas... — Agora que ela estava ali, sabia o que queria. — Vamos fugir. Você precisa se dar conta de que essa é a única maneira.

Ela ergueu os olhos para ele e o que viu a aterrorizou.

— Só me diga que você não fez nada de irreversível para chegar aqui hoje. — Sua voz era calma, e ele soltou as mãos dela.

— Eu... não... Fred apareceu e eles acharam que... mas eu o fiz me trazer até aqui.

— Fred? — perguntou ele, meio confuso.

Evelyn apontou para o carro estacionado próximo ao meio-fio.

— Ele é meu amigo. Da faculdade. Ele está noivo. Já falei sobre ele para você. — Ela fez uma pausa, de repente sem ter certeza se tinha mencionado Fred. — Não importa. Veja bem, nós podemos ir embora hoje à noite. — Ela agarrou as mãos dele, que pareciam moles e frias nas de Evelyn.

— Se deixaram você vir até aqui com ele, é sinal de que ele é judeu. — Aquela não era uma pergunta. — Talvez ele devesse se importar.

A boca de Evelyn se abriu.

— Vá para casa, Evelyn, fique com a sua família.

— Não.

— Já disse várias vezes para você que não faria desse jeito.

— Eu não vou embora.

— Você vai, sim.

— Vou dormir aqui fora. Você não vai ter escolha.

— É isso mesmo que você quer? Você quer me forçar a fazer uma coisa que eu sei que é errada?

— Eu... — Ela parou, desesperada. — Por que você está fazendo isso?

Ele se levantou e caminhou até a beirada da varanda, olhando na direção do carro de Fred.

— Seu pai veio me ver. Ele me ofereceu dinheiro para ficar longe de você.

Uma expressão de horror cruzou o rosto de Evelyn.

— Você não chegou a ...?

— Claro que não. Mas ele deixou bem claro que você não terá família se nós fugirmos. E eu não posso tirar isso de você.

Ele se virou para ela, encostado na grade da varanda, os braços cruzados.

— Eu amo você. E é por isso que não posso ser a razão pela qual o seu coração vai se partir quando a sua família não estiver no seu casamento. E quando você tiver um filho que não conhecerá os avós. Quando você não puder estar no casamento das suas irmãs. E todas as vezes que você desejará a sua família e não poderá tê-la por perto.

Uma lágrima escorreu por sua bochecha.

— Mas eu quero *você*.

— Eu amo você o suficiente para deixar você ir embora. E se você me ama de verdade, você vai. Não me faça ser aquele que roubará esses momentos de você. — Ele fez uma pausa, finalmente encontrando os seus olhos. — Você precisa ir para casa, Evelyn.

— O que eu vou fazer sem você?

— Seja feliz — disse ele suavemente. — Por favor.

— Eu não posso.

Ele fechou os olhos por um instante, então foi até ela e beijou a sua testa.

— Você precisa.

Ele pressionou os lábios na sua testa mais uma vez e então entrou dentro de casa, deixando-a na varanda, as lágrimas rolando por seu rosto.

QUARENTA E QUATRO

ACORDEI ANTES DE O MEU DESPERTADOR TOCAR, franzi o rosto quando fui atingida pela lembrança da noite anterior, pressionei a ponta dos dedos nas minhas bochechas. Isso havia acontecido de verdade? Eu estava sonhando? Tirei as mãos do rosto e olhei ao redor da sala. Eu definitivamente estava em Hereford. No chalé. Havia algo no ar? Na água? O que quer que tenha gerado aquela ridícula força da natureza que era a minha avó, estava me curando ali. Não era só o Joe, ela bem poderia tê-lo me oferecido na minha frente quando eu estava na casa dos meus pais uma semana atrás, e eu não teria me importado nem um pouco.

Eu sorri. Era o dia em que eu ia ver uma baleia.

Joe me avisou que talvez não encontrássemos uma. Mas eu estava me sentindo confiante. Agora, se eu desejasse o bastante, eu mesma poderia manifestar aquela baleia.

Me sentei, coloquei os pés no chão de madeira e fui até a janela para abrir as cortinas.

Mais um lindo dia.

Enquanto cantarolava baixinho para mim mesma, fui tomar um banho.

* * *

Não esperei que Joe batesse à porta quando ele chegou. De alguma forma, a vovó já havia descoberto que algo tinha acontecido entre nós e, apesar da sua insistência de que ela seria útil, a última coisa que qualquer clima inicial precisava era da minha avó dando conselhos sexuais. Em vez disso, quando ouvi o seu carro parar, beijei a bochecha da vovó e corri para fora da porta, descendo os degraus.

— Oi — disse ele quando pulei dentro do seu carro.

— Oi.

— Você está mesmo animada para ver uma baleia, hein?

— Claro que é isso também, mas eu não queria que a minha vó te desse uma palestra sobre ontem à noite.

Ele sorriu, tímido.

— Agradeço por isso. E que bom que você não trouxe um arpão.

— Não combinava nada com a minha roupa. — Olhei no banco de trás e vi uma mochila. — Você trouxe a sua câmera?

— Sim. Por favor, não me diga que você quer uma foto sua montando numa baleia.

Eu ri.

— Você não acha que isso seria legal?

— Seria uma foto ótima. Mas acho que é ilegal montar numa espécie em extinção.

— Que lei idiota.

— Concordo, uma chatice.

— Qual é o sentido de sair para ver uma baleia, então? — Ele olhou para mim, provavelmente por mais tempo do que deveria enquanto dirigia. — O que foi? — Eu tinha escovado o cabelo para trás das orelhas de propósito.

Ele balançou a cabeça.

— Não esperava me divertir tanto esta semana. Quando a sua avó me pediu para manter você ocupada.

— Eu *sabia* que ela tinha contratado você para ser a minha babá.

— Não, eu só... eu disse sim como um favor. Ela não me pediu para sair com você nem ontem nem hoje.

Mordi o lábio inferior, envergonhada.

— Ah.

Presumi que tínhamos planos.

Ele ergueu o olhar para o meu tom.

— Eu quis.

Eu não sabia o que dizer. Porém, ele pegou a minha mão e a segurou até estacionarmos nas docas.

Em vez de ir para um dos navios de observação de baleias, Joe nos levou até um veleiro.

— A gente não vai fazer um daqueles cruzeiros, vai?

— De jeito nenhum.

— É esse o seu barco?

— Não. Este é o do Tony.

— Eu já deveria saber. — Analisei a embarcação. — Me diga que ele não deu o nome da minha vó para o barco.

Ele me lançou um olhar estranho.

— Ele não passou os últimos setenta anos a desejando. Você sabe disso, não é?

Eu não sabia mesmo. Tudo o que eu tinha ouvido até então fazia parecer que os dois estavam tão apaixonados que jamais superariam um ao outro. Ela também não o tinha visitado desde que haviam chegado à cidade, então não sabia o que pensar.

— Se você a ouvir falar, ninguém que ela conheceu jamais a esqueceu.

— Talvez você tenha razão nesse ponto. — Ele subiu no convés e estendeu a mão para me ajudar a entrar a bordo. — Vamos encontrar uma baleia para você.

Eu me sentei na parte de trás do barco, enquanto ele se preparava para partir, e o observei ajeitando tudo, seus músculos ondulavam, enquanto ele puxava as várias cordas e movia o leme.

— Como você aprendeu a fazer tudo isso?

— Minha família foi de pescadores durante cem anos nesta cidade. Eu nem me lembro de ter aprendido.

Parecia fantástico saber fazer algo tão complicado e isso estar tão intrínseco. Mas pensei no *hamantaschen* que a minha avó fazia a cada Purim, abrindo a massa, cortando os círculos com um copo, acrescentando uma colherada de frutas ou recheando com semente de papoula e apertando as beiradas. Era necessário seguir uma receita da massa e do período certo de cozimento, mas ainda assim era algo que estava enraizado em mim, algo que ela tinha aprendido com a mãe, que eu mesma havia aprendido com ela quando era tão jovem que nem mesmo me lembrava de ter aprendido.

Navegamos pelo porto e então Joe abriu a vela, ele a posicionou a fim de ela captar o vento da maneira correta, logo a cidade ficou cada vez menor atrás de nós.

— Como você sabe onde encontrar uma baleia?

— Perguntei por aí. Veremos como vamos nos sair.

— Então, só ficamos navegando até avistarmos uma?

— Basicamente. Temos que sair por aí.

Assim que estávamos em águas abertas, Joe veio se juntar a mim.

— Você não precisa dirigir? — perguntei.

— Tem piloto automático. Daqui a pouco vou checar, mas estabeleci uma rota e o vento está estável. Estamos bem por enquanto. Quer uma bebida?

Olhei para o meu relógio.

— Tipo um *drinque*?

— Quis dizer água, refrigerante ou algo do gênero, mas tenho certeza de que o Tony está abastecido.

— Água já está ótimo.

Joe foi até a pequena cabine e voltou com duas garrafas, entregou uma para mim e se sentou ao meu lado, puxando para baixo a aba do boné de beisebol e se recostando.

— Boa noite.

Dei uma cotovelada nele.

— Nem se atreva a dormir. Eu não sei nada sobre barcos.

— Quer que eu te ensine?

— Não. — Balancei a cabeça. — Você vai mesmo colocar aquela foto minha na sua mostra?

— Ela já está pendurada. Voltei ontem à noite mesmo e pendurei.

Entrelacei as mãos sob o queixo, criando uma moldura.

— *Hashtag* "famosa". Ou alguma coisa assim.

Ele riu.

— Você meio que é mesmo... a minha mãe quer conhecer você. — Eu recuei. — Calma. Ela disse isso antes mesmo de eu te conhecer... lembra que ela conhece a sua mãe.

Meus ombros relaxaram.

— Tinha esquecido dessa parte.

— Passa lá no restaurante hoje à noite! Com a sua avó, claro.

— Preciso mesmo levá-la? Ela vai tornar o encontro com a sua mãe muito mais estranho.

— Depende: você prefere sentir constrangimento ou culpa quando disser para ela que não foi convidada?

Franzi o rosto.

— Nenhum dos dois. Agora vivemos no oceano. Somos navegantes.

— Logo vamos ficar sem suprimentos. Eu só trouxe lanches.

— O que aconteceu com um século de família de pescadores correndo nas suas veias?

Ele revirou os olhos com um sorriso irônico.

— Eles não moravam nos barcos.

Soltei um suspiro exagerado.

— Nenhuma opção me parece boa. Ela vai fazer comentários inapropriados ou me culpar pelo resto da minha vida.

Ele inclinou um pouco a cabeça.

— Foi por isso que você veio para Hereford? Culpa?

A pergunta me pegou desprevenida e olhei para minhas mãos sem nenhuma aliança.

Na longa pausa que se seguiu, percebi duas coisas: a verdade era complicada e eu não queria mentir para Joe.

— Não foi exatamente por culpa. — Ele não disse nada, olhei para cima para vê-lo me observando, seus olhos calorosos, ele estava esperando até que eu estivesse pronta para continuar. — Eu estava... presa, acho. Sabe quando um CD começa a pular as músicas e você precisa bater no discman para voltar ao normal? — Ele sorriu com a referência dos nossos tempos de escola. — Eu me mudei para a casa dos meus pais bem quando o meu... quando tudo desmoronou. E eu fiquei presa.

— E a sua avó insistiu muito para que viesse com ela?

— Não, bem, mais ou menos. Ela anunciou que viria para cá, e eu percebi que precisava me livrar disso e que acompanhá-la seria algo novo. Diferente. Mesmo que fosse algo antigo mesmo. Se é que isso faz algum sentido.

Ele se recostou, acomodando-se.

— O que aconteceu? Quando foi que as coisas... desmoronaram? Você já conhece a minha história triste. Qual é a sua?

Eu congelei, tomada pelo pânico.

— Ou não. — Ele se levantou para ajustar a vela que provavelmente não precisava de nenhum ajuste. — Desculpa. — Ele olhou para mim por cima do ombro, depois andou até o leme e checou o piloto automático antes de voltar. — Próximo tópico de conversa: oficialmente acabamos de entrar na área onde podemos começar a ver baleias.

Como eu poderia explicar que deixei de ter importância no casamento? Achei que nem sempre foi esse o caso e não consegui identificar quando isso passou a acontecer, mas uma mudança ocorreu em algum momento. Quando havia deixado de ter a ver com a gente e se tratado só sobre Brad, o tempo inteiro. Seu trabalho, suas preferências, seu tempo certo. Lutar contra isso não tinha mudado nada, então eu só acompanhei a minha avó porque qual era a alternativa? Não que isso importasse no fim das contas. Todo aquele silêncio, engolir os meus sentimentos e sacrificar aquilo que eu queria de verdade, para manter as coisas em equilíbrio, acabou gerando o mesmo resultado que eu estava tentando evitar.

Os meus pensamentos estavam girando como se estivessem em uma roda de hamster, indo a lugar nenhum; eu sabia que precisava dizer alguma coisa.

— Eu também não estava feliz — deixei escapar.

Ele concordou, como se eu não tivesse já começado dois terços de uma história que ele não conhecia.

— Eu só... é que parecia tão perfeito. Mas só do lado de fora. E eu achava que isso importava mais. E... não parecia haver problema no fato de não conversarmos tanto ou que a gente... bem, ele disse que estávamos brigando demais, mas naquela época, meio que não estávamos. Paramos de nos importar. Era... — Olhei para o meu colo e então ergui o celular. — Era como no Instagram. Você publica todas as coisas boas e não deixa ninguém ver que, na verdade, está tudo preso com fita adesiva e alfinetes, que na verdade não há nada de especial.

Quando finalmente olhei para Joe, tive a certeza de que eu havia falado demais. Mas o seu rosto mostrava simpatia.

— Parece que você ficou presa por um bom tempo. — Concordei. Um lado da sua boca se curvou em um sorriso pequeno. — Não consigo imaginar você sem falar muito.

Soltei uma risada constrangida que quase se transformou em um choro, mas não cheguei a chorar.

— Isso mostra o quão ruins as coisas ficaram, porque eu estava bem com isso.

— Você parou de parecer feliz nas suas fotos do Instagram alguns anos atrás.

— Como assim?

— Você ainda sorria, mas não era o mesmo sorriso das fotos anteriores.

De repente me vendo vulnerável, resisti à vontade de abrir o aplicativo e dar uma olhada no meu *feed*. Se ele podia ver através de mim mesmo tendo praticamente acabado de me conhecer, será que todos os outros também podiam ver?

Ele puxou o celular do bolso de trás e mostrou uma foto minha do verão anterior na praia. Na época, achei que a foto era perfeita. Porém, eu me lembrei de como Brad estava irritado por eu tê-lo feito tirar tantas fotos até chegar àquela.

— Olha para esta aqui em comparação a esta. — Ele rolou o *feed* para baixo até chegar a uma foto diferente de mim na Grécia, o azul do Mediterrâneo atrás de mim, o meu sorriso radiante. Então ele voltou para a minha foto na pousada. — Ou esta.

As minhas sobrancelhas se ergueram.

— Então está dizendo que você me faz feliz?

— Eu não quis dizer isso... — gaguejou ele de leve, coloquei a mão em seu braço.

— É brincadeira. Posso ver de novo? — Ele me entregou o seu celular e eu estudei as fotos, passando entre elas. Ele não estava errado. Eu estava sorrindo com aquele mesmo sorriso do verão passado, mas não como antes. — Isso significa que todo mundo sabia que o meu casamento era uma droga? E ninguém me contou?

Joe balançou a cabeça.

— Olho de fotógrafo. Eu capturo emoções para ganhar a vida.

— E você também está admitindo que passou por todo o meu *feed* do Instagram.

— Pesquisa puramente fotográfica. — Ele sorriu. — E qual é a sua desculpa?

— Eu sou mesmo muito enxerida.

O silêncio que se seguiu me fez perceber que, se ficássemos apenas sentados sorrindo um para o outro sozinhos no meio do oceano, logo chegaríamos a um território no qual eu não estava pronta para entrar. Quebrei o clima do momento me voltando para a vasta extensão do oceano rumo ao horizonte.

— Como vamos saber quando há uma baleia por perto?

— Veremos uma cauda ou o borrifo de um espiráculo. Às vezes elas pulam.

— Viemos até aqui só para *conseguir* ver um pouco de água espirrando?

— Se virmos isso, provavelmente veremos as caudas também.

— Então só observamos a água?

— Só observamos a água.

Franzi o nariz.

— Ah, agora eu entendo por que você não queria fazer isso.

— E quem disse que eu não queria fazer isso?

— Você disse que era coisa de turista.

— E é mesmo, mas só se você sair em um desses cruzeiros. Agora somos duas pessoas curtindo uma bela manhã em um veleiro.

— Você não está entediado?

Ele olhou para mim, e quase mudei de ideia sobre o que eu estava disposta a fazer em breve.

— Eu não estou entediado.

Eu estava nas nuvens. Olhei para a água, porque se continuasse olhando para ele, coisas iriam acontecer. Então vi uma barbatana. Agarrei o braço de Joe.

— Isso é um tubarão?

Ele seguiu meu olhar e riu.

— Não. É um golfinho.

— Como você sabe?

— Os golfinhos nadam para cima e para baixo, então as nadadeiras deles balançam. As aletas deles também são curvas. E eles viajam em grupos. — Ele seguiu a linha atrás da barbatana do golfinho e apontou para uma dúzia ou mais de outras pequenas barbatanas flutuando mais ao longe, porém, vindo na nossa direção. — Eles gostam de barcos e talvez fiquem por aqui durante algum tempo.

Olhei para baixo, maravilhada, enquanto eles nadavam ao nosso lado, claramente visíveis na água próximo do veleiro. Ele emergiu, olhando para mim enquanto nadava, Joe ao meu lado.

— Viu só? — perguntei, batendo no seu braço várias vezes. — O golfinho olhou para mim!

— Eles são muito inteligentes. — Ele pegou a mochila e tirou sua câmera.

— Sim! Tire uma foto dele! — Olhei para ele, mas a câmera estava apontada para mim, não para a água. — De mim não! Do golfinho!

O resto do grupo se juntou a nós, chapinhando ao redor do barco, um deles até pulou quando Joe abaixou a vela para que pudéssemos observá-los por mais tempo. Eu já tinha visto golfinhos antes no Aquário Nacional quando ainda havia shows aquáticos, mas nunca algo assim. Eles ficaram com a gente por cerca de meia hora. Até que, como se obedecessem a algum comando que não pudéssemos entender, eles se viraram e foram embora.

— Isso foi incrível. — Desabei no assento ao lado de Joe. — Como você não tem vontade de só pegar um barco todos os dias e ver isso? — Ele estava olhando para mim. — O que foi?

— Eu estou acostumado com isso. — Ele fez uma pausa. — É melhor ver através dos seus olhos.

— Vai colocar outra foto na galeria?

— Talvez sim.

— De mim ou de um golfinho?

— Você vai ter que esperar para ver.

Dei uma cotovelada nele, que me puxou para perto de si e me beijou. Tão lentamente, que era como se tivéssemos todo o tempo do mundo.

Quando voltamos, ele afastou uma mecha de cabelo do meu rosto.

— Vamos encontrar uma baleia para você.

Abri um sorriso largo para suas costas, enquanto ele levantava a vela e retomava o nosso curso.

Uma hora depois, quando uma baleia finalmente virou a cauda para nós a distância e jorrou um pouco de água, foi quase algo anticlímax do que já tínhamos visto. Porém, ainda que faltasse aquela alegria inocente dos golfinhos, eu senti uma profunda satisfação com aquela cauda enorme. Porque foi minha decisão sair em meio ao oceano e ver uma baleia. E eu me posicionei, afirmei o que queria e fiz acontecer. Fazia muito tempo desde que eu me sentia inteira o suficiente para fazer isso.

No caminho de volta para a cidade, deixei Joe me ensinar a velejar, ele ficou atrás de mim enquanto me mostrava como manobrar. Quando terminou de instruir e me disse para tentar fazer sozinha, não me lembrei de nada além da sensação dos seus braços em volta de mim e brinquei que eu só queria fazer a pose do *Titanic* na frente do barco.

— Dá para fazer.

— E quem tiraria a nossa foto?

— Ninguém. Você teria que viver sabendo que isso aconteceu sem que ninguém visse postado no Instagram.

— Então, qual é o sentido de trazer um fotógrafo profissional para todos os lugares comigo?

Ele beijou a lateral do meu pescoço e senti um arrepio percorrer as minhas costas.

— Você quer ser o rei do mundo ou não? — perguntou ele perto do meu ouvido.

Eu me virei em seus braços.

— Estou me sentindo bem aqui.

E dessa vez eu o beijei, meus braços envolveram o seu pescoço, com os seus na minha cintura, nossos corpos pressionados contra o movimento do barco.

— Venha jantar comigo hoje à noite — disse ele, desmanchando o beijo.

— Com a sua mãe e a minha avó? Mas que romântico.

— Acho que é extremamente romântico. Quero que você conheça a minha mãe. E coma comida portuguesa. E passe um tempo comigo.

Embora eu não desejasse passar mais tempo com a minha avó e Joe juntos, agora que éramos... bem... o que quer que fôssemos e embora eu estivesse um tanto apavorada de conhecer a mãe dele, acabei concordando com a ideia.

QUARENTA E CINCO

Agosto de 1951
Hereford, Massachusetts

EVELYN ENVIOU QUATRO CARTAS PARA TONY NAS semanas seguintes depois que o viu. A primeira com raiva e manchada de lágrimas. A segunda implorando para que ele reconsiderasse. A terceira mais racional. E a quarta o chamando de covarde. Ela sempre passava por sua família de uma forma desafiadora para entregá-las diretamente ao carteiro, esperando na varanda todos os dias pelo retorno do carteiro, sem confiar na família para lhe dar a resposta de Tony.

Nenhuma resposta chegou.

E por mais uma semana depois do envio da carta final, ela se afundou em tristeza e apatia. Recusava as refeições, perdeu peso, o que já não tinha de sobra, substituiu comida por cigarros; chegou ao ponto de Miriam ter protestado uma única vez antes de permanecer em silêncio depois de se deparar com o olhar assombrado da filha.

Até que no oitavo dia, Evelyn se levantou antes de o sol nascer e foi para a praia, onde se sentou em uma pedra e o observou surgir. Quando ela voltou para o chalé, ninguém em sua família poderia perceber a diferença nela, mas estava lá do mesmo jeito. Uma vez naquela pedra, ela aceitou que Tony tinha razão, ela até poderia forçá-lo a fugir, mas caso assim o fizesse, não seriam felizes. O que significava que deixá-lo ir era tudo o que ela podia fazer.

Faltavam apenas duas semanas para ela retornar à faculdade e, naquela mesma noite, ligou para Fred.

— Se eu não sair desta casa, vou enlouquecer — disse ela, baixinho, ciente de que havia ouvidos em cada canto. — Há alguma chance de você querer dar uma outra volta para vir me visitar?

— Amanhã?

— Perfeito. — Ela desligou sem se despedir.

Seu carro mal parou quando Evelyn desceu correndo os degraus da frente e se jogou no banco do passageiro.

— Você não quer que eu entre? Para despistar os seus pais?

Ela olhou para ele de um jeito meio estúpido.

— Nada mudou.

— Ah... é que eu... quando não tive mais notícias suas, deduzi que... — Ele parou, confuso, e a encarou. — Bem, você sempre dá um jeito.

— Não desta vez.

Fred a estudou por um instante, percebendo que seu telefonema tinha sido um apelo genuíno.

— Você quer falar sobre isso?

— Não.

— Tudo bem então. — Fred colocou o carro em movimento. — É só dizer para onde quer ir.

Evelyn não queria ir para a cidade, onde existia a possibilidade de encontrar Tony. Em vez disso, dirigiram até Rockport a fim de passear pela colônia de artistas.

Fred seguiu as suas instruções e estacionou na Bearskin Neck, olhando em volta e avistando uma sorveteria assim que saíram do carro.

— Perfeito — disse ele

— O quê?

— Sorvete.

— Eu não quero sorvete.

— Parece que você precisa de um pouco de sorvete.

— Prefiro uma bebida.

Fred ofereceu-lhe o braço e ela enfiou a mão na curva do cotovelo.

— Está muito cedo para beber — disse ele suavemente.

— Bem, está muito cedo para tomar sorvete também.

— Mas que bobagem. Além disso, você está muito magra. Eles pararam de alimentar você quando a trancaram na torre?

— Ha-ha.

— Agora deixe eu adivinhar o sabor de que você gosta. Manteiga de nozes? — Evelyn fez uma careta. — Não, você tem razão. Simples demais. Você não iria gostar de um sabor simples assim. — Ele a encarou por um momento. — Flocos?

Ela sorriu com franqueza.

— Palpite de sorte.

— Nada disso. Eu conheço você, Evelyn Bergman. Goste disso ou não. E sei de outra coisa também: não existe um coração partido nesta Terra que não possa ser ajudado por um sorvete. — Evelyn se deixou ser conduzida até a sorveteria, onde Fred pediu duas casquinhas de sorvete de flocos.

Evelyn tocou a língua no sorvete, no começo para satisfazer Fred, porém, estava quente naquele dia e ela se viu comendo para evitar que pingasse por toda parte.

— Está derretendo rápido demais — disse, tentando acompanhar o derretimento.

— Nem me fale. — Fred circulou o seu com a língua.

— Daqui a pouco vamos virar uma lambança pegajosa.

— Podemos nos limpar no mar.

— E por acaso você vai dirigir duas horas para casa com roupas molhadas?

— Se colocasse um sorriso em seu rosto, com certeza. — Evelyn balançou a cabeça, mas sorriu por um breve instante antes de lamber a casquinha de novo a fim de evitar que pingasse na sua mão. — Você não se sente melhor agora?

— Talvez você esteja certo sobre o sorvete — admitiu ela.

— Sorvete? Estou mortalmente magoado por você não ter percebido o que aconteceu aqui de verdade. Não existe mágica nenhuma em sorvete. Foi a minha companhia encantadora que fez você se sentir melhor.

Evelyn revirou os olhos.

— Francamente, Fred, você é impossível.

Ele estendeu a mão que não estava segurando o sorvete.

— Olha só quem fala. É um prazer combinar com você. — Ela riu e ele desistiu, jogando o resto da casquinha em uma lata de lixo. — Vamos. Mostre para esse velho enfadonho de Plymouth esta sua cidade boêmia.

Ela trocou o sorvete de mão, de repente com fome suficiente para terminar de comer tudo, e colocou a pegajosa no braço estendido de Fred.

* * *

Eles almoçaram bem depois do horário por causa da caminhada pela cidade, então vagaram até a pequena praia pontilhada de pedras.

— Eles não são os mais criativos por aqui quando se trata de dar nomes para as coisas, né?

Evelyn se abaixou para desamarrar os sapatos e Fred fez o mesmo.

— Falou o homem cuja cidade natal foi batizada em homenagem a uma rocha.

— Sim, porém uma rocha muito famosa. Isto aqui não passa de um porto cheio de rochas sem qualquer distinção.

Ela deu de ombros, pegando os sapatos e gesticulando para que ele a seguisse até o mar.

— Sim, mas é uma das únicas cidades que *não* tem o nome de algum lugar da Inglaterra. Podemos dar *algum* crédito aos peregrinos que se estabeleceram aqui. — Evelyn esperou, enquanto Fred se curvava para abotoar a bainha da calça, e então eles caminharam pela praia, as ondas lambendo suas pernas à mostra. — Além disso, como você o chamaria?

— Evelynport.

— Que fofo. Eu ainda não era nem nascida quando eles fundaram este lugar.

— Isso não é desculpa para falta de premonição.

— Bruxas e videntes historicamente não se deram bem por aqui.

— Justo.

Evelyn pisou em uma pedra e tropeçou. Fred a segurou, mantendo-a em seus braços um segundo a mais, então pegou a sua mão. Ela olhou para os dedos de ambos entrelaçados.

— Esta não deve ser a melhor ideia — disse ela levemente. — O que a Betty pensaria?

— Duvido que ela ainda se importe muito.

A cabeça de Evelyn se inclinou para que pudesse olhar para Fred com mais cuidado, um arrepio de alarme percorreu sua espinha.

— E por que não?

— Terminei tudo com ela meses atrás.

Ela estava assustada demais até para puxar a mão de volta.

— Meses atrás? — repetiu ela. — Mas... eu pensei que... você... por quê? O que aconteceu?

— Não é óbvio?

— Não, se estou perguntando.

— Porque uma vez que eu conheci você, não havia como eu me casar com ela. Não parecia justo enganá-la.

Os olhos de Evelyn ficaram arregalados, sua boca, aberta.

— Mas... eu... você...

Encorajado pelo fato de que a mão dela ainda estava entrelaçada na sua, ele a puxou para perto de si, envolvendo o outro braço em sua cintura; inclinou-se e a beijou de leve. Evelyn ficou surpresa demais para responder, mas Fred não pareceu se importar. Ele terminou o beijo, ainda segurando a mão dela, mas soltando a outra ao redor da sua cintura.

— Eu só queria plantar uma sementinha. Sei que você não está pronta. E está tudo bem. Já esperei tanto tempo. Mas estou aqui. E não vou para lugar nenhum até que você me diga o que quer. — E com isso, ele começou a andar de novo, puxando-a gentilmente.

Ela o seguiu, sua mente girava. Ela nunca havia sido beijada por ninguém que não fosse Tony, parecia estranho, diferente. Não era ruim, só... diferente. E Tony não a queria mais... não, isso não estava certo.

Ele a queria, sim. Só não podia ficar com ela. Tudo estava tão confuso. *Talvez ele devesse se importar,* foi o que Tony dissera. Ela lançou um olhar furtivo para Fred, que não estava olhando para ela. Ele era lindo. Mais alto do que Tony. Um nariz bonito, reto. Os olhos azuis cor de centáurea. Era muito diferente. E se davam tão bem. Com um sobressalto, ela percebeu que ele era o seu melhor amigo além de Vivie e Ruthie. E, lá no fundo, ela sabia que existia uma razão para não ter contado nada sobre ele para Tony. Seu coração estava acelerado, sua respiração, irregular.

— Pare. — Ela puxou sua mão da de Fred, que se virou a fim de olhar para ela, seu peito subindo e descendo tão rápido quanto o de Evelyn; ele estava com medo, ela percebeu. Com medo de ter cometido um erro ao admitir como se sentia e de talvez estar prestes a perdê-la. E isso a fez decidir. — Tente de novo.

— Qual parte?

— A que você me beija, seu idiota.

Fred sorriu e fechou o espaço entre eles, envolveu-a em seus braços, dessa vez a beijou de verdade, com toda a paixão que sentia desde o dia em que se sentara na grama ao seu lado. Evelyn retribuiu o beijo, resoluta, afastando da mente os pensamentos sobre Tony assim que chegavam. O passado era passado. E esse era o seu futuro.

QUARENTA E SEIS

RUTHIE ESTAVA NO CHALÉ QUANDO VOLTEI, SEU carro estacionado em um ângulo de quarenta e cinco graus bem na entrada da garagem, o que me levou a pensar sobre a validade da sua carteira de motorista também.

Chamei a minha avó quando entrei, mas nenhuma delas me ouviu, então fui até a cozinha, onde estavam sentadas juntas em torno de um álbum de fotos.

— Oi — eu disse, indo até o armário para pegar um copo de água.

— Como foi a caça às baleias, querida?

— Mas ela foi caçar? Nesta época do ano?

— Observar as baleias — esclareci. — Não caçamos nada.

— Espero que não mesmo. Negócio confuso esse.

Minha avó se virou para Ruthie.

— Ela foi com o Joe.

— Parece que está passando bastante tempo com ele — disse Ruthie. — Eu esperava que você quisesse conhecer o meu David, mas suponho que seja tarde demais para isso.

— Ela ainda não é casada com ele.

Levantei as mãos.

— Parem vocês duas.

— Não é engraçado como a vida funciona às vezes? — disse Ruthie, me ignorando completamente. — Se você tivesse fugido com o Tony, eles seriam primos.

— Acabei ficando exatamente onde deveria estar — acrescentou minha avó. — Assim como a Jenna está agora.

— Ainda casada — eu as lembrei. — E eu estou bem aqui.

— Talvez seja hora de cuidar desse assunto — rebateu minha avó. — Logo, logo você estará cometendo adultério se não se divorciar de uma vez por todas.

Abri a boca para lembrá-la de que ela não só havia me dito para dormir com Joe, como também para não usar camisinha a fim de apressar as coisas, mas ela queria que eu discutisse com ela. E era impossível ganhar uma discussão contra ela, porque mudava as regras no exato momento em que você as aprendia. Em vez disso, anunciei que eu estava subindo para tomar banho e talvez cochilar.

— Vamos jantar no restaurante da mãe do Joe hoje à noite. Esteja pronta às seis.

Ela levantou uma sobrancelha, mas não disse nada, enquanto eu pegava o copo de água e subia as escadas.

— O quanto disso você planejou?

Ouvi Ruthie perguntar na cozinha. Minha avó riu em resposta.

* * *

Eu tinha um vestido de verão que Joe ainda não havia visto, o vesti pela cabeça e me analisei no espelho. Linhas bronzeadas meio loucas se cruzavam em todos os lugares do meu corpo desde o tempo que havíamos passado ao ar livre em trajes de banho, regatas e camisetas, depois de um verão passado principalmente em ambientes fechados. Mas não achei que ele se importaria com isso.

Eu deveria estar nervosa. Eu fiquei acabada quando conheci os pais de Brad pela primeira vez. Mas isso parecia diferente. Não sabia dizer se era porque a mãe de Joe já conhecia a minha mãe e a minha avó, ou se era porque agora eu me sentia diferente. Além disso, Brad e eu estávamos namorando sério já fazia alguns meses quando conheci a sua família. Já isso era... bem, eu não sabia classificar o que era isso, mas não era como aquilo tinha sido.

Procurei o batom que joguei na bolsa no último minuto antes de sair de casa. Era mais antigo, eu não usava batom havia meses. Apliquei-o com cuidado pelo espelho, depois parei e me olhei. *Não.* Peguei um lenço de papel e limpei, deixando apenas uma mancha no lugar, joguei o tubo no lixo quando saí para ver minha avó. Eu estava cansada de me esforçar tanto. Eu só queria ser eu mesma e que isso bastasse.

A vovó estava sentada na sala, completamente vestida e pronta para ir. Olhei para ela, inclinando a cabeça.

— Por que essa cara? — ela perguntou.

— A sua cara parece boa.

— Está, sim.

Não mordi a isca.

— Pronta?

— Você está?

— Sim. Eu estou.

— Então vamos.

Ela se esforçou para se levantar, ofereci a minha mão para ajudá-la, ela a pegou e então a sacudiu para segurar o corrimão, descendo as escadas até o carro de Joe, que nos esperava.

* * *

O La Tasca Sofia ficava na cidade, não no porto, mas ao lado da rua principal, onde antes havia sido uma casa, com um pátio nos fundos e vista para a marina, luzes cintilantes acima dele imitavam estrelas.

— Aqui era a casa dos Abbott — disse a minha avó, olhando para o lugar. Ela balançou a cabeça. — Isso foi um milhão de anos atrás.

— Espera só até ver o que ela fez com o pátio — disse Joe. — Acho que ainda era o velho deck quando a senhora esteve aqui pela última vez.

Olhei para a minha avó com curiosidade, maravilhada com o fato de ela conhecer Joe antes mesmo de eu conhecer Brad. Ela tinha toda essa vida secreta sobre a qual eu não sabia nada. Eu me perguntei o quanto minha mãe sabia.

Uma mulher desceu as escadas saltando na nossa direção antes mesmo de alcançarmos os degraus. Ela envolveu a minha avó em um abraço apertado, beijando ambas as bochechas antes de se virar para mim.

— Jenna? — perguntou ela.

Confirmei e ela me envolveu em um abraço também.

— Eu... prazer em conhecê-la, sra. Fonseca.

— Sofia. — Ela me segurou à distância de um braço a fim de olhar para mim, mas não deu sinais de que me soltaria tão cedo. — Você se parece mais com a sua avó do que com a sua mãe. — Ela soltou meu cotovelo direito para beliscar calorosamente a bochecha do seu filho, depois pegou o meu braço. — Joe, ajude a Evelyn a entrar, estamos instalando uma rampa. Isso já deveria ter sido feito, mas é meu primo que está fazendo e ele trabalha devagar.

— Não preciso de rampa. Você acha que o chalé não tem escadas? — Contudo, ela aceitou o braço oferecido por Joe.

— Você deveria ter uma rampa lá também — disse ela. — Vou mandar o meu primo. Se ele terminar a nosso. — Ela segurou a porta aberta e gesticulou para que entrássemos. — Reservei a melhor mesa do lado de fora para nós.

O interior da casa havia sido demolido para se tornar um grande salão de jantar, com uma cozinha nos fundos à direita; onde antes havia paredes de sustentação estavam diversos pilares. O piso tinha um acabamento em madeira e a decoração tinha um tema náutico, feita com bom gosto: âncoras antigas, esculturas de madeira flutuante e grandes fotografias em preto e branco de paisagens marinhas emolduradas, que só podiam ter sido tiradas por Joe. Sofia nos conduziu até o pátio e uma mesa na extremidade oposta com uma placa de Reservado. Sofia nos indicou onde cada um deveria sentar, colocando Joe e eu ao lado um do outro, sentando-se à minha frente.

— Lamento que o meu marido não esteja aqui — comentou ela quando um garçom apareceu com vinho. — Esta semana ele está em Sonoma.

— Ela não precisa conhecer a família inteira — avaliou Joe, sorrindo.

— Quem disse que aqui está a família toda? Eu não convidei a sua irmã.

De repente me senti desconfortável. Tínhamos conversado sobre a minha família e, claro, sobre Emily. Ele havia falado sobre a mãe, mas principalmente no contexto da minha família de novo. Eu não sabia que ele tinha uma irmã. E não sabia se ele sabia que eu tinha duas irmãs. Ele não havia falado sobre o pai, então não cheguei a perguntar. O que mais eu não sabia sobre ele?

Um garçom trouxe os cardápios e os colocou na nossa frente, dizendo para que não nos apressássemos. Sofia disse que ele já poderia trazer os aperitivos, então se virou para mim.

— E como está a sua mãe? Eu sempre a vejo no Facebook, claro, mas...

— Ela deu de ombros. — Você sabe como é...

— Ela está bem. Acho que mais alguns anos ela já se aposenta.

— E depois?

— Provavelmente vai viajar.

— Espero que ela venha para cá. Já faz tanto tempo. Você era tão jovem da última vez que ela esteve aqui.

Inclinei a minha cabeça.

— Então a gente se conheceu?

Ela abriu um sorriso caloroso, o mesmo sorriso de Joe.

— Você e o Joe brincaram juntos na praia. Você tinha o quê? Cinco anos?

— Quase — disse minha avó.

Tentei me lembrar, mas não havia nada além da minha avó e das pedras. Virei-me para Joe e ele deu de ombros.

Até que sobre a mesa surgiram folhados recheados com peixe, pão, camarão e um prato de ovos. Coloquei o guardanapo no colo, deixando Sofia explicar cada prato.

— Usei velhas receitas de família como base para a maioria das coisas.

— Ainda me lembro da primeira vez que comi na casa da sua avó — disse a minha avó enquanto se servia.

— O *bacalhau à Brás* dela está no cardápio — disse Sofia. — Essa receita eu não consegui mudar.

Dei uma mordida em um dos pastéis e olhei para Joe.

— Guardou a melhor comida para o final? — perguntei, baixinho, depois que terminei de mastigar.

— Melhor que a do Brewster?

— Talvez eu tenha que voltar lá para experimentar mais uma vez o sabor. Mas sim. Acho que sim. — Ele tocou a perna na minha debaixo da mesa.

Não, ainda não tínhamos falado sobre *tudo*. Mas deve ser porque conversar com ele era algo fácil demais. Parecia que já nos conhecíamos havia muito tempo. O que, ao que parecia, meio que nos conhecíamos mesmo.

Perguntei o que ele recomendava quando passamos aos cardápios, ele acabou por ceder à escolha da mãe, que recomendou o prato da avó para a minha primeira experiência com a comida portuguesa.

— Você já esteve em Portugal alguma vez? — perguntei para Joe.

— Não. — Ele balançou a cabeça. — Gostaria de ir algum dia. Mamãe já foi algumas vezes.

— O seu bisavô insistiu que eu fosse antes de abrir o restaurante. Foi ele quem comprou a minha passagem de avião.

Coloquei de lado o camarão que já estava a caminho da minha boca e olhei para ela.

— O meu bisavô?

Ela confirmou.

— Mas... — Eu me virei para a minha avó, extremamente confusa. — O seu pai?

— Claro.

— Não entendi.

— O que você não entendeu? — perguntou a minha avó.

Olhei para ela com mais cuidado: ela estava se divertindo, o que significava que havia deixado de fora informações importantes de propósito.

— A última coisa que você me disse foi que os seus pais não deixaram você se casar com o Tony.

— Eles jamais permitiriam isso.

— Então...?

Sofia sorriu gentilmente.

— Meu pai morreu quando eu ainda era uma garotinha. O seu bisavô abordou o Tony, ele queria ajudar. Acho que ele se sentiu mal por... por tudo. Tony não aceitou a ajuda, claro. Então, um dia, Joseph me pegou roubando em sua loja quando eu tinha sete ou oito anos de idade. Eu estava apavorada, mas ele foi tão gentil comigo. Ele me disse que eu não precisava roubar; que eu poderia simplesmente pedir. Então ele foi até a minha mãe e ela aceitou a ajuda dele. Eu costumava ir ajudá-lo na loja, claro que ele não precisava da minha ajuda, mas eu estava curiosa sobre ele. — Ela tomou um gole de vinho, lembrando-se daquilo com carinho. — Ele pagou para eu ir para a escola de culinária, ele queria que eu fosse para a faculdade, mas esse não era o meu destino. Ele era um homem maravilhoso.

Lembrei-me de Joe dizendo que Tony e o meu bisavô se perdoaram em algum momento, e pelo visto foi assim, embora eu soubesse que deveria haver mais coisa nessa história toda.

Mas Sofia ainda estava falando.

— Eu não teria nada disso se não fosse por ele. É por isso que dei o nome do meu filho de Joe.

Olhei de Sofia para Joe, abalada.

— Você recebeu o nome do meu bisavô?

Ele se divertiu com a minha confusão.

— Pensei que você soubesse. Não é exatamente um nome português.

Olhei para a minha avó, que piscou para mim e depois riu.

* * *

Por milagre, a minha avó estava em seu melhor comportamento. Não houve comentários sexuais explícitos, nem mesmo insinuações. Na verdade, ela dominou a maior parte da conversa com Sofia, relembrando os verões que ela havia passado ali e pessoas que eu não conhecia. Joe explicou o que podia, Sofia era boa em preencher as lacunas. Já minha avó simplesmente gostava de ter uma audiência.

— É claro que ele não deu a passagem para você — disse Sofia, rindo, enquanto minha avó terminava a história de uma escapada de anos anteriores. — Tony jamais teria permitido isso.

— A bússola moral do seu tio sempre apontou para o Norte. Mesmo quando eu estava por perto. Ele teria deixado.

Sofia balançou a cabeça.

— Ainda acredito que ele tenha se tornado policial só para garantir que você ficasse longe de encrencas.

Algo se contraiu no rosto da minha avó, mas desapareceu tão rápido que eu poderia até ter imaginado aquilo.

— Quais encrencas? A cidade inteira construiu a minha reputação em torno daquele episódio no cinema oitenta anos atrás, juro.

— E o do barco. Você não pode esquecer o do barco.

Evelyn apontou o dedo para Sofia.

— Aquilo foi culpa sua. Você e a Anna quase me mataram de susto.

Sofia se virou para mim.

— Você sabia que a sua avó era uma ladra de barcos?

Olhei para a minha avó.

— Sinceramente, acho que nada sobre a minha vó seria capaz de me surpreender. A senhora por acaso andou com a gangue de Butch Cassidy também?

Ela cruzou os braços.

— Não seja insolente. Eles estavam mortos antes mesmo de eu nascer. — Então ela inclinou a cabeça e sorriu. — Mas conheci mesmo o Paul Newman nos anos sessenta. Se eu não fosse casada, Joanne Woodward teria competição no páreo.

Eu me virei para Joe, falando baixo.

— Eu já ouvi *demais* sobre a vida sexual dela nesta viagem.

Ele tentou esconder o riso, tomando um gole de água. Minha avó podia até não ter conseguido ouvir o que eu havia dito, mas ela estava nos observando com atenção. Não deixava nada passar despercebido. Eu já não tinha tanta certeza de que ela precisava daqueles aparelhos auditivos tanto quanto fingia precisar.

Depois da sobremesa, que Sofia insistiu, Joe pediu licença para ir ao banheiro, e a minha avó se levantou para fazer o mesmo.

— Eu levo a senhora — eu disse, começando a me levantar.

Ela me encarou com um olhar fulminante.

— Se você não parar de ficar me urubuzando, vai achar a caminhada de volta para casa saindo de Massachusetts bem longa.

Um tanto vacilante depois do vinho que não deveria ter bebido, ela cambaleou para dentro do restaurante.

— Ela vai ficar bem — disse Sofia, inclinando-se sobre a mesa para mim.

Eu desviei o olhar do progresso da minha avó, de repente ciente de que estávamos sozinhas e igualmente consciente de que a minha avó provavelmente não precisava fazer xixi.

— O jantar foi ótimo — eu disse, mas Sofia estendeu a mão e pegou a minha.

— Ele gosta mesmo de você.

Eu não sabia como responder àquilo. Eu também gostava de Joe, de verdade. Mas essa era a sua mãe. E ela parecia querer uma resposta. Engoli em seco e balancei a cabeça, com medo de falar.

— Às vezes a família complica as coisas. Às vezes a parte complicada está na nossa própria cabeça. — Ela deu um tapinha na minha mão. — É tão bom vê-lo sorrindo tanto assim.

— Mãe, pare de assustar a Jenna.

Olhei para Joe e por reflexo puxei a minha mão da de Sofia.

— Ninguém aqui está assustando ninguém.

Ele olhou para mim. *Ele gosta mesmo de mim*, pensei e sorri.

* * *

Sofia me deu um abraço de despedida, enquanto Joe entrava no carro, me dizendo para não sumir, senti seu perfume de madressilva antes de ela abraçar a minha avó.

— Traga-a de volta logo — disse ela. As duas mulheres trocaram um olhar e Sofia se voltou para mim. — Ou você mesma volte.

E mais uma vez eu fui atingida por um pressentimento, como se a viagem estivesse sendo o encerramento de algum capítulo da vida da minha avó.

— Vou convencer a Anna — disse minha avó. — Agora vocês duas têm muito o que conversar.

Sofia riu com alegria, eu balancei a cabeça quando Joe estacionou próximo ao meio-fio.

Assim que voltamos para o chalé, Joe subiu os degraus com a minha avó e ela se virou para nós na porta.

— Vou assistir à TV no meu quarto. Com o volume bem alto. Depois vou para a cama. Vocês dois se sintam em casa. Não vou ouvir nada. — Então ela passou por nós e entrou em casa.

Conseguimos segurar o riso por seis segundos.

— Não podemos entrar lá.

— Não — concordou ele. As luzes da varanda forneciam dois halos de luz, o bastante para ver que seus olhos estavam fixos nos meus lábios, seu corpo, perto do meu. — Você quer ir para a minha casa? Para a gente beber alguma coisa?

Concordei, ele abriu a porta da varanda, liderando o caminho de volta até o seu carro, onde segurou a minha mão, seus dedos entrelaçados nos meus, seu polegar traçando círculos cheios de eletricidade na palma da minha mão.

A viagem foi curta ao longo da rua paralela à praia, depois à esquerda ao final da pequena península que se projetava ao fim da enseada. Ele virou em uma longa entrada para carros, parando na velha casa estilo Cape Cod, o luar brilhava na água atrás dela.

— Você mora mesmo perto do mar?

— Você deveria ver a vista ao nascer do sol. É espetacular.

Ele me levou até a porta da frente, e percebi quando ele colocou a chave na fechadura que eu provavelmente ficaria ali para ver o nascer do sol. Tremi um pouco de ansiedade. Não haveria bebida. Estaríamos nos beijando assim que chegássemos à porta. Então haveria uma trilha de roupas até o quarto e depois...

Jax chegou saltitando da escuridão e teria me derrubado nos degraus da frente caso Joe não tivesse me segurado. Os braços de Joe estavam ao meu redor, mas era a língua grande de Jax que estava por todo o meu rosto, levei um segundo para me orientar.

— Jax! Desce! Desce! — Ele a empurrou para longe de mim. — Ela não costuma pular, juro. Ela gosta mesmo de você.

Eu me limpei e tentei tirar discretamente a baba do meu rosto.

— Preciso admitir que eu não pensei que fosse ela que eu estaria beijando.

Ele riu e cobriu os olhos com a mão.

— Eu não sou bom nisso, sou?

— Vamos culpar a Jax.

— Que tal aquela bebida? Daí tentamos de novo

Concordei e o segui até a cozinha, uma vez lá ele serviu uma taça de vinho para cada um de nós e sugeriu que nos sentássemos na sala. Ele deixou Jax sair para o quintal, então se sentou ao meu lado no sofá.

Tomei um gole.

— Muito bom.

Ele deu de ombros.

— Eu não entendo muito de vinhos. Até deveria, por causa do meu pai e tudo mais. Mas só costumo ter mesmo o que ele me dá para experimentar.

— Você não falou muito sobre ele.

Joe tomou um gole.

— Ele viaja muito. Queria que eu fosse advogado, não fotógrafo. Mas nos damos bem de outra forma.

— E a sua irmã?

Jax arranhou a porta dos fundos para entrar e Joe foi abri-la para ela, que pulou direto para o lugar em que ele estava no sofá, colocando a cabeça no meu colo para que eu a acariciasse.

— Jax! Pelo amor de… Você não está ajudando!

Ele tentou puxá-la para fora do sofá, mas ela se prendeu ali.

— Ela é sempre assim com toda garota que você traz para casa?

Ele riu, nervoso.

— Ela *nunca* é assim. Jax! Biscoito! Vamos, garota! — Ela pulou ao ouvir a palavra *biscoito* e correu na direção da cozinha, Joe deslizou para o seu lugar no sofá. Ele tomou um grande gole de vinho, então olhou para mim. — Oi.

Depositei minha taça.

— Oi.

Estávamos de frente um para o outro, ele se aproximou, colocando um braço atrás de mim, acariciando meu cabelo para trás com a outra mão. Eu tinha esquecido essa sensação de ansiedade, os momentos deliciosos que precediam um beijo, quando parecia que a gravidade estava atraindo você para alguém em câmera lenta.

Seus lábios tocaram os meus, então, mais uma vez, tudo mudou depressa. A sua mão estava no meu cabelo, eu estava em seu colo, o beijando com uma urgência avassaladora, enquanto ele puxava uma alça do meu vestido de verão para baixo do meu ombro. Puxei o braço e me abaixei para começar a desabotoar sua camisa quando senti sua língua ao longo do meu pescoço.

Espera. Eu me afastei. Essa não era a língua de Joe. Ela estava bastante ocupada com a minha. Nós dois olhamos para Jax, depois um para o outro e começamos a rir.

— Quarto? — perguntei.

Joe assentiu. Eu me levantei, e ele me seguiu, com a camisa para fora da calça e meio desabotoada. Jax correu pelo corredor à nossa frente, pulando na cama.

— Ah, qual é, Jax? Fora! — Do meio da cama ela abanou o rabo, alegre. Ele se virou para mim. — Preciso confessar uma coisa: na verdade, eu nunca trouxe ninguém para casa desde... bem... eu adotei a Jax três anos atrás. Então... isso é novo para ela.

Isso foi fofo. E especial. E desesperadamente romântico.

Ele gosta mesmo de você, a voz de Sofia ecoou na minha mente.

Ele se aproximou para me beijar de novo. Olhei para a cama *king size* que ele havia dividido com Emily e desde então com mais ninguém.

Entrei em pânico.

— Eu não posso fazer isso. — Puxei a alça do vestido de volta para o ombro, constrangida, então me virei, procurando a minha bolsa, sem lembrar que estava no balcão da cozinha. — Eu... eu preciso voltar para casa. Me desculpa, eu...

— O que foi?

Eu não conseguia olhar para ele. Não sabia como responder a essa pergunta. A resposta sincera era a de que tudo aquilo tinha ficado real demais e eu estava com medo. Mas eu não podia dizer isso. Eu não podia admitir algo do tipo. Em vez disso, abri a boca e outra coisa saiu.

— Eu não quero um caso de uma noite só.

Joe tocou o meu cotovelo. Eu não tinha percebido que havia cruzado os braços.

— Eu também não. Isso aqui não é um caso de uma noite só.

Dei um passo para trás.

— É sim. Vou voltar para casa em alguns dias. E ainda sou casada. E não quero superar um cara ficando com outro.

Joe recuou e ficou em silêncio por um longo momento.

— Vou levar você para casa.

Ele começou a abotoar a camisa.

— Eu posso ir andando.

Joe piscou com força, claramente se abstendo de dizer o que queria.

— Você não vai andar três quilômetros no escuro sozinha.

Meus sapatos estavam na sala, mas eram sandálias de salto alto. Eu poderia tirá-los na praia, mas andar pela estrada até o chalé provavelmente resultaria em uma fratura no meu tornozelo. Balancei a cabeça e abri a porta do quarto, Jax entrou e pulou de volta na cama.

Fomos de carro em silêncio, minha cabeça girava enquanto eu discutia comigo mesma se tinha feito a coisa certa ou se deveria tentar consertar isso. Joe não olhou para mim.

Ele parou em frente ao chalé. Soltei o cinto de segurança, mas não abri a porta. Eu me virei, olhando para ele sob a penumbra da varanda.

— Me desculpa.

Ele estava olhando para a frente, seus polegares brincando no volante.

— É. Eu também.

Saí e subi correndo os degraus do chalé sem olhar para trás, as lágrimas começaram a cair antes mesmo de eu chegar à varanda. Abri a porta da frente, a fechei atrás de mim e, em seguida, deslizei para o chão contra ela, soluços sacudiram o meu corpo quando ouvi seu carro se afastar na escuridão.

QUARENTA E SETE

Junho de 1952
Hereford, Massachusetts

OS PÉS DESCALÇOS DE EVELYN ESTAVAM PENDURADOS para fora da janela do carro enquanto eles atravessavam a ponte, sua cabeça apoiada no colo de Fred. Sua mão esquerda descansava na coxa, dali ela podia ver o diamante no dedo anelar direito, brilhando sempre que o sol batia nele, enviando faíscas de luz ardente ao redor do carro.

— Está sentindo esse cheiro — perguntou ela, sentando-se de repente.

Fred inspirou.

— De peixe?

Ela deu um tapa de leve no seu braço.

— Sal. Algas marinhas. — Ela fez uma pausa, inspirando fundo de novo.
— Lar.

Fred olhou para a noiva, certificando-se de que ela não estava mudando de ideia. Ele tinha acabado de se formar e aceitou um cargo em uma empresa de engenharia em Boston, mas havia um emprego melhor em Nova York no qual ele estava de olho. O plano dos dois era ficar em Boston nos dois anos seguintes, enquanto ela terminava a faculdade, na esperança de se casar e conseguir um apartamento juntos antes que ela se formasse, e depois... bem, eles veriam como a sua situação do trabalho se desenrolaria.

Ela se sentou e apoiou os braços cruzados na janela aberta para respirar melhor o ar do mar, Fred sorriu, olhando para ela.

Quando pararam na casa da rua principal, ele estendeu a mão.

Evelyn fez beicinho e levou a mão esquerda ao peito, a cobrindo com a direita.

— Vamos. Você prometeu.

— Mudei de ideia.

— Sobre mim ou o plano?

Ela sorriu, tímida.

— Acho que não está preso no meu dedo. Vamos ter que deixá-lo aqui e contarmos juntos.

— Evelyn.

— Não vejo por que dar tanta importância a isso.

— Porque nós queremos a bênção do seu pai. Agora me dê esse anel. Se tudo correr bem, você vai tê-lo de volta hoje à noite.

Ela teria continuado a argumentar, mas houve uma oscilação na cortina da sala de estar, o que significava que Miriam estava observando.

— Tudo bem. — Ela puxou o anel do dedo, baixo o suficiente para evitar olhares indiscretos, e passou para Fred, que o colocou em uma caixa de veludo que depois deslizou para o bolso.

— Mas se ele disser não, vou ficar com o anel mesmo assim.

— Eu não duvido.

Fred abriu a porta do carro e foi para o lado em que ela estava antes de abrir o porta-malas para retirar a bagagem. Ele esteve hospedado na casa da rua principal durante cada uma das férias de Evelyn da faculdade naquele ano, porém, dessa vez sua estadia representava algo muito mais importante.

Ela subiu os degraus, segurando sua bolsa e uma caixa de chapéu, enquanto Fred carregava uma mala. Seu baú exigiria duas pessoas para que pudesse ser levantado caso ela não o esvaziasse primeiro. Abrindo a porta da frente, ela anunciou em voz alta:

— A filha pródiga voltou para o verão!

Quando ninguém respondeu, ela olhou para a esquerda na sala de estar, onde Miriam estava sentada calmamente tricotando em uma poltrona.

— Ah, oi — cumprimentou Miriam.

Evelyn revirou os olhos quando Fred entrou logo atrás.

— Pode parar com a farsa, eu vi a senhora na janela.

Miriam largou o tricô, preparada para discutir, quando Vivie desceu a escada aos saltos, atirando-se sobre a irmã mais velha.

— Você voltou, você voltou, finalmente voltou!

— Você achou mesmo que eu não estaria aqui no seu último verão antes da faculdade?

Vivie inclinou a cabeça para Fred.

— Eu não sabia *o que* vocês dois tinham planejado.

Evelyn a segurou à distância de um braço para olhar a irmã, que não era mais um bebê. Ela havia perdido o resto da gordurinha que permanecia em torno das bochechas e havia cortado o cabelo, emoldurando seu rosto com elegância.

— Você parece tão crescida!

— Bem, eu *já tenho* dezoito anos.

— É verdade. — Evelyn franziu os lábios e se virou para Fred. — Quem nós conhecemos que pode ser um bom pretendente para ela? Precisamos organizar um encontro duplo.

— Nada de encontros — disse Miriam, chegando ao corredor onde as filhas estavam. — Nós não quebramos mais essa regra na família.

O ar ficou pesado com o restante da frase não dita, todos os quatro sabiam exatamente ao que Miriam se referia.

Fred quebrou a tensão quando Evelyn olhou com raiva para a mãe.

— Sra. Bergman, muito obrigado por me receber neste fim de semana.

O semblante de Miriam mudou. Evelyn suscitava o pior nela.

— Mas é claro. — Ela deu um tapinha no braço dele com carinho. — Você vai ficar no quarto dos rapazes. E Evelyn, você vai ficar com Vivie.

Evelyn finalmente riu.

— Mamãe, a senhora pode confiar em mim para dormir no meu próprio quarto.

Fred corou.

— Quarto da Vivie — repetiu ela. — Vivie, ligue para a loja e veja se um dos rapazes pode ajudar a carregar o baú de Evelyn.

— Sim, mamãe — disse Vivie, enquanto Miriam se retirava para a cozinha.

— Eu fico me perguntando se ela ainda vai me fazer dormir com você depois que nos casarmos — ponderou Evelyn assim que Miriam foi embora.

Os olhos de Vivie se iluminaram.

— Vocês estão...?

— Fred vai pedir a minha mão para o papai hoje à noite.

— Querido, mostre o anel para ela.

— Nem *você* deveria ter visto ainda.

Ambas olharam para ele com olhos que compartilhavam o mesmo desejo, praticamente piscando em conjunto até que ele suspirou e puxou a caixa do bolso.

— Deus ajude o homem que tenta enfrentar uma mulher Bergman — disse ele. — Certamente não serei eu.

Depois que Vivie o admirou, Fred escondeu o anel de novo e Evelyn perguntou onde estava o pai.

— Na loja. Mas ele estará em casa para o jantar.

— Ótimo. — Evelyn olhou para o relógio. Eles ainda tinham várias horas pela frente. Ela se virou para Fred. — Vá logo se acomodar no quarto de Sam e Bernie. Eu vou tomar um banho e depois podemos tomar um sorvete. Vivie, você também vem conosco.

Evelyn roçou os lábios de leve nos de Fred, então pegou sua caixa de chapéu e subiu a escada, contornando o quarto de Vivie para ir ao seu próprio.

* * *

Depois do jantar, Fred fez um calmo pedido a Joseph para uma conversa particular. As mulheres os observaram caminhar em direção ao escritório de Joseph enquanto tiravam a mesa.

— Eu já volto — disse Miriam, largando os pratos que estava segurando e indo para a cozinha.

No segundo em que ela saiu da sala, Evelyn correu da sala de jantar e andou na ponta dos pés pelo corredor, foi quando ela se deu conta de que a mãe fora para o outro lado da cozinha e já estava ouvindo à porta do escritório. Miriam fez um movimento com a mão em sinal para enxotar a filha dali.

— De jeito nenhum — sussurrou Evelyn, inclinando-se contra a porta ao lado da mãe. — Isso tem muito mais a ver comigo do que com a senhora.

Miriam estava muito ocupada tentando entender a conversa para discutir. A porta de madeira era pesada e as vozes, abafadas, nenhuma das duas conseguia decifrar muito até que houve um forte tilintar e a voz de Joseph se elevou no tradicional brinde de *L'chaim*.

Evelyn e Miriam se entreolharam, com os olhos arregalados, então ambas se viraram e fugiram de volta para a sala de jantar, colidiram com Vivie na porta, o que derrubou as três no chão, onde Joseph e Fred as encontraram.

— O que aconteceu aqui? — perguntou Joseph, pegando a esposa pelos braços e a ajudando a se levantar.

Evelyn começou a rir, seguida por Vivie e eventualmente até por Miriam, que respondeu ao marido em iídiche, chamando os três de *grupe fun yentas*, ou bando de intrometidas.

Joseph parecia confuso, mas beijou a bochecha de Evelyn e disse a ela que era uma boa noite para se sentarem na varanda com Fred. Ela abriu a boca, pronta para dizer aos pais que já havia aceitado, quando Fred a pegou pelo braço e a empurrou porta afora.

— Qual é a grande ideia?

— Vamos fingir que eu estou pedindo pela primeira vez agora.

— Por quê?

— Por respeito ao seu pai.

— Por que todo mundo se importa tanto em respeitar o meu pai? Preocupe-se em me respeitar. — Fred riu e, pegando a mão dela, se ajoelhou.

— Evelyn Bergman. Eu amo e respeito você desde o dia em que a conheci. Você quer se casar comigo?

— Você não vai segurar o anel?

— Não. Tenho medo de você pegá-lo e fugir. Você precisa dizer sim primeiro.

Evelyn sorriu, então se ajoelhou na frente de Fred.

— Sim. Como eu disse para você da primeira vez.

Fred enfiou a mão no bolso e de lá tirou a caixa, depois a abriu e colocou o anel no dedo estendido de Evelyn.

— Então agora você pode ficar com isto. De verdade desta vez.

Evelyn inclinou-se e o beijou, envolvendo os braços em seu pescoço.

— Eu amo você, Fred Gold.

* * *

Meio bêbada com o champanhe que o próprio Joseph havia servido — que ele comprara apenas por precaução, pelo menos foi o que ele afirmou embora Vivie dissesse que estava na geladeira desde as férias de Natal —, Evelyn voltou para o próprio quarto.

Ela se sentou na penteadeira e sorriu para seu reflexo antes de olhar para a mão de novo. Suspirando feliz, ela pegou a escova de cabelo. Porém, quando estava a meio caminho de tocar a cabeça, a largou e foi até a pequena estante no canto do cômodo. Pegou a cópia das obras de Shakespeare e abriu *Romeu e Julieta,* onde havia usado uma navalha para fazer um pequeno furo nas páginas. E ali, bem onde o havia deixado, estava o anel de Tony.

Eu deveria devolvê-lo, ela pensou, tocando a fina aliança de ouro. Ela o puxou de seu esconderijo e o segurou próximo ao anel que agora descansava em sua mão esquerda. Os dois anéis não poderiam ser mais diferentes e ainda assim...

Ela colocou o anel de Tony de volta dentro do livro, o fechou com firmeza e o colocou de novo na prateleira.

* * *

As negociações começaram para valer no dia seguinte.

Quando Evelyn desceu para o café da manhã, Joseph já estava conversando com seu futuro genro, expressando solenemente o quanto era importante que Evelyn terminasse a faculdade antes de se casar.

— ... vai para uma casa mais tarde, desde que ela tenha um diploma.

Evelyn ficou parada à porta por um momento, tentando descobrir onde estava se metendo.

— Senhor, ela vai terminar a faculdade, não importa o que aconteça. Não precisa se...

— Sobre o que estamos conversando aqui? — perguntou ela em voz alta, fazendo os dois homens se sobressaltarem. — Se for sobre mim, eu não deveria estar presente?

Os homens pareciam um pouco envergonhados, porém Fred se levantou e puxou uma cadeira para ela, que cruzou os braços, sem sair do lugar.

— Não fique assim — disse ele. — Eu estava explicando para o seu pai que você e eu já planejamos que primeiro vai terminar a faculdade. Quer a gente se case antes ou não.

Suas sobrancelhas arquearam.

— E eu tenho uma palavra a dizer quando vai ser isso?

— Depois de terminar a faculdade — informou Joseph.

Evelyn inclinou a cabeça para ele e ele baixou os olhos, recusando-se a encará-la. Ela se manteve de pé onde estava por um minuto inteiro antes de tomar seu lugar à mesa, tentando esconder o sorriso que ameaçava denunciá--la. Ao se casar com Fred, ela também ganharia a sua liberdade.

* * *

Entre os amigos de Miriam, que recebiam telefonemas, e as linhas telefônicas compartilhadas, o que significavam que todos sabiam sobre a vida dos outros melhor do que sobre a sua própria, as notícias circularam rápido. Evelyn e Fred foram parabenizados por todos com quem se deparavam na rua, fazendo com que Fred brincasse e chamasse Evelyn de prefeita.

— Difícil isso acontecer — disse ela. — Considerando o fato de que a cidade estava pronta para me amarrar a um poste e me levar para o recife de rochas Norman's Woe quando eu bati o carro do papai naquele cinema.

— Estavam levando você para onde?

Evelyn sentiu uma leve pontada de descontentamento. Qualquer pessoa da costa norte teria entendido a referência ao poema *The Wreck of the Hesperus* de Longfellow, já que a rocha na qual o navio fictício colidia estava localizado em Gloucester. Mas não era culpa de Fred que a única rocha famosa que ele conhecia era Plymouth. Ela balançou a cabeça.

— Lugar nenhum.

Alguns dias depois, Fred foi embora, mas não antes de fazer planos para levar os pais dela para que conhecessem os seus dali a duas semanas. Ele então se mudaria para o novo apartamento temporário em Boston — encontraria um lugar maior para os dois quando se casassem. Caso eles ficassem em Boston, claro. E então ia até os chalés para assim ficar com ela o máximo de fins de semana que conseguisse. A organização de quem dormiria onde seria complicada para então acomodar quaisquer hóspedes que não pudessem dormir com nenhuma das meninas solteiras, mas Helen e seu marido tinham acabado de se mudar para Buffalo e só voltariam por uma semana durante o verão inteiro, para completa decepção de Miriam e Joseph.

Evelyn e Vivie acompanharam a mãe na abertura da temporada a ser passada nos chalés, como sempre faziam todos os anos no mês de maio.

E foi Miriam quem encontrou um rato no lugar: ela gritou tão alto do outro chalé que eles pensaram que ela estava sendo atacada por alguém. As duas pararam o que estavam fazendo e correram porta afora, descendo os degraus do chalé, atravessando o pequeno quintal e subindo os degraus do outro chalé;

estavam ofegantes quando se depararam com a mãe de pé na cozinha, uma frigideira levantada acima da cabeça.

As duas garotas trocaram um olhar.

— Mamãe?

— Um rato — explicou ela. — Correu bem na minha frente.

— E você está planejando cozinhá-lo?

Miriam lançou um olhar inexpressivo para Evelyn, e a moça gesticulou para a frigideira.

— Não seja rude. Vamos precisar de ratoeiras. Onde há um, há mais.

— Vou comprar algumas — disse Evelyn.

Ela havia dirigido até ali e as chaves ainda estavam no bolso da saia.

Miriam deixou Vivie levá-la para o sofá e puxar o lençol para ela se sentar.

Evelyn desceu as escadas até o carro. Verdade fosse dita, ela não queria estar lá até que o lugar estivesse cheio de gente. As memórias do verão anterior ainda doíam como o sal do oceano colocado sobre uma ferida. Ela poderia ter ido à pequena mercearia de frente para a praia, mas em vez disso dirigiu de volta à cidade, e pegar as ratoeiras na loja do pai lhe daria mais tempo, ainda que isso significasse mais trabalho para a irmã e a mãe.

Ela cantarolava junto do rádio, batendo as unhas no volante enquanto dirigia, o tempo todo admirando a pedra preciosa em sua mão esquerda.

As vagas em frente à loja de Joseph estavam todas ocupadas, então ela estacionou a um quarteirão e meio de distância, descendo a rua a pé.

Dez minutos depois, Evelyn saiu da loja munida de uma sacola cheia de ratoeiras e mal começava a subir o morro quando um policial saiu de um carro logo à sua frente.

Eles fizeram contato visual e congelaram.

Então Tony virou na rua lateral e foi embora.

Evelyn o seguiu.

— Ei! — Tony se virou para olhar para ela. — Você não vai nem mesmo dizer oi para mim?

Por um instante, ele não disse nada.

— Oi.

Evelyn balançou a cabeça, as emoções atingindo um ponto de ebulição.

— É isso?

— O que você quer que eu diga, Evelyn?

Ela não sabia a resposta para aquela pergunta. Mas sabia que queria sentir que estava tudo bem. Que não havia ressentimentos entre os dois. No fim das contas, tudo o que ela conseguiu dizer foi o nome dele.

— Você não pode fazer isso comigo. Não agora. — Ele pegou a mão esquerda de Evelyn e a segurou na altura dos seus olhos. — Volte para o seu noivo. O verdadeiro.

Tony soltou a mão dela e se virou para ir embora, mas Evelyn largou o saco de armadilhas no chão e o agarrou pelo ombro.

— Você tem muita coragem mesmo! Foi *você* quem acabou com as coisas entre nós! Foi *você* quem me deixou chorando na sua varanda! Foi *você* quem disse que Fred deveria importar para mim! E agora...

— Eu não quis dizer para se casar com ele por despeito!

— Despeito? Nem tudo tem a ver com você.

— Não mesmo, isso é bem óbvio. Não há espaço para nada ter a ver comigo quando você está por perto.

A respiração de Evelyn estava curta, seu peito subia a cada inspiração e expiração.

— Eu estava disposta a desistir de tudo por você — sibilou ela. — Tudo. E você simplesmente me rejeitou.

— Porque eu amava você. Não porque eu não amava. O que foi a decisão certa, já que você podia se casar com outra pessoa tão rápido.

— Você não quer que eu me case com ele? Ótimo. Então deixe isso comigo. Agora.

— Você não quis dizer isso.

Os olhos de Evelyn estavam em chamas.

— Tente me impedir.

Eles se encararam, de repente os dois estavam cientes de que a distância entre eles havia diminuído.

E por um instante, cada um deles quase perdeu a própria luta interna.

E então o momento passou.

Evelyn balançou a cabeça.

— Adeus, Tony.

Ela pegou as alças da sacola, virou-se e caminhou da forma mais comedida que conseguiu pela rua, virando à esquina a fim de voltar para o carro, onde se sentou no banco do motorista. Evelyn segurou o volante com tanta força que os nós dos dedos ficaram brancos. *O que eu quase acabei de fazer?*, ela se perguntou. *O que eu teria feito se ele tivesse dito sim?*

Ela não sabia a resposta para essas perguntas.

Ela tirou as mãos trêmulas do volante e procurou um cigarro na bolsa. Precisou de várias tentativas para acendê-lo, antes de se afastar do meio-fio e tentar se recompor para voltar para a mãe e a irmã nos chalés.

QUARENTA E OITO

FINGI DORMIR ATÉ TARDE NA MANHÃ seguinte, esperando evitar as perguntas da minha avó. Seria óbvio que as coisas não tinham saído do jeito que ela esperava caso eu levantasse cedo, e eu sabia exatamente o que ela diria sobre a forma como raciocinei; eu mesma já estava dizendo as mesmas coisas para mim.

Mas quando finalmente desci para fazer uma xícara de café, Evelyn mal percebeu que eu estava lá.

— Está tudo bem? — perguntei para ela em algum momento, encolhendo-me com o ataque que com certeza viria a seguir.

Ela ergueu os olhos, distraída, do álbum de fotos que uma prima havia levado, ele estava aberto na mesa da cozinha. As pessoas nas imagens estavam todas em preto e branco, eu não poderia dizer quem eram de onde eu estava.

— Com certeza, querida. — Ela colocou um dedo em uma das fotos. — Você acredita que eu já fui tão jovem assim?

Me aproximei por trás da vovó para ver, caneca na mão. A foto para a qual ela apontava havia sido tirada na praia, junto de suas irmãs.

— Quantos anos a senhora tinha aqui?

— Quinze. Quase dezesseis. — Ela apontou para o resto das mulheres na foto. — Vivie tinha catorze. Margaret, dezoito. Gertie, vinte e dois, Helen, vinte e cinco. — Ela tocou a imagem de Vivie. — Isso aqui foi antes de tudo. Antes de eu conhecer o Tony. Antes de a Vivie… — ela não terminou a frase. Em vez disso, virou a página e me mostrou os pais, os irmãos, a casa na rua principal.

Eu queria olhar. Para colocar rostos nos nomes sobre os quais ela tinha passado a semana toda falando. Porém, não seria naquele momento. Eu precisava de um tempo sozinha para clarear os meus próprios pensamentos.

Tomei outro gole do café e coloquei a caneca na mesa.

— Acho que vou dar uma volta.

Ela continuou virando as páginas.

— Aproveite.

— O que a senhora vai fazer hoje?

— Tenho planos para o almoço. Depois disso, veremos.

Beijei a sua bochecha e fui até a varanda para colocar os meus chinelos, depois comecei a caminhada de oitocentos metros até a praia.

Parte de mim disse para literalmente ir a qualquer outro lugar. A praia terminava quase à porta de Joe. Mas não havia outro lugar para onde ir. Eu não estava confiante o bastante para entrar na floresta com uma trilha que desaparecia, já a estrada para a cidade não tinha muito acostamento. Eu só esperava que ele não estivesse fazendo a mesma coisa que eu.

Ou talvez esperasse que estivesse, eu não sabia dizer.

Havia uma névoa na praia, que já deveria ter se dissipado, mas permanecia ali, refletindo a névoa do meu humor. Ao entrar na pousada, peguei um café gelado para viagem e o levei comigo para a praia deserta. Caminhei até chegar à metade da praia, o par de tênis em uma das mãos e o café na outra, até passar pela ilha, então me sentei na areia. Apoiei o copo de café no chão e passei os braços em volta dos joelhos levantados, olhei para as ondas cobertas de neblina, a ilha quase invisível, ali eu me perguntei o que havia de errado comigo.

Eu sabia a resposta melhor do que ninguém. Eu estava apavorada. Afinal, se eu não deixasse Joe entrar na minha vida, ele não poderia me machucar. Se eu nunca me sentisse confortável o bastante, ninguém poderia puxar o meu tapete de novo.

Mas havia sido mesmo o Brad quem tinha me deixado à deriva? Ou eu tinha feito isso comigo mesma?

Apoiei a cabeça nos joelhos e fiquei sentada por um longo tempo, tentando identificar o momento exato em que tudo deu errado. Isso aconteceu quando Brad terminou comigo? Quando deixei que as minhas amizades com as pessoas que não eram "nossos" amigos se deteriorassem? Ou havia sido antes mesmo disso tudo?

Como foi que eu passei daquela foto minha da qual Joe gostava, feliz e despreocupada, para essa garotinha com medo demais de arriscar algo com alguém incrível?

Isso era estúpido. Eu era estúpida. Sofia até me disse que ele gostava de mim. Mas quais chances havia de isso dar certo? Eu morava a quase oitocentos quilômetros de distância dele. Eu ainda era casada. E ainda havia o fantasma, fosse ele real ou imaginário, da sua esposa morta para eu enfrentar, ainda que conseguíssemos lidar com a minha bagagem. Como poderíamos superar tudo isso?

Eu não encontrava nenhuma resposta.

Mas quando finalmente me levantei, com as pernas já rígidas, puxei o celular do bolso, mais de duas horas tinham se passado. Da mesma forma como nos seis meses anteriores. E nos seis anos antes disso. Os meus ombros caíram quando comecei a me ajeitar para voltar ao chalé: peguei meu par de tênis e o café que mal havia bebido, o gelo derretido, a areia grudada na água condensada do copo.

Eu tinha acabado de entrar na rua do chalé quando o meu celular vibrou. Por uma fração de segundo eu me permiti ter esperança. Então vi a foto da minha avó na tela.

— Oi. Já estou quase de volta.

— Jenna — ela ofegava. Meus olhos se arregalaram. — Eu... — Ela estava respirando de um jeito pesado, comecei a correr morro acima.

— Chego aí em um segundo, vó. O que aconteceu? A senhora está bem?

— Não... no chalé... eu peguei o carro.

Parei quando cheguei ao chalé. O carro não estava à vista. *Ai, não.*

— Onde a senhora está?

— Salém.

— Salém?! Tá bom. Eu... eu vou dar um jeito de chegar aí. — Respirei fundo. — A senhora está bem?

— Estou bem — disse ela, finalmente. — Eu só tive um pequeno episódio e não acho que devo dirigir de volta.

A senhora nem deveria estar dirigindo, pensei. E quando se tratava dela *um pequeno episódio* poderia significar qualquer coisa, de tontura ou um derrame a um ataque cardíaco. E para admitir que não conseguiria dirigir de volta, ela devia não estar nada bem mesmo. Perguntei exatamente onde ela estava e ela deu o nome das lojas que conseguia ver ao seu redor.

Então respirei fundo de novo e liguei para Joe. Ele não respondeu.

Tentei de novo. Sem resposta.

Então mandei uma mensagem para ele. "Minha avó dirigiu até Salém e alguma aconteceu. Ela pegou o carro. Preciso da sua ajuda. Por favor."

O telefone tocou um momento seguinte.

— Onde você está?

— No chalé.

— Estou chegando.

Corri para dentro, peguei a bolsa e parei para pegar seu frasco de remédio do coração, só por precaução, depois desci a colina correndo para encontrar Joe.

Ele parou o carro quando me viu e eu subi no banco do passageiro. Ele deu um cavalo de pau e disparou para nos levar até a estrada principal.

— Mas onde em Salém?

Expliquei e ele entendeu, sabendo para onde estava indo.

— Ela está bem?

— Ela disse que sim. Mas disse que não ia conseguir dirigir de volta, então provavelmente não. Não sei.

Ele dirigiu um pouco mais rápido.

— Joe, eu...

Sua cabeça balançou.

— Por favor, agora não.

Parei de falar e fomos em silêncio o resto do caminho, eu mastigando as minhas cutículas com medo da condição sob a qual encontraríamos a minha avó.

* * *

Quando chegamos, ela estava sentada em um banco sob o toldo de uma loja, pálida e segurando a sua bolsa. Pulei do carro praticamente antes que ele parasse, Joe estacionou ilegalmente no meio-fio, depois deu a volta também.

— O que aconteceu?

Ela balançou a cabeça.

— Vó, por favor.

— Eu só quero ir para casa agora.

— A senhora sofreu um acidente? A senhora está bem?

— Acidente? Não. Eu sou uma motorista exemplar. Eu só... — Ela parou de falar, balançando a cabeça de novo, então enfiou a mão na bolsa e me entregou as chaves do carro. — Está lá embaixo. — Ela apontou para a colina.

— Você pode ficar com ela um minuto? — perguntei a Joe. Ele disse que sim e eu fui pegar o carro, que acabei estacionando no meio-fio atrás do dele. Ele a ajudou a se levantar e a acompanhou até o lado do passageiro, a conduzindo gentilmente para dentro, onde prendi o cinto de segurança para ela.

— Você consegue encontrar o caminho de volta? Ou prefere me seguir? — perguntou ele através da sua porta aberta.

— Eu consigo voltar.

— Tudo bem. — Ele deu um tapinha no ombro da minha avó. — Cuide-se, Evelyn. Repouso e muito líquido.

Ela não discutiu, nem mesmo soltou qualquer comentário irreverente, o que me assustou ainda mais. Coloquei o nosso destino no Google Maps e me afastei, sem falar nada até atingirmos a saída da cidade.

— O que aconteceu? — finalmente perguntei quando estávamos na estrada de volta para Hereford.

Outro aceno de cabeça.

— Eu estou cansada.

Ela fechou os olhos. Achei que ela não estava dormindo, mas não voltou a falar até chegarmos ao chalé. Seus olhos se abriram quando o carro parou, fui para o seu lado a fim de ajudá-la a descer. Ela me deixou conduzi-la escada acima, onde a acomodei no seu quarto, depois peguei um copo d'água para ela beber.

— A senhora precisa de algum dos seus comprimidos?

— Não. Só vou me deitar um pouco.

— A senhora está... a senhora está se sentindo bem? Vou ligar para a mamãe.

Isso provocou o fantasma de uma reação.

— O que a sua mãe vai poder fazer de lá? Deixe-me deitar. Vou ficar bem.

— A senhora promete? A senhora parece um...

— Jenna.

Acariciei seu cabelo para trás e beijei a sua testa.

— Eu não vou sair daqui. Se precisar de alguma coisa, é só me chamar.

Enquanto eu saía do quarto na ponta dos pés, ela já estava dormindo, roncando baixinho.

* * *

Limpei a cozinha e fiz um pedido pelo Uber Eats em um restaurante da cidade para quando ela acordasse. Por fim, me sentei à mesa da cozinha, olhando o álbum de fotos que ela havia deixado ali. O meu avô estava no álbum, jovem e bonito, carregando a minha avó pelas ondas enquanto ela ria. Uma foto do seu casamento, Vivie ao lado dela como a sua dama de honra. E então o álbum acabou, com páginas em branco deixadas ali. Descansei a cabeça nas mãos quando cheguei ao fim, fazendo uma oração silenciosa para que minha avó estivesse bem.

Ela ressurgiu por volta das cinco, parecendo mais velha e cansada. Pulei para guiá-la até uma cadeira, então fui buscar mais água para ela.

— Pedi comida. Está com fome?

— Não. — Ela tomou um gole de água e estendeu o copo para mim. — Vou precisar de algo mais forte do que isso.

— De jeito nenhum.

Ela inclinou a cabeça.

— E por que não?

— Porque a senhora teve um… um episódio hoje. E a mamãe disse que a senhora não pode ficar bebendo junto com o remédio e…

— Ah, querida. Isso não foi uma coisa física.

— Foi o que então?

— Sirva uma bebida para nós e sente-se. Já é hora de você saber sobre a Vivie.

Os cabelos da minha nuca se arrepiaram enquanto eu segurava o balcão da cozinha. Então coloquei suco de laranja em dois copos, acrescentei vodca que havia no armário e me juntei a ela na mesa, os olhos arregalados enquanto ela tomava um gole e começava a falar.

QUARENTA E NOVE

Junho de 1955
Hereford, Massachusetts

FRED NÃO CONSEGUIA FUGIR DO SEU novo emprego, então Evelyn foi de carro, pegou Vivie na estação e dirigiu por quatro horas da casa alugada em New Rochelle até Hereford. Ele poderia pegar o trem para a cidade a trabalho, além disso Evelyn sentia falta do cheiro salgado no ar, da sensação da areia entre os dedos dos pés, dos pais e, acima de tudo, da irmã mais nova.

Vivie estudava em Barnard e elas deveriam ter se visto com mais frequência depois que Fred e Evelyn haviam se mudado para New Rochelle: um dos argumentos que convenceram Evelyn a deixar Boston. No entanto, era mais de uma hora de viagem a partir de qualquer das duas direções, entre trem, depois metrô ou táxi da estação da 125th Street. E Vivie estava sempre tão ocupada, não só com a faculdade, mas com os amigos e o namorado, que sobrava cada vez menos tempo.

George Eller era três anos mais velho que Vivie, eles se conheceram quando ela era caloura e ele estava no último ano da Columbia. Ela soube de imediato que ele era a pessoa certa e iniciou uma movimentação de conquista que beirava a obsessão para fazê-lo perceber a mesma coisa. Por dois anos, eles foram apenas amigos. Ele a chamava de "garota".

E então, certa noite, tudo mudou.

Vivie reuniu inúmeros argumentos para ficar na cidade durante o verão, citando a proximidade de Evelyn, oferecendo-se até mesmo para morar com Evelyn e Fred (sem nem mesmo pedir a permissão da irmã, embora tivesse sido concedida), mas sem sucesso. Tanto Miriam quanto Joseph permaneceram firmes; todos os filhos voltavam para casa no verão durante a faculdade, Vivie não seria exceção.

Evelyn ficou no chalé por uma semana, permanecendo acordada até bem tarde da noite conversando com a irmã, o tema "George" dominava a conversa. Evelyn o encontrara duas vezes, ambas na cidade. Ela e Fred tinham tentado fazer com que Vivie o levasse para jantar em casa, mas isso jamais aconteceu. Evelyn o achava bonito, arrogante e enfadonho em sua vaidade. Porém, com seu ego inflado, ele tratava Vivie se não como sua igual, pelo menos muito próximo disso. E Vivie, que nunca estivera tão radiante em seu próprio universo quanto Evelyn, brilhava ferozmente em sua presença. Isso era tudo o que importava para Evelyn.

Ela então voltou para Nova York no fim da semana, prometendo retornar ao final do mês, quando Fred tiraria folga. Evelyn ficaria mais uma ou duas semanas depois que ele partisse, absorvendo o máximo que pudesse de Hereford. Se ela ficasse a maior parte do tempo no chalé, quase não correria o risco de encontrar Tony; não que tivesse alguma coisa a dizer para ele caso os dois se encontrassem. O livro com o anel dado por ele havia ficado no quarto da sua infância quando ela se casou, às vezes passava semanas sem pensar nele em sua nova vida.

Mas quando Evelyn e Fred se juntaram à família no chalé, encontraram um lugar tumultuado.

— Não — Miriam estava dizendo.

Ninguém nem sequer notou Evelyn e Fred parados à entrada. E enquanto Evelyn normalmente anunciava a sua entrada em grande estilo com os altos floreios reservados apenas à realeza, as vozes altas que eles ouviam através das janelas da sala impediam que qualquer atenção lhes fosse dada.

— Mas, mamãe...

— Não. Se for o que você pensa, ele virá até aqui em casa.

Vivie batia o pé como uma criança, com a mão na cintura e a outra segurando o papel amarelo de um telegrama vindo de Western Union.

— Ele não é como *a senhora* com seus velhos hábitos. A senhora não vê como está sendo atrasada?

Joseph balançou a cabeça da sua poltrona, um jornal sendo dispensado ao seu lado.

— Não é atraso. É respeito.

— É *respeitoso me* perguntar o que *eu* quero, não o que *o senhor* quer que eu queira.

— Nós nunca conhecemos esse homem. Como você pode esperar que o seu pai dê a bênção para o seu casamento?

— Eu não me importo com bênção nenhuma! Eu vou e pronto.

As mãos de Miriam também foram para os quadris.

— Não vai, não.

Vivie se virou para sair, então viu a irmã e o cunhado parados à porta.

— Evelyn. — Ela suspirou. — Você, por favor, pode colocar bom senso na cabeça deles?

Evelyn olhou para os olhos arregalados da irmã e depois para o telegrama que ela segurava na mão. Ao erguê-lo gentilmente dos dedos da irmã, Evelyn pegou o papel e leu a mensagem.

> Me encontre amanhã. tomei a decisão mais importante da minha vida. Você precisa vir.
> — George.

Havia tão pouca dúvida na mente de Evelyn quanto na de sua irmã de que um pedido de casamento era algo iminente. E pelo que ela tinha visto de George, não, ele não pensaria que precisava da bênção de um imigrante qualquer para se casar com a mulher que ele havia escolhido para ser a sua esposa.

— Vou tentar — sussurrou ela, beijando a testa da irmã.

Em seguida, ela foi para a sala de estar com os pais, deixando Fred, que não estava inclinado a entrar em qualquer briga da família Bergman, ainda segurando o chapéu no corredor.

Vivie se apressou escada acima em um ataque de lágrimas furiosas, Evelyn beijou a bochecha do pai, depois se jogou no sofá.

— Ah, oi — disse ela, fingindo ter acabado de notar os pais. — Mas que clima mais agradável está fazendo hoje.

— Pare com isso — disse Miriam.

— Oi para a senhora também, mamãe. E, sim, fizemos uma *boa* viagem.

— Você não vai me fazer mudar de ideia.

Evelyn estendeu a mão e pegou a da mãe, puxando-a para o sofá, a fim de que ela se sentasse ao seu lado.

— Mamãe. Quando eu fui capaz de mudar a sua opinião? Papai, sim, com ele é fácil de lidar. — Joseph pigarreou, mas não se opôs. — Mas não a senhora.

Miriam olhou para a filha, desconfiada.

— Ela não vai.

— Mas qual é a sua objeção? Que a senhora não o conheceu? Porque eu conheci.

Fred se esgueirou para dentro da sala e sentou-se no braço da poltrona de frente para Joseph.

— Vocês não são os pais dela.

— Não. Mas os nova-iorquinos são pessoas diferentes, mamãe. Esse tal George, ele… bem, ele pensa muito em si mesmo. Mas trata bem a Vivie. Ele a faz feliz. E ele é judeu. Vivie não está errada, a família dele está aqui há muito mais tempo do que a nossa. Os pais dele nem falam iídiche. Mas, mamãe, deixe que ela vá. Não é como se ela não tivesse muitas oportunidades de ficar sozinha com ele o ano inteiro. E ele virá até aqui assim que o convidar. E no fim das contas, Fred me pediu em casamento antes de pedir a vocês.

Miriam e Joseph se viraram para encarar Fred, que sorriu, envergonhado, antes de dar uma desculpa sobre a necessidade de pegar as malas.

— É assim que as coisas são feitas hoje em dia. Ele virá perguntar ao papai assim que as coisas estiverem resolvidas entre eles dois.

Por um momento, Evelyn pensou que Miriam cederia. Ela sempre teve uma queda por Vivie, mas então a sua expressão mudou.

— Se ele quiser se casar com ela, vai ter que conhecer os pais dela. Ela não pode se casar com alguém que nunca vimos. Ela não sairá de Hereford.

Evelyn respirou fundo, sabendo muito bem que estava prestes a irritar os pais, mas esperava que no fim tudo desse certo. Ela concordou, depois subiu para ajudar Vivie a elaborar um plano.

* * *

Por experiência própria, Evelyn sabia que Miriam estaria dormindo no sofá da sala para evitar que Vivie fosse embora. Porém, dessa vez, ela e Fred estavam acomodados no quarto logo acima da varanda. E se elas subissem no telhado da varanda e descessem pela lateral, deixassem o carro no ponto morto e o ligassem apenas quando estivessem descendo a colina, ela poderia levar Vivie para a estação a fim de pegar o trem das seis da manhã para Boston, onde poderia transferir para a linha de Nova York.

— Não gosto disso — disse Fred.

Evelyn estava diante do espelho sobre a cômoda, aplicando demaquilante para remover a maquiagem.

— Bem, eu também não gosto disso, mas vai funcionar. E eles ficarão bem assim que tudo isso acabar.

— É assim mesmo que vamos começar a nossa semana de férias?

Evelyn limpou o rosto e foi se sentar ao lado do marido na cama.

— Você não teria escalado uma janela por mim?

— Claro, mas George é um porre.

Evelyn caiu na gargalhada e empurrou Fred.

— Eu voltarei antes que alguém acorde. Eles não vão nem saber que eu a levei.

Ele levantou uma sobrancelha.

— E como é que você vai voltar para o andar de cima?

Ela sorriu.

— Você acha mesmo que esta é a primeira vez que eu saio e volto por uma janela?

Ele rolou para cima dela.

— Então você não precisa que eu faça uma corda com lençóis amarrados?

— Se isso vai fazer você se sentir útil, querido, pode fazer sim.

Balançando a cabeça, ele se inclinou para beijá-la.

* * *

Evelyn acordou e se vestiu antes que o sol nascesse, então abriu um pouco a porta do quarto para Vivie, que entrou em silêncio com uma pequena mala de mão.

— Tenham cuidado — murmurou Fred, sonolento.

Evelyn beijou sua testa, dizendo que voltaria antes que ele percebesse. E as duas saíram pela janela rumo ao telhado da varanda, Evelyn subiu primeiro no corrimão, depois pegou a bolsa que Vivie lhe entregou antes de descer também. Ambas congelaram por um instante, tentando ouvir qualquer possível barulho na casa, mas não havia nenhum.

Evelyn colocou a mala no banco de trás e pôs o carro em ponto morto, juntas, elas o empurraram com cuidado, então pularam para dentro, segurando as portas fechadas, mas ainda destrancadas para evitar qualquer barulho. Assim que se afastaram o bastante, fecharam as portas e Evelyn ligou o carro, engatando a marcha e virando ao final da rua.

Vivie mal conseguia ficar parada.

— Você acha que ele vai querer fugir de imediato? Ou vai querer um grande casamento? A família dele tem dinheiro, eles querem um casamento pomposo. Mas ele nem sempre faz o que a família quer. Evelyn, eu poderia me casar *esta noite*.

— É isso o que você quer?

— Meu Deus. Eu nem tinha pensado nisso. — Ela ficou ali sentada sob um estado contemplativo por uns cinco segundos. — Para ser honesta, eu não me importaria. Mamãe e papai se importariam, claro. Mas eles já tiveram outros seis casamentos. Deixe que este seja só meu.

— Nenhuma dama de honra?

— Vou enviar um telegrama. Você será a primeira a saber sobre as novidades.

— Estou brincando, querida. — Evelyn estendeu a mão e pegou a da irmã, levando-a aos lábios. — Seja feliz.

— Eu sou.

Evelyn conteve um bocejo ao entrar na estação.

— Vou esperar o trem com você — disse ela enquanto estacionava o carro.

— Eu estou bem. Volte antes que todos acordem.

Evelyn olhou para o relógio. Eram cinco e quarenta da manhã. Ela chegaria em casa no limite, já que os primeiros madrugadores entre os residentes do chalé começavam a se mexer entre seis e seis e meia. Mas se tratava de Vivie.

— Bobagem.

Elas caminharam em direção à entrada da mesma estação onde o pai havia chegado depois de adormecer no trem tantos anos antes. Estavam quase lá quando duas figuras masculinas se levantaram de um banco na escuridão e se moveram para bloquear seu caminho.

Vivie agarrou o braço de Evelyn, que instintivamente pegou o alfinete do chapéu, que ela não tinha.

Então um deles falou.

— Muito cedo para vocês duas estarem fora de casa.

— Bernie. — Evelyn suspirou. — Você nos assustou. — Ela olhou à sua esquerda para Sam. — O que vocês estão fazendo aqui?

— Levando Vivie para casa — respondeu Bernie.

Evelyn sentiu um calafrio. Sua mãe tinha visto além do falso acordo na noite anterior. Ela não estava dormindo na sala de estar. Poderiam muito bem ter saído pela porta da frente.

— Eu não sou criança — disse Vivie em um tom estridente.

— Mamãe disse para não deixar você entrar naquele trem. — Havia um tom levemente de desculpas na voz de Sam.

— Vocês dois não podem estar falando sério — disse Evelyn. — Isso é ridículo. Ela tem vinte e um anos, pelo amor de Deus!

— Venha logo conosco — disse Bernie. — Estou cansado e quero dormir um pouco. Seja uma boa menina agora.

Vivie olhou para Evelyn e tentou passar correndo pelos irmãos, mas Bernie foi mais rápido e segurou seu braço.

Ela relutou, acertando-o no estômago, mas não adiantou. Sam a pegou e a carregou no ombro, enquanto ela chutava e gritava que nunca perdoaria nenhum deles. Ele alcançou o carro de Bernie, onde a obrigou a entrar como se obriga um gato a entrar na banheira, enquanto Bernie segurava Evelyn, que lutava para tentar chegar até a irmã.

— Vá para casa você também — Bernie gritou para Evelyn enquanto ligava o carro.

Evelyn estava parada na calçada respirando pesadamente, os ombros caídos.

Todos estavam acordados quando Evelyn voltou ao chalé, os moradores das duas casas amontoados em uma só. As conversas murmuradas cessaram quando ela entrou e todos se viraram para olhar. Fred deu dois passos em sua direção, mas Evelyn ouviu Vivie soluçando no andar de cima, então contornou a família e foi até a irmã, batendo à porta trancada e pedindo para entrar.

Quando a porta não se abriu, Evelyn foi para o próprio quarto, encontrou um grampo de cabelo e começou a abrir a fechadura. Vivie nem ergueu os olhos quando Evelyn se deitou na cama ao lado dela, acariciando o cabelo da irmã.

Em algum momento, o choro de Vivie diminuiu o suficiente para ela conseguir falar.

— Eu nunca vou perdoá-los por isso — disse ela com a voz já rouca e entre soluços.

— Claro que vai. — Evelyn enxugou as lágrimas da irmã com os polegares. — Ele virá até aqui porque vai ter que ver você e quando tiver resolvido toda essa confusão, vai poder rir disso.

— Não. Eu não vou perdoar a mamãe.

— Eu disse a mesma coisa — Evelyn a lembrou. — Mas, querida, veja só como as coisas aconteceram no fim das contas.

Ela tocou a própria barriga por instinto. Ninguém sabia ainda. Nem mesmo Fred. E ela *não* tinha muita certeza. Mas nunca havia atrasado tanto antes.

— Você acha que ele vai vir? — A voz de Vivie era um mero sussurro.

— Eu sei que ele vai. — Ela fez uma pausa. — Tudo bem, ele talvez esteja aborrecido por você não ter aparecido e deve fazer você esperar uma ou duas semanas, porque ele é do tipo que acha que se acenar, até o próprio Messias deveria aparecer. Mas depois disso ele virá.

Vivie começou a chorar de novo.

— Ah, querida, eu estava brincando. Ele virá, sim, prometo. Apenas dê a ele um pouco de tempo. Os homens ficam tão magoados quando não conseguem o que querem. Mas você me diz o que escrever e eu mesma mando um telegrama para que ele saiba que você não o estava enganando.

Com esse problema resolvido, Vivie passou por quatro rascunhos antes de entregar a Evelyn um papel com uma mensagem.

— Vamos descer para o café da manhã?

— Não. Eu não conseguiria comer. E não quero estar na presença deles.

Faminta, Evelyn deixou a irmã e foi enfrentar a ira da mãe em troca de alguns ovos, torradas e café.

* * *

Obediente, Evelyn foi até os correios e enviou o telegrama para George logo depois do café da manhã, em seguida voltou para o chalé, onde Vivie ainda estava trancada em seu quarto. Ao se lembrar do próprio comportamento parecido na época, ela sussurrou uma oração silenciosa para que George respondesse logo. Embora ela não tivesse dúvidas de que a irmã teria um destino tão feliz quanto ela mesma teve, queria que o sofrimento de Vivie fosse breve.

Quando não houve resposta, Vivie escreveu uma carta, preenchendo páginas e páginas com a sua escrita ininterrupta.

Mais uma semana se passou. Fred voltou para Nova York e Vivie se mudou para o quarto de Evelyn, a sua irmã acariciava suas costas enquanto ela chorava todas as noites.

Quando chegou o dia em que Evelyn deveria partir, ela ligou para Fred a fim de explicar que ainda não poderia retornar para casa. Ele concordou, embora com um suspiro, que ela deveria ficar mais uma semana para confortar Vivie. Quando ela voltasse para New Rochelle, precisaria ser de trem, afinal, Miriam insistia para que Fred levasse o carro com ele, caso contrário Evelyn não poderia ficar. Ela conhecia as filhas e, com um carro à disposição, as duas teriam feito uma fuga noturna rumo a Nova York.

Enfim, chegou uma carta que Vivie apertou no peito antes de correr escada acima para ler. Ela a estendeu sem dizer nada quando Evelyn entrou em seu quarto alguns minutos depois, sentada na cama com os olhos secos.

Havia apenas uma folha.

> Vivierida,
> Haverá mais oportunidades. Aproveite o seu verão.
> — George

— Vivierida? — perguntou Evelyn.

— O apelido dele para mim. Como "Vivie querida".

— A parte de *mais oportunidades* soa promissora.

— *Aproveite o seu verão* não soa nada promissor.

Evelyn leu a carta mais uma vez.

— Não. Mas eu avisei que ele precisaria de tempo para cuidar um pouco do ego ferido.

— Mas agora eu vou precisar esperar mais dois meses? "Aproveite o seu verão"? Isso é uma tortura, Evelyn.

Vivie enterrou o rosto nas mãos e, livre da visão da irmã, Evelyn balançou a cabeça. George estava claramente a punindo por arruinar seus planos. Mas qual era o melhor conselho sobre qual atitude tomar? Seguir com calma ou tentar deixá-lo com ciúmes? Qualquer um deles poderia sair pela culatra ao lidar com um temperamento como o de George. Era muito mais simples com alguém como Fred, com quem não havia joguinhos para descobrir onde se estava pisando.

Bem, talvez a abordagem direta fosse a melhor a ser adotada naquele caso.

— Pegue papel e caneta — disse Evelyn para a irmã. — Vamos escrever outra carta para ele.

— Querido George — ditou ela. — Espera, você tem um apelido para ele também? — Vivie corou. — Eu não quero saber, só use o bendito apelido.

— Vivie escreveu uma saudação. — Eu gostaria de poder vê-lo antes do final de agosto, mas a minha mãe insiste em não permitir que eu me aventure pela cidade grande e me encontre com homens que ela não conhece. E embora eu saiba que você não é tão estranho assim, infelizmente, ela não teve o prazer de conhecê-lo, por isso armou para que os meus irmãos me sequestrassem na estação de trem. Se você quiser passar um ou dois dias na praia em Hereford, podemos acertar as coisas entre nós. Mas se não quiser, então acho que verei você quando o semestre de outono começar.

— Evelyn, ninguém fala desse jeito.

Ela nivelou um olhar com o da irmã.

— Olha só, aí está o seu problema. Encontre um homem que ria dessa carta ou a culpa é sua quando acabar casada com o cara mais idiota que existe.

Vivie balançou a cabeça.

— Eu levo jeito para a coisa.

Evelyn espiou por cima do ombro da irmã, a curiosidade falando mais alto.

— Linduxo?

Ela fez um barulho de ânsia de vômito.

E pela primeira vez, desde que recebera o telegrama de George, Vivie sorriu.

* * *

Evelyn voltou para casa alguns dias depois, prometendo retornar dali um mês.

Entretanto, ela voltou uma semana antes, dirigindo a toda velocidade para dar a notícia que havia lido no *Times* naquela manhã, antes que alguém pudesse contar à irmã o que ocorrera. Pela primeira vez em sua vida, ela não respirou fundo para sentir o cheiro de casa enquanto cruzava a ponte para Hereford. Ela só pressionou o pé ainda mais forte no acelerador, temendo a notícia que precisaria dar.

Cinco horas depois de deixar o jornal cair na mesa da cozinha, boquiaberta, Evelyn parou de frente para o chalé, a cintura talvez um pouco mais grossa do que quando saíra dali da última vez, mas ainda não perceptível para mais ninguém. Ela deixou a bolsa no carro e subiu as escadas correndo.

— Vivie? — gritou ela.

— Evelyn? — A voz de Miriam veio da cozinha. — O que você está fazendo aqui?

— Cadê a Vivie?

— Na praia com as crianças.

Evelyn se virou e saiu de casa, sua mãe chamando por ela.

— Qual o problema? O que aconteceu?

Ela parou e respirou fundo. Essa notícia era para a sua mãe também; afinal, Vivie a responsabilizaria. Ela puxou a folha de jornal do bolso e a entregou à mãe, que a leu e levou a mão ao coração.

— Mas...

— Eu sei.

— *Kinehora* — disse a mãe para afastar o mau-olhado, então se afundou em uma das cadeiras de vime da varanda.

— Eu preciso contar para ela.

Miriam agarrou o braço da filha.

— Não. Ela está feliz. Deixe passar um tempo.

O telefone tocou dentro da casa.

— Deve ser uma das amigas dela da cidade. Não dá para esperar, mamãe. Ou eu conto para ela, ou outra pessoa vai fazer isso. Isso não estava em nenhum jornaleco iídiche. São os anúncios de casamento do *The New York Times*.

Miriam deu um fraco aceno de cabeça, então Evelyn dirigiu até a praia, estacionando em fila dupla do lado de fora da pousada e cruzando o caminho da duna para encontrar a irmã, que estava jogando bola com os vários sobrinhos perto de onde as ondas se quebravam na praia.

— Evelyn! — Donna gritou de alegria. — É a Evelyn.

Uma espécie de enxame de crianças molhadas se aproximou correndo para abraçá-la, seus irmãos mais velhos viraram a cabeça com a movimentação, mas permaneceram nas cadeiras onde estavam sentados próximo de seus cônjuges, fumando e aproveitando aquela folga da paternidade.

Vivie abriu caminho entre as crianças e jogou os braços em volta do pescoço de Evelyn.

— Por que você não disse que estava vindo?

Então ela se afastou e olhou para o rosto da irmã.

— Vamos voltar para o chalé.

— Por quê?

— Vivie.

Evelyn estava pálida, seus dedos se abrindo e fechando, nervosos.

Vivie se virou e pegou a toalha, enrolando-a na cintura antes de pegar o braço da irmã e enxotar as crianças de volta para os pais.

— É o Fred? O que foi que ele fez?

Evelyn esperou até que estivessem de volta ao carro e fez a irmã entrar.

— Não se trata do Fred. É sobre o George.

— George?

— Vivie… ele… — Ela respirou fundo. — George se casou com outra pessoa. Ontem.

— Mas isso é impossível. — O tom de voz de Vivie era tranquilo, mas confiante.

Evelyn tirou o recorte de jornal do bolso e o entregou para a irmã, que o leu.

— Vim assim que soube. Li hoje de manhã e entrei no carro dez minutos depois. Eu… Ah, Vivie, eu não sei nem o que dizer.

— Me leve de volta para o chalé, por favor — disse Vivie, baixinho.

CINQUENTA

MINHA AVÓ PAROU DE FALAR. Ela tomou um gole do copo e balançou a cabeça.

— Queria poder fumar.

— Ele simplesmente… se casou com outra pessoa?

Ela confirmou.

— Não sabíamos se ele a conhecia antes ou se a conheceu depois que Vivie não foi para a cidade. O recorte de jornal trazia uma citação sobre não querer esperar quando você sabia o que era o certo.

— E a Vivie?

— Naquela noite, ela não conseguiu dormir e saiu para uma caminhada. Começou a chover e ela escorregou nas pedras molhadas. Só a encontraram na manhã seguinte. Foi horrível, mas foi um acidente. — Ela inclinou a cabeça. — Pelo menos, essa é a história que o papai e eu contamos para todo mundo.

— Como é?

Ela tomou outro gole e recomeçou a contar a história.

CINQUENTA E UM

Julho de 1955
Hereford, Massachusetts

VIVIE FOI DIRETO PARA O QUARTO QUE dividia com Evelyn, não admitindo ninguém até a hora de dormir, quando Evelyn ameaçou arrombar a fechadura de novo. Evelyn estava cansada, e enjoada, e só queria se deitar na cama e deixar a sua família mimá-la. Mas Vivie importava mais.

Evelyn se sentou na cama e Vivie retomou o ritmo frenético que todos ouviam no andar de baixo, olhavam inquietos para o teto da sala enquanto ficavam sentados depois do jantar.

— Você deveria dormir um pouco.

Vivie olhou para ela, com olhos selvagens.

— Foi isso o que você fez? Quando ela arruinou a sua vida?

Evelyn abriu a boca para fazer um comentário irreverente sobre como ela passou pela situação, mas algo em seu peito ficou apertado. Ela respirou fundo, depois mais uma vez, até conseguir falar.

— Vivie. — Sua voz era calma. — A mamãe… — Ela parou de novo, incapaz de dizer se a mãe estava certa ou errada quanto ao que havia feito. Porque, pelo menos no caso de Evelyn, ela tinha sido os dois. — A mamãe não vive no mundo em que nós vivemos. Ela… é como… ela é um peixe. E você a está culpando por ela não saber respirar fora d'água.

— E enquanto isso, ela está me afogando, tentando me forçar a entrar no mundo dela.

— Você está se afogando. Ela pode até ter puxado você para baixo, mas, Vivie, você quer *mesmo* um homem que se casaria com outra mulher assim tão rápido? Você merece alguém que vai adorá-la. E esse alguém nunca foi o George.

— Você não sabe quem era George! Você e Fred ficaram lá o julgando por ele não ser como vocês, mas éramos felizes da forma como éramos. E você não conseguia entender isso. Nem todo mundo é como você, que pode simplesmente desligar o que sente por uma pessoa, estalar os dedos e fazer com que alguém melhor apareça. — Evelyn se sentou mais ereta, magoada, mas não disse nada. Vivie se virou, pronta para dizer mais coisas, porém, quando viu o rosto da irmã, seus ombros caíram e ela se sentou ao seu lado na cama. — Eu não… Eu estou…

— Eu entendo.

Vivie se levantou, retomando seu andar de um lado para o outro no cômodo.

As pálpebras de Evelyn ameaçavam se fechar a qualquer momento. Ela se lembrava das irmãs mais velhas reclamando de como viviam esgotadas no início da gravidez, mas nunca havia imaginado essa sensação de exaustão absoluta que agora pesava em seus membros.

— Preciso dormir. Cheguei aqui hoje e tudo mais. — Vivie continuou andando. Se ela estivesse chorando, Evelyn teria feito mais esforço, mas aquela movimentação toda parecia um bom sinal. Ela estava com raiva. E a raiva daria lugar à aceitação. — Você vai para a cama? Ou devo dormir no quarto de Margaret?

Vivie balançou a cabeça.

— Não consigo.

Evelyn se levantou da cama e se dirigiu para a porta. Quando ela estava prestes a abri-la, Vivie a abraçou e a beijou com ferocidade na bochecha.

— Eu amo você.

Evelyn abraçou a irmã.

— Eu também amo você. Por favor, vá dormir logo.

Vivie disse que tentaria, então Evelyn foi para o quarto de Margaret, adormecendo assim que a sua cabeça encostou no travesseiro.

* * *

Evelyn acordou com o barulho da chuva. Ela rolou de um lado para o outro, a fim de voltar a dormir, mas Margaret estava roncando. Ela podia tolerar isso em Fred, mas não em sua irmã. Então, com um suspiro, sentou-se, passou os pés para fora da cama e caminhou descalça pelo corredor até o quarto de Vivie. As cortinas estavam fechadas e o vislumbre do amanhecer cinza profundo, que espreitava pelas bordas, não iluminava a cama. Evelyn caminhou devagar, estendendo a mão desnecessária, visto que conhecia cada centímetro daquele cômodo, até chegar à cama, onde se deitou para se aconchegar na irmã.

Só que Vivie não estava ali. Evelyn deu um tapinha na cama, seus olhos se arregalaram quando ela tocou em um pedaço de papel. Ela estendeu a mão para acender o abajur da mesa de cabeceira, quase o derrubando no processo, seus olhos se ajustaram devagar ao papel à sua frente, ela pulou da cama depois que o leu, com a mão na boca.

Desceu as escadas depressa em meio à escuridão, em direção ao quarto dos pais, o papel apertado em sua mão, mas havia uma luz na cozinha. *Vivie*, pensou ela, aliviada, irrompendo pela porta.

Mas não era Vivie.

Seu pai estava sentado à mesa da cozinha, bebendo uma xícara de café.

— Você acordou cedo — disse ele. Evelyn caiu no chão a seus pés.

— Ah, papai — soluçou ela.

— O que foi? Qual é o problema?

— Vivie...

— Ela vai ficar bem. Você ficou.

Evelyn ergueu o olhar para ele, lágrimas escorrendo pelo rosto.

— Papai, ela se foi.

Ele se levantou.

— Ela foi para Nova York? Depois de tudo...?

— Não. Ela deixou um bilhete, papai. Ela...

Evelyn não conseguia dizer as palavras, então estendeu o papel para o pai, que o pegou, sua fronte escura ficava cada vez mais pálida conforme lia.

— Não.

— Precisamos chamar a polícia...

Joseph enxugou a testa, ele se levantou e foi até a pia da cozinha, tirando do bolso uma caixa de fósforos. Ele riscou um e acendeu em um canto da carta, enquanto Evelyn observava, horrorizada.

— O que o senhor está fazendo?

Ele esperou até que a carta virasse cinzas antes de se voltar para a filha. Ele nunca pareceu tão velho para Evelyn até aquele instante.

— Vamos dizer à polícia que ela está desaparecida. Mas o que quer que tenha acontecido, foi um acidente.

A boca de Evelyn se abriu, seus olhos se estreitaram de dor.

— É com isso que o senhor se importa? Com as pessoas ficarem sabendo?

Joseph foi até ela e segurou seus braços com força.

— Eu me importo só com uma pessoa ficar sabendo. Está me entendendo? Isso vai destruir a sua mãe.

— Ela merece! — disse Evelyn com amargura, a sua própria dor grande demais para se preocupar com a da sua mãe. — Ela não é inocente.

Os ombros do pai caíram e Evelyn viu as lágrimas em seus olhos.

— Por favor, Evelyn. Se você não vai fazer isso por ela, então faça por mim. Precisamos fazer todo mundo acreditar que foi um acidente. Eu... eu não posso perder a sua mãe também.

Ele soltou os braços da filha e desabou na mesa da cozinha, seu corpo se sacudia por conta dos soluços silenciosos que Evelyn observou com uma fascinação alarmada. Ela nunca tinha visto um homem adulto chorar, muito menos seu pai.

Evelyn se levantou, lutando contra a própria dor ao perceber o que precisava fazer pelo bem do pai.

— Não chame a polícia ainda. O senhor precisa... o senhor precisa fingir que não sabe. Vamos descobrir que ela está desaparecida juntos. Assim que eu voltar.

— Onde você vai?

— Chamar alguém que pode nos ajudar.

Evelyn saiu da cozinha na ponta dos pés, jogou uma capa de chuva que estava pendurada em um gancho na porta da frente sobre a camisola e desceu os degraus do chalé em silêncio sob a chuva enevoada.

Por um instante interminável, ela ficou à beira da estrada, espiando por entre as árvores e analisando os penhascos, esperando desesperadamente que a irmã ainda estivesse ali. Mas não havia ninguém.

Enxugando os olhos com as costas da mão, ela entrou no carro e olhou seu reflexo no espelho retrovisor. *Bem*, ela pensou de um jeito sombrio, *pelo menos ele não vai achar que estou lá para reconquistá-lo.* Ela ligou o carro e o colocou em movimento, com o coração batendo forte, e foi até a única pessoa capaz de ajudá-la naquele momento.

CINQUENTA E DOIS

— TONY — SUSSURREI, COM OLHOS ARREGALADOS.
— Ele era tenente na época. Ele ascendeu rápido na carreira.
— E ele...?
Ela abriu um sorriso irônico para mim.
— Quem está contando esta história: eu ou você?

CINQUENTA E TRÊS

Julho de 1955
Hereford, Massachusetts

ELA FICOU POR UM MOMENTO ATRÁS DO volante, reunindo coragem para bater à porta até que alguém lhe dissesse onde encontrá-lo. Até que Tony finalmente saiu, olhando para o céu antes de colocar o chapéu do uniforme.

Evelyn se mexeu depressa, saindo do carro e chamando seu nome. Ele se virou surpreso com a voz dela.

— O que você quer, Ev... — ele mesmo se interrompeu ao ver o rosto dela, seu tom mudando no mesmo instante. — O que aconteceu?

Com coragem, Evelyn engoliu o choro, mas seus joelhos cederam e Tony correu para segurá-la antes que ela caísse na calçada.

Ela acordou no sofá da sala, um pano úmido e frio na testa. Ela estudou o teto desconhecido por um instante antes de se lembrar de onde devia estar e por que estava ali. Ao virar a cabeça, ela viu Tony, sentado no chão ao seu lado, ela se esforçou para se sentar.

— Calma — disse ele, e o coração dela se partiu uma vez mais.

Ela desejou ter encontrado as palavras para explicar a Vivie que era possível amar duas pessoas diferentes, de formas completamente diferentes, sem que uma fosse mais ou menos amada que a outra.

Mas o que estava feito jamais poderia ser desfeito agora. E era mais seguro insistir no motivo de ela estar ali.

— Eu preciso da sua ajuda — disse ela de um jeito meio estúpido.

— O que você fez agora?

Ele estava quase sorrindo. Em qualquer outra circunstância, ela teria fingido se irritar com isso, o que ele sabia.

— Não posso explicar tudo, mas a Vivie... — Uma lágrima escorreu por sua bochecha, ela respirou fundo para se recompor. — Vivie não estava lá quando eu acordei. E ela... ela deixou um bilhete. Papai vai ligar para a delegacia quando eu chegar em casa e dizer que ela sumiu. Mas... Tony, isso tudo precisa ter parecido um acidente.

Havia uma dor genuína em seu rosto quando ele percebeu o que Vivie fizera. Mas o resto...

— Eu não entendo.

— A minha mãe não pode saber que não foi um acidente. Papai... ele vai ficar bem, desde que a mamãe não saiba.

Tony a encarou.

— Você quer que eu arrisque minha carreira... pelos seus pais? As pessoas que tiraram tudo de mim?

Evelyn queria sacudi-lo e dizer que havia sido ele o responsável por ter tirado tudo de si mesmo. Mas não resolveria nada repetir esse argumento. Em vez disso, ela pegou as suas mãos.

— Não. Quero que você faça isso por mim.

Ele olhou em seus olhos por um longo momento, então exalou alto.

— Destruam o bilhete.

— Já fizemos isso.

— Você sabe onde procurar?

— No mar, logo abaixo das falésias, perto do chalé.

— E em uma tempestade à noite. — Ele esfregou um músculo do pescoço e praguejou antes de olhar para Evelyn. — Por que ela fez isso?

Evelyn mordeu o lábio inferior.

— Ela se apaixonou. E ele... ele se casou com outra pessoa.

Tony olhou para ela, o gelo de seu olhar arrancando outro pedaço do que restava dentro de seu peito.

— Tony, eu...

Mas ele não permitiu que ela terminasse.

— Volte para o chalé. Ligue para a delegacia. Vou tentar o meu melhor.

Ela se levantou e Tony estendeu o braço para firmá-la, mas ela não precisava.

— Obrigada.

Ela então voltou para o carro, sentindo-se como se tivesse envelhecido cem anos desde a manhã anterior, quando preguiçosamente havia folheado o jornal com uma xícara de café e um prato de ovos à sua frente.

CINQUENTA E QUATRO

— E ele conseguiu?

Ela confirmou.

— Ninguém nunca soube. Nem os meus irmãos, nem as minhas irmãs. Nem a minha mãe. Todos morreram pensando que Vivie escorregou, o que a polícia determinou como causa oficial da morte.

— A senhora percebeu... — Fiz uma pausa. — Havia alguma pista de que ela faria algo assim?

Minha avó soltou um suspiro pesado.

— Agora, talvez. Mas naquela época, ninguém falava sobre essas coisas. Acho que a depressão era do lado da família da minha mãe. Era essa escuridão que meu pai temia, caso ela soubesse a verdade. Foi por isso que procurei Tony.

Fiquei em um silêncio atordoado, refletindo sobre esse homem, que eu ainda não conhecia, mas que amava minha avó o suficiente para fazer algo assim e manter segredo. Brad não me amou o suficiente para permanecer fiel. Ou até mesmo para tirar o lixo sem que eu pedisse quatro vezes.

Olhei para minha avó. Ela havia tirado a maquiagem depois do cochilo, por isso parecia estar tão mais velha. Além disso, contar essa história a deixou cansada.

O que me lembrou...

— O que aconteceu hoje?

Ela estendeu o copo vazio.

— Vou precisar de outro drinque primeiro.

— Eu não vou servir outro, a senhora não deveria estar bebendo.

— Então eu não vou contar nada.

Mais uma dose provavelmente não a mataria. E eu precisava saber. Então peguei outra para ela e completei o meu copo.

— Fui almoçar com o George — disse ela casualmente, tomando um gole da nova dose de bebida.

Derrubei o meu copo, a bebida se derramou sobre a mesa enquanto eu procurava guardanapos.

— A senhora *o quê?*

— É claro que fui, querida. É por isso que estamos em Hereford esta semana.

Olhei para ela de novo, a minha boca se movendo em silêncio, enquanto eu tentava, sem sucesso algum, juntar todas as peças daquele quebra-cabeça.

— Não consigo entender.

— Ele me adicionou no Facebook.

A foto do perfil dela no Facebook era a do noivado com o meu avô, recortada, o que significa que ela tinha vinte anos na época. A minha prima Lily foi quem arrumou para ela. Na época, ela disse que era para que seus antigos namorados pudessem encontrá-la, o que achamos que fosse uma mera piada, mas parece que não foi piada nenhuma, afinal o namorado de Vivie a havia encontrado.

— Ele ia passar a semana em Boston e perguntou se eu queria almoçar caso ainda viesse para cá.

— Por que a senhora se encontrou com ele? Depois de...

— Eu tinha perguntas a fazer — disse ela. — Queria saber exatamente por que ele queria que Vivie fosse para Nova York já que ele se casou com uma outra pessoa menos de dois meses depois.

— E...? — Prendi a respiração.

Ela balançou a cabeça.

— Aquele *desgraçado* disse: "Eu queria que ela conhecesse a minha Phyllis. Elas teriam sido grandes amigas".

— Phyllis é a esposa dele?

A minha avó confirmou e tomou outro longo gole.

— Ele nunca ia pedi-la em casamento.

— Não.

— E se ela tivesse ido para... — Ela deu de ombros. — Talvez não tivesse mudado nada. Mas ela acreditou que se tivesse ido... — Ela soltou um suspiro. — No bilhete, ela disse que esperava que a nossa mãe fosse feliz dali em diante. Se ela soubesse que ir para Nova York não faria diferença, acho que teria apenas passado o verão completamente miserável e depois ficaria bem. Mas ele nunca se importou com ninguém além de si mesmo. E ele nunca percebeu que a morte dela tinha alguma coisa a ver com ele.

— Você contou para ele?

— Você não está me ouvindo? Ninguém sabe além de você e Tony.

Fiquei em silêncio novamente, maravilhada com ela, qual era a palavra que ela usaria mesmo? *Chutzpah.*

— O que você disse quando ele falou isso?

— Eu não disse nada. Só me levantei e fui embora. — Ela ergueu o copo para mim, o nível do líquido já baixo de novo. — Eu *deveria* ter jogado a minha bebida na cara dele. Que esta seja uma lição para você: vai haver pouquíssimas oportunidades na sua vida de jogar uma bebida na cara de alguém. Aproveite-as.

Nenhuma de nós disse nada por vários minutos enquanto processávamos o que nós duas havíamos aprendido. Então a sua mão disparou e envolveu meu pulso, o segurando com força.

— Você não pode deixar que isso destrua você. Nem sempre as coisas funcionam do jeito que você quer, mas você precisa seguir em frente.

Eu não conseguia respirar. Ela não estava mais falando sobre a Vivie.

Quando ela soltou meu pulso, eu o esfreguei, ainda sentindo o calor do seu aperto. Ela se levantou com um grande esforço e colocou a mão no meu ombro. — Vou para a cama. Hoje foi um longo dia. — Ao colocar a mão sob meu queixo, ela virou a minha cabeça, então fui forçada a olhar para ela. — Eu estou bem. Prometo.

Ela então inclinou a cabeça na direção da porta, piscou para mim e depois se arrastou devagar até o quarto.

A porta se fechou atrás de si e eu pulei com o som, minha mente girava com aquela nova informação.

Você não pode deixar que isso destrua você.

Não. Eu jamais seria a garota que se joga no mar, embora eu estremecesse ao pensar em quão perto aqueles penhascos estavam de onde eu estava sentada agora. Mas os últimos seis meses e depois Joe…

Pulei da cadeira, que quase tombou com a força, peguei a bolsa e as chaves na mesa perto da porta da frente, parando apenas tempo suficiente para calçar os chinelos na varanda, desci correndo os degraus até o carro.

Nos seis minutos que levei para chegar até a casa de Joe, não cheguei nem perto de descobrir o que ia dizer. Eu só conseguia ouvir o meu coração batendo nos meus ouvidos, a minha respiração ofegante e rápida. Subi os degraus da frente e bati à porta, Jax latiu com o barulho repentino.

Ele abriu a porta e cruzou os braços bronzeados, se encostando no batente.

— O que você quer, Jenna?

Coloquei uma mecha de cabelo atrás da orelha e puxei a manga do meu moletom, percebendo o quanto eu estava desleixada usando shorts de ioga e um moletom velho da Universidade de Maryland que já tinha visto dias melhores. Mas…

— Você — deixei escapar.

Ele balançou a cabeça.

— O que foi que você disse? Você não estava atrás de um caso de uma noite só? Bem, eu também não.

— Não, isso não é o que…

Respirei fundo e olhei para ele, seus olhos estreitos e cautelosos, quase desisti nesse mesmo instante. Mas e daí? Ir para casa e continuar me escondendo para não ter que enfrentar a possibilidade de fracassar de novo?

Não.

— Eu fiquei assustada.

Ele hesitou antes de responder.

— E você não está mais assustada?

— Eu estou aterrorizada! Tenho medo de você dizer não, de ter perdido a minha chance. Tenho medo de que você perceba que não gosta de mim. Tenho medo de partir em alguns dias e que isso seja difícil demais. — Pisquei, então direcionei os meus olhos para os seus. — Mas tenho mais medo de saber que não tentei.

Olhamos um para o outro por um longo minuto, nenhum de nós se mexeu. Então a sua postura relaxou e ele pegou meu braço, me puxou para dentro e fechou a porta; ele me pressionou contra ela, a sua boca na minha, uma das mãos no meu cabelo, a outra na minha cintura, subindo. Mudei meu peso de lado, permitindo que ele se aproximasse, querendo tocar cada centímetro dele, quando senti...

— Jax!

Nós dois olhamos para baixo. Ela abriu caminho entre as pernas dele, seu nariz aninhado na minha virilha.

Comecei a rir quando Joe tentou passar por cima dela sem cair, segurei seu rosto em minhas mãos.

— Desculpa, garota, acho que eu vou roubar a sua cama hoje à noite.

Joe riu e balançou a cabeça.

— Você quer uma bebida?

Eu disse que adoraria e o segui até a cozinha, onde ele serviu duas taças de vinho da mesma garrafa da noite anterior. Eu estava encostada na ilha, pensando em como o que tinha acontecido parecia muito mais do que apenas um dia atrás. Joe estava encostado no balcão oposto, me observando.

— Onde você está agora? — perguntou.

Coloquei minha taça no balcão e estendi a mão para ele.

— Bem aqui.

Ele não precisava de outro convite. Ele me pegou e me sentou na ilha da cozinha, nossos rostos nivelados enquanto ele me beijava com avidez. Envolvi sua cintura com as pernas, ele gemeu baixinho. Senti uma das suas mãos sob o meu moletom nas minhas costas; haviam muitas camadas entre nós, então me abaixei para retirá-lo, apenas quebrando o beijo tempo suficiente para tirar o moletom pela cabeça, então puxei a sua camisa também, até que ele a tirou e estendeu a mão para desabotoar meu sutiã.

Inclinando-se sobre mim, ele me empurrou de leve até que eu estivesse deitada na ilha, eu corri meus dedos pelos fios de seu cabelo, enquanto ele beijava o meu pescoço, meu corpo pegava fogo com o seu toque. Seus polegares se prenderam no cós do meu short, enquanto ele se afastava de mim tempo suficiente para tirá-lo e eu me apoiava nos cotovelos.

Nossos olhos se encontraram e ele balançou a cabeça de leve.

— O que foi?

Seus lábios se abriram em um sorriso lento que me derreteu por inteira.

— Você é linda — disse ele, inclinando-se para me beijar de novo, dessa vez mais devagar.

Então ele parou de repente e olhou para a direita. Virei a cabeça para ver o rosto e as patas de Jax na borda da ilha da cozinha, enquanto ela ficava de pé nas patas traseiras, a língua pendurada para fora, ela nos observava.

— O que há de *errado* com ela? — perguntou ele.

Eu me sentei e rocei os lábios nos dele.

— Quarto?

Ele acenou com a cabeça e me ofereceu a mão enquanto eu pulava do balcão. Olhei para ele por cima do ombro ao sair da cozinha.

— Por favor, me diga que você tem camisinha.

— Você não quer dizer profilático?

Soltei uma gargalhada quando ele me agarrou pela cintura e deu um beijo na lateral do pescoço, sussurrando que sim.

— Que bom — eu disse, enquanto ele fechava a porta, mantendo Jax do lado de fora.

Então, ainda rindo, nós dois caímos na cama juntos.

* * *

Sorri na escuridão depois, aninhada na dobra do braço de Joe, enquanto ele corria os dedos, sonolento, para cima e para baixo do meu umbigo até a minha clavícula. Só aquele leve toque parecia estar desencadeando uma reação em cadeia para cada terminação nervosa do meu corpo. Eu me virei para encará-lo, pressionando o corpo ao seu lado, e ele olhou para mim.

— Já posso ouvir a história do encontro ruim?

Fiz uma careta.

— Você *quer*?

— Estou morrendo de curiosidade.

Balancei a cabeça.

— Tá bom, então ela me disse que estava querendo me juntar com um cara cuja avó ela conhece, daí eu concordo em ir. A gente se encontrou em um restaurante, ele parecia ser um cara normal e tudo mais, acabamos indo até a casa dele para assistir a um filme.

— Quantos anos você tinha?

— Acho que uns dezenove.

— Então você já sabia *o que significava assistir a um filme*?

— Não, digo, sim, em geral sim. Mas, na verdade, a gente só estava mesmo assistindo ao filme. E daí eu olhei para baixo e... — Parei de falar.

— E...?

— Estava... estava para fora...

— O que estava para... ah!

— Pois é. O cara nem tinha me beijado. E de repente estava com... para fora

— O que você fez?

— Eu disse que precisava ir embora e fui! Mas assim... imagina só o que a minha avó disse para a avó dele sobre mim para ele achar que *aquilo* era apropriado num primeiro encontro?

Joe riu.

— Acho que o padrão estava bem baixo para mim, então.

Olhei para ele.

— Mesmo se ele estivesse na altura da lua, você ainda teria passado.

Ele sustentou meu olhar por um longo momento, parei de respirar e me perguntei se tinha falado demais.

Então ele rolou em cima de mim, me beijou devagar, pressionando seu corpo de um jeito delicioso no meu.

— Você vai passar a noite aqui, não é? — sussurrou ele.

Confirmei, enquanto ele me beijava mais uma vez.

CINQUENTA E CINCO

Julho de 1955
Hereford, Massachusetts

EVELYN NÃO TINHA LÁGRIMAS PARA CHORAR no funeral, sua mão fria na de Fred, apesar da umidade do dia de verão. O cemitério ficava mais para o interior e o dia estava quente, o sol implacável contra suas roupas pretas. Ela não chorou quando a polícia bateu à porta, primeiro para obter informações ditas por uma Miriam em pânico, convencida de que Vivie havia fugido para Nova York e por um Joseph estoico, péssimo ator. Nem quando voltaram algumas horas depois com a notícia que deixou a mãe chorando no chão. Ela se esgueirou de fininho até o quarto que até muito recentemente dividia com a irmã, então se sentou na beirada da cama, desejando que as lágrimas trouxessem algum tipo de alívio. Mas não vieram.

Ela e o pai mal se falaram nos dois dias seguintes. O funeral foi organizado às pressas, já que o costume judaico ditava que o falecido fosse enterrado o quanto antes. Fred pegou o trem naquele mesmo dia, o resto da família chegou com os filhos, lotando a casa da rua principal, a de Bernie na cidade e os dois chalés.

Entorpecida, Evelyn recitou o Kadish do Enlutado na cerimônia, murmurando as palavras hebraicas junto de sua família por uma boca que parecia estar cheia de algodão. O caixão foi baixado para o subsolo e o rabino entregou uma pequena pá para Joseph, que, chorando sem quaisquer amarras, a pegou e jogou uma pequena quantidade de terra na sepultura, o som fez Evelyn estremecer.

Não consigo fazer isso, pensou ela, dando um passo involuntário para trás. Fred viu e passou o braço em volta da esposa. Ela queria se livrar do marido, fugir. Sua respiração se intensificou quando a pá de terra colocada por sua mãe fez o mesmo baque abafado.

— Você não precisa fazer isso — sussurrou Fred. — Está tudo bem. Nem todo mundo faz.

Evelyn engoliu em seco.

— É uma *mitzvá* — sussurrou ela em resposta. — É a última coisa que posso fazer por ela.

Ele a apertou brevemente e então a soltou, enquanto ela pegava um punhado de terra para cobrir a irmã.

Ela ficou na beirada da sepultura, olhando para o caixão feito de pinho simples com uma fina camada de terra espalhada sobre ele. *Ah, Vivie,* ela pensou. *Eu nunca vou parar de sentir saudade de você.* Ela deixou a terra cair e deu um passo rápido para trás, entregando a pá para Margaret, que estava aos berros. Mas Evelyn ainda não conseguiu chorar.

Voltando para Fred, ela olhou ao redor dos enlutados, tentando se distrair do som das pancadas abafadas, enquanto mais punhados de terra atingiam primeiro a madeira e depois a terra. Ruthie estava lá, claro. E os amigos da faculdade de Vivie. Alguns tinham vindo de Nova York, a notícia se espalhou rápido, porque Evelyn ligou para a colega de quarto de Vivie. Não havia qualquer sinal de George, suas irmãs questionaram se ele viria e o que fariam caso aparecesse. Mas Evelyn sabia que ele não estaria ali.

O pai de Ruthie se sentou, abanando-se, os olhos de Evelyn se arregalaram. Tony estava sentado bem atrás dele. Seus olhares se encontraram do outro lado do túmulo e eles se encararam por um longo tempo, cada um tentando comunicar incontáveis coisas não ditas que pairavam no ar.

Se Fred percebeu, não disse nada.

Então o funeral terminou e os enlutados se dirigiram à casa da rua principal para fazer *shivá* pelos costumeiros sete dias. Os espelhos foram cobertos, as cadeiras para baixo, braçadeiras disponíveis para serem rasgadas, um jarro de água na porta para lavar os pés antes de entrar. Além de travessas e mais travessas de comida levadas por um grupo aparentemente infinito de vizinhos.

— Queria que não tivéssemos que fazer isso — disse Gertie em voz baixa enquanto se sentava com Helen, Margaret, que ainda chorava, e Evelyn, que ainda não havia derrubado nem uma lágrima sequer. — Deveria ser apenas nós. Não a cidade inteira.

Evelyn olhou ao redor da sala, um prato de comida intocado jazia em seu colo. Fred estava na outra sala com Bernie, Sam e os maridos das irmãs, todos ostensivamente fumando e bebendo de verdade. Ela *achava* que Tony não iria até a casa para o *shivá*, mas também não esperava vê-lo no funeral.

Por instinto, ela colocou a mão na barriga. Ela sabia que precisava comer. Mas tudo parecia ter gosto de borracha em sua boca. E havia a chance distinta de colocar para fora qualquer coisa que comesse. Ela espetou um pequeno pedaço do doce *kugel* de macarrão da sra. Rosen e deu uma mordida hesitante antes de colocar o prato de lado.

Porém, quando ouviu a voz elevada do pai na entrada da casa, Evelyn se levantou depressa, sabendo de imediato o que aquilo significava. As suas irmãs e os visitantes olharam para ela enquanto ela saía correndo da sala e derrapava até parar no corredor.

— Você não pode estar aqui — disse Joseph, enquanto Tony estava parado à porta.

Tony olhou para Evelyn, se desculpando.

— Eu só queria prestar minhas condolências — disse ele, calmo, para Joseph. — Sinto muito por ter incomodado o senhor.

Ele então se virou e desceu os degraus da frente.

Evelyn começou a segui-lo, mas Joseph a agarrou pelo braço.

— Você não tem honra nenhuma? Seu marido está lá dentro.

Ela olhou para o pai, o peito arfando de tanta raiva.

— Eu? Você nem se deu conta, não foi? — Ela ouviu passos pelo corredor, então puxou o pai à força para a varanda e fechou a pesada porta de carvalho atrás dos dois. — O *Tony* é a única razão pela qual as pessoas aqui pensam que isso não passou de um acidente. Ele arriscou tudo porque eu pedi. Mesmo depois do que o senhor fez, ele ajudou. — Ela balançou a cabeça, mal conseguindo controlar a raiva que sentia. — Então não se atreva a me dar um sermão sobre honra.

E com isso, ela tirou a mão do pai de seu braço, deixando-o para trás, boquiaberto, pálido como a morte, enquanto descia as escadas correndo atrás de Tony, chamando seu nome ao se aproximar. Ele se virou e ela se jogou em seus braços, as lágrimas finalmente vieram à tona.

— Eu sinto muito. Eu sinto muito mesmo — disse ela, chorando em sua camisa.

Ele a segurou, enquanto os soluços sacudiam seu corpo, esfregando suas costas suavemente até que ela se acalmasse o suficiente para olhar para ele.

— Eu também sinto muito.

— Fizemos uma baita confusão com as coisas, não foi?

Ele afastou uma mecha de cabelo do seu rosto.

— Sim, fizemos. Mas essa é a nossa confusão, Evelyn. Não deles. — Ele usou os polegares para enxugar as suas lágrimas. — Você o ama?

Por uma fração de segundo, ela se perguntou o que aconteceria se ela mentisse e dissesse que não. Será que ele… mas não. Agora já não importava mais, porque não podia importar. E ela estava cansada demais para mentir.

— Sim. Mas eu também amo você.

Tony respirou fundo, então beijou a sua testa, seus lábios se demoraram ali por um longo momento.

— Então volte. Porque eu amo você.

Outra lágrima escorreu por sua bochecha, enquanto ela saboreava estar em seus braços pela última vez antes que ele a soltasse. Eles trocaram um último olhar antes de Evelyn se virar e subir a colina rumo à casa dos pais.

CINQUENTA E SEIS

Acordei com a luz fraca do sol entrando pelas janelas, uma cortina esvoaçava delicadamente sob a brisa do mar. Sorri ao me lembrar de onde eu estava e rolei para me aconchegar em Joe.

Em vez disso, levei um rabo de cachorro no rosto.

— Jax — murmurei, enquanto ela lambia meu braço, seu rabo balançando mais rápido pela felicidade.

Ele precisou se sentar e usar os dois braços, mas conseguiu movê-la para o final da cama, enquanto eu limpava a baba do rosto; então ele deslizou para o lugar dela ao meu lado.

— Oi.

Ele estava apoiado em um cotovelo, seu cabelo despenteado, a barba por fazer deixava sua mandíbula e queixo escuros, sorrindo para mim. Eu gostaria de poder congelar aquele instante em uma fotografia, o capturando da mesma forma que ele fazia, para salvá-lo e voltar a ele em qualquer momento que eu quisesse me sentir desse jeito.

— Oi.

— Você quer tomar café da manhã? Ou precisa voltar?

Me sentei. Eu havia me esquecido completamente do turbilhão de eventos que me levaram até a casa de Joe.

— Que horas são?

Ele checou o relógio em sua mesa de cabeceira.

— Um pouco depois das nove.

— Eu só preciso ligar e me certificar de que ela está bem.

A preocupação também cruzou seu rosto.

— Claro.

Fui me levantar da cama, mas então me lembrei de que as minhas roupas estavam todas na cozinha.

— Posso pegar uma camiseta emprestada?

Ele tentou reprimir um sorriso enquanto ia até a cômoda e pegava uma.

— Alguma objeção ao Red Sox?

Franzi o nariz.

— Sim, mas vamos discutir isso mais tarde.

Ele me jogou a camiseta, eu a vesti, enquanto ele colocava um par de cueca boxer e short, então fui pegar o celular na cozinha enquanto ele levava Jax para fora.

Não havia chamadas perdidas, o que não era necessariamente um sinal bom ou ruim.

Fui até o contato dela e apertei o ícone para iniciar a chamada. Nenhuma resposta. Tentei logo depois de novo: mesmo resultado. Mandei uma mensagem para ela, depois liguei de novo, o pânico já começava a se instalar em mim.

Quando Joe voltou com Jax, eu estava vestindo meu short.

— Como está a Ev... — Ele parou, olhando para o meu rosto. — Espera só eu pegar uma camiseta e vou com você.

Não discuti, entreguei as chaves do carro da minha avó. Eu estava preocupada demais para dirigir.

Eu não deveria ter saído, pensei, enquanto Joe acelerava pela rua paralela à praia. Olhei para ele, estava tão grata por ele estar comigo para ajudar com o que quer que pudéssemos encontrar. *Eu não deveria ter passado a noite fora.*

Joe estacionou o carro de qualquer jeito e nós dois saltamos assim que o motor desligou, corremos escada acima juntos. A porta estava destrancada.

— Vó? — chamei em voz alta da porta enquanto corríamos pelo corredor até a cozinha, nós dois parando e quase caindo um sobre o outro com o que vimos.

Minha avó estava de roupão à mesa, onde havia um quase banquete de café da manhã. Ao lado dela estava sentado um velho de cabelos brancos, vestindo uma camiseta. Ele se virou para olhar para nós, e eu vi o nariz familiar antes que alguém falasse qualquer coisa.

Minha boca se abriu.

— Tio Tony? — perguntou Joe, com os olhos arregalados.

— Bom dia — disse minha avó. — Eu não estava esperando por vocês, mas há café da manhã o bastante, se estiverem com fome.

Olhei do roupão dela para a camiseta dele e de volta para o rosto dela, então levei a mão à boca.

— Vó!

Ela imitou o meu tom.

— Jenna!

Em seguida, ela se virou para Tony, que não parecia saber para onde olhar, ela então colocou a mão em seu braço.

— Querido, quero que você conheça a minha neta, Jenna. Jenna, este é o Tony.

Ele murmurou algo que soou como: "Prazer em conhecê-la".

Balancei a cabeça, ainda atordoada demais para falar com ele. Ele estava descalço. Joe pigarreou.

— Bem, isso...

— Não é o que esperávamos — completei. — Eu liguei para a senhora — eu disse para a minha avó. — Não teríamos... interrompido... se a senhora tivesse me dito que estava bem.

— Acho que não ouvi — disse ela, olhando para Tony.

Eu quase discuti. O celular tocava em seus aparelhos auditivos por meio de um aplicativo e eu sabia disso. Mas ao mesmo tempo também queria sair dali o mais rápido possível: ela claramente estava gostando do nosso desconforto. Encontrei o olhar de Joe e inclinei a cabeça em direção à porta.

— Então, está bem. Estamos indo.

— Divirtam-se.

Ela ainda não estava olhando para nós. Joe e eu trocamos um olhar e nos esforçamos para manter a compostura.

— Hum. Então tchau.

Nós nos viramos para sair, mas ela nos chamou.

— Ah, o jantar é às sete hoje.

— Jantar?

— Nós quatro... na casa da Sofia... hoje à noite.

— Eu... hm... tudo bem.

Joe agarrou a minha mão e me puxou para fora da porta, e então rimos até o ponto de precisarmos nos escorar um no outro para não cair.

— O que foi aquilo? — perguntei. — Eu... nossa... eles ainda conseguem... na idade deles?

— Ela estava com um roupão e ele estava descalço.

— Meu Deus...

— Você acha mesmo que eles... — Eu me dobrei, incapaz de dizer aquilo. Ele levou a mão à lateral do rosto.

— Profiláticos — disse ele, com voz engasgada.

Desabei na poltrona de vime.

— Isso é tão nojento.

Ele me cutucou e se sentou ao meu lado.

— Mas também é fofo, vai.

Balancei a cabeça mais uma vez.

— Eu só... ela me disse que estava indo para a cama. E ela praticamente me disse para ir encontrar com você. — Olhei para ele de novo. — Você acha que ela estava querendo se livrar de mim para poder...?

— Você não está feliz por ter seguido o conselho dela? Já imaginou se ainda estivesse em casa?

Fiz um barulho de ânsia de vômito, então fiquei séria quando percebi uma coisa.

— Ah, não. Eu preciso voltar lá.

— Por quê?

— Preciso de roupas e outras coisas. — Olhei para a porta. — Tá bom. Eles ainda devem estar comendo. Se eu subir as escadas, pegar o que eu preciso e descer sem olhar para a cozinha, acho que vai dar tudo certo, né?

Ele olhou por cima do ombro através da tela da janela.

— Então vai rápido.

Beijei a sua bochecha e subi as escadas em linha reta. Peguei minha nécessaire de higiene pessoal no banheiro e um monte de roupas da cômoda, esperando ter o suficiente para compor um conjunto, corri de volta para baixo.

— Vamos embora daqui.

* * *

Eu me sentei na ilha da cozinha enquanto tomava uma caneca de café puro e Joe preparava o café da manhã, nós dois ainda estávamos tentando entender a cena que havíamos acabado de testemunhar.

— Minha mãe sempre falava que ele sairia correndo se ela estalasse os dedos.

Ele deslizou um prato de ovos e panquecas na minha frente e veio se sentar na outra banqueta munido de seu próprio prato.

— Meu avô sempre me disse que a minha avó levaria um acompanhante para o funeral dele. Não sabia que ele queria dizer uma data específica.

— Há quanto tempo ele morreu?

— Faz pouco mais de cinco anos.

— Fico me perguntando por que agora.

Dei de ombros e mordi parte do café da manhã para evitar revelar que eu achava que sabia a resposta.

— A sua avó se casou de novo?

Ele balançou a cabeça.

— Ela poderia ter se casado, se quisesse. Ela era jovem quando o meu avô morreu.

Olhei para a sua mão esquerda enquanto ele pegava a xícara de café. Ele não estava usando aliança, mas ainda havia uma linha de pele um pouco mais clara do que o resto da mão. Olhando para a minha, não vi a mesma linha. Parei de usar minha aliança quando Brad foi embora.

— Eu sou mesmo a primeira mulher com quem você esteve desde… bem, você sabe?

Ele engasgou com o café. Eu não queria perguntar aquilo. Mas acabou saindo.

— Eu… hã… não… não foi… — Ele colocou a caneca sobre o balcão e mexeu com um guardanapo. — Eu só não trouxe ninguém… aqui em casa.

Senti o sangue correndo direto para as minhas bochechas.

— Desculpa, eu não quis dizer que...

Mas ele pegou a minha mão, traçando o contorno dela com o dedo indicador, depois levou a minha palma aos lábios. Um gesto tão simples, mas que me fez querer jogar os pratos no chão, pular no balcão e reencenar a noite anterior, exceto pela interrupção de Jax.

Ao puxar minha mão para seu peito, ele sorriu lentamente e colocou um dos seus joelhos entre os meus.

— O que você quer fazer hoje?

Eu me inclinei e o beijei, o embaraço virou esquecimento.

— Ficar com você — sussurrei.

Ele olhou por cima do ombro. Jax estava descansando sob a luz do sol perto da janela.

— Será que a gente consegue chegar ao quarto antes dela?

Jax levantou a cabeça. Nós nos olhamos e rimos. Ela abaixou a cabeça quando comecei a andar na ponta dos pés de uma forma exagerada, Joe me seguiu.

* * *

Depois de um dia inteiro na cama, e no banho, e uma ida de volta para a cozinha, de Jax reclamando um pouco por conta do quarto fechado, eu estava um tanto nervosa com o jantar. Sim, Sofia tinha dado seu selo de aprovação duas noites atrás. Mas havia uma grande diferença entre dizer que Joe gostava de mim e vê-la depois do que passáramos na maior parte das últimas vinte e quatro horas fazendo. Mas a minha curiosidade sobre Tony e minha avó era mais forte do que a minha apreensão.

Enquanto nos cumprimentava, me beijando firmemente em ambas as bochechas e estendendo minhas mãos para olhar para mim, Sofia disse que o pai de Joe voltaria no dia seguinte, fiquei maravilhada diante do fato de tanta coisa ter acontecido durante uma viagem de negócios à Califórnia.

Mas lá estava eu também na "viagem de negócios" da minha avó. Esse pensamento era sério. Não, ela não havia marcado uma data de retorno e, sim, ela poderia levar um pouco mais de tempo para fazer isso agora que ela e Tony haviam se reconectado. Mas em algum momento precisaríamos voltar para casa.

Sentamo-nos à mesma mesa, o lugar claramente de honra, e Tony cumprimentou a sobrinha com um abraço paternal e um beijo. Sofia ria, alegre, sempre que via qualquer sinal de afeto entre a minha avó e o tio.

— Faz o quê? Setenta anos? — perguntou ela. — E vocês dois parecem adolescentes.

A minha avó olhava para Tony, com um brilho bem humorado nos olhos.

— Éramos bem piores quando adolescentes.

Joe cutucou meu joelho debaixo da mesa e eu reprimi um sorriso. Eu sabia muitos detalhes.

— Por favor, você era bem pior na casa dos trinta — argumentou Sofia. Olhei para a minha avó com olhos acusadores.

— A senhora disse que nada demais aconteceu depois que se casou com o vovô.

— Ela quis dizer o barco — disse vovó, suspirando, dramática.

— Eu vi como o tio Tony mergulhou atrás de você — disse Sofia. — Vocês dois não estavam enganando ninguém.

— Foi quando a senhora roubou um barco? — perguntei.

— Eu não roubei nada.

— Ela tentou roubar um barco — disse Tony. — Mas ela não sabia pilotar, então eu tive que roubá-lo para ela.

— Como assim? — disse a minha avó. — Primeiro, eu peguei o barco *emprestado*. Foi devolvido em perfeitas condições. E segundo, se você — ela apontou o dedo para Sofia — não tivesse ficado presa lá, eu não precisaria ter roubado um barco.

— Pensei que a senhora não tivesse roubado...

Ela sorriu.

CINQUENTA E SETE

Julho de 1968
Hereford, Massachusetts

—. O ALMOÇO ESTÁ PRONTO! — CHAMOU EVELYN, de pé na grande caixa térmica que eles haviam arrastado para a praia.

Crianças de todas as idades chegaram correndo, desde os mais adolescentes até os netos de Bernie e Helen.

As crianças pegaram os sanduíches de manteiga de amendoim e geleia, que nunca haviam mudado de gosto nos vinte anos desde que Joseph comprara os chalés, feitos de manhã, em estilo de linha de montagem antes de todos irem para a praia.

Não que Joseph e Miriam permanecessem mais nos chalés. A casa na rua principal agora tinha aparelhos de ar-condicionado. E sempre havia alguém disposto a ir de carro até a cidade para pegá-los e levá-los até a praia quando queriam ver os netos e bisnetos brincando nas ondas do mar.

Evelyn analisou aquela cena caótica. Ela e Margaret eram as que passavam o verão inteiro nos chalés; Evelyn cuidava do principal, enquanto Margaret, do de Bernie, arrastando as crianças entre as casas enquanto seus irmãos vinham passar uma semana ali, duas semanas lá. Fred ia a cada dois fins de semana, depois ficava lá por duas semanas em agosto.

Fazer uma contagem para se certificar de que todos estavam ali era impossível com as crianças em movimento, mas ela checava os rostos e assim sabia se alguém estava faltando.

— Joanie — ela chamou a filha do meio. — Cadê a sua irmã?

O rosto de Joan ficou desanimado e ela se virou para fugir, mas Evelyn agarrou o braço da filha de nove anos.

— Cadê? — perguntou ela de novo.

— Eu disse para ela não ir.

— Disse para ela não ir aonde?

Joan apontou com a mão livre para a ilha. Evelyn largou o braço da filha e se aproximou do mar, protegendo os olhos com a mão enquanto olhava para a ilha. Não havia ninguém a olho nu. Evelyn olhou para a água e praguejou. O banco de areia estava quase desaparecendo por completo. Elas não conseguiriam voltar a tempo da maré baixa. E a regra era de que se alguém fosse para a ilha, deveria contar primeiro para um adulto, evitando exatamente esse tipo de situação.

— Sofia está com ela?

Joan confirmou, e os lábios de Evelyn se estreitaram em uma linha. Não tinha sido bem uma pergunta. As duas eram inseparáveis durante o verão, trocando cartas pelo resto do ano. Mas Sofia, sendo moradora local, deveria saber os limites.

Com um suspiro, Evelyn foi até o semicírculo de cadeiras de jardim onde seus irmãos estavam sentados, fumando e bebendo refrigerantes com uísque. Ela se ajoelhou ao lado de Margaret.

— Preciso ir à cidade.

— Por quê?

— Não faça alarde.

Margaret se virou para olhar para a irmã.

— Sobre?

— Anna e Sofia foram para a ilha.

Margaret olhou para o outro lado do mar, abaixando os óculos escuros.

— E elas ainda não voltaram até agora?

Evelyn balançou a cabeça e Margaret franziu os lábios.

— Bem, se você já se perguntou se ela era mesmo a sua filha, aí está a prova.

— Obrigada.

— O que você vai fazer?

— O que você acha que vou fazer? Eu vou buscá-las.

— Indo para a cidade?

— Apenas mantenha as coisas sob controle aqui.

Evelyn olhou para a ilha mais uma vez, então deixou a praia, subiu depressa a colina até o chalé para pegar as chaves do carro. Ela dirigiu a uma velocidade vertiginosa até a marina, onde caminhou a passos decididos por um cais, subiu em um dos barcos estacionados e ligou o motor.

Era puro azar que o dono do barco estivesse no cais, ainda mais azar por ele não ter acreditado que ela era uma policial comandando o barco; um azar ainda maior o fato de que ela não fazia ideia de como pilotar um barco, senão ela teria partido quando ele a chamou para sair de seu barco.

O proprietário, um veranista, também embarcou e estava ameaçando jogar Evelyn ao mar quando um apito alto interrompeu a discussão.

— O que está acontecendo aqui?

A cabeça de Evelyn se virou para a direita. Ela reconheceria aquela voz mesmo se estivesse dormindo.

— Policial — disse o homem, irado. — Esta maluca aqui está roubando o meu barco.

Tony se virou para olhar para ela, seus olhos se arregalaram. Eles se viam de longe na cidade, mas não faziam mais do que levantar a mão em um cumprimento, e isso já acontecia por anos.

— Evelyn, o que...?

— Anna está na ilha. A maré está alta. A Sofia está com ela. Pensei em ir buscá-las.

Então Tony subiu no barco.

— Senhor, infelizmente vou precisar confiscar este barco.

— Mas... eu... não!

Tony gentilmente o guiou de volta até o cais, enquanto ele gaguejava em protesto.

— A cidade de Hereford agradece seu compromisso em salvar duas crianças presas na ilha. Garantiremos que o senhor seja oficialmente agradecido por sua cooperação e serviço prestado.

Ele desligou o rádio enquanto falava, então se virou para Evelyn.

— Coloque o colete salva-vidas e sente-se.

— Não preciso de colete salva-vidas.

Um músculo palpitou na mandíbula dele, ela se sentou. Ele engatou a marcha do barco, colocando-o em movimento para longe do cais, então o empurrou com habilidade para dentro do canal.

— Por que você não ligou para a delegacia como uma pessoa normal faz? — rosnou ele quando contornaram a pequena península e ele não precisou mais se esquivar dos veleiros e barcos de pesca.

— Bem, olá para você também, querido. Você parece bem.

Ele balançou a cabeça.

— Acho que é como pedir para um leopardo mudar as manchas da pele.

— E seria eu se fizesse as coisas como todo mundo faz?

— Há quanto tempo elas estão na ilha?

— Acho que algumas horas. Elas perderam a maré baixa para voltar.

— Sofia deveria saber disso.

Evelyn revirou os olhos.

— Anna também.

Nenhum deles mencionou a possibilidade de terem se metido em encrenca. Depois de alguns minutos de silêncio, Tony olhou para ela.

— Gosto do seu cabelo desse jeito, combina com você.

Ela o tocou, mas não disse nada quando a ilha apareceu a distância.

— Para qual lado? — perguntou ele.

— Duas meninas de doze anos? Você sabe muito bem onde elas estão.

Tony lhe lançou outro olhar.

— Sua filha vai estar pronta para saltar?

Essa era uma pergunta bem mais interessante, mas Evelyn se restringiu a cerrar os dentes.

— Ela vai ficar bem.

Tony não respondeu enquanto eles aceleravam em direção à ilha, virando à direita para chegar ao lado do castelo e assim não ficarem encalhados no banco de areia, escondido por apenas trinta centímetros de água.

— Lá.

Ele apontou, e Evelyn balançou a cabeça, o problema era aparente mesmo dali de baixo. Sofia estava na borda. Anna estava empoleirada acima dela.

— Estacione embaixo delas e desligue o motor. Talvez elas consigam nos ouvir.

— Se você tivesse ligado para a delegacia, poderíamos ter saído com um megafone — resmungou Tony.

— Poderia, deveria… vai ficar tudo bem.

Tony chegou o mais perto que conseguiu e desligou o motor conforme as instruções dadas por Evelyn, que se levantou e colocou as mãos em formato concha ao redor da boca.

— Alguém aí precisa de uma carona para casa?

— Mãe! — gritou Anna.

Evelyn sentiu uma pontada no peito ao ouvir o medo na voz da filha.

— Vocês precisam pular.

Anna balançou a cabeça.

— Você consegue.

— Não consigo, não.

Tony tocou o braço de Evelyn.

— Vamos levar o barco para o outro lado. Eu vou buscá-la.

— Sofia está no parapeito.

— A Sofia consegue pular.

Evelyn balançou a cabeça.

— Eu preciso subir lá.

— Não.

— Ela não conhece você, Tony. Ela está com medo. E ela precisa fazer isso.

— Não há nada de errado em descer pelo outro lado.

— Não estou criando uma covarde. Além disso, você já me viu dirigir um carro. Você quer mesmo que eu tente pilotar um barco?

Ele abaixou a cabeça para esconder o sorriso.

— Prometa-me que vai tomar cuidado.

Ela lançou para ele aquele antigo olhar e, por um instante, eles tinham dezoito anos de novo, estavam juntos, livres.

— Uma vez você me disse que achava que eu conseguiria voar se eu quisesse. Estamos prestes a ver se você estava certo ou não.

Evelyn chamou a filha e disse para que ela ficasse parada.

— Estou subindo.

Tony dirigiu o barco até a enseada do outro lado. Evelyn tirou seu cafetã, pulou na parte rasa e andou até a praia para começar a subir até o topo.

— Vejo você do outro lado — gritou ela por cima do ombro.

Mas Tony esperou até que ela chegasse ao topo antes de voltar para o lado onde as meninas estavam.

Não foi uma subida fácil, ainda mais estando de sandálias. Mas Evelyn conseguiu, depois desceu as escadas do castelo, chamando pela filha, que se enrolou em sua cintura, enterrando o rosto coberto de lágrimas no maiô da mãe.

— Ei. — Evelyn acariciou seu cabelo. — Que tipo de aventura termina em lágrimas?

— Foi culpa minha termos perdido a maré baixa. Sofia pulou e eu me assustei.

— Bem, vamos dar um jeito nisso agora mesmo.

Anna olhou para a mãe.

— Mãe, não.

— Sim.

— Eu não consigo.

— Você consegue, sim. Vai ter que conseguir.

As lágrimas começaram rolar novamente.

— Eu não sou corajosa como a senhora.

Evelyn segurou o queixo da filha com a mão, virando o rosto para encará-la.

— Eu tenho medo de um monte de coisa todos os dias. Mas você precisa sempre fazer uma escolha: ou deixar o medo vencer, ou irá olhar nos olhos dele e dizer, "Você não vai me derrotar hoje".

Ela baixou a mão, depois foi até a beirada, sentou-se e pulou.

— Vamos.

Ela estendeu a mão para Anna.

— Vamos fazer isso juntas.

Anna parecia insegura, mas seguiu o exemplo da mãe, sentando-se, pegando a mão de Evelyn e pulando na borda.

Evelyn espiou por cima da borda. Tony estava no barco, esperando.

— De quem é esse barco? — perguntou Sofia.

— É uma longa história. — Anna ainda parecia assustada. — Sofia, querida, mostre para nós como se faz.

Sofia virou-se para olhar para Anna.

— Você está bem?

— Ela está bem. A menos que você esteja com medo.

Sofia fez uma careta para Evelyn como só uma garota de doze anos é capaz de fazer.

— Vejo você lá embaixo — disse ela para Anna.

E então deu um salto correndo.

Anna correu para a borda e viu a amiga cair. Ela atingiu a água com os pés primeiro e emergiu um momento depois. A sua cabeça balançou enquanto ela se orientava, então nadou até o barco. Tony a puxou para dentro, a abraçou com força antes de bater suavemente na sua cabeça. Ela se desvencilhou de seu aperto e gesticulou para Anna, gritando algo indecifrável.

— Hora de irmos — disse Evelyn com firmeza, pegando a mão de Anna. — Vamos respirar fundo, correr e pular. Fique sempre com o corpo na vertical, bata primeiro na água com os pés e depois nade para cima.

— A senhora não vai me soltar?

— Não, a menos que você solte.

Anna olhou para a mãe e acenou com a cabeça uma vez.

— Respire fundo — disse Evelyn. — Vamos em três. Um. Dois. Três.

As duas correram juntas, saltando do penhasco, de mãos dadas, enquanto caíam em pleno ar.

Anna emergiu primeiro, cuspindo, procurando pela mãe, cuja mão ela perdeu quando as duas atingiram a água.

Evelyn não apareceu.

— Mãe! — gritou Ana.

Tony procurou por ela na água e, sem hesitar, mergulhou no mar, nadando com força em direção a Anna, que se debatia, olhando em volta, em pânico.

— O que vocês dois estão fazendo por aí? — chamou Evelyn, com o pé no degrau da escada do barco.

— Mãe!

— Vamos lá, queridos. Não tenho o dia todo, vocês sabem muito bem.

Tony balançou a cabeça.

— Você é a pior coisa que já me aconteceu, sabia?

— Eu torno a vida mais interessante.

Ele se virou para Anna, que parecia atordoada.

— Você está bem para nadar?

Ela confirmou e começou a nadar em direção ao barco. Assim que ela estava no barco, ele subiu a escada e tirou a camisa encharcada do uniforme, os sapatos e o cinto.

— Talvez você me deva uma arma nova — disse ele para Evelyn.

— Pode colocar na minha conta.

— Juro que...

— Cuidado com o que diz — alertou ela, inclinando a cabeça para as duas garotas, que estavam sentadas juntas na parte de trás do barco.

Ele parou de falar e ligou o barco, levando-os de volta para a marina.

Uma vez de volta ao cais, o furioso dono do barco ainda estava lá, junto de outro policial. Evelyn pôs a mão no braço de Tony quando se aproximaram do cais.

— Leve as meninas para casa. Eu vou lidar com isso.

Ele olhou para ela, sustentando seu olhar por um longo momento.

— Você as leva para casa, posso lidar com o dono.

— Tem certeza?

Tony disse que sim.

— Eu não quis dizer o que eu disse, você sabe.

Evelyn deu um longo beijo em sua bochecha.

— Eu sei. — Ela queria dizer mais, porém sentiu os olhos de Anna sobre si. — E obrigada.

Ele pegou a mão dela, a apertando, então a soltou para facilitar o barco em seu deslizamento.

— Prenda todos eles! — esbravejou o proprietário.

O pobre oficial no cais ficou perplexo ao ver seu oficial superior sem camisa e molhado, retirando uma mulher e duas crianças para fora do barco.

— Capitão? — perguntou ele, coçando a cabeça.

— Para o carro — disse Evelyn para Anna e Sofia. — Vamos. Agora. — Ela se virou para o homem ainda irado. — Está tudo bem agora, as meninas estão seguras e a salvo. Meu caro senhor, você é um herói. Graças ao seu desempenho galante e altruísta de dever cívico, o capitão Delgado... — Ela olhou para Tony. — Capitão? Impressionante! — Tony reprimiu uma risada. — O capitão Delgado conseguiu resgatar a minha filha e a sobrinha dele. Tenho certeza de que o jornal até escreveria uma matéria sobre o seu heroísmo hoje ao nos emprestar o seu barco, um homem maravilhoso, maravilhoso! — Ela o abraçou, ainda molhada, e o beijou nas duas bochechas, depois lançou um sorriso deslumbrante para Tony. — Capitão.

E sem olhar para trás, ela caminhou em direção ao carro.

— O que... o que acabou de acontecer? — perguntou o outro policial.

— Evelyn Bergman — respondeu Tony. — Ela é uma força da natureza.

CINQUENTA E OITO

JOE SEGUROU A MINHA MÃO ENQUANTO CAMINHÁVAMOS pela praia no final da manhã, Jax brincava nas ondas ao nosso lado, a água batia nos nossos pés descalços e tornozelos à mostra. Quando voltamos, ele pegou sanduíches em uma loja de frente para a praia, enquanto eu tomava banho; a minha avó me pediu para levá-la até o cemitério hoje à tarde, Joe precisava passar algumas horas na galeria.

— Vou te mandar uma mensagem quando a gente terminar, e posso ir para o chalé se você ainda não tiver voltado — eu disse quando estava saindo.

Ele deu de ombros e me beijou.

— Se você prefere. Mas vou deixar a porta destrancada. Você pode voltar aqui quando quiser.

Minha avó estava sentada no sofá da sala, sapatos calçados e bolsa no colo quando cheguei. Não havia qualquer sinal de Tony.

— Onde está o seu namorado? — perguntei.

— Onde está o seu? — respondeu de um jeito áspero, levantando-se do sofá.

Eu lhe ofereci a mão e ela a afastou.

— Como se chama o cemitério? — perguntei enquanto abria o Google Maps.

— O cemitério.

— Não, como é o nome, para que eu consiga encontrá-lo?

— Não tem nome.

Suspirei e procurei cemitérios judaicos perto de mim.

— É em Gloucester?

— Eu sei o caminho.

Estabeleci o cemitério de Gloucester como o nosso destino e segui a primeira direção do mapa.

— Você e o Tony estão juntos agora?

Ela olhou para mim por cima dos seus óculos de sol ridiculamente grandes.

— Você e o Joe estão?

Eu ri.

— Acho que sim.

— Você deveria agradecer à sua bisavó no cemitério, então, por eu não ter me casado com o tio-avô dele. Vocês seriam primos.

— Eca, vó, por que isso?

Ela sorriu.

— Porque é divertido fazer você se contorcer toda desse jeito, querida.

O cemitério era pequeno e identificado apenas por uma placa na qual constava "Cemitério Judeu" bem na estrada principal, as palavras *Mt. Jacob* quase ilegíveis estavam gravadas em uma pedra na entrada.

Guardei o carro no minúsculo estacionamento e ajudei a minha avó a sair. Ela ficou parada por um momento e então vi o peso das perdas no seu rosto. Toda a sua família estava ali, com exceção do meu avô. Ela então respirou fundo e caminhou, decidida, entre as lápides. Eu a segui, tomando cuidado para não pisar em nenhuma sepultura, embora ela não tivesse qualquer cuidado em relação a isso.

Até que, por fim, ela parou em uma enorme lápide compartilhada na qual era possível ler "Bergman" no topo. À esquerda constava "Joseph", exibindo apenas o ano de 1895 como seu nascimento, já a sua morte estava como 8 de junho de 1980. A data de nascimento de Miriam estava presente ao seu lado, 1894, e sua morte em outubro de 1978.

— Menos de dois anos de diferença — eu disse, baixinho.

— Papai ficou perdido quando ela morreu. — Ela lançou um olhar contemplativo para a terra à sua frente. — E depois ele teve um derrame, um ataque cardíaco e então outro derrame. — Houve um leve tremor na sua voz. — Foi quando Bernie vendeu a casa de campo. Entre as contas médicas do papai e os cuidados em tempo integral de que ele precisava; ele não queria sair da casa da rua principal. Fizemos uma reunião de família e concordamos que um dos chalés teria que ser vendido para pagar tudo. — Ela soltou um suspiro pesado. — Eu provavelmente dirigi de um lado para o outro umas cinquenta vezes nos últimos dois anos. Mas nós morávamos tão longe e Richie ainda não estava na faculdade. Eu não fui de muita ajuda.

— Quando a senhora se mudou para Maryland?

— Bem antes disso. Seu avô assumiu o cargo público em… deixe-me pensar. Anna tinha quinze anos, então teria sido em setenta e um.

Ela pegou a minha mão.

— Mamãe, papai, quero que conheçam a sua bisneta. — Ela não falou por um momento, e eu me perguntei se esperava que eu dissesse alguma coisa. Prazer em conhecê-los seria um pouco estranho dadas as circunstâncias. Mas ela balançou a cabeça. — Eles teriam amado você. Papai amava as crianças mais do que tudo. E você é a boa menina que a mamãe sempre desejou que eu fosse.

Ela me puxou com ela para o próximo túmulo. "Genevieve Bergman", lia-se na pedra. Mas quem era Genevieve? Eu li as datas. Abril de 1934 até julho de 1955.

— Genevieve? — perguntei, confusa. — Pensei que Vivie era a abreviação de Vivian.

— Por que seria de Vivian? Afinal, o seu nome é em homenagem a ela.

— O meu nome?

— Sua mãe achava Genevieve antiquado demais. Os nomes mais antigos não estavam na moda quando você nasceu. Então ela escolheu Jenna.

— E por que a senhora nunca me disse isso?

— Achei que você soubesse.

— Não, eu não sabia. — Encarei a pedra.

— Eu não sabia pronunciar Genevieve quando eu era pequena. Então o meu apelido para ela pegou. — Ela olhou para o chão, depois para mim. — Volte para o carro. Tenho coisas para contar a ela.

— Acho que ela já sabe.

Minha avó colocou a mão no quadril.

— E eu acho que ela precisa ouvir um pouco de mim.

Não gostava da ideia de deixá-la ali debaixo de sol, mas fiz o que ela me pediu, ligando o carro e o ar-condicionado, mas ao mesmo tempo me certificando de que ainda conseguia vê-la. O meu nome era em homenagem a Vivie. Por um lado, não é de se admirar que eu tenha me sentido tão infeliz. A minha mãe não queria me dar um nome complicado, mas nossa. Que baita legado para se atrelar a uma criança. Olhei para a minha avó de novo. Ela estava envolvida em uma conversa animada, ainda que unilateral. Eu me perguntei se ela estava contando à irmã sobre George, ou Tony, ou tudo o que tinha acontecido.

Por fim, ela voltou para o carro e eu saí para abrir a porta para ela.

— O que a Vivie tem a dizer?

— Não muito. Mas acho que agora ela pode descansar um pouco mais tranquila.

Liguei o carro. Essas pessoas pareciam tão reais para mim depois dessa viagem que era bizarro pensar que tudo o que restava delas estava enterrado sob aqueles nacos de grama. Olhei pelo espelho retrovisor, quase que esperando ver seus espectros acenando entre as lápides.

— E os seus pais?

— O que tem eles, querida?

— A senhora acha que eles estão descansando depois de... tudo?

Ela virou a cabeça para a janela e eu me perguntei se ela também estava procurando por eles.

— Meu pai criou a própria paz dele.

— E como isso aconteceu?

— Demorou. Os dois eram orgulhosos demais. Mas se Tony teve dois grandes amores na vida, fomos eu e a Sofia. Papai queria consertar as coisas, graças a Sofia, ele conseguiu.

Fazia sentido. Eles não conseguiram resolver suas diferenças em relação à minha avó, mas tinham uma nova chance simbolizada em Sofia. Mas como a minha avó havia sido capaz de superar o que a mãe tinha feito primeiro com ela, depois com a sua amada irmã caçula?

— E a sua mãe?

— A minha mãe...? — Ela parou por um instante. — Eu perdoei a minha mãe quando conheci o Frank. E preciso ter a esperança de que isso seja o suficiente.

— Frank?

Ela se virou para olhar para mim, seus olhos eram compassivos.

— A vida é complicada e confusa para todos. Levei muito tempo para aprender essa lição.

CINQUENTA E NOVE

Outubro de 1978
Hereford, Massachusetts

ELES REABRIRAM AS CASAS EM OUTUBRO PORQUE não havia espaço para todos quando Miriam morreu. Ela foi diagnosticada na primavera anterior, mas estava bem até o último mês, quando o câncer se espalhou de forma rápida e agressiva. Todos os filhos concordaram que era melhor ela não sofrer mais, porém eles ficaram muito preocupados com Joseph quando se reuniram na sala de estar da casa da rua principal depois que o pai foi para a cama na noite anterior ao funeral.

— Ele pode vir morar comigo — disse Bernie. Ele e a esposa já haviam discutido aquela conclusão inevitável, já que eles eram os únicos que ainda viviam em Hereford.

Helen morava perto, em Boston, Sam ainda mais próximo. Mas Bernie era o mais velho, e a responsabilidade, a seu ver, era sua.

— Ele não vai — disse Helen. — Conversei com ele ontem à noite sobre vir morar conosco. Ele disse que não vai sair da casa da mamãe.

— Mas que velho tolo e teimoso. — Bernie balançou a cabeça.

Evelyn ficou secretamente aliviada. Ela não conseguia se imaginar vendendo a casa da rua principal.

— Como ele vai comer? Ele nunca fez nem mesmo um sanduíche para si mesmo, muito menos qualquer trabalho doméstico.

Gertie estava mastigando a unha do polegar, o que Evelyn não a via fazer desde que era uma garotinha.

— Vamos precisar encontrar alguém para ajudá-lo. — Bernie olhou para os irmãos.

— Claro que eles sofreram revezes por conta dos tratamentos da mamãe, mas ele tem dinheiro para isso. — Ele deliberadamente evitou olhar para Evelyn. — Mas ele não está tão saudável. Se alguma coisa acontecer... — Ele engoliu em seco, olhando para as próprias mãos. — Se acontecer alguma coisa, eu vou vender a casa menor.

Evelyn olhou para os irmãos, que concordaram. Ela não queria; seus verões em Hereford eram algo pelo qual ela esperava o ano inteiro. Mas ninguém mais ficava lá por tanto tempo quanto ela. E com Anna e Joan na faculdade, Richie no ensino médio, eles não queriam mais passar o verão inteiro longe dos amigos. Então, enquanto ainda tivessem o único chalé, ela poderia concordar com isso.

Ela também sabia que o pai havia pagado as mensalidades da escola de culinária de Sofia e usado a venda da loja para ajudá-la a abrir seu restaurante. Ela não tinha certeza se seus irmãos sabiam disso, mas se soubessem...

— Eu concordo — disse ela, baixinho, todos soltando um suspiro coletivo.

— Bom. — Bernie limpou a palma das mãos na calça. — Depois, acho que vocês, meninas, precisam resolver as coisas da mamãe. Não queremos obrigar o papai a fazer isso.

— Podemos fazer isso — disse Margaret. — Temos toda a semana de *shivá*.

O resto das irmãs concordou, então elas se retiraram para as várias casas para passarem a noite, sabendo que precisavam de forças para o funeral no dia seguinte.

* * *

Fred voltou para casa com as crianças dois dias depois, deixando Anna e Joan em suas respectivas faculdades no caminho. Evelyn deu um beijo de despedida em todos eles, dizendo a Fred que ela o avisaria quando ele deveria buscá-la na estação de trem.

— Eu posso voltar e levar você para casa — disse ele.

— Tudo bem. Não quero obrigar você a fazer isso.

— Eu não me importo.

Evelyn colocou a mão na sua bochecha.

— Eu sei. E eu amo você por isso. Mas estou bem. Juro.

Ele abraçou a esposa antes de conduzir os filhos já crescidos para dentro do carro, Richie se ofereceu para dirigir.

— Um pouco diferente dos velhos tempos, não? — perguntou Fred da janela do passageiro.

Evelyn balançou a cabeça.

— Passa num piscar de olhos. Ligo para você hoje à noite. — Então ela os observou irem embora.

Na tarde seguinte, as irmãs pediram licença e saíram em silêncio da sala, onde Joseph estava sentado com Bernie, Sam e vários vizinhos, inclusive a mãe de Ruthie, que não parava de chorar e não dava sinais de que pararia tão cedo.

Helen foi até o armário, Margaret pegou a caixa de joias e se sentou na cama para começar a dividir as coisas, Evelyn foi até a cômoda e Gertie se sentou no chão, abrindo o baú no canto. Em pouco tempo, elas selecionaram uma pilha de coisas para cada irmã e uma muito maior, para onde ia a maioria das roupas.

— Este é meu — disse Margaret sobre um anel. — Não me importo em ficar com mais nada contanto que eu fique com ele.

— E o chapéu bom da mamãe? Alguém quer?

Evelyn sorriu com a lembrança.

— Eu.

— Quando foi a última vez que você usou um chapéu? — perguntou Helen.

— Ele tem um valor sentimental.

Helen deu de ombros e o acrescentou, ainda na caixa, à pilha de Evelyn.

— De quem são essas? — perguntou Gertie, tirando um maço de cartas amarradas com uma fita. Todos olharam.

— Não faço ideia.

— Nunca vi isso.

— Elas estavam no maleiro?

— Bem no fundo — confirmou Gertie. — Dentro de uma caixa de chapéu sob uma manta que ela tricotou. — Ela desamarrou a fita e levantou a primeira carta, olhou para a frente e depois para o verso. — Está endereçada para ela. Mas não está aberta. — Ela levantou o próximo. — Nenhuma delas está.

Todas elas se reuniram em torno de Gertie, sentaram-se no chão ao redor dela, cada uma pegando uma carta.

— O que você acha que são?

— De quem são?

— Frank Corrigan. Quem é esse?

— Nunca ouvi esse nome.

Evelyn rasgou o envelope que estava segurando.

— Pare! O que você está fazendo? — perguntou Helen, pegando a carta, mas Evelyn a puxou para longe da mão da irmã.

— Só há uma maneira de descobrir o que são — disse ela, passando os olhos pela letra cursiva. Ficou boquiaberta.

— São cartas de *amor*. Para a mamãe!

— Como é?

— Deixe-me ver!

Evelyn entregou a carta para Margaret, que a leu com atenção, Gertie olhava por cima do ombro, depois pegou a pilha, folheando os carimbos postais.

— Elas chegaram todo ano no aniversário dela... olhem. E começaram a chegar em 1919, o ano em que ela se casou com o papai.

— Corrigan. Ele não era judeu.

— Irlandês, eu acho.

As quatro se entreolharam com admiração.

Evelyn pegou a carta de 1919 e a abriu.

— Acho que não deveríamos ler isso — disse Helen.

— Bem, eu acho que sim.

Gertie olhou para a irmã mais velha, que estava com a mão na cintura, então se levantou em silêncio, indo até a cômoda para continuar a organizar as coisas, enquanto Helen voltava para o armário. Margaret ficou no chão com Evelyn, lendo cada carta depois que ela terminava.

— Acho que devemos ligar para ele — disse Evelyn depois de ler todas elas.

— O quê?

— Ele deveria saber que ela morreu.

— Ele pode ler no jornal.

Evelyn se levantou e olhou para Helen.

— Ele a amava. E eu sei que ela amava o papai, mas esse Frank significava *alguma coisa* para ela, caso contrário não teria guardado as cartas dele durante todos esses anos.

— Ela nem sequer leu as cartas!

Evelyn baixou os olhos para os envelopes e as cartas agora espalhados pelo chão. Elas eram mal escritas, mas transbordavam com a afeição que esse estranho tinha pela mulher que elas achavam terem conhecido tão bem. Evelyn sabia que estava fazendo isso por si mesma, mas isso nunca a impedira antes. E seria uma *gentileza* devolver as cartas.

— É assim que eu sei que ela se importava. Porque ao mesmo tempo que ela não conseguia lê-las, não conseguia jogá-las fora.

— Não quero ter nada a ver com isso — disse Helen.

— Então não tenha nada a ver com isso. — Ela se virou para Margaret e Gertie. — Vocês vão me ajudar a encontrá-lo?

As duas concordaram.

A mandíbula de Helen estava rígida em uma linha firme.

— Ele não vai colocar os pés nesta casa.

— Claro que não — disse Evelyn, embora não tivesse pensado muito além disso. — Jamais faríamos isso com o papai.

A linha telefônica compartilhada já desaparecera fazia muito tempo e havia um telefone no andar de cima também, então Evelyn, com uma carta recente em mãos, foi para a cadeira ao lado do telefone no corredor. Margaret e Gertie a seguiram. Ela discou para a telefonista e passou as informações de Frank, depois concordou em entrar em contato.

Ao terceiro toque, um homem atendeu, com o tom áspero de um estivador que passava a vida fumando e com o sotaque de quem nunca saíra da costa norte a não ser para o mar.

— Alô?

— Sr. Corrigan?

— Quem é?

— Sr. Corrigan, meu nome é Evelyn Gold... hã... Evelyn Bergman. Eu sou a filha de Miriam Bergman.

Houve uma longa pausa.

— Ela se foi, né?

Evelyn respirou fundo.

— Sim. Nós, as filhas dela, encontramos as suas cartas.

— Ela as guardou?

— Guardou. Bem... nós... nós três... gostaríamos de conhecê-lo. Se o senhor puder.

Outra pausa.

— É, posso.

Evelyn sugeriu um jantar na cidade no início da noite seguinte, quando Joseph costumava tirar um cochilo e a ausência delas seria menos perceptível. Ele concordou e elas voltaram para o quarto de Miriam, a fim de terminar o trabalho. Evelyn se sentou no chão, tentando combinar as cartas com os envelopes antes de empilhá-las em ordem e amarrá-las cuidadosamente com a fita.

* * *

Na noite seguinte, o homem que entrou na lanchonete parecia ser muito mais velho que seu pai, a pele bronzeada e manchada pelos anos em alto-mar. Mas ele foi gentil, apertando a mão de cada uma das Bergman.

— Vocês se parecem com ela, todas vocês. De formas diferentes.

Com o chapéu no colo, ele esperou até que elas se sentassem

— Como ela morreu?

— Câncer. Mas foi rápido.

— Pensei que ela teria mais tempo. Mas, na minha opinião, ela ainda tem dezessete anos.

Evelyn pegou a pilha de cartas e as passou pela mesa.

— Achamos que o senhor gostaria de ficar com elas de volta.

Ele estendeu a mão para elas, tocando a fita suavemente.

— Ela costumava usar esta fita.

As três filhas se entreolharam, tentando, sem sucesso, imaginar a mãe usando uma fita no cabelo, sendo jovem o suficiente para fazer algo do tipo.

— O senhor... pode nos dizer como vocês dois se conheceram?

— É, posso. — Ele passou um dedo torto pela primeira carta. — Ela tinha dezessete anos. Voltando da escola para casa, ela deixou cair os livros. Então, um tempo depois, descubro que ela tinha feito isso de propósito.

Frank pegou os livros para ela e os levou para casa. Ele era dois anos mais velho, já trabalhava nos navios, mas começou a encontrá-la e a levá-la para casa todos os dias que podia.

— Claro que o pai dela jamais permitiria. Ele me expulsou. Era mau, aquele sujeito. Não por minha causa. Eu entendia. Mas a mãe dela estava doente. Ele disse que se a Miriam fosse embora, a mãe morreria. Então fui embora por alguns anos. Achei que seria mais fácil pra ela. Quando a mãe dela morreu, ela se casou com o pai de vocês. — Ele tomou um gole da água que a garçonete havia colocado à sua frente. — Eu entendi na época. Ele deu uma boa vida pra ela. Melhor do que aquela que eu poderia dar. — Ele olhou para as mãos. — Muito melhor. — Ele então enxugou o olho com a mão nodosa. — Ela foi feliz?

— Sim — disse Gertie, em tom defensivo, ao mesmo tempo que Evelyn disse:

— Eu não sei. Mas acredito que isso explique muita coisa — disse Evelyn, baixinho.

Margaret estendeu a mão e deu um tapinha na sua mão.

— Significa o mundo para mim que ela as tenha lido.

— Ela n... — Evelyn chutou Gertie por baixo da mesa, que parou de falar. Ele se levantou, enxugou os olhos mais uma vez e pegou as cartas.

— Obrigado por isso. E por me contarem que ela se foi.

— Obrigada — disse Evelyn suavemente. — E eu sinto muito.

— Eu sinto muito — disse ele. — Afinal, ela era a mãe de vocês.

Ele então se despediu, prestou condolências mais uma vez, engasgou um pouco e de repente foi embora.

— Foi por isso que ela... — Margaret se interrompeu.

— Eu sei.

— E Vivie...

— Eu sei — disse Evelyn de novo, enquanto se levantava.

E sem dizer mais nada, ela saiu do restaurante, deixando as irmãs se encarando de olhos arregalados.

Ela quase correu dois quarteirões, até que virou em uma rua lateral, percebendo com uma meia risada histérica que era o mesmo lugar onde ela havia dito para Tony, anos atrás, que fugiria com ele em vez de se casar com Fred.

— Ah — ofegou ela, inclinando-se na parede, pressionando as mãos no rosto. — Ah, mamãe.

Primeiro, Miriam tentou impedi-la de se apaixonar por Tony. Ela sabia. Sabia do que estava tentando salvar Evelyn. Ela pensou que estava fazendo o certo por não deixar a filha se casar com um pescador. E quanto a Vivie, Miriam só queria ter certeza, antes de deixar Joseph dar a sua bênção, de que sua filha mais nova estava fazendo uma escolha inteligente e não se apaixonando pelo equivalente a um estivador nova-iorquino. Ela não poderia saber qual seria a consequência disso.

Evelyn balançou a cabeça, percebendo que tudo o que sabia sobre a mãe não passava de meias verdades. Que ela acreditava mesmo que tinha no coração, o tempo todo, os melhores interesses em prol das filhas. E, honestamente, talvez ela tivesse de verdade. Tony poderia ter dado a Evelyn a vida que Fred dera?

Enxugando as lágrimas do rosto, Evelyn respirou fundo. Era hora de ir para casa. Não para a casa da rua principal, mas para aquela onde estava a sua família. Mas, primeiro, voltaria ao cemitério, com a terra ainda fresca dos montes que ela mesma ajudara a jogar, e diria à mãe que a compreendia e a perdoava.

SESSENTA

QUANDO CHEGAMOS AO CHALÉ, TONY ESTAVA sentado na cadeira de balanço de vime na varanda da frente, ele lia um jornal e parecia até que morava lá.

— O que fez a senhora ligar para o Tony? — perguntei para a minha avó, olhando para aquele homem que desempenhara um papel tão importante na sua vida, mas que não existia para mim até uma semana antes.

— E o que faz você pensar que eu liguei para ele?

— Seria uma coincidência incrível se ele simplesmente aparecesse aqui com uma caixa de som sobre a cabeça na outra noite.

Ela tirou um pó compacto da bolsa e ergueu os óculos escuros para aplicá-lo.

— O que fez você ir até a casa de Joe? Imagino que tenha sido pelo mesmo motivo.

Pensei no balcão da cozinha naquela noite e corei de leve. Olhei para vê-la sorrindo.

— Acho que não vamos querer entrar nessa.

Ela piscou para mim e recolocou o pó compacto dentro da bolsa, soltou o cinto de segurança e saiu com cuidado do carro. Então ela se recostou na janela.

— Vamos partir na segunda de manhã.

Era sexta-feira.

E foi assim que a realidade me atingiu com a força de um caminhão: eu não queria ir embora.

— Segunda... mas... não podemos simplesmente...

— Segunda-feira. — Sua voz era empática, porém firme.

— Por quê?

— Porque eu tenho negócios para resolver em casa na terça-feira.

— Que negócios? O que a senhora poderia ter deixado para fazer depois desta viagem?

— Querida, eu cuido dos meus problemas; você precisa cuidar dos seus. — Ela se endireitou, chamando Tony e caminhou devagar na direção das escadas do chalé.

Segunda-feira.

Ela abriu a porta de tela, inclinando-se para beijar a testa de Tony antes de entrar em casa. Ele se levantou para segui-la.

Segunda-feira.

Peguei o celular e chequei que horas eram, depois dirigi até o final da rua. Mas, em vez de ir para a casa de Joe, voltei para a cidade.

Estacionei o carro no topo da colina na rua principal, desci e atravessei a rua para parar na calçada em frente ao banco. Fechando os olhos, imaginei a casa das fotos do álbum da minha avó, com as paredes se erguendo na minha frente. Minha avó subindo os degraus correndo com o meu avô, disparando de volta para ir atrás de Tony.

A vida é complicada e confusa para todo mundo.

Abri os olhos e a casa evaporou.

Então um flash vermelho chamou a minha atenção. Um sanhaçu-escarlate. Ele voou do telhado do banco para baixo, bem na minha frente, então mergulhou para o lado do prédio e sumiu de vista.

Olhei ao redor para ver se alguém estava observando, então deixei a calçada para seguir o pássaro. Enquanto eu contornava o prédio, os meus lábios se abriram em um sorriso. Lá, no fundo da margem, estava a pereira da minha avó, o pássaro se manteve empoleirado em um galho baixo, com a cabeça inclinada enquanto me analisava. Eu me aproximei da árvore e coloquei a mão no tronco, a madeira familiar sob a minha palma, enfim percebendo o que minha avó queria dizer quando havia dito que esse lugar estava no meu sangue.

— Obrigada — sussurrei para o sanhaçu-escarlate, que agiu como se me entendesse, antes de voltar para o carro.

Segunda-feira, pensei enquanto me sentava atrás do volante, não estava pronta para ligar o carro. *Segunda-feira.*

Respirei fundo. A coisa mais segura a fazer era acabar com isso. Havia uma data de validade para esse relacionamento, ou o que quer que isso fosse.

Você precisa fazer uma escolha, minha avó sussurrou na minha cabeça. *Você vai deixar o medo vencer?*

Eu me afastei do meio-fio. E assim como a minha mãe antes de mim, por insistência da minha avó, eu decidi pular.

***

Deveríamos ter ido dormir cedo na noite de domingo. Eu tinha uma longa viagem pela frente sem nenhum motorista que tivesse carteira para fazer revezamento. Porém, quando tentamos adormecer, nenhum de nós conseguiu.

— Tenho mais de um mês antes do início das aulas. Eu poderia voltar.

— Posso ir para lá também.

— As pessoas fazem isso, não é?

Ele colocou a mão no meu rosto.

— Vamos viver um dia de cada vez e então descobrir.

Acabamos cochilando, ambos dormindo de forma um tanto irregular, até que Joe acordou e olhou para a tela do celular.

— Você está acordada? — perguntou ele, baixinho.

— Mais ou menos.

— Quer ver o sol nascer sobre a água?

Eu me sentei na cama.

— Esquecemos de fazer isso o fim de semana inteiro.

— Vamos.

Ele puxou um short ao lado da cama e eu peguei a sua camisa. Ele pegou um cobertor da parte de trás do sofá no nosso caminho até o *deck*, Jax ergueu a cabeça para nós enquanto passávamos, depois voltou a dormir.

O céu estava clareando e nos sentamos juntos no sofá externo, aconchegados um no outro, o cobertor nos protegendo do frio do ar noturno que chegava vindo da água, bocejei. Eu precisaria de muito café para chegar em casa. Mas valeu a pena.

Um pontinho de luz brilhante apareceu no horizonte, crescendo bem devagar, a cada segundo, refletido em perfeita simetria na água. Eu tinha visto o pôr do sol contra o mar na Califórnia e naquela viagem à Grécia, mas nunca o amanhecer sobre o mar.

Virei o rosto para Joe, apenas para descobrir que ele estava olhando para mim

— Eu não quero ir embora.

Ele me abraçou com força, beijando o topo da minha cabeça.

— Eu também não quero que você vá embora. Mas estou feliz por ter encontrado você.

— Eu também.

Ficamos assim por muito tempo, o sol subindo cada vez mais alto sobre as ondas antes de eu me levantar para tomar banho.

Enquanto a água me banhava, encostei a testa na parede de azulejos, imaginando como voltaria para o meu quarto de infância depois de tudo o que eu tinha vivido ali. Então a porta de vidro se abriu atrás de mim e Joe entrou, dando um beijo na minha nuca.

Olhei para ele por cima do ombro, enquanto ele passava a mão gentilmente pela minha lateral e ao redor da minha barriga, me puxando para perto dele.

— É o único lugar onde a Jax não vai interromper a gente — disse ele.

Então um nariz preto apareceu contra o vidro embaçado.

Eu ri e me virei em seus braços, o beijando sob o jato d'água.

* * *

Depois que nos despedimos e eu prometi ligar para ele quando chegasse em casa, voltei para o chalé, com o cabelo ainda molhado, a fim de arrumar o resto das minhas coisas. Tony não estava lá.

Descendo minha mala escada abaixo, encontrei a minha avó sentada na sala.

— Pronta? — Ela confirmou. — Vou só colocar as minhas malas no carro e eu já pego as suas.

— Tony as trouxe para o hall da entrada.

— Nenhum de vocês deveria estar levantando tanto peso assim.

Ela beliscou a minha bochecha.

— Que você viva o suficiente para que os seus netos mandões tratem você como uma criança.

Com todas as malas no carro, a minha avó desceu devagar as escadas, agarrando-se com força ao corrimão. Então ela se virou para olhar o chalé uma última vez, assim como eu.

— Talvez a cor não seja tão terrível assim — disse ela.

— Não é.

Ela olhou por mais um instante, fantasmas subiam e desciam as escadas. Então ela balançou a cabeça e se virou para o carro.

— Vamos. É hora de ir para casa.

Dei mais uma olhada nessa casa que, de diferentes maneiras, era tudo o que ela tinha para si e que tinha sido deixada por seus pais, irmãos e irmãs, sua infância, a guardei na memória, antes de acompanhá-la até o carro.

Quando engatei a marcha e comecei a descer a rua, vi o terreno baldio onde antes ficava a casa dos Gardner, refletido no espelho retrovisor.

— A senhora sabe quem é o dono desse terreno? Onde ficava a casa grande?

— É claro que sei.

Ela não elaborou a resposta.

— Então, quem é o dono?

— Ora, o Tony.

— O Tony?

— E suponho que eu também. Ainda que eu tenha dito para ele que não queria.

— Como é?

— A velha sra. Gardner deixou para nós dois. Ela morreu pouco antes de eu me casar com o seu avô. Ela pensou que o papai algum dia cederia. Ou que fugiríamos se tivéssemos dinheiro. Mas não havia como explicar isso para ninguém, então eu disse ao Tony que era tudo dele.

— E ele nunca vendeu?

— Não. Aquele velho bobo poderia ter uma fortuna, mas em vez disso joga fora os impostos sobre a propriedade todos os anos só para não construírem um condomínio no lugar.

— Isso é… nossa. E a senhora jura que nunca traiu o vovô?

— Não, querida. Eu posso até mentir e roubar, mas jamais isso.

Pensei por um instante.

— A senhora poderia ter comprado o chalé com sua parte do terreno.

— Não, eu não poderia.

— O que a senhora quer dizer com isso?

Ela fechou os olhos.

— Foi sobre isso a briga no funeral da Helen.

SESSENTA E UM

Junho de 1991
Hereford, Massachusetts

EVELYN NÃO SE ENCOLHEU MAIS COM O som de sujeira batendo em um caixão. Depois de Vivie, Miriam, Joseph, Gertie e então Sam, no funeral de Helen, apenas sete meses depois do de Sam, ela poderia jogar a própria pá de terra e entregá-la para o próximo enlutado e seguir em frente.

Mas agora só restavam Bernie, Margaret e ela. Menos da metade dos irmãos Bergman. Ela olhou para Bernie, que exibia cada um dos seus setenta e um anos, a cada dia mais e mais parecido com Joseph. Margaret estava mais próxima da sua idade, o que não era tão ruim. Perder Sam foi um golpe e tanto, mas ela ainda tinha Bernie e Margaret. Pelo menos por enquanto.

E era mais fácil com Anna ali. Joan não tinha ido, mas Anna levara as crianças. E não havia nada como deslizar uma mão na de Jenna e a outra na de Beth para aliviar qualquer situação. Ela olhou para a filha, que tanto se esforçava para esconder o enjoo matinal da terceira gravidez.

Ela vai me contar quando estiver pronta, pensou ela. *Não há por que ter pressa.*

Fred os levou de volta para a casa de Bernie, onde fariam o *shivá*. Apenas três dias em vez dos sete que costumavam guardar. O mundo havia mudado e, se você não fosse ortodoxo, a maioria das pessoas não queria mais desistir de uma semana inteira para lamentar os mortos.

Evelyn presumiu que eles ficariam no chalé, por que não? Mas ela o passou para Sam quando Joseph morreu e, com a morte de Sam, Louise era a nova proprietária. Ela havia sido enigmática ao telefone, dizendo que estava ocupada, então alugaram quartos no hotel construído no início dos anos 1980 perto da praia, onde as crianças podiam brincar pela manhã antes de irem para a casa de Bernie.

Foi um choque ver que os filhos de Bernie e Helen já estavam agora com quase quarenta anos de idade, seus netos que costumavam andar pela praia agora eram jovens adultos.

Ela pegou o prato em seu colo, desinteressada, olhando ao redor da sala com os olhos atentos como os de um gato.

Então Louise entrou.

E Evelyn logo foi ao ataque.

— Querida — disse ela, beijando a cunhada na bochecha. — Como você está?

A pergunta era mera formalidade. Ela parecia terrível mesmo antes de Sam morrer, e sua morte datando apenas de sete meses atrás não ajudava.

— Não tão bem. — Louise enxugou os olhos. — Parece o que passamos com o Sam tudo de novo.

— Bem, no fim das contas realmente são as mesmas pessoas. — Evelyn a pegou pelo braço e a conduziu até uma cadeira. Ela a deixou se acomodar e trouxe um copo de água antes de se sentar ao seu lado. — Agora, seja honesta comigo: você está alugando o chalé? — Louise se contorceu de culpa. — Eu descobri o seu segredinho. Claro que eu entendo, mas ainda assim você deveria ter nos contado. Não me importo de pagar para usá-lo quando quisermos, mas espero que o deixe disponível para nós.

— Eu...

— Entendo que seja legalmente seu, mas ainda é tudo nosso. Você sabe bem disso.

— Evelyn, eu o vendi.

Evelyn encarou a cunhada.

— Não era justo, todos vocês esperavam que fosse de vocês sempre que precisassem; e Deus sabe que Sam não deixou tanto dinheiro para mim e eu...

— Você *vendeu* o meu chalé? — A voz de Evelyn estava alta e todos olharam para ela.

— Não era seu. Era de Sam.

— Era nosso! Não era seu para vender!

Bernie apareceu ao lado de Evelyn, Fred o seguiu depressa, Jenna espiava pelo batente da porta, tendo seguido o avô.

— Para fora, agora — ordenou Bernie para a irmã, mas Evelyn não se mexeu.

— Já está vendido ou ainda em processo de venda?

Os olhos de Evelyn estavam brilhando. Margaret entrou na sala e cruzou os braços.

— Eu... ainda não é definitivo, mas será na próxima semana.

— Só por cima do meu cadáver! — Ela gesticulou para Bernie e Margaret. — Nós vamos comprá-lo.

— Evelyn — disse Bernie, calmo. — Para fora, já.

Ela olhou para o irmão.

— Não fale comigo como se eu fosse uma criança.

— Evelyn — disse Margaret, colocando a mão gentil no braço da irmã. — Venha para a varanda.

— Eu já falei sobre isso com eles — disse Louise, em tom estridente.

Evelyn se virou para os irmãos, olhando com cuidado para os seus rostos, então marchou para fora da porta da frente, Bernie e Margaret a seguiram.

— O que vocês fizeram?

— Nós a deixamos fazer o que era certo para ela.

— E o que era certo para nós?

Bernie estava sentado em uma cadeira na varanda.

— Eu moro aqui. A maioria dos meus filhos está aqui. Não preciso de um chalé na praia. E quando foi a última vez que você veio durante o verão inteiro? Dez anos atrás? Mais?

— Eu estava aqui ano passado!

— Por uma semana — disse Margaret, com gentileza. — Não era justo pedir a ela que mantivesse uma casa para que você pudesse passar uma semana aqui e outra ali. E eu não quero mais.

— Se fosse quinze anos atrás, eu teria comprado com vocês — disse Bernie. — E poderíamos ter continuado a viver como nos velhos tempos. Mas esse não é o caso. E não quero sobrecarregar os meus filhos com isso quando eu morrer.

— Por que vocês não me perguntaram? Eu poderia ter juntado dinheiro.

— Porque nós sabíamos que você a perseguiria e ela precisava vender. Ela passou por maus bocados desde que Sam morreu.

Evelyn olhou para o irmão sentado em uma cadeira de balanço de madeira e percebeu que a próxima vez que fosse a Hereford poderia ser para o funeral de Bernie. Que poderia ser a última vez também, com os poucos sobrinhos que ainda iam até lá, o chalé já desaparecido. E embora ela pudesse e guardasse rancor contra Louise, decidiu não guardar rancor contra seus únicos irmãos que ainda restavam.

— Tudo bem.

Bernie olhou desconfiado para ela.

— O que você está tramando agora?

— Nada. Vocês venceram.

Margaret colocou as costas da mão na testa da irmã e Evelyn a afastou com um tapa.

— Ela não está quente. Ela está tramando alguma coisa.

— Eu amadureci na minha velhice.

Enquanto seus irmãos contestavam tal afirmação, um carro estacionou do outro lado da rua. A porta se abriu e de dentro saiu um homem de cabelos grisalhos.

Bernie o viu primeiro e começou a rir, uma grande gargalhada que terminou em um ataque de respiração ofegante, a lembrança de uma vida inteira fumando.

— Delegado Delgado — disse ele, enquanto o homem subia os degraus.

— Mas que momento mais oportuno.

Tony parou na frente dos três na varanda.

— Bernie. Margaret. Evelyn. Minhas mais profundas condolências.

— Entre — disse Bernie. — Metade da cidade já está aqui mesmo. Assim podemos conversar sem interrupções.

Tony parou por um momento, encontrando os olhos de Evelyn. Ela ofereceu um meio sorriso para ele, que retribuiu com um aceno de cabeça antes de entrar na casa.

— Ficou derretida? — disse Bernie.

— Cale a boca.

Evelyn bagunçou o pouco cabelo que restava dele e entrou em casa.

SESSENTA E DOIS

MINHA MÃE QUERIA SABER CADA DETALHE SOBRE a viagem, mas depois de voltar da casa da minha avó para onde a levei, carregar as suas malas e ajudá-la a desfazê-las, eu estava exausta. Murmurei algo sobre ter sido ótima e comecei a subir as escadas.

— Ela ficou bem? Ela tomou os comprimidos? Quão maluca ela te deixou?

Eu me virei no terceiro degrau.

— Ela... — Parei por um segundo. — Ela com certeza não é deste mundo.

Ela começou a fazer outra pergunta, mas eu não conseguia relembrar toda a viagem naquele momento.

— Mãe, eu preciso dormir um pouco. Te conto todos os detalhes amanhã, prometo. — Dei mais dois passos e parei de novo. — E você deveria voltar lá algum dia. A Sofia quer ver você.

— Você conheceu a Sofia?

Sorri para ela.

— Eu conheci todo mundo.

* * *

Dormi por catorze horas, mandei uma mensagem de bom-dia para Joe e tomei um banho. Até que eu me sentei na escrivaninha onde fazia todos os meus deveres de casa quando adolescente e puxei o envelope que vinha evitando nas últimas semanas. Assinei o mèu nome nas setas indicadas pelos Post-its, depois deslizei os documentos de volta para dentro antes de descer, com o envelope pardo debaixo do braço.

— Jenna? — chamou minha mãe da cozinha.

— Oi, mãe.

— Posso fazer um café da manhã para você?

Sorri. Ela não me oferecia um café da manhã desde a primeira semana em que estive naquela casa. Ela deve ter sentido saudade.

— Eu só vou tomar um pouco de café e cereal.

— Eu não me importo.

— Está bem. Preciso levar isto.

Ela olhou para o envelope debaixo do meu braço.

— Por acaso isso é... aquilo? — confirmei, e ela olhou para mim, maravilhada. — O que foi que aconteceu em Hereford?

Coloquei o envelope no balcão e fui até a cafeteira.

— Muita coisa. — Enquanto o café fervia, eu me virei para encará-la. — E hoje eu também vou começar a ver listas de apartamentos. Você tinha razão. Eu preciso sair.

— Eu não quis dizer...

Passei os braços ao redor dela.

— Eu sei, mãe. Mas às vezes você só precisa dizer que não vai deixar o medo te vencer e depois pular.

Minha mãe virou a cabeça para trás para olhar para mim, então balançou a cabeça lentamente.

— Se eu puder ajudar com alguma coisa, é só falar.

Eu disse que sim, então respondi todas as suas perguntas sobre o chalé, a cidade, Sofia e Joe enquanto comia o cereal.

* *

Eu ainda tinha a chave, mas, mesmo assim, bati à porta.

Houve o som de passos antes que a porta se abrisse e então eis que eu estava cara a cara com Brad pela primeira vez em meses.

Nenhum de nós falou por um longo período. Foi até algo um pouco surreal. Compartilhamos uma vida por seis anos e agora ele era praticamente um estranho em um corpo que eu conhecia.

— Oi — eu cumprimentei por fim.

— Oi. — Seu tom era cauteloso, apesar do fato de eu ter mandado uma mensagem para ele antes de ir; não achava que Taylor fosse gostar de que eu aparecesse, mesmo com a papelada que simplificaria a sua vida.

— Trouxe o acordo de separação. E a sua chave. E isto.

Tirei o meu anel de noivado de uma pequena bolsa de feltro. Eu sabia muito bem que minha avó teria dito que eu era uma tola por devolvê-lo, mas era da avó dele; ficar com aquilo não parecia certo, quer ele estivesse planejando dá-lo para Taylor ou não.

Brad estudou o anel, surpreso, não havia pedido por ele no acordo de separação, então olhou para mim e seus ombros caíram.

— Você quer entrar?

Ele ainda não havia tirado nada de mim.

Hesitei.

— A Taylor está aqui?

— Não.

Eu não queria mesmo voltar ali. Mas havia coisas que provavelmente precisavam ser ditas, então concordei e ele se afastou para permitir que eu passasse por ele.

Não havia mudado muita coisa no lugar. Eu não tinha levado os móveis, até porque a maior parte era do Brad antes de eu ter me mudado, e não havia espaço para colocar nada meu. Agora era como uma pequena e estranha cápsula do tempo, familiar, porém pertencente a uma outra vida.

Coloquei o envelope, a chave e o anel na mesa onde ele havia deixado a sua aliança seis meses antes e segui Brad até a sala de estar, no mesmo lugar em que me encontrava sentada quando ele anunciou que estava me deixando.

— Jenna, eu...

Levantei a mão.

— Espera. — Ele parou, e eu parei para me recompor. — Você deveria ter conversado comigo antes. Antes que qualquer coisa tivesse acontecido entre você e a Taylor. Mesmo que você não estivesse disposto a tentar resolver as coisas, deveria ter me contado. Sei que nenhum de nós estava feliz. Mas isso não foi justo.

Por alguns segundos, ele não respondeu, então eu disse:

— Não faça isso com a Taylor também. — Ele começou a protestar, mas eu o interrompi. — Olha, você também não achou que faria isso comigo no começo. Não seja esse cara de novo.

— Posso dizer uma coisa agora? *Me desculpa.*

Olhei para ele por um longo momento.

— Tudo bem. E me desculpa por eu não ter assinado os papéis antes.

— O que mudou?

— Eu. Tudo. Estou finalmente pronta para seguir em frente.

Brad estava me olhando, e eu me perguntei se a mudança em mim era realmente visível. Parecia ser.

Mas eu também estava pronta para partir. Me levantei e olhei para ele uma última vez.

— Seja feliz, Brad.

Não dei uma última olhada ao redor, não precisava. O peso tinha dado lugar a uma leveza. Eu não tinha ideia do que o meu futuro me reservava, mas não precisava olhar para trás.

* * *

Na manhã seguinte, fiquei navegando em sites de imóveis, ampliando meus critérios de busca para tentar encontrar o melhor lugar para o meu orçamento. Não precisava ser perfeito, mas tinha que ser grande o suficiente para acomodar Jax quando Joe viesse me visitar.

Agora que Brad tinha a papelada toda assinada, ele iniciaria o processo de venda do apartamento, o que me deixaria muito mais estável financeiramente. E eu tinha planos naquela noite com dois amigos com quem não encontrava havia muito tempo.

Ouvi a porta de um carro se fechar do lado de fora, seguida pela voz da minha avó no corredor. Ela nunca batia a menos que a porta estivesse trancada.

— Jenna? — chamou ela em voz alta.

— Na cozinha. — Me levantei para cumprimentá-la. Eu não queria que ela tentasse subir as escadas para me encontrar. — A senhora dirigiu até aqui?

— Claro que eu dirigi.

— Vou contar para a mamãe que a senhora não tem carteira de motorista.

— Mas eu tenho. Quem disse que eu não tenho?

— Então deixa eu ver.

— Ela não está aqui comigo *agora*, querida. Caso contrário as pessoas podem saber quantos anos eu tenho.

Balancei a cabeça. Provavelmente jamais saberia se ela tinha ou não uma carteira de motorista, a menos que eu chamasse a polícia. E eu não tinha certeza se eles poderiam forçá-la a produzir uma carteira de motorista, mesmo que ela tivesse uma.

— O que a senhora está fazendo aqui?

— Talvez eu tenha sentido saudade.

— Sentiu?

— Não. Mas temos negócios a discutir. — Ela se sentou à mesa da cozinha e eu me sentei também.

— Negócios? De novo?

— Desta vez é da sua conta.

Minha avó enfiou a mão na bolsa e tirou um envelope pardo que, por um breve momento, pensei ser o mesmo que eu tinha levado para Brad no dia anterior. Ela o segurou com força por um segundo, depois o passou para mim.

— O que é isto?

— Abra.

Abri o fecho e tirei uma pilha de documentos de dentro, então olhei para ela, meus olhos arregalados.

— Isto é o quê? Como assim?

Era a escritura do chalé.

— Eu assinei para você ontem.

— Mas como a senhora conseguiu isso?

Ela acenou com a mão com desdém.

— Sou a proprietária faz anos.

— Mas... a Louise não tinha vendido? E o Bernie e a Margaret não... Eu não estou entendendo nada.

— Ela vendeu. E o seu avô ofereceu para a mulher que comprou muito mais dinheiro do que ela pagou no lugar, porém ela não aceitou. Então ele disse à nova compradora se algum dia ela decidisse vender, para nos avisar primeiro. E cerca de dez anos atrás, ela nos ligou.

Dez anos atrás.

— Eu disse para o Fred que era bobagem. Estávamos viajando muito e não passaríamos tempo o bastante lá para fazer valer a pena a compra. Mas ele disse que poderíamos alugá-lo e que era um ótimo investimento. A cidade inteira tinha se transformado em um destino turístico mesmo. Então nós compramos. — Ela estendeu a mão por cima da mesa e pegou a minha. — E é o lugar perfeito para você recomeçar a sua vida.

Apertei a sua mão, meu peito se contraindo diante da magnitude do presente que ela estava me dando.

O que aquele lugar significava para ela. O que poderia significar para mim. Mas...

— Eu não quero deixar a senhora.

Parecia tão bobo quando eu disse isso, no entanto era a mais pura verdade. Ela estava a poucas semanas de completar oitenta e nove anos. E depois dessa semana, não conseguia nem imaginar perder os últimos anos que teríamos juntas.

Minha avó deu um tapinha na minha mão e lançou para mim aquele sorriso perverso de uma Evelyn Bergman Gold que ainda mantinha consigo tantos segredos que eu ainda não havia descoberto.

— Pode ser que você não precise me deixar. Afinal, a casa ao lado também é minha.

EPÍLOGO

Abri os olhos, olhando em volta para a sala agora familiar, mas ainda precisando de alguns segundos para me orientar. A luz do sol entrava pelos cantos das cortinas fechadas, elas flutuavam suaves sob a brisa que vinha pela janela aberta.

Inalando fundo, pude sentir o cheiro do sal do oceano, o aroma forte dos pinheiros. O ar tinha algo de frio, um sussurro do que viria de um inverno em Massachusetts.

Casa, pensei, sonolenta. *Estou em casa.*

Eu havia ficado com o quarto do andar de baixo, reivindicando a cômoda antiga e a escrivaninha do andar de cima como minhas quando soube que elas tinham sido levadas até ali da casa da rua principal.

Ao rolar pela cama, eu me aconcheguei para voltar a dormir, só que um rangido chamou a minha atenção. Tornei a ouvi-lo. Em seguida, uma risada e a voz da minha avó dizendo o nome de Tony, seguida de mais rangidos.

— Precisamos começar a *fechar* essa janela — murmurou Joe, rolando para me envolver em seus braços. — Isso é simplesmente nojento.

— E fofo também. — O rangido se intensificou, e eu me levantei para fechar a janela às pressas. — Tá bom, é nojento.

Rastejei de volta para debaixo das cobertas e me aconcheguei em Joe. Mas algo estava errado.

— Por que você está tão peludo? — perguntei.

— Por que *você* está tão peluda?

Olhamos um para o outro, então puxamos o cobertor.

— Jax!

Ela sorriu para nós, perfeitamente satisfeita onde estava. E, pela primeira vez na minha vida, eu também estava.

ASSINE NOSSA NEWSLETTER E RECEBA INFORMAÇÕES DE TODOS OS LANÇAMENTOS

www.faroeditorial.com.br

Campanha

Há um grande número de pessoas vivendo com HIV e hepatites virais que não se trata. Gratuito e sigiloso, fazer o teste de HIV e hepatite é mais rápido do que ler um livro.

Faça o teste. Não fique na dúvida!

ESTA OBRA FOI IMPRESSA EM MAIO DE 2023